K INK INK INK INK INK INK INK
INK INK INK INK INK INK INK IN
K INK INK INK INK INK INK INK
INK INK INK INK INK INK INK IN
K INK INK INK INK INK INK INK
INK INK INK INK INK INK INK IN
K INK INK INK INK INK INK INK
INK INK INK INK INK INK INK IN
K INK INK INK INK INK INK INK
INK INK INK INK INK INK INK IN
K INK INK INK INK INK INK INK
INK INK INK INK INK INK INK IN
K INK INK INK INK INK INK INK
INK INK INK INK INK INK INK IN
K INK INK INK INK INK INK INK
INK INK INK INK INK INK INK IN
K INK INK INK INK INK INK INK
INK INK INK INK INK INK INK IN
K INK INK INK INK INK INK INK
NK INK INK INK INK INK INK IN
K INK INK INK INK INK INK INK
NK INK INK INK INK INK INK IN
K INK INK INK INK INK INK INK
NK INK INK INK INK INK INK IN
K INK INK INK INK INK INK INK
NK INK INK INK INK INK INK IN
K INK INK INK INK INK INK INK
NK INK INK INK INK INK INK IN
K INK INK INK INK INK INK INK
NK INK INK INK INK INK INK IN

論壇 03

經濟全球化與台商大陸投資

修訂版

策略、佈局與比較

Economic Globalization and Taiwan's Investment Strategies in China

◎王信賢◎王珍一◎朱　炎◎林琮盛◎高　長
◎徐進鈺◎耿　曙◎張弘遠◎張家銘◎陳添枝
◎陳德昇◎楊景閔◎羅懷家◎顧瑩華

陳德昇◎主編

于 序

近年來，經濟全球化是世界潮流，誰也擋不住，祇有設法去適應；而台商到大陸投資是業者的理性選擇，政府力圖改變他們的選擇也是徒勞無功。政治大學陳德昇教授，針對世界潮流及業者理性選擇的觀點，特地舉辦了一次學術性研討會，討論台商投資大陸的策略與佈局，然後將研討會的成果編輯成專書，以期使更多讀者分享這些台商的經驗與專家的心得。

這本專著，在實用上具很高的參考價值，而且每篇論文都是採用學術性的撰寫方式；作者包括來自台灣、大陸和日本的大學研究機構的教授，也有企業界的專家。他們的觀點，中性而不偏頗，也未帶有政治色彩，而是就事論事，探討到中國大陸投資的策略和佈局以及個案經驗。

從這本專著中，我們所得到的知識與資訊，有下列諸方面。

稍具規模的台商到大陸投資均有其投資策略，不是「盲從」或「從眾現象」。它們的策略包括建立大型代工廠、零組件供應商和品牌廠商。因為利用大陸充沛而廉價的勞力可達成持續出口的目的。利用大陸市場胃納能力的增長，可達成就地行銷的目的；同時利用大陸迅速成長的市場，也可建立自有品牌，突破台商在國際分工的罩門。

投資大陸無疑是全球佈局的一環，且是最重要的一環。對於台灣產業發展而言，大陸佈局可維持產業競爭力，開拓新市場；國內外供應鏈的形成，有助國內產業的發展，而從事多角化的經營，可促進產業轉型升級。電子、資訊產業在大陸佈局與整合呈現多元化、技術密集化、在地化及大型化、地區群聚化，這些均有助於達成「全球佈局，兩岸分工」之目的。

這本書從全球化的脈絡中，分析兩岸經貿互動關係。全球化對於分工所產生的影響改變了全球經濟運作的面貌。至於政府的某種干預行為，它可提高本國競爭力，也可保障國內社會利益的平衡。這種論點似乎不符合全球化的精神，但是即使像美國這樣富而強的國家，它的政府從不放棄對農業的大量補貼，以使其剩餘的農產品在世界各地銷售。全球化過程並非單一的融合，而是競爭與融合交織並存。兩岸經貿高速成長已初現雙贏局面，而未來兩岸經貿發展主要取決於政治關係的走向；兩岸政治關係若能改善，即可實現兩岸資源整合，有利於兩岸的國際競爭。不過，這種論點，若能獲得決策當局的認知，才能產生它的效果。

台商投資大陸，已從「單打獨鬥」發展到「策略聯盟」。近年來，企業群聚的模式，在技術、管理、資本與行銷基礎上所形成的彈性化生產協力網絡，可主導世界經濟版圖，並吸收各種生產與創新的經濟能量。值得重視的，乃台商在大陸投資與所採取的跨國聯盟策略不僅能發揮語言、文化優勢，且能結合在地化與品牌策略，有助於提高國際競爭力。除此，台商在大陸投資不少與日本企業合作，結成策略聯盟，可以優勢互補，提高競爭力。台商在蘇南、吳江投資策略已呈在地化趨勢，台商在地化包括人才在地化、融資在地化、生產在地化和行銷在地化。

以上諸論點，主要是本書各篇作者分別提出的。由於本書是從經濟全球化的觀點出發，而策略聯盟為提高競爭力手段，我相信這些論點具有參考價值，故特為之序。

于宗先　識

2005年10月

蕭 序

九〇年代以來，經濟全球化的變遷與發展，建構了新的生產分工或運籌體系，孕育了產業跨界投資趨勢與商機。也由於全球化的特質導致資源流動的開放性與多元化，因而存在日益升高的社會與國家風險。儘管現階段廠商與國家面臨之挑戰日益尖銳，但隨著地球村時代的來臨，只要我們掌握知識技術，不斷創新，就有機會與能力跨越經濟的疆界，充分運用分佈在全球的生產資源，持續延伸台灣的經濟活力。這種從「有限資源」到「無限資源」的觀念突破，將可為台灣經濟發展開創新契機。

台商海外與大陸的早期投資，主要考量在充分利用廉價勞力、土地與優惠政策，以降低生產成本為主，但近年的海外投資，已不單純是建立廉價生產區位。目前台商最須面對與因應的課題是：開拓市場、推展策略聯盟、思考投資當地之人才佈局與社會網絡互動、建立品牌與通路體系，以及整合跨國資源等。儘管台商投資與企業經營素以全球思考、前瞻佈局與靈活應變著稱，但是如何從經濟與管理層次，運用社會科學理論，進行對話與解讀台商大陸投資策略與佈局，台灣學術界應可有更積極之貢獻。而透過產業界與學術界結合，貼近市場、產業需求和學理論證，相信未來台灣學界所做的台商研究，應更具有理論啟發意義與學術創新價值。

陳德昇所長主編的「經濟全球化與台商大陸投資：策略、佈局與比較」，其內容無論是兩岸與國際學者的研討與切磋，或是理論與實證，皆具可讀性與參考價值。尤其以社會科學理論，研究台商大陸投資現象、行為與趨勢，相當具有創意。而台商投資大陸衍生的社會網絡、國家角色變遷、群聚效應、政治互動、當地化趨勢與演變，以及策略聯盟運作與政策面比較，在本書皆有周延之分析，值得向台灣產業與學界朋友推介。此外，兩岸學者由不同角度與觀點，詮釋台商大陸投資策略、佈局與比較，亦提升了觀察與分析的視野，而兩岸學者能拋開政治，回歸學術集思廣益，也是值得鼓勵的範例。

萬長近年積極推動「兩岸共同市場基金會」活動，並以建構兩岸經濟統合，促進經濟發展，提升人民福祉，以促進全球經貿繁榮與和平為宗旨，獲得國內外產學界之認同與支持。陳所長成立「台北市兩岸經貿文教交流協會」，三年餘來活躍於中國研究與兩岸經貿研究社群，並在強化兩岸學者交流與研討、整合社會資源、提供年輕學者與研究生學術服務平台，以及出版中國與兩岸研究專著績效頗佳。現藉陳所長主編新書出版之機會，表達認同與敬佩之意。

蕭萬長

2005年10月

再版序

經濟全球化不僅已成為世界風潮，且深刻影響企業國際化策略思考與區位佈局。台商大陸投資熱的成因，大陸投資環境的「拉力」、台灣經濟轉型的「推力」等觀點，皆不足以完全詮釋。經濟全球化時代，跨越主權、疆界與資源快速流動之趨勢、特質和互動，以及廠商追求低成本、高效率和利益極大化目標，似較能解讀台商大陸投資的本質意涵。

隨著中國經濟崛起的現實，以及台灣經濟面臨邊緣化的挑戰，台商大陸投資策略與佈局將面臨新的抉擇與考驗。台商要成為經濟全球化潮流中的贏家，投資的理論思考、策略彈性運用與比較觀點分析，應是不可或缺的要素。

本書是2004年5月，兩岸與國際學人，召開「經濟全球化與台商大陸投資：策略、佈局與比較」研討會論文編輯修訂而成。研討會與專書出版，嘗試以經濟全球化與台商大陸投資作主軸，進行理論與實證之對話。此外，在台商投資大陸的策略和佈局，以及在產業面運作和政經意涵，本書亦有多元的探討與解讀。本書再版已就相關數據與資訊，儘可能做修正與更新，並在編輯與文章進行精實和調整，期能與讀者共同分享作者的研究成果。

再版書的付梓，除代表市場對學術研究的認同與肯定外，亦是鞭策吾人要以更深入與紮實的學術成果回饋社會。最後，必須要感謝政治大學東亞所劉兆崑、林學典同學的細心校正，以及印刻出版社協助出版。

陳德昇

謹識於政治大學國際關係研究中心

2008/10/16

目 錄

作者簡介（按姓氏筆劃）

王信賢

政治大學東亞研究所博士，現任臺北大學公共行政暨政策學系副教授。主要研究專長為東亞政治、國家理論、兩岸關係、全球化與科技管理。

王珍一

中山大學中國大陸研究所博士，現任旺旺集團公關委員會委員。主要研究專長為談判技巧、大陸商業談判、大陸投資及市場實務。

朱炎

日本一橋大學經濟學碩士，日本富士通總研經濟研究所主席研究員。主要研究專長為中國經濟、台灣對大陸投資、日本企業在中國的經營。

林琮盛

政治大學東亞研究所碩士，現任聯合報記者。

徐進鈺

美國加州大學柏克萊分校經濟地理學博士，現任台灣大學地理與環境資源學系教授。主要研究專長為經濟地理學、高科技產業與區域發展。

高長

美國紐約州立大學經濟學博士，現任東華大學公共行政研究所教授。主要研究專長為中國大陸財經、兩岸經貿關係、經濟政策。

耿曙

美國德州大學政府系博士，現任政治大學東亞研究所副教授。主要研究專長為兩岸政經互動、台商研究、跨國投資與移民研究。

陳添枝

美國賓州州立大學經濟學博士，現任台灣大學經濟系教授。主要研究專長為國際貿易與經濟發展。

陳德昇

政治大學東亞研究所博士，現任政治大學國際關係研究中心研究員。主要研究專長為中國經濟發展、地方治理、兩岸經貿關係。.

張弘遠

政治大學東亞研究所博士，現任致理技術學院服務經營管理研究所副教授。主要研究專長為區域經濟發展、制度經濟學和國際貿易。

張家銘

東海大學社會學博士，現任東吳大學社會系教授。主要研究專長為社會學理論、發展與全球化社會學、產業社會學、中國社會與台商研究。

羅懷家

東吳大學經濟研究所碩士，現任台灣區電機電子工業同業公會副總幹事。主要研究專長為大陸經濟、兩岸經貿與投資、總體經濟與政策分析。

楊景閔

政治大學國家發展研究所碩士。

顧瑩華

政治大學商學院國貿所碩士，現任中華經濟研究院第二研究所研究員。主要研究專長為國際貿易與國際投資。

全球化下台商對大陸投資策略

陳添枝
（台灣大學經濟系教授）
顧瑩華
（中華經濟研究院研究員）

摘要

台灣廠商的對外投資大抵以鄰近國家為起點，因為廠商必須循序漸進以累積其國際化的資源及經驗，當資源及經驗均不足時，只能由風險最小的投資地開始。投資風險的大小和投資當地的語言文化、商業習慣等有密切關聯。語言文化相近，商業習慣相同的地區，投資風險較小。此外，台灣廠商的國際競爭力主要是基於台灣本身的生產網路，因此在海外投資時，必須和國內網路保持連鎖關係才能維持其競爭力。這兩項因素主導台商對外投資時地點之選擇及國際化的路徑，前者可以籠統稱之為「心理」因素，後者則可稱為「網路」因素。台商在中國大陸的投資就是受這兩項因素影響的結果。

早期台商到中國大陸投資以降低成本為主要目的，後來逐漸轉為以外銷及內銷並重；甚至以建立自有品牌和通路為擴大市場的主要策略。隨著目標的轉變，台商在中國大陸的投資佈局也有所調整。本文就台商對大陸投資型態的演變、不同類型廠商投資策略的不同，對未來兩岸的分工及台商全球化的佈局之影響加以剖析，並指出台灣未來可能的發展方向。

關鍵詞：全球化、對外投資、網路關係、兩岸產業分工

Investment Strategies of Taiwanese Firms in China During Globalization

Tain-Jy Chen & Yinh-Hua Ku

Abstract

Foreign direct investment (FDI) by Taiwanese firms usually starts with neighboring countries, as these firms accumulate necessary internationalized resources. In the initial stages, FDI is limited to low-risk undertakings, where risk involves language, cultural, and commercial practice differences. These differences may be termed "psychological distance." Conversely, the competitiveness of Taiwanese firms is embedded in a production network comprising a large number of small firms. To maintain this competitive advantage abroad, they have to maintain a tight linkage to Taiwan's production networks. These two factors – psychological distance and network linkage – determine the path of Taiwanese FDI, including that in China.

This paper examines investment strategies of Taiwanese firms in China through psychological distance and network linkage. We examine the evolution of FDI from cost and export based projects to market and domestic based projects. In addition, location and relevant FDI strategies also change over time. We look at different types of investors and examine how their investments in China fit in an overall globalization strategy, and the impact of these investments on the division of labor across the Taiwan Strait.

Keywords: Globalization, Foreign Direct Investment, Network Linkage, Division of Labor across the Taiwan Strait

壹、前言

台灣廠商的對外投資大抵以鄰近國家為起點，這和西方的多國籍企業並無不同。因為廠商必須循序漸進以累積其國際化的資源及經驗，當資源及經驗均不足時，只能由風險最小的投資地開始。[1]投資風險的大小和投資當地的語言文化、商業習慣等有密切關聯。語言文化相近，商業習慣相同的地區，投資風險較小。此外，台灣廠商的國際競爭力，主要是基於台灣本身的生產網路，因此在海外投資時必須和國內網路保持連鎖關係才能維持其競爭力。[2]這兩項因素主導台商對外投資時地點之選擇及國際化的路徑，前者我們可以籠統稱之為「心理」因素，後者則可稱為「網路」因素。

台灣企業不論規模大小都受到上述兩項因素的影響。企業國際化能力較強者（例如企業經理有外語能力、和國際廠商交往經驗豐富等），比較有能力克服「心理」的障礙。一般而言，小型企業的國際化能力較差，「心理」障礙對他們投資的影響較大。因為心理障礙的關係，小型企業不太能到遠地投資；[3]而大型企業的國際化能力較強，「心理」因素的影響較小，網路因素相形重要。台商在八〇年代中期以後的對外投資不論企業規模大小，均以東南亞及中國大陸為首站，即是受這兩個因素的影響。

在八〇年代中期以後，台灣因為本身投資環境的惡化，加上新台幣大

---

[1] Jan Johanson and Vahlne Jan-Erik, “The Internationalization Process of the Firm: A Model of Knowledge-Development and Incensing Foreign Market commitments, ” Journal of International Business Studies, 8（1977）, pp.23-32； Jan Johanson and Vahlne Jan-Erik, “The Mechanism of Internationalization,” *International Management Review,* 7（1990）, pp.11-24.

[2] Ying-Hua Ku, “Economic Effects of Taiwanese FDI on Host Countries, ” in Tain-Jy Chen（ed.）*Taiwanese Firms in Southeast Asia*（Chelterham, UK: Edward Elgar, 1999）.

[3] Peter Buckley, Gerald Newbound and Jane Thurwell, *Foreign Direct Investment by Smaller UK Firms*（London, UK: Macmillan Press, 1988）.

幅升值的影響，許多勞力密集型的中小企業紛紛前往東南亞投資，而較大型的企業在八〇年代末期也開始投資東南亞。在此同時，台灣因開放大陸探親，使得許多中小企業接觸到大陸這塊處女地。儘管當時政府並未開放大陸投資，但許多中小企業以「來料加工」的方式在大陸進行生產。

台商在對外關係上依賴國際買主，在對內關係上依賴台灣本身的生產網路；對外投資地點的選擇上，必須確保這兩項重要網路關係的維持。在1993年之前，大型的西方多國籍公司對中國大陸市場仍心存疑慮，對政策的延續性沒有把握，對中國是否有能力供應國際標準的產品亦無信心，因此對台商前往中國投資，以生產OEM產品並不鼓勵。在這一段時期的投資以中小型企業為主，他們以降低生產成本為主要訴求，服務一些不甚穩定的客戶。由於客戶的穩定性不高，因此客戶的影響力也相對較小。

但生產網路支援方便是中小企業區位選擇的關鍵，在中國大陸早期的投資集中於深圳、東莞等珠江三角洲地帶，即取其與台灣生產網路連結和出口便利之故。來自台灣的材料和零組件以船運至香港，再以陸運至深圳或東莞，只要海關不刁難，生產的臍帶連成一線。不過因為風險的考量，在1993年之前的投資，仍以「打帶跑」的形式居多，投資金額小，而且「兩頭在外」，也就是材料來自中國以外，成品賣到中國以外。

1993年以後，中國大陸的投資環境產生根本的變化。首先是在1989年6月4日發生的天安門事件的陰影，在多國籍企業的眼中逐漸淡化；其次是1992年鄧小平「南巡講話」揭示「改革開放」政策不變的訊息。這兩個變化使多國籍企業開始正視中國市場，而且大規模進出中國，因而牽引著台商的動向。台商在第一階段（1993年之前）對中國的投資，主要是「防禦性」的，目的為確保出口市場，鞏固其國際市場的地位；在第二階段（1993年之後）對中國大陸的投資，則多少帶有「擴張性」的性質；也就是除確保原有的出口市場外，還希望擴大市佔率。其實當台商在第一波對中國投資時，大部份並沒有預想他們會有第二波投資，「求生存」是他們唯一的考量；如果能順利在中國營運，創造企業的第二春，他們就心滿意足。但一旦在中國立足以後，看到取之不竭的人力資源，企圖心便開始增強。

第二波對中國投資的浪潮，大約在2000年左右告一段落。這並不表示中國的廣大人力資源已經用罄，而是因為中國內部市場的興起，和加入WTO的預期所引起的內部市場卡位戰。在2000年左右啟動的第三波對中國投資的熱潮，是以拓展內部市場為主要訴求。雖然有些企業，如食品業，在九〇年代初期即在中國卡位，但並未帶動全面性的投資浪潮。2000年以後無論汽車、家電、資訊（電腦及通訊）、零售、金融等各業均全面性的進軍中國市場。除資訊產業外，在中國投資的這些企業，幾乎沒有鞏固外銷市場的問題。

貳、台商的網路關係

從網路觀點言之，台商在中國的投資策略以鞏固既有的網路關係為優先，再進一步提升自己在網路中的地位。為鞏固既有地位，重點在原有伙伴關係的維持和本身功能的確立。而為提升網路的地位，必須取得新的網路資源。前者的工作重點在移轉生產據點和複製網路關係；後者的工作重點在利用地主國的資源和伙伴，突破舊有的網路關係。茲分別就不同面向說明。

一、海外子公司和國內生產網路的關係

除了少數大型廠商之外，台商在投資初期並沒有能力要求他們的供應商與其共赴海外投資，這是因為台商本身的企業規模不夠大，需求不夠多，無法保證其供應商在海外具有生產的經濟規模。因此在投資初期不得不向台灣的供應商購買材料和零組件，而這些採購往往由母公司統籌辦

理，這也是為什麼母公司提供海外子公司材料及零組件的比率初期很高的原因。隨著海外生產的規模，因同業的聚集而逐漸擴大，被這個海外市場吸引而前往投資的供應商日多，海外台商乃開始向這些本地的台商採購，或者找到新的供貨源，因此本地採購的比例增加。台商在中國大陸投資的群聚效應特別明顯，不論在東莞或昆山，產業群聚的速度很快。但即便如此，其與台灣生產網路的連鎖並不會完全斷絕。其理由如下：

第一，有些關鍵性零組件因為品質穩定的顧慮，必須在台灣採購。以製鞋為例，關鍵性的鞋底（sole）大部份仍在台灣採購。以成衣為例，高級布料大部份仍在台灣採購。對代工廠而言，關鍵性零組件（材料）的採購必須取得客戶的認可，因此本地如果沒有合乎標準的供應商，只好向台灣採購，客戶也會認可因此所增加的生產成本。

第二，成套完整的零組件在台灣一起採購可能較合乎效率。台灣的供應網路完整，各種零組件、材料齊備，在台灣採購時可以保證備料齊全，快速投入生產，有助於品質穩定和快速供貨。在被投資國當地備料固然可以節約部份的材料成本，但是因為備料不足或品質不合造成生產中斷，反而使交貨延誤，造成損失。許多台商子公司利用其在台灣的生產網路，以保持其特有的生產彈性，再與海外低廉的勞動力結合，形成新的競爭優勢。

第三，海外投資所開發的新產品，也會強化和台灣生產網路的關係。在新產品的試產階段，因為量不大，零組件採購的量小，而且可能涉及新零件或新材料的取得，必須向台灣採購。新產品引進新的材料需求，因此雖然舊有的材料不斷由本地採購所取代，但台灣的網路仍然可以提供新材料，而與海外生產保持連鎖。

二、海外子公司和當地網路的關係

中國大陸的外人投資歷史不長，外資企業在地理分佈上相當分散，而且以外銷為主。因此台商在中國大陸和外資企業往來較少。中國大陸政府對內部市場的行銷有許多限制，在國內採購零組件及原料必須辦理「轉廠」手續，造成外資企業產品內銷的障礙。因此，一般而言，台商在中國大陸向當地外資企業採購材料及零組件並不普遍。可是台商在中國大陸投資的家數十分龐大，根據中國大陸官方核准之投資家數已超過六萬家，這些廠商大多是中小企業，生產各式各樣的零組件，可以供應台商組裝的需求。因此台商在上游零組件的採購並未遭遇困難，而且大半集中在台商供應商。

以台商最為集中的廣東東莞為例，台商約有數千家，以電子、製鞋及成衣業最多。這些台商形成一個完整的供應網路。在東莞投資的台灣大型電子廠都聲稱，其在本地可以採購的零組件幾乎達九成，而且絕大部份由台商供應。所剩的一成材料，主要是IC類，則由國外採購。換言之，在中國大陸的生產因為台商的大量投入，生產網路已經幾乎全部移植到當地，甚至最關鍵的模具也已經移植到中國大陸。以電子業為例，目前除IC產品外，在中國大陸其餘零件皆可由台商供應。台商的大量移入是中國大陸出口組裝產業快速發展的重要原因。以東莞為例，在不到十年的時間內，從一個落後的農村轉換成加工生產的重鎮，目前已成為中國大陸第三大出口城市，僅次於深圳及上海。

早期台商大陸投資以外銷為主，後來「內銷」的比例漸增，[4]主要就是這種供應外銷需求的材料及零組件供應商的投資。這些「間接外銷」廠商的投資型態，和第一波來大陸投資的外銷型中小企業並不相同，他們不是主動的到中國大陸闖天下，而是跟著大型組裝廠一起赴大陸投資。例如以台達電子等為首的電子組裝業，帶動一批零組件廠在東莞的投資；以明

[4] 高長、李聲國、史惠慈，台商與外商在大陸投資經驗之調查研究－以製造業為例（三）（台北：中華經濟研究院，1996年）；高長、王文娟、李聲國，大陸民營環境變遷對台商投資影響之研究（台北：中華經濟研究院，1999年）。

基、誠州、大同、華碩、仁寶等組裝廠在蘇州附近的投資，帶動另一批零組件廠到吳江（在蘇州附近）的投資。零組件業的集中又帶動下一波組裝廠的投資。例如台達電子在東莞的投資，帶動光寶、金寶、源興跟進；明基在蘇州的投資帶動華碩、華宇的跟進等，快速形成產業聚落。迄今為止，這些產業聚落中，中國本地的廠商甚少，因此可以說是台灣產業聚落的移植。台商之所以移植如此順利，就是因為「心理」距離的鄰近性，使中小企業在中國投資毫無困難的緣故。

三、對外投資企業和國際客戶的關係

在台商的國際經營策略中，最具關鍵性的網路關係，首推其與國際客戶的關係。目前大部份台商都是以OEM的方式行銷，因此國際買主主宰台商對外投資動向。幾乎大多數台商在進行海外投資之前，都必須與主要客戶溝通，得到其支持與承諾，才會進行海外投資。客戶的承諾一般都是一種默契，而非契約的約束，但是有了默契，當海外設廠之後，訂單就能移轉過來。台商在移轉訂單的初期，必須盡全力維持海外生產品質的穩定及如期交貨，才能穩住訂單；因此海外生產的初期台商都會不計一切代價投入品質的管理，而零件儘量由台灣或海外採購以避免品質出狀況。等到品質穩定之後，廠商才會致力於成本的降低（逐漸增加本地的採購），及生產規模的擴大（增加投資）。廠商降低成本及擴大產能，都是為了增加對買主的談判籌碼，提高自己在網路關係上的優勢地位。

生產成本的降低和產能的擴大，使台灣OEM廠商供應能力增加，可以爭取較大的訂單。因為可以供應大數量（甚至不同規格）的產品，降低客戶在海外採購監督管理的成本。一般而言，西方客戶在OEM訂單分配上，均以同時維持多家供應商為原則，以降低供應鏈的風險；在供應商方面，不僅保持和台商的關係，也同時維持和韓商關係，以保持供應商之間的競爭。但自九〇年代中期以後，台商在中國大陸的大量投資，使韓商在OEM的市場上大步退卻。在台商方面，因為大型廠商的海外投資能力高於小型廠商，因此對外投資的浪潮使小型代工廠，逐漸在代工市場上遭到淘汰。大型代工廠在國際OEM市場上的地位大為躍升，訂單也因而集中。再加上九○年以來，以美國為主的買主增加外購比例，大量釋出產能，使代工的需求量爆增，大型台灣代工廠的地位更形重要。

在台商國際化的過程中，雖然生產基地有所轉移，生產佈局呈現變化，但台商與客戶的密切關係始終維繫不墜，只是供貨的地點不斷改變而已。從網路的觀點而言，與客戶的關係若不加以維護，就會不斷衰敗及折舊。[5]要維護客戶的關係就必須不斷投資，台商是以投資海外的生產據點，以擴大產能及供貨地點的多樣化，來維護與客戶的關係。他們的客戶當然也做相對的投資以為酬應，因而使合作的價值更加擴大。例如以電腦業而言，負責代工生產的台商不斷投資海外的生產基地，而他們的美國客戶則致力於產品的創新、標準的定位、系統的整合、軟體的開發等，以提高他們在產業上的地位。[6]如此分頭努力，相得益彰，乃能提升彼此在市場上的地位。最近美國客戶要求台商將產品直接送到客戶手上，並且提供售後服務，交易方式的改變，以及代工生產規模的擴大，使合作伙伴的數目減少，彼此相互依賴的程度乃更為鞏固。

台商除了利用對外投資以鞏固既有的客戶關係，而且利用對外投資以建立新的客戶；當然新客戶的建立，也有助於其在既有客戶關係上增加談判籌碼。新客戶的建立，大抵是利用接近客戶的地理優勢達成。台商一旦到海外投資以後，在地主國可以接近到新客戶，因而建立供應關係，這種案例發生在生產零組件的廠商最多。

---

[5] Robert Morgan and Shelby Hunt, "The Commitment-Trust Theory of Relationship Marketing," *Journal of Marketing,* 58（1994）, pp.20-38.

[6] Michael Borrus, "Left for Dead: Asian Production Network and the Revival of US Electronics," in Barry Naughton（ed.）*The China Circle*（Washington, DC: Brookings Institution for Economics Research, 1997）.

參、台商的策略

以下從網路的觀點，將不同類型台商的對外投資策略加以整理。我們把台商分成大型代工廠、零組件供應商和品牌廠三類。

一、大型代工廠

以外銷為導向，以代工為主要業務的台商，在對外投資時必須保持其在國際代工市場的優勢。台商在代工市場上的優勢，主要是生產的成本低且彈性大，因此台商在對外投資時，以維持低成本及高彈性的優勢為第一要務。為了保持這項優勢，台商在對外投資時呈現兩項特點：第一是海外生產和國內生產網路保持密切的聯結；第二，台商在投資當地積極尋求本土化，以降低生產成本，擴大生產規模，追求在代工市場上地位提升。

大型代工廠在海外投資的生產型態，一般採取較台灣整合程度更高的生產方式，也就是將生產過程中資本最密集的部份納入生產體系中，以建立市場進入的障礙。如此一方面可以掌握資本密集的部份，以排除小型企業的競爭；一方面可以在勞力密集部份，享受中國大陸的低廉勞力成本。例如在電子組裝業方面，廠商都會投入「表面插件技術」（SMT）的設備，這些設備十分昂貴，因此中小企業並無投資能力。在中國大陸並無專業SMT代工廠商，因此下游的小型組裝業者無法找到生存空間。在垂直整合的生產方式下，生產規模的擴大有助於單位成本的降低，可以提升代工廠的國際競爭力。

生產規模擴大除了降低固定成本的分攤外，同時在原材料及零組件的採購居於優勢地位。大規模的生產可以吸引上游的供應商到當地投資，就近提供產品，也可以藉大量採購壓低原材料的價格。生產規模的擴大也有助於廠商對上游材料的掌握，有些廠商因此進入上游原料的生產及開發，以掌握生產鏈上更重要的生產階段。因為海外生產規模的擴大，國內研發

（R & D）的誘因增加，因此產品一旦開發出來後，即可由海外大量的生產來實現產品創新的利益。

但是生產規模擴大的最大利益，是可以提高對客戶的談判籌碼。因為生產規模夠大，直接掌控市場供應的樞紐。如果代工廠和兩個以上的客戶往來，出貨的速度快慢，配合的程度高低，會影響客戶在市場上的競爭地位，因此可以增加談判籌碼。如果代工廠是專屬代工廠，則產能擴大後，客戶對該代工廠的依賴程度加深，亦會因此提高代工廠的談判籌碼。談判籌碼的增加，使客戶和代工廠之間的關係深化，彼此的相互承諾增加，在合作關係上的投資增加。例如台灣最大的兩家鞋廠寶成和豐泰，目前合計佔全球運動鞋的市場約25%的份額，兩家台商都和NIKE的關係密切。因為合作關係的深化，兩家鞋廠目前在NIKE的產品開發中，已經由過去純綷是接受委託代工者的關係，轉變為共同開發者的角色。

根據Porter的分析，影響廠商競爭力的因素包括：規模、對生產活動的經驗累積，和其他廠商的合作關係，以及投資的時機。台商在對外投資時頗能掌握這些因素，他們努力擴大生產規模、累積生產經驗，和客戶與供應商等維持良好的合作關係，並且在投資時機上頗能掌握適當的時點（timing）。[7]在八〇年代中期，當西方的多國籍公司紛紛在馬來西亞和泰國等地投資時，台商也適時的在此時進入泰、馬兩國投資。時機的掌握以電子業最為精準，當美國及日本等資訊及家電大廠在泰、馬兩國擴大投資及生產時，台商也在此時進入泰、馬的市場。時間的巧合，使台商在1988-1995年這段期間在泰、馬的生產規模以三級跳的方式成長。台商利用其在泰、馬的地理便利，服務西方及日本電子大廠在馬來西亞及新加坡的營運。在1995年之後，形勢逆轉，西方及日本的大廠減少對馬來西亞的投資，而增加在中國大陸的投資，台商也在此時大舉進入中國大陸的市

---

[7] Michael Porter, "Toward a Dynamic Theory of Strategy," *Strategic Management Journal,* 12（1991）, pp.95-117.

場，在時間上也是互有搭配。換言之，投資時點的選擇，掌握在國際生產網路上，而非在台商手中。

二、零組件供應商

零組件供應商在台灣的生產網路上居於弱勢的地位，因為台商的生產網路是國際生產網路的一個子網路，其運作受西方買主的控制，而最接近西方買主的代工廠在子網路中居於最有利的地位，其對零組件供應商經常予取予求。當代工廠到中國投資以後，如果要求這些零件供應商跟進，他們很難拒絕；如果拒絕，生意的關係可能斷絕。因為到中國生產的目的是降低成本，因此零組件供應商也被要求降低生產成本；如果台商被要求提供即時供貨（just-in-time）的運作模式，也只有配合。

零組件供應商要脫離這種受制於人的命運，大體上有兩種方法：第一種是尋找台商以外的客戶，以增加談判的籌碼；第二種是提高產品的技術層次，以扭轉主客的地位。先從分散客戶談起，要分散客戶，最好到中國以外的地方投資，例如東南亞等地。由於外商在中國投資的規模夠大，因此外商往往也帶來自己的供應商，所以切入不易。如果是在中國以外地區投資，則因為生產規模小，不一定有供應商隨行，因此切入機會較大。

在提高產品技術方面，必須開發新產品或新世代的生產技術，以取得市場領先地位，如果這種新產品正是代工廠生產終端產品的關鍵零組件，則主客的地位很快易手。例如生產映像管（CRT）的廠商如順利切入平面顯示器的生產，很快可以主導下游電腦組裝廠產品轉型的關鍵，網路地位丕變。要達到此目的，零組件廠在對外投資以後，必須積極投入研發，才可能在技術開發方面有所成就。

無論如何，零組件廠的「天職」是服務客戶，因此必須追隨客戶投資。若欲在網路中取得優勢地位，必須有能力服務多數客戶，因為客戶投資的區位不盡相同，因此零組件供應商也必須在不同地方投資，所以其投資區位是比較分散。如果客戶在華南，就必須在華南投資；客戶搬到華東，零組件供應商就會搬到華東，因為離客戶太遠，生意就可能被搶走。為服務比較多的客戶，產品也必須多樣化，因此創造「範疇經濟」（economies of scope）的優勢，是打敗競爭對手的重要手段。零組件廠因此經常利用本身的核心技術，不斷擴張產品的範圍。

三、品牌廠商的策略

嚴格來講，台商並沒有國際知名的品牌，但仍有一些台商以自我品牌在西方國家或台灣行銷。擁有自有品牌的台商大多也兼營OEM的業務。中國大陸對台商來說，提供兩個機會：一是降低生產成本，使自有品牌的產品更具價格優勢；二是在中國市場建立品牌地位。第一項機會不用贅述，第二項機會值得再論述。

台灣的品牌廠本身一般也兼營OEM業務，因此自有品牌和代工客戶之間常發生衝突，但在中國市場上此一問題即可避免，因為西方的知名品牌在中國市場尚未建立其地位，中國市場正處於百家爭鳴的時代，台商品牌並不構成特別的威脅。

台商品牌廠在中國行銷大體以「國際知名品牌」自居，然而產品大半是本地生產，而非自台灣或其它地區進口。本地生產具有成本優勢，而且可以因應當地的消費需求創造一些產品的特性。和中國本地的產品相比，台商強調品質的優勢；和西方產品相比，台商強調價格的優勢。然而在中國市場上，「中道」產品的需求並不高，反而是兩端（高單價和低單價）產品有較高的需求，[8]因此台商品牌在中國大陸經營並不十分成功。

從網路的觀點言之，品牌銷售乃基於消費者的信賴關係，而此一信賴

---

[8] Shigeyuki Abe, “Emergence of China and Japanese Economy: Prospects and Challenges,” paper presented at Korea Institute for International Economic Policy（KIEP）conference “Rising China and the East Asian Economy,” Seoul, Korea, March 19-20, 2004.

關係卻是原本不存在的。台商覺得在中國建立這種信賴關係是比西方市場容易，因為台商掌握了文化的接近性（proximity）。然而，西方強勢品牌的優勢，仍然使台商在中國陷於苦戰，例如在電腦方面，台灣的Acer雖然佈局甚早，仍難以和IBM、Dell等西方品牌抗衡。文化的接近性，只有在部份食品和健康休閒產品展現一些效果。

品牌拓銷的另外一項障礙，是中國境內的銷售通路完全和外商隔絕。在加入WTO之前，中國政府禁止外商取得內銷權，因此銷售必須透過中國本土的通路商，而其泰半是國營企業。國營企業不但缺乏效率，而且商業信用欠佳，有「賣得掉，收不到錢」的風險。台商在和這些國營企業往來時，並未比西方企業佔有什麼優勢，更遑論和中國國內品牌的競爭。少數成功拓展品牌的台商企業，是靠著自行建立的行銷通路而獲勝。

無論如何，為創造品牌產品的差異性，尤其為因應中國消費者的需求，台商必須在中國進行新產品的研發，因此在中國設立R＆D部門，甚至獨立的R＆D中心便有必要。台商竭盡所能爭取中國境內最優秀的大學畢業生投入產品的研發。但在中國人的心目中，台商的產品無寧是不如歐、美、日的二流貨色，因此要克服此項形象的障礙，必須付出相當的代價。

品牌行銷的另一項困境是仿冒的盛行。即使成功創造了產品，得到市場的青睞，仿冒品很快就會充斥市場，侵蝕創新的利潤。成功的行銷必須善用仿冒品所帶來的廣告效果，但降低因品質不良或侵蝕市場而造成的傷害。在中國打仿冒官司似乎並不流行，而是要營造出和仿冒者共存的機會。

即使困難重重，但中國市場提供建立品牌的最重要條件，也就是銷售數量的放大。在世界上除少數「限量發售」的精品外，品牌莫不需要數量的支持，有數量之後，才能在數量中求品質的提升，這是中國市場對台商品牌最大的貢獻。

肆、實證研究

本研究選取台商在中國大陸投資頗為成功的十個個案（都是大型廠商），檢視在以上所論述的對外投資理論。這十家企業分別是台達電、仁寶、寶成（以上為代工廠）、聯成石化、鉅祥、國巨、華映（以上為零件材料廠）、宏碁電腦、捷安特、建大輪胎（以上為品牌廠）。本文分別以A—J符號代表，但順序則無固定關係，分別就不同面向加以檢討：包括全球生產的佈局、全球化策略、全球化所追求的目標、全球化所達成的效果、中國大陸在全球化所扮演的角色，以及企業在全球化之後整合資源的能力分別加以說明。茲依六個面向說明如下：

一、全球生產佈局

十個個案的全球化佈局列於表1-1。由表1-1可以看出每個企業的佈局不盡相同，同一組別內的企業佈局亦各不相同，顯示生產的佈局和企業個別的考量有關，和企業是屬於代工廠、品牌廠或零件材料廠的屬性不必然有什麼關聯。不過表1-1仍然顯示一些共通性：（一）每家企業均對中國大陸投資，無一例外；這表示中國作為低成本的量產基地，對每一企業均適用；（二）企業的規模越大，服務的客戶越多，需要更多的生產基地。例如寶成是世界最大的運動鞋代工廠，服務的客戶涵蓋各大品牌，因此在中國、印尼、越南、美國、墨西哥均有生產基地，雖然中國的基地最大，但分散風險的考量促使其做全球化的佈局。又例如台達電是世界最大的電源供應器（SPS）製造廠商，在中國、泰國、墨西哥、英國均有生產基地，一方面分散風險，一方面提供客戶全球性的供貨服務。又例如國巨是全球最大的電阻製造廠，供應所有大型客戶（包括專業代工廠）的需求，在中國、新加坡、荷蘭、德國等地均有生產據點；（三）品牌廠的生產據點不一定比代工廠或零件材料廠多。品牌廠需要許多銷售據點，但生產不一定要很多處，例如宏碁品牌的主要生產地點在菲律賓及中國，其他地點其實是OEM業務的生產據點。捷安特的生產點在中國及荷蘭均不如上述的代工廠多。這表示代工廠及零件材料廠，反而比品牌廠更需具備國際生產和全球供貨的能力，這或許與代工廠或零件材料廠需要追隨客戶、服務客戶的特性有關。例如專做電子產品用的金屬沖壓件的鉅祥，雖然規模不大，但為服務客戶在中國（多處生產點）、馬來西亞、泰國、墨西哥均擁有生產據點，最近亦追隨客戶到印尼投資。

表1-1　台資個案企業全球生產點

企業群		中國	泰國	馬來西亞（新加坡）	印尼	越南	美國	墨西哥	歐洲
代工廠	A	V			V	V	V	V	
	B	V							
	C	V	V					V	V
品牌廠	D	V		V			V	V	
	E	V							V
	F	V				V			
零件材料廠	G	V		V					V
	H	V		V					V
	I	V	V	V	V			V	
	J	V							

說明：本表只計生產（製造）據點，銷售據點不計。

二、全球化策略

代工廠重視全球化生產及供貨能力（全球運籌）；品牌廠重視以大量生產，培養高價位商品的開發及行銷能力（以量養價）；零件及材料廠重視接近客戶，提供一次購足的服務。代工廠及品牌廠均以大量生產來爭取國際市場佔有率，市場佔有率有助於穩定代工關係，也有助於品牌的拓展。零件材料廠雖也重視產量的擴大，但其更重視產品線的完整。在國際化以後，各地生產採水平分工狀態，提供產品的多樣性。不論那種屬性的廠商，皆以中國為量產基地，其中尤以代工廠為甚。此外，品牌廠則以中國市場為本家市場（home market），以穩固其國際品牌的地位，並以低成本優勢搶攻國際市場，提升佔有率。代工廠則以強化研發設計能力及掌握上游關鍵零組件，也就是垂直整合，來確保其代工地位。零件及材料廠則以就近服務，品質保證穩固其客戶。十家個案廠商均有向「微笑曲線」兩旁擴張的趨勢，尤以品牌廠最為明顯。

三、全球化目標

表1-2列舉十家個案企業的全球化目標。由表可以看出企業全體的共通性及同類型廠商的一些共通性。以下是由十個個案歸納出來的目標：

（一）擴大市場佔有率：這是全部個案企業國際化所共同追求的目標，這項目標普遍是由低成本量產能力來達成，而中國在這項目標的達成上扮演十分重要的角色。個案企業中有多家已居世界第一的市場佔有率（寶成、台達電、捷安特、華映、國巨），若去除中國的產量，世界第一的市場佔有率即無法實現。

（二）產品的水平整合：這也是幾乎所有個案企業所共同追求的目標。海外的生產使企業能夠維持舊有產品的生產，延長產品生命，並且引進更多的產品，使產品線更完整，實現水平分工的利益，而且有助於提供一次購足（one-stop shopping）的服務。水平整合代表技術優勢外部性之發揮，並由此實現「範疇經濟」的效益。

（三）接近客戶：此點對於必須與客戶密切配合，或者運輸成本較高的產品具有重要性。所有零件（材料）廠均有此特性，此外台達電（生產SPS）及建大（生產輪胎）亦均具有零件廠的特性。在講求速度的競爭時代，接近客戶是零件供應商的重要競爭籌碼。

（四）建立全球運籌能力：這和接近客戶有些不同，建立全球運籌主要是接近最終消費者，因此必須在消費者集中的地方，有供貨及售後服務的能力，這在電子資訊產業較為明顯，因此仁寶、台達電、宏碁、國巨均注重此一能力之養成。

（五）建立行銷通路：行銷通路當然是品牌廠所講求的，但除品牌廠之外，國巨也以建構通路為國際化的重要目標。對電阻器的消費者而言（幾乎涵蓋所有電子製造廠），國巨其實是有「品牌」的。

（六）取得大量勞動力：這是代工廠的共同要務，量產能力的維持是代工廠的生存關鍵。這些廠也特別重視中國作為量產基地的功能，而且在中國雇用相當龐大的勞動力。

表1-2　台資個案企業全球化目標

企業群		擴大市場佔有率	產品水平整合	接近客戶	建立全球運籌能力	建立行銷通路	取得大量勞動力
代工廠	A	V	V				V
	B	V	V		V		V
	C	V	V	V	V		V
品牌廠	D	V	V		V	V	
	E	V	V			V	
	F	V	V	V		V	
零件材料廠	G	V	V	V			
	H	V	V	V	V	V	
	I	V		V			
	J	V		V			

四、 全球營運的效果

表1-3列舉全球化的效果，由表可以看出這個面向中各企業的共通性很高，和企業的屬性沒有太大關聯。茲分別就不同效果說明如下：

（一）市場佔有率提高：十個個案企業均在國際化之後提高其世界市場佔有率。寶成的運動鞋佔世界市場的15%，台達電的SPS佔世界市場的25%，國巨的電阻器佔世界市場的20%，這些都在對外投資以後才達成，而且中國大陸的量產是關鍵因素。台達電的專業化程度很高，但國際化使它在專業領域中出人頭地。

（二）客戶群擴大：產量擴大之後，客戶群自然的增多，而且更重要的是大客戶佔的比率增加。國際化使台商由二軍的市場升級到一軍的市場，大客戶對品質的要求高而且訂單量大，市場有進入障礙，因此國際化後的台商地位，因為服務大客戶而變得穩固。

（三）研發支出增加：因為有更大的產量，因而投入於研發的效益增高，而且產品有不斷更迭的壓力，投入研發的壓力也增加。對外投資的廠商普遍增加其研發支出，以增進產品創新能力。

（四）產品線擴大：除了聯成石化之外，產品線在國際化以後均擴大，這現象和客戶群擴大、研發支出增加都有密切關聯。量產的能力使其水平整合的利益容易發揮，因而增加了產品線。

（五）達成垂直整合：只有寶成和仁寶有垂直整合的動作，其餘企業只做水平的擴展。寶成作垂直整合的動機是在掌握產品創新的根源（鞋材），因而能更有效控制價值鏈；仁寶則是在控制關鍵材料價格變動的風險，使代工的能力更具自主性。兩者均是在生產價值鏈上強化自己地位。

（六）國內生產的減少：海外生產增加，國內生產是否會減少？在寶成、捷安特、建大、聯成均有此現象，這四家都是所謂「傳統產業」。新產品不足以改變生產的特性，或製造本身沒有太多「知識」含量。因此雖有創新，仍必須在海外生產，因而國內生產減少。如寶成雖不斷開發新鞋，台灣只能做試產，量產必須在海外進行。

表1-3 台資個案企業全球營運效果

企業群		市場佔有率提高	客戶群擴大（大客戶增加）	研發支出增加	產品線擴大	達成垂直整合	國內生產減少
代工廠	A	V	V	V	V	V	V
	B	V	V	V	V	V	
	C	V	V	V	V		
品牌廠	D	V	V	V	V		
	E	V	V	V	V		V
	F	V	V	V	V		V
零件材料廠	G	V	V	V	V		
	H	V	V	V	V		
	I	V	V	V	V		
	J	V	V	V			V

五、中國大陸在全球化中的角色

中國大陸在台商全球化中的角色，和產品的特性與企業屬性均有關係，茲以表1-4說明如下：

（一）中國大陸為主要生產據點及主要獲利來源：這一點在傳統產業中的寶成、台達電、捷安特、建大、聯成石化均適用。台達電雖然在國內不斷開發新產品，而且進入光電、通訊等新領域，但中國仍是成熟性產品如SPS、顯示器的主要生產基地，而且中國廠對獲利的貢獻也愈來愈多。捷安特即使在荷蘭亦有生產基地，而且產品價位遠高於大陸廠，但通俗性的量產產品來自中國昆山廠，而且獲利情形良好。其他企業亦走上相同的道路。

（二）建立中國地區品牌：三家品牌企業均努力經營中國市場的品牌，雖然目前中國大陸的市場潛力並未完全發揮，但三家企業均強調中國大陸對經營全球品牌的重要性。三家企業均以全球品牌為經營目標，而中國市場則定位於全球市場中的本家市場，目前以捷安特經營最為成功。其實台商品牌廠乃是挾國際品牌的知名度來耕耘中國市場，和既有的中國品牌競爭。有些無品牌的台商企圖以中國為基地建立品牌，是否能成功，仍有待觀察。

（三）運用中國地區人才：每個企業運用中國地區人才的程度及目標不一，有些志在生產幹部，有些志在研發人員。由表1-4所示，除國巨及聯成石化外，運用中國人才均相當積極，也就是有儲才及訓練的積極作法。國巨及聯成都因為生產產品相當成熟，生產方式固定且機械化程度高，人才養成較不積極。

表1-4　台資個案企業在中國大陸全球化中的角色

企業群		主要生產據點	主要獲利來源	建立中國地區品牌	運用中國地區人材
代工廠	A	V	V		V
	B				V
	C	V	V		V
品牌廠	D			V	V
	E	V	V	V	V
	F	V	V	V	V
零件材料廠	G				V
	H				
	I				V
	J	V	V		

六、全球化的資源整合能力

台商在國際化後獲得許多寶貴的資源及能力，是其國際競爭力的重要泉源，此後若能繼續強化這些能力，國際地位即可確保。表1-5列舉幾項在國際化後明顯提升的能力，說明如下：

（一）產品開發能力及量產能力：這兩項能力對廠商而言最為重要，而且是相輔相成的，因為如果沒有產品開發能力，量產的優勢是無法維持的。尤其對代工廠或零件供應廠而言，產品開發能力更是維持訂單的最大籌碼，否則代工或零件供應的地位很快就會被當地廠商所取代。

（二）全球供貨及服務的能力：有些企業在國際化之後也建立全球供貨的能力，這對於提供客戶和消費者更快和更好的服務有相當幫助，對於訂單的取得也有助益。電子資訊廠因為全球競爭壓力大及時效性要求高，因此特別重視這項能力的建立。而品牌廠因為產品要行銷全球，為拓展當地市場，提高市場佔有率，全球供貨能力也是必備的要件之一。

（三）建立行銷通路的能力：品牌廠及國巨（半品牌廠）均重視行銷通路的建立，這也是擴大市場佔有率所必須走的路。品牌廠在中國設立生產據點雖有助於中國市場的開拓，但行銷通路的建立才是產品銷售的利器，因此只要是以消費者為最終客戶的產品，都必須掌握行銷通路才可能成功。台灣品牌廠在國際化後均致力提升行銷能力，企圖在國際市場上佔有一席之地。

（四）中國市場開拓的能力：一般而言，品牌廠商因具備品牌知名度，因此要開拓中國市場較易。大陸消費者對於全球性品牌（如宏碁、捷安特），甚至台灣品牌（如建大）有一些好感，因此銷售都相當不錯，尤其是最早進入大陸的品牌，更能取得市場先機，掌握先馳得點的優勢。

（五）國際化也有助於累積人力資源：企業國際化後，當地雇用的員工在經過一段時間的訓練，都可變成公司寶貴的人力資產。企業不只是擁有中國大陸的優秀人才，其他地區的人才，如馬來西亞的華人（宏碁、華映）、歐洲（如國巨）和美國（宏碁）的人才，均對企業進一步全球化提供必要的人力資源。

表1-5　台資個案企業全球化後的資源整合能力

企業群		產品開發能力	量產能力	全球供貨及服務	行銷通路	中國市場開拓	累積人力資源
代工廠	A	V	V				V
	B	V	V	V			V
	C	V	V	V			V
品牌廠	D	V	V	V	V	V	V
	E	V	V	V	V	V	V
	F	V	V	V	V	V	V
零件材料廠	G	V	V				V
	H	V	V	V	V		V
	I	V	V				V
	J		V				

值得注意的是，在各類組廠商中以品牌廠商在國際化之，後所獲得的優勢最多也最為完整。相同產業內的廠商，品牌廠商最具資源整合之實力，因此可以從國際化中獲得最大的利益。我國廠商向來不重視品牌，在全球化的趨勢下，此一策略恐有重新思考的必要。

伍、結論

中國大陸因為和台灣在地理和心理上的接近，因此容易吸引來自台灣的投資。然而，台商是國際生產網路的一環，對中國的投資主要仍受網路關係的牽制。在國際網路未認可中國為可接受之生產基地前，台商並不會大舉進出中國；而在國際網路認為有必要在中國建立生產基地時，台商也沒有抗拒的力量。台商若不能和國際網路保持良好的互動，其基本的地位將無法保持。

一旦到中國投資以後，台商一方面要鞏固其既有的網路關係，以降低因生產地點移轉所產生的摩擦；另一方面要利用中國本地的資源，以提升自身在網路中的地位。台商在這兩方面都十分成功。以網路移轉而言，因為兩岸在地理、語言、文化上的接近，連中小企業在中國投資也沒有太多障礙，網路關係的全盤複製並不困難。相較於其他國家廠商，台商在中國市場不完全的情形下，利用資源的能力具有優勢。[9] 以網路地位的提升而言，台商利用中國低廉而龐大的勞動力，達到降低生產成本和擴大生產規模的目的，以低成本和大量生產的優勢取得國際生產網路的優勢地位。這種低成本和量產的優勢不只逼迫其他小型的同業（包括本國和外國的）退出市場，而且逼迫網路中的旗艦廠商（如電子產業中的IDM廠）改變他們的生產方式，把原先自行生產的項目轉為外包（即由台商代工），以確保其產品的競爭優勢。因此中國的對外開放，搭配台商的大量投資，某種程度上改變了國際生產的模式，至少在電子產業是如此。

除了降低成本和擴大生產規模之外，台商也利用中國的生產基地，擴大其產品的垂直整合和水平整合程度。垂直整合的目的在掌握關鍵零組件的供應，擴大自己在生產價值鏈上的勢力範圍，以提高獲利能力，沖銷因產量擴大後所帶來毛利率（margin）的耗損。水平整合的目的則是利用本身的核心技術能力，延伸並擴大生產項目，以減少產品循環的衝擊，獲取範疇經濟的效益。無論為增加垂直整合或水平整合的程度，台商均必須增加R＆D的投入，而且無可避免的，有一部份的R＆D工作必須在中國進行。

此外，尚有一批台商企圖利用中國市場的商機，以擺脫舊有網路關係的束縛，建立自己的新王國。而他們所採取的方法則是建立自有品牌，以突破台商在國際分工的罩門。中國市場之所以能提供這個機會，主要是因為中國門戶初開，市場處於渾沌狀態，西方勢力尚未瓜分地盤之故。但台

---

[9] Tain-Jy Chen and Ying-Hua Ku, "Creating Competitive Advantages Out of Market Imperfections: Taiwanese Firms in China," *Asian Business and Management,* vol.1, no.1（2002）, pp.79-99.

商在中國仍然是弱勢品牌，又缺乏行銷通路的優勢，在中國市場的經營所能倚賴的優勢只有文化的接近性，因此迄今為止，只有一些和文化密切相關的產品（如食品、美容等）獲得成功，在其他製造業方面，台商仍處於苦戰的狀態。反倒是一些利用中國所提供的生產優勢，強攻西方市場的廠商（如宏碁、捷安特）逐漸有所突破。由此觀之，迄今為止，中國所提供給台商的主要資源仍是生產資源，而非市場資源。

網路關係一旦發生變化，台商未來的經營策略也勢必有所調整。為擴大垂直整合或水平整合的優勢，台商未來在R&D方面將更積極投入，其所需高階人力資源十分急切，而台灣本身所能提供的人才已達極限，海外人才庫也幾乎用罄，未來利用中國高階人才勢必不能免，如何建立利用的途徑有燃眉之急。在品牌經營方面，主戰場仍在西方國家而非中國市場，因此全球品牌應為廠商的追求目標，而不是所謂「地區品牌」。在中國逐漸開放內部市場、不斷和國際接軌之際，建立一個在國際網路中的優越地位，「挾洋自重」才是經營中國市場的決勝關鍵。

參考書目

一、中文部份

（一）專書

高長、季聲國、史惠慈，**台商與外商在大陸投資經驗之調查研究－以製造業為例（三）**（台北：中華經濟研究院，1996年）。

高長、王文娟、季聲國，**大陸民營環境變遷對台商投資影響之研究**（台北：中華經濟研究院，1999年）。

二、英文部分

（一）專書

Abe, Shigeyuki, “Emergence of China and Japanese Economy: Prospects and Challenges,” paper presented at Korea Institute for International Economic Policy（KIEP）conference “ Rising China and the East Asian Economy,” Seoul, Korea, March 19-20, 2004.

Borrus, Michael, “Left for Dead: Asian Production Network and the Revival of US Electronics,” in Barry Naughton（ed.）*The China Circle*（Washington DC: Brookings Institution for Economics Research, 1997）.

Buckley, Peter, Gerald Newbound and Jane Thurwell, *Foreign Direct Investment by Smaller UK Firms*（London, UK: Macmillan Press, 1988）.

Ku, Ying-Hua, “Economic Effects of Taiwanese FDI on Host Countries, ” in Tain-Jy Chen（ed.）*Taiwanese Firms in Southeast Asia*（Chelterham, UK: Edward Elgar, 1999）.

（二）期刊

Chen, Tain-Jy and Ying-Hua Ku, “Creating Competitive Advantages Out of Market Imperfections: Taiwanese Firms in China,” *Asian Business and Management,* vol.1, no.1（2002）, pp.79-99.

Johanson, Jan and Vahlne Jan-Erik, “The Internationalization Process of the Firm: A Model of Knowledge-Development and Incensing Foreign Market commitments, ” Journal of

International Business Studies, 8（1977）, pp.23-32. Jan Johanson and Vahlne Jan-Erik, "The Mechanism of Internationalization," *International Management Review,* 7（1990）, pp.11-24.

Morgan, Robert and Shelby Hunt, "The Commitment-Trust Theory of Relationship Marketing," *Journal of Marketing,* 58（1994）, pp.20-38.

Porter, Michae, "Toward a Dynamic Theory of Strategy," *Strategic Management Journal,* 12（1991）, pp.95-117.

從移植到混血：台商大陸投資電子業的區域網絡化

徐進鈺
（台灣大學地理與環境資源學系教授）

摘要

有關廠商進行跨界投資時，在生產組織的調整上，有所謂移轉與混血的兩種說法。這關係到廠商如何在異地重建生產網絡，以及如何察覺當地的制度規範對於生產的管理與協調的方式上的差異，進而尋求不同的解決的統理型態與組織方式。其中，有關台商在大陸的投資活動，經常被論及的就是「關係」的運用，以及因應而生對於生產活動的安排，和相對在投資上的文化與語言優勢，或者相對所產生不確定風險的討論。

本文試圖要藉由討論資訊產業的台商，在不同歷史階段利用不同區位的制度與資源，進行不同型態的組織安排，以及對於不同「關係」的運用型態。主要的結論發現，從八〇年代中期開始至九〇年代中期的台商大陸投資，主要在區位集中華南珠江三角洲一帶。投資者將在台灣進行的發包體系整個移轉，招募廉價民工，進行出口的生產活動，藉由與地方政府建立關係採取合資的形式，以規避來自新環境的制度與行政干擾。這個現象在九〇年代的後期，隨著大陸加入世貿組織的趨勢確立而改變。

關鍵詞：台商、跨界投資、轉移、混血、組織分離／連結

Networking in the Regionalization of Taiwanese Informatics Industry Investments in China

Jin-Yu Shiu

Abstract

This paper explores the transformation of industrial systems in trans-border Information Technology industry investments by Taiwanese investors in China. How will the cross-border firms practice in the new territories? Taiwanese investors managed tensions strategically, with differing responses at different stages of the process. In the beginning Taiwanese investors viewed China as a land of cheap labor and poor industrial practices; they relocated Taiwanese industrial systems to avoid disturbances from hosting regions in China. The situation changed as China's market emerged and gradually opened to foreign investors after the mid-1990s. In order for Taiwanese investors to survive and prosper, exploring China's vast inner markets became necessary. Taiwanese firms' expanded their operations, added new R&D departments, particularly, marketing divisions. They evolved from export subcontractors to brand-name producers. In the latest stage, Taiwanese investors have created networks to tap into local resources for new activities. This study concludes by inferring lessons on recent debates concerning institutional turns and the firm theory in economic geography.

Keywords: Taiwanese investors, Cross-border investments, relocation, localization, networking

壹、導論：轉移vs. 混血？

在全球經濟下，越界的企業網絡超越並建構了資本、技術、人員與資訊的流動，經常引致母國區域和地主國區域的社會和經濟之衝擊。當生產網絡日趨跨國界，異質的國家企業系統面臨到日益升高的組織張力和矛盾，使得不同形式產業的移植（transplant），成為全球化年代的重要現象。在轉移（transfer）的過程中，跨國生產組織的網絡和連結，必須自發地或是被迫地回應地主國的產業環境與調節系統。

部份學者[1] 預測一般制度形構與組織經濟的方式浮現，是由最有效的、為生存而直接競爭的生產系統所導致。在這個環境下，大部份是由輸入外人直接投資（inward FDI）提供給地主國區域的最佳實踐（practices）的輸送載體，在組織形構和商業策略上將維持儘可能完整，並且與在地的騷擾隔離，甚至可說是克制在地的複雜性。Kenney & Florida[2] 提出日本汽車和電子廠商就把即時生產（just-in-time）供應鏈（supply chains）的豐田式（Toyotaist）生產體系，搬到北美設立分公司。

相反地，如Hollingsworth、Boyer[3] 和Zeitlin等學者，認為廠商鑲嵌在複雜的環境中，雖然限制他們的行為，但生產的社會系統卻成為了解經濟

---

1 M. Kenney and R. Florida, *Beyond Mass Production: the Japanese System and Its Transfer to the U.S.*（Oxford: Oxford University Press, 1993）. T. Rutherford, "Re-embedding, Japanese investment and the restructuring buyer-supplier relations in the Canadian automotive components industry during the 1990s," *Regional Studies,* vol.34, no.8（2000）, pp. 739-751.

2 同前引書。

3 R. Boyer, "Hybridization and models of production: geography, history, and theory," In *Between Imitation and Innovation: the Transfer and Hybridization of Productive Models in the International Automobile Industry,* eds. R. Boyer, E. Charron, U. Jurgens and S. Tilliday（Oxford: Oxford University Press, 1998）, pp. 23-56.

行為和表現最重要的環節。在這個概念下，所謂「日本企業的國際化」現象被誇大。因為，在近距離的檢視下，日本廠商適應國外狀況反而超過複製日本的實踐。Kenney和Florida稱揚豐田式的成功，被Hollingsworth描述成是日美實踐的混血，而非美國系統的日本化。

以上兩種理論趨勢都同意有相異的國家企業系統存在，但不同意在跨界投資過程裏組織形構的轉變。當東亞的新興工業國家（Newly industrializing countries）如韓國、台灣、香港和新加坡，在八〇年代中期開始，作為輸出外人直接投資（outward FDI）的一員後，起初大部份投資在東亞區域，後來逐漸集中在中國大陸，台商無視於政治上喧囂，開始於1986年跨台灣海峽投資，且大部份都是中小企業廠商。

本研究基於轉移和混血的理論辯論，來探索台商電子產業投資中國大陸的組織變遷，將會衝擊到許多相關事項如下：台商在面臨中國脈絡時的改組過程為何？這個互動導致「有效的」地主國制度發展，因而吸引投資者適應在地脈絡嗎？在什麼樣的意義下，移植的產業系統混血？最後，我們如何適切地認知到，這些相異的制度機制是怎樣透過跨界生產系統轉移而運作？

貳、關係的角色：組織緩衝vs. 文化優勢

在進入經驗研究前，必須先處理在文化相近的跨界投資時，治理（governance）扮演的角色之辯論。有兩種相反的觀點：邢幼田論證台灣中小企業（SMEs）在中國當地建立聯盟時，文化鄰近性的優勢是由於台灣中小企業熟悉關係（guanxi）的法則和實踐。[4] 相反的，吳介民基於新制度論的角度，他認為跨界台商必須是全球生產網絡重組中的一份子。

[4] Y-T. Hsing, *Making Capitalism in China: The Taiwan Connection*（Oxford: Oxford University Press, 1998）.

在處理面對相異的制度環境的治理問題時，特別是珠江三角洲區域尋租者（rent-seekers），在吸引外資和創收的改革政策下，擁有被中央認可的自治權力。[5] 邢幼田和吳介民都觀察到，台商與中國當地幹部建立關係時是有利的，但卻必須承受中國制度環境的風險，邢幼田列出在地連結是移植過程中產生摩擦時的潤滑劑；吳介民則舉出在地假鑲嵌（pseudo-embeddedness）如同防禦外在衝擊的保護傘。

本文以位於上海及長江三角洲的台商電子廠商的訪查，作為跨界投資的個案研究。早先邢幼田與吳介民兩人的研究是聚焦在傳統產業，本文是作為理論了解和經驗研究所發現的雙重更新與補述。在地理上，台商電子產業在珠江三角洲和長江三角洲都有聚集現象，但在九○年代中期以後，投資者逐漸移到中國東部，本文提出在相異的制度脈絡下的廠商行為，作為初步對照。

參、一般的區位模式：從珠江三角洲到長江三角洲

九○年代中期以後，由於勞力短缺和相對高成本，促使以電腦零組件和週邊產品為主的台灣中小企業電子廠商外移到中國大陸。首先面對的是新廠址的區位選擇。事實上，1997年確認中國將成為世界貿易組織（WTO）會員後，台商就開始從珠江三角洲往長江三角洲移動。

由中國對外經濟貿易合作部在1999年調查[6] 發現，外人直接投資的來源還是以大中華圈（Great China Circle），包括香港、台灣和新加坡為主，其中以廣東和福建等開放區域吸引文化和地理鄰近性的族群為最高。

---

[5] J-M. Wu, "Strange bed-fellows: dynamics of government-business relations between Chinese local authorities and Taiwanese investors," *Journal of Contemporary China*, vol.6（1997）, pp. 315-346.

[6] Ministry of Foreign Trade and Economic Cooperation, *Almanac of China's Foreign Economic Relations and Trade*（Beijing: China Economic Publishing House, 1999）.

1997年後，中國在加入世界貿易組織的談判，以及確認對外開放市場之後，長江三角洲包括上海和鄰近區域相較於南中國，被評估認為位於市場中心，擁有較佳的區位。此外，主要的電腦買家如Dell、IBM和Compaq等國際採購大廠（International Procurement Offices，IPOs）的決策，在組織電腦生產鏈的空間分工時具有關鍵性角色，使得主要台灣主機板和筆記型電腦廠商急速地聚集在長江三角洲。以2001年台灣區電機電子工業同業公會調查發現，台商抱怨與排斥在珠江三角洲落腳的主要原因是：「規則是隨人定的，不是隨法定的」。新的跨界投資的電子產業廠商，例如廣達和華碩就選擇在長江三角洲，而富士康和台達電子是將原本的核心北移到長江三角洲。

肆、轉移和制度去鑲嵌：出口飛地

早期台商來到中國這個未知而新興的經濟體，首先面對的是要保持他們本身產業系統與維持能力的問題，以及如何抓住擴張機會。在荊棘滿佈的環境中，投資者必須重建他們的生產網絡和有效的治理系統。移植到中國的營運，必須跨越下列許多考量。

首先，在地的制度調節和執行，是台商設立和運作企業的決定因素。投資者最在意的是稅制和關稅的制度調節。依據中國法律，外國投資者可以依據他們設立在經濟特區或高新技術區，而免除15%到24%的營業稅。[7] 在實踐上，投資者與在地政府的交涉就看雙方討價還價的權力而定。[8] 根據一項調查，超過58%的台商在大陸是做原始設備製造商的代工

---

[7] C-L. Gu, L-X. Zhau, *China's High Technology Industries and Parks*（Beijing: Zhongxin Press,1998）.

[8] X. Li, Y-M. Yeung, "Bargaining with Transnational Corporations: The Case of Shanghai. International," *Journal of Urban and Regional Research,* vol.23, no.3（1999）, pp. 513-533.

（OEM）出口到美國市場，但在中國逐步開放市場使得目標在地市場比例越來越高，以及中國原料便宜的情況下，面臨需要調整的問題。但投資者若無特別許可證，產品銷售到中國市場時，將形成可以處以死刑的走私行為，結果是外國投資者必須小心翼翼地管理原料輸入，並且在當他們想改變銷售產品到當地時，必須支付額外的稅費。

在處理稅制和關稅的議題時，台商通常是為了避免麻煩而採取一些手段。早期台商選擇與在地的鄉鎮企業合資，並且讓鄉鎮企業處理一些管理上的麻煩事務，但在實際上他們在營運上是不具有權力，即吳介民所謂的「假合資，真外資」。[9] 結果造成珠江三角洲混亂的環境，促使主要投資者向北移動。另外可以佐證的是一項統計資料中，在1993年時，有75%的台灣投資選擇合資，但到1998年只剩下48%。

台灣電子廠商還必須面臨到運籌（logistic）支援與生產系統重組的問題：選擇外部採購（outsourcing）還是內部製造（making）？垂直整合是台灣中小企業的傳統智能，但卻可能不是在快速變遷的新經濟下的最佳政策。例如明基電腦1994年在蘇州的投資，就是以策略性市場位置和在地生產系統，而非傳統如地價、交通可即性和勞動力為考量。在地採購通常是多國公司（multinationals）資源配置和節省成本的最佳政策，[10] 但事實上台商如明基電腦，首先試著在地採購，但在地環境必要的技術和品質不完備，以及台商無法信賴在地的轉包廠商，明基電腦立刻決定自己製造關鍵零組件，以生產系統的垂直整合來面對高度不確定的環境。明基電腦在轉包系統整體遷移後開始有了替代選擇，在1993年明基電腦帶領20多家轉包夥伴廠商參觀蘇州的潛力基地之後，有14家願意跟隨，其中大部份都與核

---

[9] J-M. Wu, "Strange bed-fellows: dynamics of government-business relations between Chinese local authorities and Taiwanese investors," *Journal of Contemporary China,* vol.6（1997）, pp. 315-346.

[10] J. Dunning, *Multinational Enterprises and the Global Economy*（Wokingham: Addison-Weslsy,1993）.

心廠商明基電腦有超過五年以上的合作關係。這說明「母雞帶小雞」的策略。在此概念下，台灣的社會鑲嵌是跨越海峽的轉移，並且在沒有外在干擾下，持續生產網絡的運作。

一般而言，核心廠商是轉包廠商在初期決定移植的因素。然而，轉包關係並非唯一的，而是延伸到其它電子製造業者。當其它如大同電子和台達電子移到吳江時，他們就可以下訂單給明基電腦的夥伴。在這過程中，透過標準（如ISO9000）和合盟（派遣工程師到轉包廠商解決問題）使得核心和轉包廠商之間相互學習技術，不再是鎖定到相互死亡，而是鬆開到兩者都能夠對其它廠商開放，使得台商的「雞窩」整個搬遷到長江三角洲。

勞動力調整方面也有生產系統轉移現象。在珠江三角洲的電子產業的台商，都是僱用20歲以下的從鄉村地區來的年輕女性（稱為民工），每月薪資400到700人民幣。但在長江三角洲大部份都是國有企業的產業基礎上，為避免僱用昂貴有經驗的勞工，而從其它鄉村地區如安徽、湖南和蘇北招募過來，台商想自己「生產」勞動力，但大環境卻不允許這樣做，許多經理人員列出民工的「惡習」，如吃大鍋飯、機會主義和懶散等。為了有效地控制和訓練勞動力，台商還是從台灣派遣高階台幹到大陸，以及對員工實施宿舍管理和訂定嚴格戒律，例如實施宵禁，來規訓他們下班以後的生活。

整體而言，八○到九○年代中期，台商在反應移植到中國時的選擇時，從最初與當地政府以關係遊戲形成外部混亂的緩衝，以一系列的調節措施，採取去鑲嵌化（disembedded）策略來防止在地干擾，他們享受實質稅收補助與低廉勞動力的利益，並且維繫生產系統中自發的能力。

伍、混血和制度再鑲嵌（Re-embeddedness）：急迫的在地市場

九〇年代後，開始開放外人直接投資，使得中國市場逐漸地浮現。台商為了存活及進一步成功，拓展巨大的中國內銷市場成為必要途徑，台商在管理及操作系統逐步發展不同原則，不再採取過去的飛地（enclave）策略。同時中國制度環境在新總理朱鎔基的領導下，國務院突然開始對沿海省份搜捕貪污的改革行動，以及同意著手改革貿易障礙。從中國大部份已開發地區稅制和關稅主管機關開始，如長江三角洲就逐漸從個人化的各地區自主政策（particularism），轉向非個人化的普及性。[11] 同時長江三角洲的地方政府，在先前與外國投資者討價還價的經驗，只有學習到只有管理過程的效率和遵從法治的精神，才能夠吸引外資，並非只靠建設硬體基礎設施（infrastructure）。[12] 在新環境下，台商開始嚴肅面對找尋世界最大市場的成長潛力。

台商中小企業首先面臨到，當他們從出口導向，變成以在地市場為目標時，必須解決稅制和關稅的問題。一些台商寧可設立新的自主公司來承攬在地市場，或是切割廠商組織其它部份成為在地行銷部門。為了與在地重要顧客建立良好關係，這些投資者的首要任務，是迫切地抓住轉移自身的機會。轉移出現在二個方面，一方面是轉包給中國的主要電子集團（如聯想電腦），以幫助台灣中小企業滲入在地市場；另一方面是以結盟來擴

---

[11] D. Guthrie, " The declining significance of guanxi in China's economic transition," *The China Quarterly,* vol.154（1998）, pp.254-282.

[12] J-M. Chang, S-L. Chiu, "Globalization and Suzhou's outward orientation economic development: a comparative study of four technology development parks," Paper presented in Symposium of Globalization, Sunan Economic Development and Taiwanese Investment, October 31, 2000, Taipei.（in Chinese）

展開發合乎當地需求的新產品。如台灣的大眾電腦集團和中國的聯想電腦集團為例，大眾電腦派遣數位重要的工程師參與聯想電腦的上海新廠，來開發新筆記型電腦，因此大眾電腦與在地最大的電腦集團建立穩固的轉包關係；昆山的富士康集團與在地合資新公司，擴張在長江三角洲的企業運作來處理新的機會和衝擊，並且與政府以在廠區內設立中國共產黨支部來發展良好關係。

在地市場迫切性，不只是限制作為全球重要的電腦買主的轉包夥伴的台商，也擴及到擁有高利潤的自有品牌（own brand-name，OBN）製造商產生變化的可能性，對於大部份長期隱藏在全球生產網絡後，作為代工的台商電子產業而言，成為自有品牌生產者是一項新興而複雜的實踐。[13]它獲取的不只是大部份電子產業的台商已經具備的優良生產能力，而是包含在地口味行銷競爭的默示知識（tacit knowledge）、特殊標準和精確調節，開闢一條新道路進入長期閉塞的中國市場。加入新的研發和行銷部門，將會刺激台商的組織改造，台商在先前的出口導向階段中，意識到在地制度環境是資源而非限制，如同在地公司一般，他們開啟廠商界限及吸取養份。換言之，包含在組織分離／連結的過程中，引發內在組織治理的張力，以及外在制度的安排。但對於要講述一個台商和中國新興市場的「組織－制度」互動趨勢仍嫌太早。

陸、結論：反思制度論與領域－廠商鏈結

本研究與Gertler的觀點共鳴：「所有廠商行為的修訂理論，都必須給予廠商內部的個人、集體和公司適當的空間。」[14] 台商烙著國族國家的印

[13] T-L. Lin, "The Social and Economic Origins of Technological Capacity: A Case Study of Taiwan's Personal Computer Industry," Doctorial Dissertation, Sociology, Temple University, 2000.

[14] M. Gertler, "Best practice? Geography, learning and institutional limits to strong convergence," *Journal of Economic Geography,* vol.1, no.1（2001）, pp. 5-26.

記，擁有許多重要的特徵如中小企業、文化鄰近性、缺乏跨界投資經驗和在生產鏈中扮演代工的角色，在中國不確定的環境下，採取去鑲嵌和再鑲嵌策略來回應反思性（reflexively），標示了既是機會又是限制的雙重矛盾性格。廠商作為反思行動者（reflexive agents），在不同階段中，依著他們外在網絡資源與限制，決定如何與更廣闊的網絡連結策略，導致從轉移到混種不同形式的跨國系統。

本研究基於經濟地理學中所討論的制度轉向（institutional turn）課題。一些「軟性制度論（soft institutionalism）」跟隨著在提倡「廠商－領域鏈結（territory-firm nexus）」的發展時，認為社會和文化鑲嵌扮演關鍵的角色；[15] 另一群人則是努力將「硬性制度論（hard institutionalism）」找回來，並且宣告政治經濟學的調節模式，以及特別是國家政策在型塑空間地理、都市和區域發展時的重要性。[16] 本研究論證不同制度鑲嵌模式，將會在不同的時間和空間尺度上，發展出形形色色的結果：台商電子產業的中小企業以關係優勢（即軟性制度）或「彈性市民主義（flexible citizenship）」[17] 形成跨界投資的資產，以及在珠江三角洲與無秩序的國家調節（硬性制度）形成緩衝，並且在中國內銷新興市場出現時，從轉移到順從正式調節，同時利用長江三角洲的區域優勢，這並非如MacLeod所謂「超越軟性制度論」，也不是如Storper 等人所宣稱的「文化－關係轉

---

[15] M. Storper, *The Regional World: Territorial Development in a Global Economy*（New York:The Guilford Press, 1997）. E. Schoenberger, *The Cultural Crisis of the Firm*（Oxford: Blackwell, 1997）.

[16] G. MacLeod, "Beyond soft institutionalism: accumulation, regulation, and their geographical fixes," *Environment and Planning,* vol.33, no.7（2001）, pp.1145-1167. J. Lovering, "Theory led by policy: the inadequacies of the 'new regionalism'（illustrated from the case of Wales）," *International Journal of Urban and Regional Research,* vol.239（1999）, pp.379-395.

[17] A. Ong, *Flexible Citizenship: the Cultural Logics of Transnationality*（Durham: Duke University Press, 1999）.

向」，而是在動態的制度論中，組織重劃（re-scaling）與過程重組。[18] 在此概念下，揚棄了「關係資本主義（guanxi capitalism）」[19] 的特殊性，而回應Smart「在地資本主義（local capitalism）」[20] 在不同時間和地理的變異性。

包括Taylor & Asheim[21]、Dicken[22]、Shoenberger[23] 等人都討論過廠商和地理組織的混種，認為是在廠內（intrafirm）、廠間（interfirm）和廠地（firm-space）的網絡連結時自然發生。然而，當考慮到經濟單位的權力時，這個設想並不存在，[24] 因為權力是動員資源去開拓受威脅的環境，而

---

[18] B. Jessop, "The crisis of the national spatio-temporal fix and the tendential ecological dominanceof globalizing capitalism," *International Journal of Urban and Regional Research,* vol. 24, pp. 323-360.

[19] J. Kao, "The worldwide web of Chinese business," *Harvard Business Review,* March-April（1993）, pp. 24-36；C. Kao, "The localization of Taiwanese investment in China and its effects on Taiwan' s economy, "CIER Working Paper, 2000.（in Chinese）

[20] A. Smart, "Economic transformation in China: property regimes and social relations," In *Theorising Transition,* eds. J. Pickles and A. Smith（London: Routledge, 1998）, pp.428-449；A. Smart, "Expressions of interest: friendship and guanxi in Chinese societies" In *TheAnthropology of Friendship,* eds. S. Bell and S. Coleman（Oxford: Berg Press, 1999）, pp.119-136.

[21] M. Taylor, B. Asheim, "The concept of the the firm in economic geography," *Economic Geography,* vol. 77, no.4（2001）, pp.315-328.

[22] P. Dicken, "Places and flows: situating international investment," *In The Oxford Handbook of Economic Geography,* eds. G. Clark, M. Feldman, and M. Gertler（Oxford: Oxford University Press, 2000）, pp.275-291.

[23] E. Schoenberger, "The firm in the region and the region in the firm," In *The New Industrial Geography: Regions, Regulation and Institutions,* eds. T. Barnes & M. Gertler（London: Routledge, 1999）, pp.205-224.

[24] P. Maskell, "The firm in economic geography," *Economic Geography,* vol.77, no.4（2001）, pp. 329-344；C. Prahalad, G. Hamel, The core competence of the corporation, *Harvard Business Review,* vol.68（1990）, pp.79-91； D. Teece, G. Pisano, "The dynamic capabilities of firms: an introduction," *Industrial and Corporate Change,* vol.3, no.3（1994）, pp. 537-556.

儘可能減少改變自身。基於對廠商作為一個「競爭－開創」的主體，本研究指出跨界的電子產業台商，以強化廠商主要能力為目標，採取與地主區域分離與重接（disconnect and reconnect）的不同策略，由於區域發展是隨著廠商投資（即Dicken所謂的「廠商化地方（firming place）」）而改變，以及被廠商的印記（即Dicken所謂的「地方化廠商（placing firm）」）所滲透。廠商作為一個反思行動者，在轉移和混種的分析紋理下，應以地理上敏銳的策略保護，並且強化在「廠商－領域鏈結」演進中的能力。

柒、政策意涵

經由歷史性的分析資訊業台商，在大陸的投資行為與區位的討論，可以看出廠商與個別區域之間的互動中，有關法治化規範、勞動力素質市場的開放性等「軟性」因素，要比傳統強調稅收減免與基礎設施的興建上，要來得更為重要，這尤其對於加入世貿之後的中國而言，更是應有的規範。也因此，各個地方政府所應該著力於，不是在於提供更多的制度外彈性或優惠，而是提供更基本面的要素，包括勞動力訓練（人力資本的養成），協助廠商建立本地的生產網絡、資金借貸體系的建立，以及法令清楚有所依循的體制，往往才是地區長久發展之路。區域之間在成本上與稅制上削價競爭的作法，並不能有效的留住廠商外資的停留，華南的例子就是鮮明的經驗。

此外，有關在地生產體系的建立，一直也是地方政府所關切的，從華南與華東的例子中，可以看到廠商的在地鑲嵌的條件，往往是建立在廠商組織與生產能力的建構考量上。換言之，如果地方的勞力市場與技術能力無法提供一個完整的勞力庫，那麼廠商仍然有可能進駐，但多半採取規避干擾，以及將主要技術與零組件的生產與研發，留置在區域之外，藉以利用外來廉價勞力的加工方式。相對的，當地方勞動力與技術（人力資本）較為有技能，同時創業的機制也較為完整（包括資金與相關法令）時，衍生在地的外包體系，甚至將重要的研發功能移入的可能性就會大為增加。在這意義上，與其不斷與廠商談判要求其協助發展地方生產體系，不如就提升勞動力素質，以及增加創業的誘因上著力，要來得有效。

參考文獻

英文部分

（一）專書

Block, F., *Postindustrial Possibilities: A Critique of Economic Discourse*（Berkeley: University of California Press, 1990）.

Capital Group," March on China: the Special Issue on Taiwanese Investments in China ," *Taipei: Capital Group*（2001）.

Business Next, " Special Issue: Top 100 Taiwanese High Technology Enterprises," *Taipei: Business Next Journal*（2000）.

Chang, J-M. & Chiu, S-L, *Globalization and Suzhou's outward orientation economic development: a comparative study of four technology development parks,* Paper presented in Symposium of Globalization, Sunan Economic Development and Taiwanese Investment（Taipei：October 31, 2000）.

Chen, S-H., "Taiwanese IT firms' offshore R&D in China and the connection with the global innovation network," *Research Policy,* 2004（forthcoming）.

Chung, C., "Division of labor across the Taiwan Strait: macro overview and analysis of the electronics industry, " In *The China Circle,* ed. B. Naughton（Washington D.C.: Brookings Institution Press, 1997）, pp.164-209.

Dicken, P.," Places and flows: situating international investment," In *The Oxford Handbook of Economic Geography,* eds. G. Clark, M. Feldman, and M. Gertler（New York: Oxford University Press, 2000）, pp.275-291.

Dicken, P. & Malmberg, A.," Firms in territories: a relational perspective, " *Economic Geography,* vol. 77, no.4（2001）, pp. 345-363.

Dunning, J., *Multinational Enterprises and the Global Economy*（Wokingham: Addison-Weslsy, 1993）.

Evans, P., *Embedded Autonomy: States & Industrial Transformation*（Princeton: Princeton University Press, 1995）.

Gu, C-L. & Zhau, L-X., *China's High Technology Industries and Parks*（Beijing: Zhongxin Press,1998）.

Hsing, Y-T., *Making Capitalism in China: The Taiwan Connection*（Oxford: Oxford University Press, 1998）.

Hudson, R., *Producing Places*（New York: The Guilford Press, 2001）.

Kenney, M. and Florida, R., *Beyond Mass Production: the Japanese System and Its Transfer to the U.S.*（Oxford: Oxford University Press, 1993）

Lin, G., *Red Capitalism in South China: Growth and Development of the Pearl River Delta*（Vancouver: UBC Press, 1997）.

Lin, T-L., *The Social and Economic Origins of Technological Capacity: A Case Study of Taiwan's Personal Computer Industry*（Doctorial Dissertation, Sociology, Temple University, 2000）.

McKendrick, D., Doner, D., and & Haggard, S., *From Silicon Valley to Singapore: Location and Competitive Advantage in the Hard Disk Drive Industry*（Stanford: Stanford University Press, 2000）.

MIC（Marketing Information Center）, *Yearbook of Taiwan's Informatics Industry*（Taipei: MIC, 2001）.

Ministry of Foreign Trade and Economic Cooperation, *Almanac of China's Foreign Economic Relations and Trade*（Beijing: China Economic Publishing House, 1999）.

MOEA（Ministry of Economic Affairs）, *Survey on Taiwanese Manufacturing Firms' Outward Investments*（Taipei: MOEA, 1999）.

MOEA, *The Effect of the Changing China's Investment Environment on Taiwanese Investors Decision*（Taipei: MOEA, 2001）.

Ong, A., *Flexible Citizenship: the Cultural Logics of Transnationality*（Durham: Duke University Press, 1999）.

Sabel, C., *Experimental regionalism and the dilemmas of regional economic policy.* Paper presented to the conference on socio-economic systems of Japan, the US, the UK, Germany, and France. Institute of Fiscal and Monetary Policy（1996）.

Saxenian, A., *Regional Advantage: Culture and Competition in Silicon Valley and Route 128*（Cambridge: Harvard University Press, 1994）.

Schoenberger, E., *The Cultural Crisis of the Firm*（Oxford: Blackwell, 1997）.

Schoenberger, E.,"The firm in the region and the region in the firm," *The New Industrial Geography: Regions, Regulation and Institutions,* eds. T. Barnes & M. Gertler（London: Routledge, 1999）, pp.205-224.

Smart, A.," Economic transformation in China: property regimes and social relations," In *Theorising Transition,* eds. J. Pickles and A. Smith,（London: Routledge,1998）, pp.428-449.

Smart, A.," Expressions of interest: friendship and guanxi in Chinese societies ," In *The Anthropology of Friendship,* eds. S. Bell and S. Coleman,（Oxford: Berg Press, 1999）, pp.119-136.

Storper, M., *The Regional World: Territorial Development in a Global Economy*（New York: The Guilford Press, 1997）.

TEEMA（Taiwan Electricity and Electronic Manufacturer Association）, *A Survey Report on the Evalution of Investment Environments and Risks in China*（Taipei: TEEMA, 2001）.

Yeung, H., *Transnational Corporations and Business Networks: Hong Kong Firms in the ASEAN Region*（London: Routledge, 1998）.

Yeung, H., " Towards a relational economic geography: old wine in new bottles?" Paper presented at the 98th Annual Meeting of the AAG（Los Angles, March 19-23, 2002）.

Zhuang, S-Y., Chen, Z-J., & Chen, B-H., *Taiwanese High Technology Firms Cluster in YRD*（Taipei: Global View Publisher, 2001）.

（二）期刊

Boyer, R., *Hybridization and models of production: geography, history, and theory.* In *Between Imitation and Innovation: the Transfer and Hybridization of Productive Models in the*

International Automobile Industry, eds. R.Boyer, E. Charron, U. Jurgens and S. Tilliday（Oxford: Oxford University Press,1998）, pp.23-56.

Chen, T-J., "Network resources for internationalization: the case of Taiwan's electronics firms," *Journal of Management Studies,* vol.40, no.5（2003）, pp.1107-1130 .

Cheng, L-L., "The invisible elbow: semiperiphery and the restructuring of international footwear market," *Taiwan: A Radical Quarterly in Social Studies,* vol.35（1999）, pp.1-46.

Dunning, J., "Location and multinational enterprise: a neglected factor?" *Journal of International Business Studies,* vol.29, no. 1（1998）, pp.45-66.

Eriksson, J., Majkgard, A., & Sharma, D.,"Experiential knowledge and cost in the internationalization process," *Journal of International Business Studies,* vol.28, no.2（1997）, pp.337-360.

Fenwick, M., Edwards, R., & Buckley, P., "Is cultural similarity misleading? the experience of Australian manufacturers in Britain," *International Business Review*, vol.12（2003）, pp.297-309

Fine, B., *Social Capital versus Social Theory: Political Economy and Social Science at the Turn of the Millennium*（London: Routledge, 2001）.

Gertler, M., "The production of industrial process," In *The New Industrial Geography: Regions, Regulation and Institutions,* eds. T. Barnes & M. Gertler（London: Routledge, 1999）, pp.225-237.

Gertler, M." Best practice? Geography, learning and institutional limits to strong convergence," *Journal of Economic Geography,* vol.1, no.1（2001）, pp.15-26.

Guthrie, D.,"The declining significance of guanxi in China's economic transition," *The China Quarterly,* vol.154（1998）, pp. 254-282.

Hardy, J., "Cathedrals in the desert? transnationals, corporate strategy and locality in Wroclaw," *Regional Studies,* vol.32, no. 7（1998）, pp.639-652.

Jessop, B., "The crisis of the national spatio-temporal fix and the tendential ecological dominance of globalizing capitalism," *International Journal of Urban and Regional Research,* vol.24（2000）, pp.323-360.

Kao, C.," The localization of Taiwanese investment in China and its effects on Taiwan' s economy," CIER Working Paper（2000）.

Kao, J., "The worldwide web of Chinese business," *Harvard Business Review,* March-April（1993）, pp.24-36.

Li, X. and Yeung, Y-M.," Bargaining with Transnational Corporations: The Case of Shanghai," *International Journal of Urban and Regional Research,* vol.23, no. 3（1999）, pp.513-533.

Lovering, J., " Theory led by policy: the inadequacies of the 'new regionalism' （illustrated from the case of Wales）," *International Journal of Urban and Regional Research,* vol.23（1999）, pp.379-395.

MacLeod, G..," Beyond soft institutionalism: accumulation, regulation, and their geographical fixes," *Environment and Planning A* , vol.33（2001）, pp.1145-1167

Maskell, P., "The firm in economic geography," *Economic Geography,* vol.77, no.4（2001）, pp. 329-344.

Peck, J.,"Places of work," In *Companion to Economic Geography,* eds. T. Barnes and E. Sheppard（Oxford: Blackwell, 2000）, pp.77-94.

Prahalad, C. & Hamel, G., "The core competence of the corporation," *Harvard Business Review,* vol.68（1990）, pp.79-91.

Romo, F., Korman, H., Brantly, P. & Schwartz, M., "The rise and fall of regional political economies," *Research in Politics and Society,* vol.3（1988）, pp.37-64.

Rutherford, T.," Re-embedding, Japanese investment and the restructuring buyer-supplier relations in the Canadian automotive components industry during the 1990s," *Regional Studies,* vol.34, no.8（2000）, pp. 739-751.

Taylor, M. & Asheim, B., " The concept of the the firm in economic geography," *Economic Geography,* vol.77, no.4（2001）, pp.315-328.

Teece, D. & Pisano, G., " The dynamic capabilities of firms: an introduction, " *Industrial and Corporate Change,* vol.3, no.3（1994）, pp.537-556.

Wang, H., "Informal institutions and foreign investment in China," *The Pacific Review,* vol.13, no. 4（2000）, pp.525-556.

Whitley, R., *Business Systems in East Asia: Firms, Markets, and Societies*（Newbury Park: Sage, 1992）.

Wong, S-L. & Salaff, J., " Network capital: emigration from Hong Kong," *British Journal of Sociology,* vol.49, no.3（1998）, pp.358-374.

Wu, J-M., " Strange bed-fellows: dynamics of government-business relations between Chinese local authorities and Taiwanese investors," *Journal of Contemporary China,* vol.6（1997）, pp.315-46.

Yang, M., " The resilience of guanxi and its new developments: a critique of some new guanxi scholarship, " *The China Quarterly,* vol.170（2002）, pp.459-476.

Zhu, Y., "*The* management patterns of Taiwanese informatics investors in China," *Taiwan Research Quarterly,* vol.74, no.4（2001）, pp.95-99.

兩岸經貿關係中國家角色的轉變

張弘遠
（致理技術學院服務業經營管理研究所副教授）

摘要

本文從全球化趨勢、區域經濟整合、國家角色與企業行為等角度出發，針對全球化下的兩岸經貿關係進行探討。研究認為：全球化下的兩岸經貿關係，主要是「資本管制型國家」與「資本競爭型國家」間衝突與合作的結果。由於全球資本轉向與生產流程改變，中國大陸已漸成為外商直接投資的新興熱點，此對鄰近國家經濟造成變數。台灣為了順應全球化之趨勢，透過提升資本邊際收益的方式，一方面積極設法引入外商投資，另外一方面也出現對外投資的需求。

兩岸競資的情況下，促使台商赴大陸投資產生不同的投資類型，大致可區分為：生產要素、比較優勢與壟斷優勢考量等三種資本外移類型，其中廠商前往大陸投資的動機與策略各不相同。研究顯示，台灣對於兩岸經貿所提出的政策作為，實與台商外移模式有關。

關鍵詞：全球化、台商直接投資、經濟成長、經濟整合

Transformation of State Role in Cross-Strait Economic Relations

Hung-Yuan Chang

Abstract

This article explores the State's role in cross-strait economic relations. This research employs foreign direct investment theory（FDI）to establish its theoretical outlook. The analysis is based on four factors—globalization, regional integration, State roles and enterprise behavior. Because the strait's economic development is restricted by political realities, the H-O theory is not applied.

The study accepts the view that economic relations are reflected in a conflict and cooperation framework between a "restrictive capital state"（China）and a "competitive capital state"（Taiwan）. China is currently a highly desirable investment destination. This situation has changed global capital flows and the transformation of production processes. China's practices are affecting the entire region. Globalization has gradually changed Taiwan's FDI patterns

Taiwanese factory owners invest in China in order to familiarize themselves with globalization. This action conforms to the different types of Taiwanese investments.

Keywords: globalization, Taiwan's FDI, economic growth, economic integration

壹、前言

一、概念建構

隨著兩岸經貿交流日趨頻繁，台商前赴大陸投資逐年增加，如何看待兩岸經貿關係的影響（特別是雙邊政府作為對兩岸經貿之影響），早已成為台灣學界高度關注的議題。由於台灣與大陸同屬國際分工的重要環節，兩者皆深受全球化的影響，故觀察兩岸經貿互動時，必須將視野拉高至國際層次。本文探討全球化趨勢對於兩岸經濟體系的影響，並運用直接投資理論來歸納兩岸經貿中台商直接投資的類型，嘗試建構具有解釋性的理解圖像。

分析兩岸經貿互動，首先必須將之置於全球化的脈絡當中，由發展的歷程來看，全球化繼承了「經濟一體化」的內涵。自1820年以來，全球經濟一體化的趨勢隨著自由貿易的發展而快速擴張。[1] 按照比較利益法則觀點，經濟一體化降低國與國之間的貿易壁壘，進而有助於各國經濟成長。因為國際貿易會依循比較利益法則進行分工，分工所引發的專業化將會提高生產與交易效率，促使資源運用效率提升，進而產生雙贏的結果。[2]

全球化對於分工所產生的影響，[3] 改變了全球經濟運作的面貌，從十九世紀中葉到二十世紀八〇年代，當時國際經濟的主要議題大多鎖定在商品貿易自由化與匯率結構的運作，然而全球化下的經濟熱點則往往是聚焦在全球貿易型態、國際金融整合和跨國公司對外直接投資等議題，[4] 而

---

[1] 由1820年到1992年之間，世界出口成長了540倍，世界出口佔總產出的比重由1%上升為13.5%，見胡鞍鋼主編，**全球化挑戰中國**（北京：北京大學出版社，2002年），頁5。

[2] 瞿宛文，**全球化下的台灣經濟**（台北：台灣社會研究雜誌社，2003年），頁1-2。

[3] 胡鞍鋼主編，**全球化挑戰中國**（北京：北京大學出版社，2002年），頁5-6。

[4] Robert Gilpin著，楊宇光等譯，**全球資本主義的挑戰—21世紀的世界經濟**（台北：桂冠圖書公司，2004年），頁7。

在議題差異背後所凸顯的意義則是：全球化對於國際勞動分工與資本流動的影響。

在主要經濟強國對全球化的提倡與推動，近來多數國家紛紛解除資本管制與撤消貿易障礙，全球金融資本流動與對外貿易規模的增加，而受到市場規模或要素價格等因素的影響，大部分的國際資本流入美國、東亞、西歐等地。[5] 面對此一趨勢，無論是已發展國家或是發展中國家，在制定自身經濟發展的未來藍圖時，都必須要將全球化發展趨勢納入評估與規劃的核心部份。

那麼如何評價全球化的影響？過去研究者習慣從自由貿易的角度解讀，但此舉並未獲得共識。[6] 近來，許多的學者認為，當代貿易環境已與新古典經濟學假設中的貿易環境有所不同，單純依賴國家自然稟賦優勢進行國際經貿競爭的情況已不多見，[7] 更多的國際經貿活動是在國家介入下進行，故國家在經濟全球化中的角色則成為另一個值得關注的面向。

對於全球化中的國家角色，一般看法認為，全球化並沒有削弱其之重要性。在全球化時代，依靠國家干預既能夠提高本國競爭力，也可以保障內部社會利益的平衡，[8] 各個國家面對國際貿易、金融資本與對外投資等國際經濟行為的快速演變，對應之道往往是藉助國家之力採取更積極的作

---

[5] Robert Gilpin著，楊宇光等譯，全球資本主義的挑戰—21世紀的世界經濟（台北：桂冠圖書公司，2004年），頁11。

[6] 如Paul Krugman等人便認為，由於貿易過程中有可能會受到規模經濟、學習曲線與動態創新的影響，因此自由貿易中完全競爭市場的假設，便必須要修正為不完全市場，那麼在這樣的情況下自由貿易便未必會產生雙贏的結果。見Paul Krugman 編，戰略性貿易政策與新國際經濟學（北京：中國人民大學出版社、北京大學出版社，2000年），頁17-18。

[7] Ralph E. Gomory & William J. Baumol著，全球貿易和國家利益衝突（北京：中信出版社，2003年），頁5。

[8] 烏·貝克與哈貝馬斯等著，全球化與政治（北京：中央編譯出版社，2000年），頁95-97。

為來吸引全球流動資本或商機。[9]

不同國家在面對全球化時態度上的差異，使得彼此反應模式也有所不同。部份後發展國家一方面爭取全球資本，另外一方面也開始進行資本輸出。面對資本進出時，其政府會嘗試藉由選擇性的資本引入或輸出政策，來提升本國在全球資本競爭時的實力，進而提升外資引入效率或本國投資者之資本投資效率，以期能強化本身產業競爭力，此種面對全球化趨勢的國家角色，本文稱之為「資本競爭型國家」（competitive capital state）。[10]

對於資本輸出過程中國家角色的討論，過去一直是學界關注的焦點，主要的原因在於目前多數的對外投資理論大都是由廠商角度進行分析。換言之，是運用企業行為的分析來解釋產業資本投資的原因，例如運用壟斷優勢[11]、延伸內部化優勢[12]、寡占市場行為[13]、產品生命週期[14] 或在地化優

---

9 同註8，頁103-106。

10 「資本競爭型國家」是指：經濟全球化的趨勢中，面對全球資本自由流動，後發展國家透過行政介入或政策作為，對外爭取有利於自身經濟發展的國際資本、產銷商機或國際分工的機會，而在引入外資時，主要考量外資投資效益與對自身產業的幫助。此外為了協助本國產業對外進行投資，故也常運用政策來強化本國產業對外投資效率或提高廠商資本累積能力。

11 從廠商角度來解釋外商直接投資行為的相關理論發展最早是出現在六○年代。六○年代後期，有鑑於國際貿易理論對於跨國企業投資行為解釋的不足，因而導致對跨國企業直接投資理論的發展，而主要便是海默（S. Hymer）研究的啟發，相關理論探討的焦點由國際資本流動轉移至投資廠商的行為與市場結構，海默從廠商壟斷優勢與不完全市場競爭的角度，開創對跨國企業直接投資理論的基礎架構，循其思路，凱夫斯（R. Caves）等人則由企業優勢的角度進一步提出無形資產優勢理論，認為現代企業的優勢主要來自於技術研發與產品創新，而這些投資由於都必須投注高額的研發經費，因此當廠商擁有這些無形資產上的優勢後，便能夠左右市場價格進而產生壟斷優勢，並據此進行跨國投資來獲取更多的利潤。見Stephen Hymer, *The Multinational Corporation: a Radical Approach*（Cambridge: Cambridge university press, 1979）；Richard Caves, *Multinational Enterprise and Economic Analysis*（Cambridge: Cambridge University Press, 1996）.

12 內部化理論主要是運用交易成本理論來進行分析，此一理論主要由卡森（M. Casson）與巴克雷（P. Buckley）等人所發展。其主要觀點為，廠商若擁有如無形資產理論描述般的

勢[15]等理論概念來說明產業對外投資的發生原因，但是在相關研究中卻缺

技術條件或知識資產上的優勢，其固然能夠形成壟斷市場的能力，但卻未必會誘發企業至外國投資，因為類似的優勢主要是與母國的經濟環境相互適應，廠商若欲至海外市場利用本身優勢而獲取利潤，將會面臨許多不確定的因素，所以廠商出現將外部市場交易內部化的趨勢，也就是赴海外進行直接投資，以確保其知識資產使用上的優勢，同時降低海外經營的不確定性，換言之，因至海外市場進行商品銷售的交易成本過高，因而誘發廠商赴海外直接投資以降低交易成本的作為，進而將原先在外部市場交易的行為轉換為企業內部直接經營的作法。Peter J. Buckley And Mark Casson, *The Economic Theory of the Multinational Enterprise : Selected Papers*（New York : St. Martin's Press, 1985）.

[13] 寡占競爭理論主要由尼克博格（F. Knickerbocker）所提出，他認為當市場為寡占時之不完全競爭，廠商間相互競爭使得彼此會關注對方的策略而制定本身的回應。當領先廠商運用優勢而採取進攻市場的策略，率先進入他國市場時，因為其將會設置市場進入障礙以阻絕後進者，並攫取大部分之市場理論，也因此相關的競爭對手，會為了進行防禦而競相躍入相同市場以期抵消對手優勢，避免彼此差距擴大。Frederick T. Knickerbocker, *Oligopolistic Reaction and Multinational Enterprise*（Boston: Havard University, 1973）, pp.7-19.

[14] 產品生命週期理論是由佛農（R. Vernon）於1966年提出。主要觀點在於，擁有技術優勢、知識資產並具有產品創新能力的企業，縱使其壟斷能力再強，也必須面臨產品邊際收益下降的此一趨勢，由於產品生命週期則可以區分為創新、成熟與標準化等三個階段，因而在不同階段當中，廠商出現將相關產品生產部門外移的動作。1974年，佛農將此一理論進行修正，加入國際寡占行為此一變數，將跨國企業視為寡占者，配合原先產品生命週期的區隔方式，將其劃分為創新期壟斷者、成熟期寡占者與衰退期寡占者等三類。在創新壟斷時期，由於企業擁有技術或無形資產上的優勢，因而能夠壟斷市場並取得利潤；而在成熟寡占時期，因為技術擴散，導致依賴技術所取得的利潤下滑，再加上貿易對手國為反制壟斷所採取的貿易障礙，使得廠商必須以規模經濟來維持壟斷優勢，使廠商出現了海外投資的動機，由於假設廠商處於寡占競爭狀態，當領先廠商赴海外投資，以便削弱競爭對手優勢時，其他廠商亦將隨之跟進；在衰退寡占時期，因為技術創新與規模經濟的優勢已逐漸失去，導致寡占條件的維持十分不易，部份廠商將開始退出相關產品的生產，而此時跨國企業對外直接投資的考量是藉由區位選擇以取得生產成本上的好處。Raymond Vernon, *Economic Environment of International Business*（Englewood Cliffs, N.J.: Prentice-Hall, 1976）.

[15] 在發展與結合廠商面向與國家面向直接投資理論的工作上，英國學者鄧寧（J. Dunning）的研究成果最具代表性，其提出特定資產所有權（ownership）、內部化（internalization）與區位（location）三個因素結合的分析模型（OLI模型），以此作為解釋跨國企業直接投資的理論依據。在OLI模型中，特定資產所有權主要是指廠商擁有某些特別的資產或能力，

乏被投資國該如何吸引跨國企業投資的總體論述。而對於此一議題的解釋則仍然依賴國際貿易理論中的概念觀點，如利用自身生產要素稟賦優勢或稅賦優惠等條件，進而鎖住跨國企業的投資行為來維持本國經濟成長。本文認為這種解釋下的國家角色，往往是利用自身條件並配合優惠政策來吸引外資，同時並設法管制自身資本的對外輸出以累積本國經濟成長所需要的資本數量，對於這樣形態的國家角色，本文則名之為「資本管制型國家」（restrictive capital state）。

簡言之，「資本管制型國家」是指：面對全球化資本流動的趨勢時，後發展國家為促使本身經濟成長或解決國內產業問題時，有時會同時執行進口替代政策與外資引入政策。為了避免外商直接投資對於自身產業造成競爭，因此會運用各種經濟與非經濟的手段，對外商資本與本國資本的流動與使用範圍進行管制。

比較「資本管制型國家」與「資本競爭型國家」兩者內涵的異同，本文認為主要差異是在資本流動與資本管制的層面上，[16]「競爭型國家」會考量資本使用的邊際效率，對於低效率的投資或產業進行選擇或淘汰，並設法將資本轉移使用於邊際效率較高的投資項目或產業當中，進而使得資本流動的程度較高。而「管制型國家」對資本轉移與流動的規範較為嚴

如在生產技術、特定技術等等，藉由這個優勢所取得的利潤將可以抵消其在海外設廠所可能增加的成本，進而取得對市場的控制。而內部化優勢則是指企業將其所擁有的無形資產或經營資源透過直接投資的方式運用，將較其把相關資源投入東道國市場中交易的作法來得有利，而區位因素則是指在該地進行直接投資時，廠商所投入的可移轉性生產要素與當地的要素稟賦相互組合時所享有之政策、基礎設施等在地優勢。鄧寧指出，只有在滿足上述三個因素之後，企業才會出現對外投資的意願。總結而言，折衷理論所欲表達的是，國際直接投資可使母國投資企業獲得比較高的收益，其關注跨國企業投資的動機、特定的優勢與有利於其投資優勢發揮的區位特點。John Dunning, *International Production and the Multinational Enterprise*（London : Allen & Unwin, 1981）.

[16] 主要的原因也在於全球化的影響下，使得國際資本流動日趨自由而不受約束。

格，對於資本運用的態度不以邊際效率為考量，而是以資本所能產生的經濟成長效果為主，故相關資本運用的邊際效率較低，同時也限制其資本輸出的能力。而本文則將嘗試運用「資本競爭型國家」與「資本管制型國家」的概念，解釋全球化趨勢下兩岸經貿關係的發展，以此描述兩岸經貿關係中的總體層面。

其次，在探討全球化的過程中，除了國家角色之外，跨國企業是另外一個推動全球化的主要行動者，其大規模對外直接投資行動已明顯改變國際經濟運作的模式。[17] 過去國際貿易為主的國際經濟型態，如今是外商投資與國際貿易並重的情況。跨國公司在全球資本移轉中控制大部分投資、產銷技術與市場份額，其對於全球市場運籌與生產序列的策略管理，更直接影響各國經濟體系的發展。

本文認為，台商對大陸投資性質近似於跨國企業對外直接投資行為，因此嘗試藉助跨國企業對外投資理論，解釋台商對大陸投資的行為，以此作為兩岸經貿關係個體層面的說明。而透過台商對大陸投資過程中不同類型的區別，本文建構出「生產要素考量的資本外移模式」、「比較優勢考量的資本外移模式」與「壟斷優勢考量的資本外移模式」等三種個體層面的理念型概念。

二、討論範疇與議題設定

在亞太地區經濟全球化的發展趨勢中，大陸崛起是一個極具影響性的變化，[18] 中國大陸於1978年所展開的改革開放政策，時機上正好與國際經濟由一體化向全球化意涵轉折的趨勢相近。中國大陸為了加速取得經濟成

---

[17] Robert Gilpin 著，陳怡仲等譯，全球政治經濟－掌握國際經濟秩序（台北：桂冠圖書公司，2004年），頁6。

[18] Robert Gilpin著，楊宇光等譯，全球資本主義的挑戰－21世紀的世界經濟（台北：桂冠圖書公司，2004年），頁24。

長的績效，自九〇年代起便大幅度採取吸引外資的策略，因為豐厚的生產要素優勢與潛在市場預期的結果，產生對資本流動的「磁吸效應」。[19] 再加上北京方面依據其產業發展需要，運用各種優惠政策來對外資採取選擇性的引入作為與管制態度，使得大陸對於外資的策略較趨近於本文所言之「資本管制型國家」。

將視野拉回台灣。早在清末開始，台灣經濟便透過茶、糖、樟腦等農產品的出口而與國際市場鑲嵌。[20] 從六〇年代中期至今，台灣經濟發展主要是採取「發展型國家」的模式，政府主導整體產業政策與協助企業成長，為了快速推動經濟，台灣採取出口導向與進口替代交替的發展策略。在六〇年代到八〇年代間，台灣利用本身勞動要素的優勢，快速發展勞力密集型部門，並成為全球主要代工生產的基地。其後則展開進口替代的政策，透過自身累積之資本與外商技術的引入，台灣成功發展出機械、鋼鐵、石化等資本相對密集型產業。總體而言，過去台灣經濟成長的動力主要是來自於：以出口為導向的外貿部門，以及內需市場為主的產業部門的快速發展。[21]

九〇年代前後，一方面因為國內生產成本的提高，另外一方面也因為後進國家的加入相關產業競爭的行列，台灣必須展開產業結構的調整。在此波調整過程當中，資訊產業、電信與金融等服務業逐漸成為台灣新興的產業支柱。[22] 這些產業在發展初期便設定以滿足全球市場或區域市場需求

---

[19] 磁吸效應主要是指其對於資本吸取的能力。

[20] 林滿紅，茶、糖、樟腦業與台灣之社會經濟變遷（1860～1895）（台北：聯經出版事業公司，2003年），頁50。

[21] 周添誠、林志誠，台灣中小企業的發展機制（台北：聯經出版事業公司，1999年），頁51-55。

[22] 瞿宛文、安士敦合著，超越後進發展—台灣的產業升級策略（台北：聯經出版事業公司，2003年），頁205-206。

為目標，導致台灣與全球經濟關係更為密切。然而上述產業又多屬資本密集型產業，為協助其發展，使得台灣對於資本的需要突然增加。那麼如何吸引更多的資本？如何讓內部有限的資本能夠作更有效的運用？這遂導致國家與產業界在運用資本時必須考慮相關的邊際效益，這遂導致台灣產業一方面強化外資汲取的動作，另外一方面也出現外移投資的行為。如八〇年代傳統產業的外移大陸或東南亞，或九〇年代的家電、石化、資訊產業等的相繼出走。[23]

本文認為，在資本輸出與資本吸取的交替過程中，為了因應台灣資本外移的情勢，產業界與政府逐漸調整自身角色，進而呈現出「資本競爭型國家」的特質。

基本上，台商前往大陸投資的趨勢無疑是全球化下區域經濟整合的一個現象，而兩岸經貿則是大陸—「資本管制型國家」與台灣—「資本競爭型國家」間的競爭與合作。本文將以下列議題作為分析主軸：

（一）經濟全球化趨勢對兩岸經濟的影響；

（二）兩岸經貿互動中，台商赴大陸直接投資的類型與政府管理的主要內涵。

本文論述架構則區分為兩個層次，第一是探討亞太經濟體在全球化趨勢下的發展，第二則是討論全球化影響下的兩岸經貿互動。在此將先說明全球化趨勢對亞太地區經濟整合趨勢（特別是對兩岸經貿關係）的影響，再分析與歸納兩岸經貿中台商大陸投資的趨勢，最後提出結論。

貳、全球化對亞太區域經濟的影響

若由全球經濟的高度來觀察兩岸經貿的發展，則其與全球化的趨勢存

---

[23] 同上註，頁171-172；202。

在十分緊密關係。為追求更高的報酬與投資的效益，國際資本大量地湧入亞太地區，[24] 大規模的跨國投資行為直接衝擊此一地區的經濟生態，[25] 然而國際資本會選擇亞太地區作為投資的重心，主要是考慮亞太地區經濟的快速發展，以及與歐美市場緊密鑲嵌等因素。而上述因素的出現則是受到下列原因的影響：一、二次大戰後，美國在東亞地區所採取的經濟援助與貿易採購，使得本地經濟在起飛之初便與美國市場產生連結，其後又擴及歐洲；二、是受到日本企業在東亞地區投資策略之影響，使得東亞各國之間產業結構出現了以日本為首的梯次分工特徵（學者對此以雁行理論[26] 加以描述），提升了區域內部資源運用的效率；三、透過國家以政策介入經濟的操作方式，[27] 加速經濟成長的速度。

不過亞太地區經濟成長的背後，卻隱然出現「依賴」的經濟結構，首先，亞太地區製造產業出現對於歐美市場的高度依賴；其次，日本採取的邊際產業外移策略，[28] 造成東亞經濟出現垂直分工的情形，[29] 使得其如台灣、韓國等地產業始終無法有效提高自身產品附加價值。

---

[24] 中華民國經濟部網站，http://www.moea.gov.tw/~ecobook/china/2003/ch4.doc。

[25] 如1997年亞洲金融風暴便是最明顯的例證之一，見張弘遠，「一九九七年東亞金融風暴的回顧與制度性分析」，東亞季刊（台北），第32卷第2期（民國90年夏季），頁46-48。

[26] 日本主要是透過綜合商社的的對外直接投資，針對亞太鄰國地區（如韓、台）進行直接投資，藉以規避美國的貿易管制作為，結果因此引發了其於亞太地區進行的垂直分工戰略，並形成區域性生產聯盟，最後使得東亞各國產生了經濟成長，而此一經濟成長的順序，藉由金目赤松（Kaname Akamatsu）的「雁行經濟發展理論」的觀點而被稱之為「雁行理論」，見Robert Gilpin著，楊宇光等譯，全球資本主義的挑戰—21世紀的世界經濟（台北：桂冠圖書公司，2004年），頁264-265。

[27] 瞿宛文，全球化下的台灣經濟（台北：台灣社會研究雜誌社，2003年），頁195-197。

[28] 此一說法主要來自於小島清的理論觀點。Kiyoshi, Kojima, *Direct foreign Investment: a Japanese Model of Multinational Business Operations*（London : Croom Helm, 1978）.

[29] Murray Weidenbaum著，張兆安譯，全球市場中的企業與政府（上海：三聯書店，2002年），頁293-294。

對於歐美市場的依賴以及產品低附加價值的影響，使得東亞後進國家經常出現「不利成長」的貿易結果，而隨著自身經濟成長引發製造成本的上升，東亞後進國家製造產業進入經營瓶頸。當時序進入八〇年代後期，原先來自於歐美市場的訂單為壓低採購成本，而開始移轉自其它後發展國家時，遂使得原先東亞國家（如台灣、韓國）相關產業亦必須隨之進行調整。東亞國家的應對之道，便是尋求鄰近勞動成本較低的國家作為生產的基地，在這樣的考量下，中國大陸挾其龐大的勞動潛能成為投資的首選。此外，中國大陸龐大人口所代表的消費能力也成為各國企業極欲開發的市場。當中國大陸對外開放之後，全球資本便大量湧入（見表3-1），[30] 其結果便是徹底改變亞太地區原先的經濟生態。

中國大陸優異的生產能力與潛在市場條件改變亞太地區的經濟結構，而中國大陸的領導人也相信，參與全球經濟的運作並進行更為深入的整合，將會對中國帶來更多的利益。[31] 故其積極地對外進行招商引資、對內強化投資環境，而大陸招募國際資本的作為，一方面使其取得了全球生產重心的地位，另外一方面也使其經貿能力迅速上升，進而對鄰近國家經貿發展帶來影響。[32]

---

[30] 根據媒體報告，2003年外商直接投資中國大陸的實際利用額達到了五百三十五億一千萬美元，繼續位居發展中國家之首。見中國時報（台北），民國93年4月12日，<http://news.chinatimes.com/Chinatimes/newslist/newslistcontent/0,3546,110109+112004041200760,00.html>。

[31] David Zweig, *Internationalizing China-Domestic Interest and Global Linkages*（Ithaca and London: Cornell University Press, 2002）, p.259. 江雪秋，「全球化與中國大陸經濟發展」，見魏艾主編，中國大陸經濟發展與市場轉型（台北：揚智出版社，2003年），頁178。如在處理加入WTO的過程中，雖然面臨國內農業與傳統製造部門的疑懼，但卻始從未改變其基本立場，胡鞍鋼，「加入WTO後的中國農業和農民」，二十一世紀，2002年4月，頁19-20。

[32] 例如在2004年中國大陸進出口貿易較去年增加了35.7%，進出口總額為11548億美元，為世界貿易第三位，外商直接投資為606億美元，見中華人民共和國商務部網站，<http://gcs.mofcom.gov.cn/aarticle/Nocategory/200504/20050400081544.html>。

表3-1　中國大陸利用外資概況（1992-2003年）

單位：億美元

按國家別	1992年	1994年	1996年	2000年	2001年	2002年	2003年 1-6月
香　　港	77	198	209	155	167	179	105
美　　國	5	25	34	44	44	54	23
日　　本	7	21	37	29	43	42	28
中華民國	11	34	35	23	30	40	21
按產業別	**1992年**	**1994年**	**1996年**	**2000年**	**2001年**	**2002年**	**2003年 1-6月**
製 造 業	-	-	-	258	309	368	214
房地產業	-	-	-	47	51	57	29
社會服務業	-	-	-	22	26	29	17
水電燃氣業	-	-	-	22	23	14	7
批發零售貿易餐飲業	-	-	-	9	12	9	6

資料來源：行政院主計處網站，2003年，
＜http://www.dgbas.gov.tw/dgbas03/bs3/econ_ana.htm＞。

若由資本運用的角度來看，過去亞太國家慣以外資引入或舉借外債的方式推動經濟成長，由於自身資本數量缺乏，因而在資本使用態度上常採取「鎖定」外資的策略，屬於「資本管制型國家」的發展策略。近年來，一方面受到全球化的影響，另一方面隨著外資集中投資特定區域（以中國大陸為主）的趨勢日益明顯，亞太地區較為先進的國家（如韓、台），除了加強對外資的競爭力之外，面對自身產業結構調整的需要，也開始放寬本國資本輸出的行為，因而使得如韓、台等國出現了「資本競爭型國家」的特色，對外採取更為開放與自由的資本環境，來提升本國對全球資本吸引能力，對內則又對戰略產業進行扶持，提高自身產業資本使用的邊際效益。

中國大陸對外開放，改變原先亞太地區經濟結構，並促使韓、台等國從原先的「資本管制型國家」轉型至「資本競爭型國家」，但中國大陸對於外資的態度，卻仍採取嚴格限制的作法，不僅對於外商投資形式與投資產業也所規定，同時對於國際收支也採取封閉的管理架構（如對資本帳的限制），故其屬於「資本管制型國家」的範疇。

在釐清全球化對亞太地區的影響，以及中國崛起所帶來的改變之後，那麼置於此一脈絡中的兩岸經貿關係又是呈現何種面貌？若如本文所言，當台灣從「資本管制型國家」轉變為「資本競爭型國家」時，而中國大陸則逐漸成為「資本管制型國家」之後，兩種不同類型之間的互動會是何種光景？換言之，當「資本競爭型國家」遇到了「資本管制型國家」時，會對雙邊經貿關係造成什麼樣的影響？簡言之，全球化下的兩岸經貿關係，其實體內涵便是「資本管制型國家」與「資本競爭型國家」間之競合過程，而在這樣的總體層次下，各類型產業與廠商的投資受到其制約，進而使得台商對大陸出現了不同的操作形態。[33]

參、台商赴大陸投資行為之探討

從發展過程來看，受限於政治因素對於經濟互動的制約，兩岸經貿維持著單方面的投資或間接貿易的行為，呈現不完全競爭的市場狀態，[34]若就發展策略與經濟結構而言，自1979年以後，由於大陸沿海地區採取之經濟成長策略主要來自於東亞國家發展經驗，策略相近導致大陸產業結構（特別是出口部門）開始與台灣趨近，導致兩岸間之廠商營運出現競爭與

---

[33] 由於兩岸經貿目前大多為台商單方面前往大陸投資，所以在本文將僅討論台商作為跨國企業赴大陸投資的行為模式與動機。

[34] 張弘遠，「策略性依賴下的兩岸經貿互動：一個簡單貿易政策模型的分析」，展望與探索（台北），第1卷第11期（民國92年12月），頁44-46。

互補等型態。[35] 一方面由於不完全競爭的市場狀態，另外一方面因為廠商策略的操作，因此在分析兩岸經貿關係時，無法單方面依賴要素稟賦理論來進行解釋，尚需佐以跨國企業直接投資的角度加以探討，而本文將據此開展後續論述。

一、台商對大陸直接投資的發展經過

若對台灣產業赴大陸投資之趨勢進行觀察，則將會發現其實與自身產業結構的調整序列有關（見表3-3）。對台灣而言，八〇年代受到全球化的影響，再加上自身經濟環境的快速變化，導致台灣整體產業結構出現三個部份：

第一、是收益遞減之傳統產業部門，如：農業、紡織業下游廠商等非耐久財生產部門，這類型產業多為小規模經營之廠商，過去他們是台灣經濟成長的主要動力，如今則面臨生產成本增加與他國低價產品之威脅，更由於資本邊際效率考量，使得類似產業失去國家產業政策保護，因而必須自尋出路。

第二、是過去國家執行進口替代政策所扶持的工業部門，如：石化、家電、機械等耐久財生產部門，這些部門多為大規模經營之廠商，由於具有規模經濟能力且仍獲政府對於生產之間接補貼（如政策扶持或技術指導等），具有一定之比較利益，相關產業仍可維持獲利經營，但是由於缺乏自有品牌與研發能力，因而無法提升產品之附加價值，整體產業競爭能力主要來自於成本優勢。

第三、國家重點扶持新興產業部門，如資訊產業，八〇年代此一產業尚處發展初期，政府必須運用政策力量來協助產業解決資金、技術與生產方面的問題，整體產業發展對於政府作為高度依賴，而政府也將其列為戰

[35] 陳春山，兩岸經貿政策解讀（台北：月旦出版社，1994年），頁18。

略產業加以扶持。

表3-2　台灣製造業生產結結變動概況

單位：%

產業別＼年別	80年	85年	87年	88年	89年	90年
製造業	100.0	100.0	100.0	100.0	100.0	100.0
傳統製造業	34.6	28.0	24.9	23.5	22.6	23.1
基礎製造業	36.7	36.4	37.2	37.3	36.0	38.1
技術密集製造業	28.6	35.6	37.9	39.2	41.4	38.8
電子電器材業	15.6	22.5	24.4	25.9	28.2	25.7

資料來源：行政院主計處網站，<http://www.dgbas.gov.tw/dgbas03/bs3/econ_ana.htm>。

按照學者的看法，在收益遞減的產業中，市場力量有利於規模較小的競爭性進入者，而在保留產業（retainable industry）中，相同的市場力量則會出現相反的效果，不經濟的小規模進入者常會被市場淘汰，而大規模進入者則不容易被判出局，保留產業中的市場力量則偏好維持現狀。[36]以此分析台灣產業，在八○年代到九○年代之間，台灣產業結構中的第一個部份，其相關生產的領域中出現其他國家競爭，基於資本邊際效率，政府對其採取開放作為，讓其自謀出路，而第二個部份則因為多屬於保留產業，仍能維持一定的優勢地位，故政府對其仍能以維持現狀作為主要的考量，而第三個產業部門的發展正處於向上快速崛起的階段，規模經濟尚未形成，群聚效應正逐漸出現，產業對於政府的依賴仍重，故政府對其採取管制保護的作法。

由於產業所處之經濟條件不同，因而對於發展策略的選擇也就不同，

[36] 所謂的保留產業，就是指啟動成本很高，因而使得很難以較小規模進入的產業，Ralph E. Gomory & William J. Baumol著，全球貿易和國家利益衝突（北京：中信出版社，2003年），頁18。

若將其與跨國企業直接投資分析的理論結合來看，台灣由於自身產業體系的形態與特色，再加上過去所處之分工序列，因此極高比率的企業是與全球市場結合。[37] 一方面因為與全球市場高度結合；另外一方面，長期以來台灣按照本身要素稟賦的比較利益進行國際分工，向已開發國家輸出勞動較密集的產品，另外則向開發中國家輸出資本密集之產品，出現國際垂直分工的現象。[38] 而出口部門則是依賴中小企業生產作為主力，同時扶植大型企業替代進口，[39] 此一成長策略為台灣產業營造出高度的競爭優勢。[40]

在早期發展的過程，台灣當局透過加工出口區、貿易優惠等措施，吸引外商來台直接投資，台灣中小企業透過廉價、非耐久財的商品出口取得良好成績。以中小企業作為外貿出口主體的產銷模式，順利地為台灣經濟快速成長奠定了良好的基礎，整個產業體系對於市場需求能夠以極富彈性、敏感的作法快速進行生產，也因此讓台灣產業出現了「積極順應」而非「逆勢操作」的趨勢反應模式。[41]

根據學者研究，台灣出口的產銷模式利基是來自於社會制度中對於生產資源移轉使用（如生產網絡或協力分工模式等）所提供的助益。[42] 然而

---

[37] 杭廷頓、柏格主編，王柏鴻譯，杭廷頓＆柏格看全球化大趨勢（台北：時報出版社，2002年），頁40。

[38] 張榮豐，台商兩岸經貿關係（台北：業強出版社，1997年），頁16。

[39] 此處所引觀點來自於劉碧珍、陳添枝、翁永和編寫之教科書中之輔助參考資料，見劉碧珍、陳添枝、翁永和，國際貿易理論與政策（台北：雙葉書廊，2002年），頁317。

[40] Nicole Woolsey Biggart, Gary G. Hamilton, "Explaining Asian Business Success," in Marco Orru, Nicole Woolsey Biggart, Gary G. Hamilton ed., *The Economic Organization of East Asian Capitalism*（London: SAGE Publication, Inc., 1997）, pp.103-104.

[41] Nicole Woolsey Biggart, Gary G. Hamilton, "Explaining Asian Business Success," in Marco Orru, Nicole Woolsey Biggart, Gary G. Hamilton ed., *The Economic Organization of East Asian Capitalism*（London: SAGE Publication, Inc., 1997）, p.108.

[42] 陳介玄著，台灣產業的社會學研究—轉型中的中小企業（台北：聯經出版公司，1998年），頁19-20。

這種藉助社會因素降低交易成本的經營模式，其利潤基礎主要來自於成本的控制。不過這種利潤模式在八〇年代末期面臨貿易條件改變的衝擊，當時美國為化解貿易赤字壓力，開始要求對其出超的國家調整其本國貨幣匯率，台幣快速的升值腐蝕出口廠商的利潤，再加上當時國內勞動價格上升、土地取得困難、環保意識抬頭與美國取消我優惠關稅待遇（1989年1月取消）等因素的影響，降低台灣出口產品的成本競爭優勢。這些壓力使得台灣本地企業必須開始認真思考國際經貿情勢改變所造成的影響。

根據劉碧珍、林惠玲等人的研究，在九〇年代之前，台灣廠商所接外銷訂單幾乎全是由本地生產後出口。但在九〇年代之後，開始出現台灣接單、海外出口的趨勢，中國大陸則是出口的主要海外生產地。深究其因，主要在於廠商為尋求最大利潤，在成本考慮的前提下，開始尋求生產要素相對價格較低的區域進行生產移轉。此外，由於大陸對外貿易（特別是對美國市場）仍享有一定的優惠條件，相關因素誘發台灣勞動密集型之傳統產業，開始對大陸地區進行第一波的直接投資。[43]

九〇年代前後，台灣對外投資開始快速增加（主要前往中國大陸或東南亞），主要是失去比較優勢的勞動密集產業開始外移，但這卻帶來另外一個現象。由於台灣出口產業中的網絡分工體制，上中下游廠商間擁有十分緊密的資訊與產銷的網絡關係。當下游廠商外移後，使得在台灣上中游廠商為服務客戶，也必須隨之前往。另外再加上其他國家之相關產業的快速發展，遂使台灣若干仍有比較利益之產統產業與資本密集型產業也逐步

---

[43] 台灣與大陸貿易始於1979年，1980年大陸取消台灣進口貨品限制，自1984年到1990年間，兩岸間接貿易每年成長約為27.1%，而由當時的資料顯示，台灣於1990年輸往大陸之主要產品為紡織原料（33%）、非電子性機械（15%）、塑膠原料（12%）、電子機械（8%），兩岸貿易1993年兩岸之間的間接貿易額為86億8千8百萬美元，此時大陸為台灣第四大的貿易夥伴，僅次於美國、日本及香港。就投資規模來看，於1988年的投資規模為六億美元，1989年則為十億元，1990到1991年，大陸已成為台商主要投資最主要的地區。見陳春山，兩岸經貿政策解讀（台北：月旦出版社，1994年），頁39。

開展對外投資，這遂出現了第二波的產業外移趨勢。[44]

由於台灣經濟成長的主要動力來自於資本投資與人力資本，但是持續投資終將會面臨報酬遞減的命運。而台灣原先具有生產優勢的產業在無形資產（技術與研發知識）的掌握程度上，仍與先進國家有一定的距離，而後進競爭者又享有後發優勢，導致台灣產業的比較優勢快速流失。[45] 此一現象引發台灣政府當局的高度關注，為確保自身產業的比較優勢，故開始對大陸相關投資進行管制，這便是1996年「戒急用忍」政策產出的經濟背景。

一方面為了化解產業外移的焦慮，另外一方面為了發展新的領導產業，台灣早於八〇年代初期便開始扶持資訊產業作為新的產業支柱。為此，台灣政府採取了一系列的產業政策，以積極介入的方式直接孵化資訊產業，在政府政策支持與產業聚集優勢的情況下，台灣資訊產業迅速的成為支柱產業。不過由於資訊產業全球運籌的特性，廠商必須考量全球市場的佈局，當台灣產業聚集效應所產生的經濟收益逐漸降低時，相關廠商不得不開始擴大對外直接投資。而受到大陸市場與要素價格的吸引，台灣資訊產業也展開對大陸直接投資的佈局，[46] 進而形成了第三波的台商對大陸投資（表3-4）。由九〇年代中葉至今，大陸資訊產業出口能力受到台灣廠商的加持，其相關產品出口值快速增加，進而產生對投資母國（台灣）

---

[44] 1993年之後，台商對大陸投資的部分已經佔台灣對外投資之65.61%，是台資外流的主要地區，相關投資則出現了多角化的趨勢，由產業投資轉向為多元投資，相關產業投資亦從勞工密集產業轉為技術密集之產業，而投資年限也從短期而轉變為10-20年之長期投資。陳春山，**兩岸經貿政策解讀**（台北：月旦出版社，1994年），頁39。

[45] 此處所引觀點來自於劉碧珍、陳添枝、翁永和編寫之教科書中輔助參考資料，見劉碧珍、陳添枝、翁永和，**國際貿易理論與政策**（台北：雙葉書廊，2002年），頁109；112。

[46] 許振明、林樹明，「對外直接投資之角色：台灣與中國大陸間之經濟整合」，國家政策研究基金會主編，**國政研究報告**，民國90年10月5日，頁5。http://www.npf.org.tw/PUBLICATION/FM/090/FM-R-090-050.htm。

的威脅。

表3-3 我國資訊產業概況（民86-94年）

單位：億美元

	86年	87年	88年	89年	90年	91年	92年	93年	94年
資訊硬體產業生產總值	302	338	399	470	428	484	568	696	809
海外生產比重(%)	37.4	43.0	47.3	50.9	52.9	64.3	79.1	84.2	93.2
中國大陸地區比重(%)	22.8	29.0	33.2	31.3	36.9	47.5	63.3	71.2	81
對中國大陸投資比重 (%)	62.5	59.6	42.2	69.6	46.4	83.0	89.9	--	--

資料來源：行政院主計處網站，＜http://www.dgbas.gov.tw/dgbas03/bs3/econ_ana.htm＞。

二、台商對大陸直接投資的類型

若進一步分析台商赴大陸投資的過程，按照前文所述產業外移的順序將其分類為三個階段：第一個階段為八〇年代中後期開始外移的傳統製造業，主要是一些勞動密集且技術層次較低的產業部門；第二個階段為製造業中技術、資本較為密集且仍具有比較優勢的部門，如石化、機械與家電用品等；第三個階段為資訊產業中的資本密集型部門與部份服務性產業。將檢視這三個不同的外移階段，台商對外直接投資的類型，並運用跨國企業直接投資理論說明。

從七〇年代至今，台灣經濟發展有明顯的「發展型國家」的特色，政府透過產業政策的運用有效地推動產業部門發展與經濟成長。[47] 政策操作的方式是在幼稚產業發展中協助特定廠商，而對已有相當基礎的出口產業部門則維持企業間之競爭，這種作法使得台灣企業經營環境出現了「抓大放小」的特徵。[48]

[47] 瞿宛文，全球化下的台灣經濟（台北：台灣社會研究雜誌社，2003年），頁143-147。

[48] 所謂的抓大放小是指：針對扶持幼稚產業特定廠商，發展規模經濟效應，而對於原先傳統產業與外貿部門中的中小型企業則採取自由競爭的態度。

在「抓大放小」下，當由於整體生產環境改變（如工資條件上升、環保意識提高、基礎建設進度落後與產業結構提升等因素），中小型產業面臨到外貿環境改變，與生產要素價格上升所造成的產品成本優勢流失，因而產生第一波廠商對中國大陸進行直接投資。這一波外移資本主要是以取得大陸生產要素的稟賦優勢，維持外貿出口的成本控制。對於此種台商資本外移大陸的情況，稱之為「生產要素考量的資本外移模式」。

在第二個發展階段中，台灣資本密集、技術密集之製造業部門，如：石化、鋼鐵、電子等產業，在政府進口替代政策的協助下，陸續地出現了規模經濟效應，進而形成產業的競爭優勢。[49] 這些產業由於需要較多的資本，因而在企業經營策略的選擇，多有寡占或壟斷發展的自然傾向。產業競爭優勢來自於規模效應，廠商大多持續擴充產能以維持本身競爭力。面對後進者的威脅，以及政府優惠政策的逐漸停止時，為維持本身生產的比較優勢，需在市場佔有率與區位佈局上進行策略作為，故開始採取向外直接投資策略並前往大陸，這類對外投資形態本文稱之為「比較優勢考量的資本外移模式」。

第三波的外移過程主要是以具有生產優勢的資訊製造業為主，台灣資訊產業的發展主要是在政府主導與廠商參與雙重作用下而取得良好成績。[50] 而在資訊產業全球分工的序列中，台灣在製造與組裝此生產環節擁有高度優勢，成本管理是其強項，然而也為尋求外部規模經濟效應，導致廠商間競爭激烈。

產業內部競爭使得部份下游組裝廠商必須外移後（以中國大陸地區為主），台灣資訊產業仍然具有中間財生產的優勢，並在相關零組件生產、

---

[49] 同註45，頁166-180。

[50] 根據學者研究，台灣政府發展此一產業時的政策作為趨近於「管制型政府」，瞿宛文、安士敦合著，朱道凱譯，**超越後進發展—台灣的產業升級策略**（台北：聯經出版事業公司，2003年），頁205-206。

設計上領先全球。然而，一方面因為缺乏部份核心技術；另外一方面外移組裝廠規模陸續擴大，中間財成為台灣資訊廠商主要獲利來源。為了降低成本、接近市場與提高生產效能，因而使得中間財生產廠商亦展開外移大陸的動作，[51] 這一波的台灣產業外移則是屬於「壟斷優勢考量的資本外移模式」。

若由時間座標來看，從「生產要素考量的資本外移模式」、「比較優勢考量的資本外移模式」到「壟斷優勢考量的資本外移模式」，這三個模式大致是八〇年代到目前台灣資本外移的主要模式。若深入探討這三個模式背後蘊含的意義，我們可以得到下列觀察：

（一）台灣廠商由於製造業性格明顯，但較缺乏研發與創新能力，因而無法自研發、設計部門取得利益。在基於生產成本、市場規模與全球營銷成本等因素的考量，進而產生對大陸直接投資的動機。

（二）由於全球外資集中中國大陸，面對外資逐漸適應中國大陸經營的環境，使台商必須要加速進入此一地區，以降低整體產銷佈局受到外資的直接挑戰。

（三）台灣外移產業由原先「舊經濟」的傳統產業發展到「新經濟」的資訊產業，由於與全球市場鑲嵌緊密，故須遵循全球化的趨勢，前往新興的資本集中熱點。

（四）台灣外移產業的模式顯示出國家管制能力對於產業外移的影響，國家管制能力較弱的傳統產業是最早外移的部門，且外移的規模較大，與本國生產體系的關聯性較低。具有比較優勢的傳統產業部份，其外移的規模與速度則因為國家管制的緣故而採取分批、逐次的作法。資訊產業由於其屬於全球性產業，且具有壟斷競爭的市場特色，其外移的模式以複製產業優勢為主。

---

[51] 同註48，頁115-125。

肆、結論

全球化趨勢的改變，擾動亞太區域經濟整合的態勢，兩岸經貿自然深受影響。作為對外投資行為中的新興角色，台灣學界對於台商研究已有許多優異的研究成果，然而對於台商總體投資的性質與類型，則較少有人進行概念化的工作，特別是將全球化趨勢、區域經濟整合、國家角色與企業行為相互參照，本文則試圖將上述因素結合，據此建構出一個分析與觀察的結構。

本文首先認為，由於台灣對於兩岸經貿基本上是採取風險管制的作為，進而導致產品與要素無法採取直接、自由貿易的型態進行。[52] 再加上中國大陸對於資本外移的嚴格管制，兩岸經貿互動處於一個不完全競爭的市場狀態，而兩岸經貿關係便是不完全競爭下廠商互動的過程。

全球化的趨勢與跨國企業產銷策略的改變，使得亞太區域經濟生產與交換的結構出現轉變，亞太各國一方面調整自己總體經濟成長策略，另外一方面則試圖在新的生產、交換結構中取得發展契機。

上述所言也正反應台灣在八〇年代之後的經濟發展歷程，台灣為了維持國內經濟成長，首先，在國家層次上，採取積極招商引資的作法；再者於產業層次上，則強化資本邊際效率，「間接」誘發台資企業前往大陸競爭的趨勢，因而出現了「資本競爭型國家」的特色。

而台灣產業結構中三個不同發展程度部份，在面對外在、內部環境的變遷時，基於企業持續營運的思考，因而對外移大陸的選擇出現不同的態度，進而產生「生產要素考量的資本外移模式」、「比較優勢考量的資本外移模式」到「壟斷優勢考量的資本外移模式」等三個不同的版本。

---

[52] 張弘遠，「策略性依賴下的兩岸經貿互動：一個簡單貿易政策模型的分析」，展望與探索（台北），第1卷第11期（民國92年12月），頁36-37。

若就我方政府相對應所採取的政策來看，從民國85年的「戒急用忍」政策，[53] 到民國90年的「積極開放、有效管理」，[54] 我們發現這主要是對台灣產業第二波與第三波外移趨勢所提出的對應政策。換言之，若就提出的時間點來看，上述政策實際上即是針對「比較優勢考量的資本外移模式」、「壟斷優勢考量的資本外移模式」這兩種模式所提出的相對管理措施。

若分析政府治理作為的設想，台灣具有比較優勢產業為了維持比較優勢而採取外移的策略時，由於此類產業大多屬於保留產業，其具有壟斷性質且投資金額龐大，出於經濟安全的考量與因應當時兩岸政治互動之氣氛（主要為1996年台海危機所引發），政府採取緩進保守的「戒急用忍」管制政策，試圖降低對大陸投資的金額與件數，並提出南向政策作為替代選項。而在之後，台灣主要對外投資改以資訊產業為主，其外移主要是為因

---

[53] 戒急用忍政策主要是前總統李登輝於民國85年9月舉行的「全國經營者大會」所提出，當年10月，李前總統更正式提出「戒急用忍、行遠自邇」的政策，而於86年7月15日，正式公告赴大陸地區從事投資、研究合作的審查原則，規範重點為：高科技產業、73項重大基礎建設赴大陸投資應該受限制。 同時個案投資的上限不得超過五千萬美元，並依據廠商的規模，訂定赴大陸投資的上限。陳明通，「做好有效管理 才可積極開放」，自由時報網站，2001年3月31日，見<http://www.libertytimes.com.tw/2001/new/mar/31/r-economy1.htm>。

[54] 於民國90年，兩岸經貿政策由原先的「戒急用忍」政策改為「積極開放，有效管理」，主要作法如下：一、委請產、官、學界組成之專案小組，定期檢討放寬大陸投資產業及產品項目。凡有助於提高國內產業競爭力、提升企業全球運籌管理能力者，應積極開放；國內已無發展空間，須赴大陸投資方能維繫生存發展者，不予限制；赴大陸投資可能導致少數核心技術移轉或流失者，應審慎評估。二、放寬大陸投資資金限制，並建立風險管理機制：大陸投資資金來源應多元化；檢討放寬上市、上櫃公司及其他個別企業在大陸投資累計金額上限等有關限制；放寬投資五千萬美元以上個案，建立專案審查機制。三、在建立相關配套措施及保障投資安全前提下，開放企業赴大陸直接投資。四、配合大陸投資政策調整，准許未經核准赴大陸投資廠商補報備登記。五、強化大陸台商產業輔導體系，積極協助台商降低投資風險。見中國時報，民國90年8月27日，<http://forums.chinatimes.com.tw/special/open/index.htm>。

應全球化趨勢並維持自身壟斷優勢，若此一壟斷優勢形成，則可透過自身移轉資本與東道國屬地資本相互結合，將可有助於母國廠商獲利與整體產業升級發展，故政府在相對政策上轉為積極開放的態度，但是對關鍵核心產業仍維持管制政策。

姑且不論政府相關政策的執行效果為何，台灣廠商對大陸投資已是我國整體經濟得以持續成長的主要關鍵，換言之，在這一波因應全球化趨勢的作為中，面對中國大陸表現出的「資本管制型國家」特色，台灣方面除了未能有效管理台商第一波的投資行為而導致傳統產業快速流失，[55] 之後前往中國大陸投資的台商則透過產業內分工與階段外移的策略，一方面維持本身比較優勢，另外一方面則成功地複製壟斷優勢並刺激兩岸貿易的成長。

總結本文所言，兩岸經貿的互動主要是受到「資本管制型國家」與「資本競爭型國家」競合的影響。隨著大陸經濟的影響日增，要求其進一步開放的聲音也日趨增加。長此以往，則中國對於外資的態度必將會由管制型國家向競爭型國家轉換，當資本運作的效率逐步提升後，對於外資管制的作為勢將日益減少，則兩岸經貿的未來發展也將會出現新的格局。

[55] 根據學者研究，台灣勞動密集產業赴大陸或東南亞投資的結果，的確造成了國內投資生產的下降，但是非勞動密集型產業對外投資反而帶動國內生產與投資的增加。許振明、林樹明，「對外直接投資之角色：台灣與中國大陸間之經濟整合」，國家政策研究基金會主編，國政研究報告，民國90年10月5日，頁6。見<http://www.npf.org.tw/PUBLICATION/FM/090/FM-R-090-050.htm>。

參考文獻

一、中文部分

（一）專書

Murray Weidenbaum著，張兆安譯，**全球市場中的企業與政府**（上海：三聯書店，2002年）。

Ralph E. Gomory & William J. Baumol著，**全球貿易和國家利益衝突**（北京：中信出版社，2003年）。

Robert Gilpin著，楊宇光等譯，**全球資本主義的挑戰—21世紀的世界經濟**（台北：桂冠圖書公司，2004年）。

Robert Gilpin 著，陳怡仲等譯，**全球政治經濟—掌握國際經濟秩序**（台北：桂冠圖書公司，2004年）。

Paul Krugman 編，**戰略性貿易政策與新國際經濟學**（北京：中國人民大學出版社、北京大學出版社，2000年）。

林滿紅，**茶、糖、樟腦業與台灣之社會經濟變遷**（1860～1895）（台北：聯經出版事業公司，2003年）。

杭廷頓、柏格主編，王柏鴻譯，**杭廷頓＆柏格看全球化大趨勢**（台北：時報出版社，2002年）。

周添誠、林志誠，**台灣中小企業的發展機制**（台北：聯經出版事業公司，1999年）。

烏·貝克與哈貝馬斯等著，**全球化與政治**（北京：中央編譯出版社，2000年）。

張榮豐，**台商兩岸經貿關係**（台北：業強出版社，1997年）。

陶田、李好好，**國際投資學**（太原：山西經濟出版社，2003年）。

胡鞍鋼主編，**全球化挑戰中國**（北京：北京大學出版社，2002年）。

陳介玄著，**台灣產業的社會學研究—轉型中的中小企業**（台北：聯經出版事業公司，1998年）。

陳春山，**兩岸經貿政策解讀**（台北：月旦出版社，1994年）。

劉碧珍、陳添枝、翁永和，**國際貿易理論與政策**（台北：雙葉書廊，2002年）。

瞿宛文，**全球化下的台灣經濟**（台北：台灣社會研究雜誌社，2003年）。

瞿宛文、安士敦合著，**超越後進發展—台灣的產業升級策略**（台北：聯經出版事業公司，2003年）。

魏艾主編，**中國大陸經濟發展與市場轉型**（台北：揚智出版社，2003年）。

（二）期刊文獻

張弘遠，「策略性依賴下的兩岸經貿互動：一個簡單貿易政策模型的分析」，**展望與探索**（台北），第1卷第11期（民國92年12月），頁44-46。

張弘遠，「一九九七年東亞金融風暴的回顧與制度性分析」，**東亞季刊**（台北），第32卷第2期（民國90年夏季），頁46-48。

胡鞍鋼，「加入WTO後的中國農業和農民」，**二十一世紀**，2002年4月，頁19-20。

二、英文部分

David Zweig, *Internationalizing China-Domestic Interest and Global Linkages*（Ithaca and London: Cornell University Press, 2002）Frederick T. Knickerbocker, *Oligopolistic Reaction and Multinational Enterprise*（Boston: Havard University, 1973）.

John Dunning, *International production and the multinational enterprise*（London: Allen & Unwin, 1981）.

Kiyoshi, Kojima, *Direct foreign investment: a Japanese model of multinational business operations*（London: Croom Helm, 1978）.

Peter J. Buckley And Mark Casson, *The economic theory of the multinational enterprise: selected papers*（New York: St. Martin's Press, 1985）.

Raymond Vernon, *Economic environment of international business*（Englewood Cliffs, N.J. : Prentice-Hall, 1976）.

Richard Caves, *Multinational enterprise and economic analysis*（Cambridge: Cambridge University Press, 1996）.

Stephen Hymer, *The multinational corporation: a radical Approach*（Cambridge: Cambridge university press, 1979）.

Nicole Woolsey Biggart, Gary G. Hamilton, "Explaining Asian Business Success, " in Marco Orru, Nicole Woolsey Biggart, Gary G. Hamilton ed., *The Economic Organization of East Asian Capitalism*（London: SAGE Publication, Inc., 1997）.

Nicole Woolsey Biggart, Gary G. Hamilton, "Explaining Asian Business Success, " in Marco Orru, Nicole Woolsey Biggart, Gary G. Hamilton ed., *The Economic Organization of East Asian Capitalism*（London: SAGE Publication, Inc., 1997）.

物以類聚：台灣IT產業大陸投資群聚現象與理論辯析*

王信賢

（台北大學公共行政暨政策學系副教授）

摘要

台商大陸投資已呈現出從「單打獨鬥」到「策略聯盟」、「企業群聚」的「點－線－面」模式演變，尤其是大中型電子資訊產業相繼「登陸」後，此種趨勢更加明顯。台灣資訊產業目前分別集中在以深圳、東莞為核心的「珠江三角洲」，以及以上海、蘇州為核心的「長江三角洲」。針對此種現象，一般「經濟／非經濟」理論，包括群聚經濟理論、交易成本理論、創新理論、競爭理論，以及網絡分析、文化解釋等，均能提出一定程度的解釋。而本文嘗試與此理論進行對話，並在各種台商群聚的事實基礎上，以新制度組織理論觀點說明企業群聚現象本身即是「組織同形」的過程，其不只是為了市場或效率因素，還是與「制度環境」互動的結果，且當群聚現象形成一種集體行動與力量時，亦將對制度造成影響。

關鍵詞：企業群聚、科技資訊產業、新制度主義、組織同形、制度環境

---

* 本文發表於中國大陸研究（台北：國立政治大學國際關係研究中心出版），第47卷第3期（2004年9月），頁85-109。

Birds of a Feather Flock Together: The IT Industrial Clusters of Taiwanese Business Investment in China

Shin-Shian Wang

Abstract

The speed, scope, and complexity of development of cross-Strait trade and investment have been unprecedented. With greater interaction, particularly in terms of cross-border investment of technology-oriented industries located at Shenzhen-Tungkoon and Shanghai-Suzhou Regions in China, it is necessary for us to identify the new mode of investments in China, namely industrial cluster. Among the many attractive viewpoints of industrial agglomeration, the economic and non-economic approaches are general. Besides the theories of spatial clustering, such as economics of cluster, transaction costs, innovation, competition and network analysis, and the culture explanation, this article demonstrates the new institutionalist perspective that focuses on the institutional environment, the socially constructed normative world where organizations exist. The organizations will become structurally and strategically similar, namely there exist the phenomenon of " isomorphism." They are not necessary for competition and efficiency, but for power and institutional legitimacy, for social and economic fitness. Moreover, Taiwanese industrial clusters are able to transform the institutional environment in which they embedded.

Keywords: Clusters of enterprises, IT industry, new institutionalism, organizational isomorphism, institutional environment

壹、前言

當前世界經濟發展在空間上出現了一種特殊的形式，一方面「全球化」（globalization）的趨勢使經濟活動在地理空間上突破國界，人才、資金、知識技術等生產要素在國際間頻繁流動；而另一方面，「在地化」（localization）的趨勢使得各種生產要素於區域中聚集並重組。「全球化」所強調的是經濟發展過程中，全球層面的創新網絡聯結與拓展，而「在地化」的趨勢則是區域創新網絡的培育以及企業的在地鑲嵌性。就空間尺度而言，生產活動的全球化並沒有使企業空間的分佈分散，反而產生了地理群聚現象。由兩者結合而出現的「全球在地化」（glocalization）或「在地全球化」（lobalization）的趨勢，所具體呈現出來的便是企業「群聚」（cluster）或「集群」（agglomeration），此現象如馬庫森（Ann Markusen）所言，是一種「在平滑空間上的黏滯地帶」（Sticky Places in Slippery Space），主導世界經濟版圖，並吸收各種生產與創新的經濟能量。[1]

1 Ann Markusen, "Sticky Places in Slippery Space: A Typology of Industrial Districts," *Economic Geography,* no.72（1996）, pp.295-296.

圖4-1 台灣IT產業大陸投資佈局趨勢概況

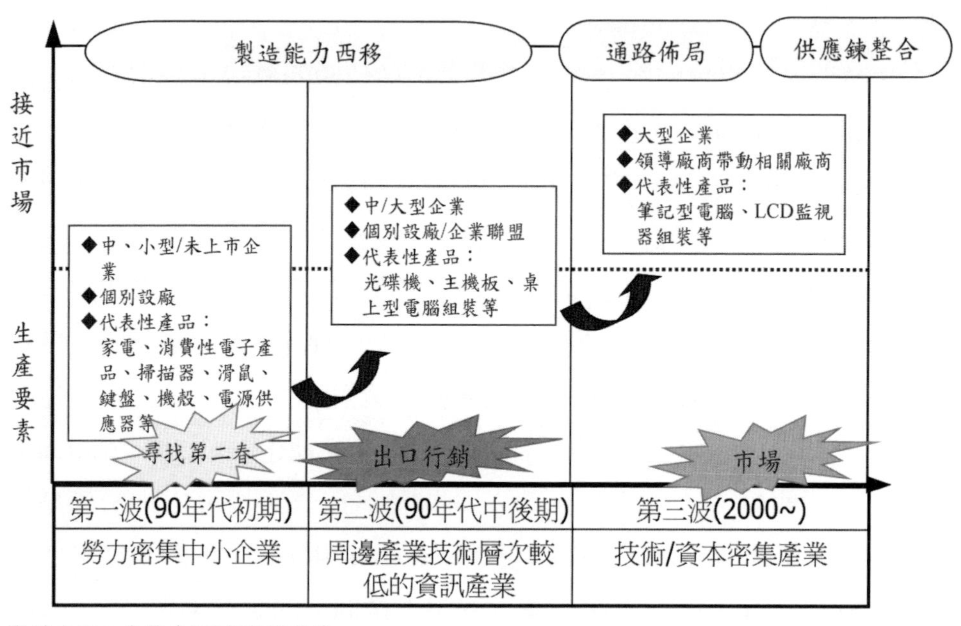

資料來源：資策會MIC IT IS計畫。

根據統計，截至2008年3月為止，台商赴大陸投資合法登記的金額大約為668.54億美元，[2] 但若再加上其他由第三地流向大陸的資金，保守估計應已超過1,000億美元，甚至可能高達1,500億美元，佔台灣對外投資的絕對多數，其中多是電子資訊產業。而從台灣電子資訊產業大陸投資佈局中，可大致分為三個時期，其不論在企業規模或產業的技術層級均不斷提升。而就整體而言，可明顯發現一策略的演變，即是從原本「單打獨鬥」到「策略聯盟」與「產業群聚」，形成「點－線－面」的演化模式，尤其是2000年以後，我國大中型電子資訊產業相繼「登陸」後，此種趨勢更加突出（見圖4-1）。目前台商赴大陸投資集中在三大區域，分別是：以

---

[2] 財團法人海峽交流基金會，「兩岸經貿統計」，兩岸經貿網，< http://www.seftb.org/downlord/兩岸經貿/97-統計-2.pdf>。

深圳與東莞為核心的「珠江三角洲」、以上海和蘇州為核心的「長江三角洲」以及北京和天津一帶的「環渤海經濟圈」，而此三大地帶也是中外商雲集之地（詳見圖4-2），尤其是珠三角與長三角更是台商企業群聚的區域。

圖4-2　中國大陸三大經濟圈中外IT廠商投資概況

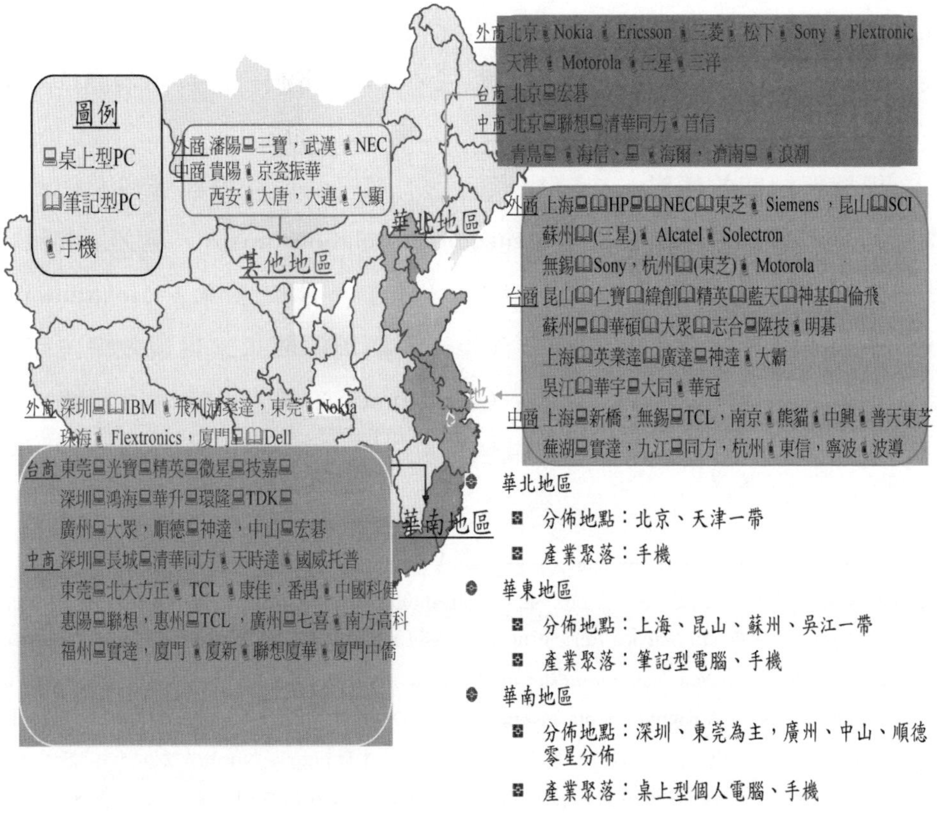

圖例
桌上型PC
筆記型PC
手機

外商 北京 Nokia Ericsson 三菱 松下 Sony Flextronic
天津 Motorola 三星 三洋
台商 北京 宏碁
中商 北京 聯想 清華同方 首信
青島 海信、海爾，濟南 浪潮

外商 瀋陽 三寶，武漢 NEC
中商 貴陽 京瓷振華
西安 大唐，大連 大顯

華北地區
其他地區

外商 上海 HP NEC 東芝 Siemens，昆山 SCI
蘇州(三星) Alcatel Solectron
無錫 Sony，杭州(東芝) Motorola
台商 昆山 仁寶 緯創 精英 藍天 神基 倫飛
蘇州 華碩 大眾 志合 陞技 明碁
上海 英業達 廣達 神達 大霸
吳江 華宇 大同 華冠
中商 上海 新橋，無錫 TCL，南京 熊貓 中興 普天東芝
蕪湖 實達，九江 同方，杭州 東信，寧波 波導

外商 深圳 IBM 飛利浦桑達，東莞 Nokia
珠海 Flextronics，廈門 Dell
台商 東莞 光寶 精英 微星 技嘉
深圳 鴻海 華升 環隆 TDK
廣州 大眾，順德 神達，中山 宏碁
中商 深圳 長城 清華同方 天時達 國威托普
東莞 北大方正 TCL 康佳，番禺 中國科健
惠陽 聯想，惠州 TCL，廣州 七喜 南方高科
福州 實達，廈門 廈新 聯想廈華 廈門中僑

華南地區

- 華北地區
  - 分佈地點：北京、天津一帶
  - 產業聚落：手機
- 華東地區
  - 分佈地點：上海、昆山、蘇州、吳江一帶
  - 產業聚落：筆記型電腦、手機
- 華南地區
  - 分佈地點：深圳、東莞為主，廣州、中山、順德零星分佈
  - 產業聚落：桌上型個人電腦、手機

資料來源：資策會MIC，2003年3月。

針對企業群聚現象的理論解釋，本文歸納出「經濟觀點」與「非經濟觀點」。前者多從市場、效率、技術與成本等因素出發，包括「群聚經濟理論」（economics of cluster）、「交易成本理論」（theory of transaction costs）、「創新理論」（theory of innovation）以及「競爭理論」（theory of competition）等；非經濟觀點包括「網絡分析」與「文化解釋」。本文認為上述的理論與觀點大多能具體解釋台商於大陸的企業群聚現象。然而，企業作為一種經濟組織型態，從「組織理論」角度分析的文獻反而不多見，組織理論中的「新制度主義」（New Institutionalism）觀點，不僅在社會科學各學門中具有開創性的研究成果，[3] 其中關於「組織與制度研究」也成為跨學科對話的一個重要領域。[4] 本文嘗試藉此針對台商IT產業在大陸的投資群聚現象進行說明。

根據新制度的觀點，企業組織研究不應只侷限在內部管理、經濟技術問題與組織間的關係（interorganizational relationships），還必須關照其所鑲嵌的環境，其中除了市場環境外，也包括「制度環境」（institutional environment），企業組織不僅要滿足市場環境的要求來實現效率，而且還須通過制度環境以尋求合法性（legitimacy），使組織得以存續。因此，在此雙重壓力下，組織或組織間為求生存，可能會出現結構與行為的

---

[3] James March and Johan Olsen, " The New Institutionalism: Organizational Factors in Political Life," *American Political Science Review,* no.78（1984）, pp.734-749; Walter W. Powell, and Paul J. DiMaggio eds., *The New Institutionalism in Organizational Analysis*（Chicago: The University of Chicago Press, 1991）; Richard Scott, *Institutions and Organizations*（Thousand Oaks, California: Sage Publications, 2001）, pp.21-45; 此便是制度經濟學家Douglass North所言：「不論任何一種制度，必然是通過組織展現其功能與績效，制度是基本遊戲規則，而組織（與其中的企業家）的角色是發動制度變革，組織的形式及其如何演變基本上都受制度架構的影響，同時，組織形態與其變化也會反過來影響制度的變遷。」見：Douglass North著，劉瑞華譯，制度、制度變遷與經濟成就（Institutions, Institutional Change and Economic Performance）（台北：時報出版社，1995年），頁9。

[4] Richard Scott, *Institutions and Organizations*（Thousand Oaks, California: Sage Publications, 2001）, pp.21-45.

「同形化」（isomorphism）的現象。而從組織與制度的互動來看，組織的運作與轉型，一方面深受環境制約；另一方面，組織亦可能在環境所提供的壓力與誘因下，因「策略選擇」形成「集體行為」，進而改變環境。[5]就此而言，企業群聚本身即是一種「組織同形」的過程。

針對此種「物以類聚」的現象，本文歸納出經濟與非經濟等兩大類別的理論解釋，並提出新制度主義組織理論，進而討論台商（尤其是IT產業）於中國大陸兩大經濟地帶的群聚現象與模式分析，最後嘗試在理論爭辯的基礎上，說明組織理論的新制度觀點，用以解釋台商IT產業在大陸投資群聚現象的適用性。

貳、企業群聚的理論探討

「企業群聚」的現象一直是經濟學家、管理學家、社會學家與地理學家討論的焦點。雖說企業屬於「經濟組織」，但其畢竟是在社會實體中運作。用博蘭尼（Karl Polanyi）的話來說，在人類的經濟活動中，除了「理性」、「效率」與「市場」外，還包括許多各式各樣的制度存在，其為一種制度化的過程，鑲嵌在各種經濟與非經濟的制度之中。[6]綜觀各學門派別，本文將企業群聚的理論解釋區分為經濟與非經濟觀點。

---

[5] 此便是制度經濟學家Douglass North所言：「不論任何一種制度，必然是通過組織展現其功能與績效，制度是基本遊戲規則，而組織（與其中的企業家）的角色是發動制度變革，組織的形式及其如何演變基本上都受制度架構的影響，同時，組織形態與其變化也會反過來影響制度的變遷。」見：Douglass North著，劉瑞華譯，**制度、制度變遷與經濟成就**（Institutions, Institutional Change and Economic Performance）（台北：時報出版社，1995年），頁9。

[6] Karl Polanyi, “The Economy as Instituted Process,” in Mark Granovetter, and Richard Swedberg, eds., *The Sociology of Economic Life*（Colorado: Westview Press, 1992）, pp. 29-52.

一、企業群聚的理論分析：經濟觀點

（一）群聚經濟理論

馬歇爾（A. Marshall）在其《經濟學原理》一書中，將與生產相關的因素分為兩類，一是與企業本身資源、組織與經營效率有關的「內部經濟」，另一則是相對於企業之外的「外部經濟」。此種「外部經濟」往往能因許多性質相類似的小型企業集中在特定區域，因而形成「產業區」（industrial district），此種企業與同業在空間的群聚現象，即被稱為「外部規模經濟」。另外，德國學者韋伯（A. Weber）則分別從運費、勞力與聚集經濟等三個因素說明工業活動的區位，以找出生產的最低成本區位。根據克魯格曼（Paul Krugman）的說法，企業於區域內的聚集可獲得三方面的效果：1、提供特定產業技能的勞動力市場；2、支持專業化產品生產；3、資訊的溢出使生產函數優於單一企業。[7]

（二）交易成本理論

交易成本理論為制度經濟學的一支，制度經濟學派將制度與經濟行為間的交互關係帶入經濟學研究中。寇斯（Ronald H. Coase）是其中的理論創始人，而諾斯（Douglass North）則開拓性地使用新制度經濟研究方法解釋了經濟制度變遷的過程，威廉森（Oliver E. Williamson）的《市場與層級》與《資本主義的經濟組織》則深入地詮釋市場與企業組織間的關係。[8] 新制度經濟學認為，在實際的經濟活動中一定會帶來成本，這些交易成本增加了人類經濟活動的不確定性，也影響了經濟表現。所以，

---

[7] Paul Krugman, "Increasing Returns and Economic Geography," *Journal of Political Economy,* no.99（1991）, pp.483-499.

[8] Oliver E. Williamson, *Markets and Hierarchies, Analysis and Antitrust Implications : A Study in the Economics of Internal Organization*（ New York: Free Press, 1975）. Oliver E. Williamson, *The Economic Institutions of Capitalism: Firms, Markets, Relational Contracting*（ New York: Free Press, 1985）.

在新制度經濟學的核心裡，到處可以看到制度、訊息（information）、交易成本、產權約制（constrains of property rights）和經濟成果間的關係。[9]就此理論觀點看來，企業群聚有助於降低交易成本與營運風險，並克服其中的機會主義與提高資訊的對稱性，且能增加誘因機制（incentive mechanism）以促進生產效益。

（三）創新理論

經濟學家熊彼得（Joseph Schumpeter）指出，經濟成長的核心在於「創新」—生產技術的革新與生產方法的變革，並指出此種「創新」或生產要素的「新組合」，是資本主義最根本的特徵。而企業創新的推手是「企業家」，「企業家精神」（Entrepreneurship）對於創新的成敗具有決定性的影響。[10] 就此而言，企業群聚現象與創新活動是密不可分的，「創新」並非孤立事件，而多方合作參與的創新，降低了研發的風險。另外，企業群聚所產生的社會系統有利於知識的累積與擴散，並有助於孕育「企業家精神」。

（四）競爭理論

波特（Michael Porter）的企業群聚研究，是結合其對「國家競爭優勢」的論述而展開的，其認為決定國家競爭優勢有四項因素：1、生產因素：一個國家在特定產業競爭中的表現，如勞工素質與基礎建設等；2、需求條件：本國市場對該項產業所提供的產品或服務；3、相關產業和支援產業的表現：與相關產業或上下游間的關係；4、企業的策略、結構與競爭對手等，再加上機會與政府兩項變數，此即是其著名的「鑽石體系」

---

[9] Thrainn Eggertsson, *Economic Behavior and Institutions*（New York: Cambridge University Press,1990）, p.6.

[10] Joseph A. Schumpeter, " Entrepreneurship as Innovation," in Richard Swedberg, ed. *Entrepreneurship: The Social Science View*（Oxford: Oxford University Press, 2000）, pp.51-75.

模型。[11] 就此而言，在特定區域內企業群聚所產生的合作效應，將有助於生產、創新與誘發新企業的形成，進而提高競爭優勢。[12]

一、企業群聚的理論分析：非經濟觀點

本文認為上述四種理論觀點均屬於經濟研究取向，其多著重以市場為中介的交易過程，企業群聚作為一種新的組織變革，其目的是為達到最大效率而存在，且市場機會為組織創新轉型的主因。韓格理（Gary G. Hamilton）則是將此類論述歸為「市場」取向，其所強調的是成本、技術因素，以及競爭行為的研究範疇。[13] 但除了經濟觀點外，也有不少研究指出「非經濟因素」亦是企業群聚效應的關鍵，其包括「網絡分析」與「文化解釋」：

（一）網絡分析

就經濟社會學角度看來，經濟行動絕非在真空中運作，格蘭諾維特（Mark Granovetter）即主張探討組織與制度時，必須將人際關係連帶與信任結合起來討論才具有意義。而此觀點亦正是所謂的「鑲嵌性」（embeddedness），為組織從事交易所必備的基礎，也是決定交易成本的重要因素。故行動者在從事一項經濟行為時，固然有自己理性的算計與個人的偏好，但理性與偏好卻是在一個動態的互動過程中做出決定的。行動者會不斷與週遭的人際關係網絡交換資訊，搜集情報，受到影響，改變偏好。所以行動者的行為既是「自主」的，也「鑲嵌」在互動網絡中，受

---

[11] Michael Porter著，李明軒、邱如美譯，國家競爭優勢（台北：天下文化出版社，1996年），頁103-190。

[12] Michael Porter, "Location, Competition, and Economic Development: Local Clusters in a Global Economy," *Economic Development Quarterly,* no.14（2000）, pp.15-34.

[13] Gary Hamilton, Nicole Woolsey Biggart, "Market, Culture and Authority: A Comparative Analysis of Management and Organization in the Far East," *American Journal of Sociology,* vol. 94（supplement）（1988）, pp. 52-94.

到社會脈絡的制約。[14] 故不論是企業內部，或是企業群聚所形成的產業網絡，包括勞動力提供、供應商、製造商，以及市場消費等，不只是資源與供需間的彼此互惠，更是架構在非正式的人際互動上。

（二）文化解釋

除此之外，區域特有的文化亦將決定企業群聚能否形成以及所在的區域是否具競爭優勢，AnnaLee Saxenian關於「一二八公路」（Route 128）與矽谷（Silicon Valley）的研究即為一例，兩者代表著截然不同的區域文化。位居麻州人文薈萃的「一二八公路」，在新英格蘭保守謹慎的傳統下，發展出以各自獨立自主的企業為基礎，隱密的作業習性與刻意強調的企業忠誠度以及厭惡流動的文化特質，使得公司內部各部門間、各公司間以及公司與區域內各機構間存在明顯的鴻溝。因而使其無法有效因應技術變遷與激烈的競爭。反之，矽谷所蘊育的是一個截然不同的西部文化，其產業體系以區域網絡為基礎，專業廠商間的相關技術往往互相牽連，因而能夠促進集體學習及彈性調整。區域內緊密的社交網絡，以及開放的人力市場促進區內不斷地實驗與創新，而區域文化並非是靜態的，其透過區內成員的互動而不斷重新塑造。在此種網絡體系內，很容易跨越企業內外的藩籬，使企業與區域的商會、大學和研究機構保持良性的互動。[15]

由上述經濟與非經濟觀點分析發現，企業群聚的出現，不僅可降低成本與提升效率、分散風險，且能有效取得關鍵資源與提高競爭優勢等。從另一方面看來，企業間透過長期的互動與交往，建立人際間的信任與產業網絡以簡化交易活動，並逐步形成保障此種關係的社會機制，有助於社會

---

[14] Mark.Granovetter, "Economic Action and Social Structure: The Problem of Embeddedness, " *American Journal of Sociology*, vol.91, no.3（1985）, pp. 481-510.

[15] AnnaLee Saxenian著，彭蕙仙、常雲鳳譯，區域優勢：矽谷與一二八公路的文化與競爭（Regional Advantage: Culture and Competition in Silicon Valley and Route 128）（台北：天下文化出版社，2000年），頁2-14。

資本的累積，並降低交易成本。[16] 而開放性區域文化特質，則有助於知識擴散與企業創新。然而，本文認為各種理論雖能對企業組織的群聚現象提出一定程度的解釋，但其不是在「理性選擇」（rational choice）的架構下討論個別企業的行動，而無法完整解釋網絡形成的集體性，要不就是忽略了企業間的「強制」力量與「模仿」行為。因此，本文嘗試在上述理論的基礎上，結合組織理論中的新制度觀點，對企業群聚現象進行說明。

三、企業群聚的新制度組織理論分析

企業群聚即是組織與其他組織的互動關係（Interorganizational Relationships, IORs），可被視為一種新的組織型態。更重要的是，組織絕不是單純的效率機器，必須與其所處的技術與制度環境間產生良性互動，才能提升競爭力與永續發展，而此皆是組織理論中新制度主義分析的焦點。

（一）新制度組織研究的理論沿革

一般而言，組織理論的沿革與發展區分為「傳統理論」（tradition theory）[17]、「行為管理理論」（behavioral management theory）[18]、「系

---

[16] Mark Granovetter, "Economic Action and Social Structure: The Problem of Embeddedness," pp.481-510.

[17] 傳統理論主要為二十世紀初的一些理論觀點，其中如韋伯（Max Weber）的「官僚體制」（bureaucracy）、泰勒（Frederick W. Taylor）的「科學管理」（scientific management）、古立克（L. H. Gulick）與費堯（Henri Fayol）等人的「行政管理」（administrative management）等皆屬之。

[18] 在傳統理論之後，學者們又分別從心理學、社會心理學以及應用各種數量模型針對傳統理論進行修正，此即標示著行為管理科學（behavioral and management science）的出現，其中霍桑研究（The Hawthorne Studies）的「人群關係」（human relations）、巴納德（Chester I. Barnard）與賽蒙（Herbert Simon）的「組織平衡理論」（the equilibrium of organization）為「行為科學」的代表，而強調「經濟—技術理性」的「生產作業管理」（Production / Operations Management, P/OM）則是「管理科學」的代表。

統與權變理論」（systems and contingency theory）[19] 以及「現代理論」（modern theory）等。[20]「現代理論」所含括的是七〇年代後期，學者分別針對組織研究中，只著重組織內部的結構與效率而忽視環境因素，抑或將環境視為「給定的」（given）系統而陷入「決定論」（determinism）的泥沼等缺失所提出的修正，因而出現了「群體生態理論」（the population ecology theory）[21]、「資源依賴理論」（the resource dependence theory）[22]，以及「新制度主義」等。其中，群體生態理論是從環境的本位出發，強調環境的選擇與淘汰作用，而資源依賴理論則是從組織的角度出發，強調組織對環境的「適應」，以及組織的「自主能動性」。換言之，資源依賴理論除了組織結構外，亦強調「策略選擇」的問題。

「新制度主義」承續「群體生態理論」與「資源依賴理論」的觀點，強調組織所面對的除了市場競爭外，在結構變遷過程中，國家與專業（profession）亦是關鍵要素。故組織為了求生存，除了競爭以及爭取資

---

[19] 所謂「權變」，顧名思義即「因權達變」之意，就組織的角度而言，其結構必須與外界環境條件相配合才能獲致成效。根據卡斯特（Fremont E. Kast）的說法：「權變觀點的基本假設是，組織與其環境之間以及在各次級系統間都應具有一致性，而管理的主要任務則是尋求最大的一致性，組織與其環境以及內部設計之間的和諧使組織效能與效率提高並使參與者得到滿足感。」Fremont E. Kast, James E. Rosenzweig, *Organization And Management: A Systems And Contingency Approach*（New York: McGraw-Hill, 1988）, p.116.

[20] 而關於組織理論的分法甚多，如Billy Hodge 與Herbert Johnson將理論的演進區分為古典學派、新古典學派以及現代組織理論，Richard Cyert和James March則將組織理論分為社會理論、社會心理理論以及管理理論，此外，尚有諸多分法，然此非本文的重點，關於此議題可詳參：彭文賢，組織原理（台北：三民書局，1996年），頁1-4。

[21] Howard E. Aldrich and Jeffrey Pfeffer, "Organization and Environment," *Annual Review of Sociology,* vol. 2（1976）, pp. 79-105; Michael Hannan, and John H. Freeman, "The Population Ecology of Organizations," *American Journal of Sociology*, vol. 82, no.4（1977）, pp. 929-964.

[22] Jeffrey Pfeffer, and Gerald R. Salancik, *The External Control of Organizations: A Resource Dependence Perspective*（New York: Harper & Row, 1978）.

源和顧客外，還必須著重政治權力與制度合法性（legitimacy）。[23] 另一方面，在組織與制度的互動上，新制度觀點主張組織除了受到環境制約而自我調適外，其還有能力通過改變環境使組織獲得生存與發展。簡言之，組織轉型與制度變遷間有可能形成互為因果的關係。

（二）制度環境與組織同形

就此而言，在企業組織研究中，經濟變項或市場運作—即技術環境與競爭性因素並不能作為唯一的解釋，還須將重點集中在每個社會的制度結構面，也唯有多重的社會制度才是真正提供企業聯結的基礎。[24] 換言之，經濟行為是社會行為的一種形式，且經濟制度是社會建構的一部份，其與各種社會關係與制度產生互動的結果，而其間亦涉及資源控制與分配的權力問題。[25] 就此而言，經濟活動與企業運作不是在真空中運作，而是鑲嵌在一組「制度環境」（institutional environment）之中。在新制度學者的眼中，企業組織所要追求的就不只是效率，還要遵守外在的規範，包括法規、道德以及文化認知體系的要求與支持，以取得在制度環境中的「合法性」。[26]

而「組織同形」即是在制度環境的制約下形成，所謂「同形主義」（isomorphism），意指「相同」（iso，等同於equality or sameness）的

---

[23] Paul DiMaggio and Walter Powell, " The Iron Cage Revisited: Institutional Isomorphism and Collective Rationality in Organizational Fields, " *American Sociological Review,* vol.48（April1983）, pp.147-160.

[24] Marco Orr'u, Nicole Woolsey Biggart, and Gary G. Hamilton, " Organizational Isomorphism in East Asia," in Walter W. Powell, and Paul J. DiMaggio eds., *The New Institutionalism in Organizational Analysis*（Chicago: The University of Chicago Press, 1991）, pp.361-389.

[25] Richard Swedberg, and Mark Granovetter, "Introduction," in Mark Granovetter, and Richard Swedberg, eds., *The Sociology of Economic Life*（Colorado: Westview Press, 1992）, pp.6-19.

[26] Richard Scott, *Institutions and Organizations*（Thousand Oaks, California: Sage Publications, 2001）, pp.51-58.

「形式」（morphism，等同於form），其原為生物學的概念，意指成功存在的有機體，其活動模式會為其他有機體所仿效，仿效成功的程度愈高，生存的機率愈大。就此而言，環境既然是主宰生物體命運的主要力量。因此，生存在相同環境下而彼此條件類似的族群，在面臨著相同的環境限制和壓力時，自然會採取相似的求生術，使彼此的形態趨於相同。[27] 而在組織研究中，同形主義是用來描述組織為適應環境而使結構形態同質化（homogenization）的過程。

根據迪馬吉歐（Paul J. DiMaggio）與包威爾（Walter W. Powell）的說法，環境會產生兩種將組織推向同形的力量，一為競爭，另一則為制度。[28] 前者為「群體生態學派」所強調，將生物學的生態觀點應用到組織理論中，認為組織在所處的環境中產生一連串的「物競天擇」，而所存留下來的是具市場競爭力、能改變利基（niche）以適應環境的組織。[29] 而迪馬吉歐則認為組織競爭不只是經濟因素，還包括權力以及合法性等政治社會因素，此即其所謂的「制度同形」。就此而言，企業組織的競爭不僅是為了資源與顧客，也是為了權力和制度的合法性，以及社會和文化的適應。而驅動「同形」有三種機制：[30]

1. 強制同形（coercive isomorphism）：組織同形可能來自正式或非正式的壓力，而主要是政治影響（political influence）與合法性問題（problem of legitimacy），包括政府命令、契約法規，以及一些必須定期公告的財務報告等。換言之，當一個組織依賴另一個組織，且中間存在著權力關係，或是具有規範與法律的懲戒力時，就會出現強制同形化。

2. 模仿過程（mimetic processes）：其指的是對其他組織進行模仿或

---

[27] 吳思華，策略九說：策略思考的本質（台北：臉譜出版社，2000年），頁288。

[28] Paul DiMaggio and Walter Powell, op. cit., p.149.

[29] Michael Hannan, and John H. Freeman, op. cit, pp. 929-964.

[30] Paul DiMaggio and Walter Powell, op. cit., pp. 150-154.

效法，當企業組織面臨制度環境變動過大與訊息不充分，會複製其他成功企業的組織形態或行為。[31]

3. 規範壓力（normative pressures）：企業領導者或管理人員主導組織的運作與結構的選擇，當這些行為者的教育與訓練背景具有同質性，面對同樣的狀況會有類似的選擇，將會使企業組織趨於同形。另外，此種同形的力量不只是來自組織內部的規範，還包括其他組織成員以及社會文化與認知壓力。[32] 由於其可能因為面臨相同的壓力，而採取相同的因應策略，進而利用正式或非正式的手段影響權力分配以順利取得資源。[33]

新制度理論家對組織研究的貢獻在於，其對組織環境的重新界定。組織不僅在一定的技術環境中運作，且必須在特定的「制度環境」中求取生存。個別的組織必須遵守環境的遊戲規則，並進而獲取「合法性」才得以存續，而企業組織通常採用上述這三種機制的一種或全部來變革調整自身，以期在制度環境中獲取較大的合法性，其結果便是「組織同形」。就此而言，本文認為產業群聚本身即是一種「組織同形」的現象，群聚的形成不僅是著眼於經濟效率或受網絡文化因素的制約，且是制度環境作用下的結果。另一方面，不只是制度環境會制約組織的運作與結構轉型，一旦組織間形成一種共同的集體行為時（「同形」不只是結構，還包括行動策略），亦可能會改變制度。因此，在這些理論基礎上，本文以下將介紹台商於大陸的群聚現象與模式分析。

---

[31] Heather A. Haveman, “Follow the Leader: Mimetic Isomorphism and Entry into New Markets,” *Administrative Science Quarterly,* no.38（1993）, pp.593-627.

[32] Mark Mizruchi and Lisa Fein, “The Social Construction of Organizational Knowledge: A Study of the Uses of Coercive, Mimetic and Normative Isomorphism,” *Administrative Science Quarterly,* no.44（1999）, p.665.

[33] Nitin Nobria and Ranjay Gulati, “Firms and Their Environments,” in Neil J. Smelser and Richard Swedberg eds., *The Handbook of Economic Sociology*（N.J.: Princeton University Press, 1994）, p. 541.

參、台商IT產業的群聚現象與模式分析

早期台商赴大陸投資的區位分佈，明顯受到中國開放程度與優惠政策措施的影響，多集中在福建、廣東兩省沿海城市。但隨著大陸各地區相繼開放與發展，以及台商投資動機轉為搶佔大陸內需市場後，台商投資區域也逐漸擴散，由原本的華南地區轉移到華東的長江三角洲（包括上海、蘇南與浙北），華中的武漢地區，華北的京津一帶，東北的大連、瀋陽、哈爾濱，成都、重慶等西南地區以及西安等地。然而，在此種擴散趨勢的同時，亦出現某些廠商集中在特定地區的現象，尤以電子業的產業群聚現象最為明顯。由圖4-1可發現，目前台商在大陸的投資區域主要是「深圳－東莞－廣州」產業帶和「上海－蘇州－杭州」產業帶。前者以傳統產業、桌上型電腦以及手機零組件為主；後者則是以半導體、筆記型電腦為核心。而其他電腦周邊產品與零組件，如主機板、印刷電路板、被動元件與監視器等零組件則是兩大區域皆有產業聚落。

一、珠江三角洲

台商於珠江三角洲的投資集中在深圳、東莞、中山、廣州、順德等地，先是傳統的勞動密集型產業，九〇年代以後電腦週邊產品大舉進駐（台灣已有八項電腦週邊產品產值是全球第一，這八項產品60%以上都是在大陸基地製造，且大部份集中在珠江三角洲地區）。就產業別而言，目前台商位於珠江三角洲各地所形成的產業群聚包括：電子資訊、小家電、自行車、製鞋、線纜和家具等（詳見表4-1）。

表4-1 台商群聚珠江三角洲之產業

城市	產業群聚類別
深圳	電子資訊業、小家電業、自行車業
珠海	電子資訊業、製鞋業
中山	紡織業、製鞋業
順德	電子資訊業、自行車業
佛山	製鞋業
東莞	電子資訊業、製鞋業、線纜業、家具業
惠州	電子資訊業

資料來源：作者自行整理。

就電子資訊產業而言，在群聚效應下，有台達電、鴻海、金寶、光寶、大眾、宏碁、鑫明、技嘉、微星、精英、神達、旭麗、源興、建興、致伸、鴻友、弘光、英群、美齊等資訊廠家在此設廠生產。其中，系統大廠如鴻海、宏碁與大眾等的投資，也造成了上中下游配套廠的進駐。以鴻海為例，不僅員工超過萬人，同時與其往來的配套廠商也有數百家，這些業者都分佈在直徑一百公里內的珠江三角洲一帶。另外，台達電在石碣鎮以及光寶集團於廣州籌設「光寶科技園」所造成的效應亦同樣驚人。

台灣IT產業在珠江三角洲形成以東莞、深圳為主，其它城市為輔的聚落，其中包括個人電腦、電源供應器、主機板、印刷電路板、監視器、電腦周邊、手機等（各次產業與相關廠商見表4-2）。此區域各種大中小型企業羅列，有些人甚至形容：「在此一個半小時車程內可以找齊一部電腦所需零組件的生產工廠，從深圳到東莞已經取代台灣三重到新竹間的地位。」[34]

[34] 李美惠、張譽，「探索珠江金三角」，商業週刊（台北），第685期（2001年1月8日），頁61。

表4-2 台灣IT產業珠江與長江三角洲投資的相關廠商

產業別	珠江三角洲	長江三角洲
半導體（含晶圓代工、封裝測試與DRAM）	深超，其他多為研發機構	中芯、宏力、台積電、聯電、日月光、矽品、超豐、華邦電、南亞科技、力晶、泰隆、威宇、桐辰、環宇、桐芯
筆記型電腦	宏碁、大眾與藍天	廣達、仁寶、宏碁、英業達、華宇、神基、大眾、志合、緯創、精英、倫飛、藍天
個人電腦	神達、光寶、建碁、系統、大眾、鑫明、宏碁、鴻海	神達、威達、鴻海、大同、精技、麗台、廣明、台達電
主機板	微星、精英、承啟、鑫明、技嘉	華碩、環旭、微星、技嘉
印刷電路板（PCB）	華通、柏承、雅新、合正…等十多家廠商	華通、楠梓電、南亞、耀華、耀文、敬鵬、佳鼎…等十多家廠商
發光二極體（LED）	億光、國聯、鼎元、一詮、華興、宏齊	光磊、億光、國聯、一詮、夆典、華興、光鼎
LCD（含STN、TFT與後段模組）	華映、碧悠、憶聲	明基、友達、美齊、中強光電、瀚宇彩晶、勝華、凌巨、勁佳、華映、隴華
監視器	源興、台達電、英誌、國豐、美格、皇旗、憶聲	明基、誠洲、美奇、大同
掃描器	旭麗、致伸、鴻友、虹光、美格	明基、力捷、全友、大騰
光碟機	建興、英群、廣寧、建碁	明基
手機	如美律等手機零組件廠	大霸、明基、華冠

說明：而國內各被動元件大廠，如國巨、華新科、匯僑工、世昕、大毅與天揚等均已在兩大區域投資，並形成群聚規模。

資料來源：作者自行整理。

二、 長江三角洲

台商位於長江三角洲的投資分佈區域，多集中在上海浦東、蘇州市區、昆山與吳江，以及浙江的杭州、寧波等。其中，上海作為國際商業大都會，具有領先的發展優勢，而蘇南在昆山率先示範帶動下，對台商的吸引頗為積極，以蘇州工業園區為龍頭的發展態勢極為明顯。在投資產業類別上，已轉向高科技產業、金融、倉儲、諮詢、航運與商業零售業。以IT產業為主的高科技產業主要集中在蘇州、昆山、吳江與寧波，而長江沿岸的太倉、張家港、無錫等地，集中了冶金、建材及紡織品等傳統製造業。就此而言，原本長江三角洲自古以來就是魚米之鄉，現在可說是「電子三角洲」，在台商的蜂擁進駐下，讓「農田變矽田」，廠商與產業佈局大致如下：

（一）上海及周邊地區

上海作為中國大陸的經濟櫥窗，幾乎任何外商都會在上海設立據點，而台商也不例外。台商於上海投資主要集中在商貿、金融、服務、倉儲、貿易與第三物流等。而在電子資訊產業方面，主要則是半導體、軟體開發等，尤其是半導體產業。1999年上海提出「聚焦張江」後，台資色彩濃厚的宏力與中芯半導體的投資，再加上產業龍頭台積電選定上海松江為投資地點，幾乎完全牽動IC產業鏈的版圖變化，從設計、製造、封裝測試等台商陸續進駐，包括日月光鎖定中芯半導體為策略聯盟對象，在上海建封裝測試廠。茂矽集團旗下的封裝廠南茂科技亦在上海投資。華邦電、南亞科技、力晶半導體等「動態存取記憶」（DRAM）廠亦相繼投入，其他如威盛、揚智、凌陽、瑞昱等IC設計業也紛紛進駐上海，此些半導體廠對上海地區的IC與IT產業的群聚效應發揮重要的影響。

（二）蘇州地區

蘇州市區以及昆山、吳江地區目前是台灣高科技產業的生產重鎮，其中包括：筆記型電腦、監視器、印刷電路板、主機板、TFT-LCD後段組裝，並有大型廠以及中小型配套廠集中於此地，尤其是筆記型電腦，所有的一線、二線廠，包括仁寶、英業達、華宇、大眾等，都在此地區設廠。[35]

在蘇州，台商由明基帶頭，後來包括電阻電容器大廠國巨，印刷電路板的金像電和敬鵬，生產銅箔基板的尚茂等皆到此投資。主機板大廠於2000年投產後更壯大台商的陣容，與美、日形成三足鼎立。而台商不僅大量進駐蘇州，還帶動了蘇州市轄下的吳江，原來明基的配套廠，包括生產返馳變壓器的福泰電子，以及家穎電子、濱川電子等十四家廠商，因為「檔次」的限制，被擋在蘇州「新區」門外，而集體向鄰近的吳江轉移。近年來，筆記型電腦華宇，以及電源供應器台達電等大廠的進駐，使吳江成為蘇南、長三角，甚至是中國大陸躍起的新星。[36]

另外，從巨大機械集團（捷安特）於昆山工業區設廠後，昆山成為台商注目的焦點，其中包括統一、南亞等。值得一提的是，早期到大陸的PCB廠，幾乎都座落於華南，但近年華東興起，較晚進入大陸的PCB廠，多直接選擇華東設廠，尤其是昆山地區。南亞塑膠在此建立了垂直整合的PCB王國，總投資金額超過一億七千萬美元，包括玻纖絲、玻纖布、銅箔、銅箔基板及下游的PCB。而台灣其它高科技配套廠商在昆山投資的主要包括滬士電子（台灣母公司為楠梓電子，主要產品為PCB）、富士康（台灣母公司為鴻海，主要產品為電腦插件及線纜等）。而台商於昆山的大量群聚也使其有「小台北」別稱。

此外，在浙北方面，杭州與寧波為大上海的延伸地區，日月光封裝測試廠於杭州投資，以台塑為首的傳統產業則進駐寧波。而杭州蕭山便被「台灣地區電機電子同業公會」評為2003年大陸最佳投資城市，台商目前

---

[35] 史惠慈，「電子業台商在大陸的群聚現象」，台商電子報（中華經濟研究院），第0407期（2004年3月29日），<http://news.cier.edu.tw/Y04/0303/101.htm>。

[36] 張家銘，「中國大陸蘇州的經濟發展與台商投資之研究」，東吳社會學報（台北），第11期（2001年12月），頁175-191。

於蕭山的投資項目多集中在機械製造、家具、紡織印染與建築材料等。

三、台商群聚模式分析

台商進入大陸初期，首先以東莞地區為中心的珠江三角洲作為投資集中地，珠江三角洲也成為最早出現台商群聚的地區。而電子資訊業廠商於1990年之後逐漸將勞動力較密集的製造活動，移往珠江三角洲地區（東莞、深圳為主），初期以電腦周邊及零組件為主，1994年後桌上型電腦的組裝線開始移入珠江三角洲地區生產，中小企業與大企業在產業供應鏈的密切接合，或是以衛星協力廠的模式，逐漸建立起生產聚落。

之後隨著中國大陸改革開放情勢的發展，在區位比較優勢下，電子資訊廠商開始轉往蘇州地區設廠，繼而擴大到昆山、吳江與上海及外圍腹地，產品包括電腦周邊產品、主機板，乃至於近年來外移的筆記型電腦產品，使得華東地區形成另一個台商電子資訊產業的生產聚落，長江三角洲地區迅速成為台商另一集中地，且各種產業的群聚效應不斷擴大。而若將群聚現象視為一種企業間的組織型態，從形構群聚現象的動力觀察，我們隱約可發現五種模式：

（一）「生產協力網絡」易地重構

不少研究指出，台灣中小企業的成功經驗在於其特殊的組織型態—

在技術、管理、資金與行銷基礎上所形成的「彈性化生產協力網絡」。[37] 也正因此，當廠商生產地點的移動，若獨立進行則必將喪失整體競爭力，往往採取集體行動才能確保競爭力之持續。高科技台商投資，只要有龍頭裝配廠率先投資，其他配套廠商就跟著去，有學者稱此為「母雞

---

[37] 請參見：陳介玄，協力網絡與生活結構：台灣中小企業的社會經濟分析（台北：聯經出版社，1995年）。

帶小雞」模式[38]，使生產協力網絡於大陸重構，台達電於東莞石碣鎮、鴻海在深圳、明基與華碩在蘇州即是如此，目前台積電與聯電在大上海地區亦復如此。前任東莞台商協會會長葉宏燈即生動地用「粽子」形容這種現象：[39]

> 台商約從1989年前後開始大規模前進東莞，台商在東莞設廠的特色在於，均由大型廠商『像拎一串粽子』，將所有協力衛星廠商一個拉一個地拉進東莞，也順勢建立起完整的產業上下游供應鏈。

（二）地方政府提供誘因

大陸地方政府為吸引台商，紛紛推出各種優惠政策，尤其是爭取產業龍頭落戶，進一步帶動上下游供應鍊廠商合作而前往設廠，營造更多群聚效應，在此種邏輯下，其所採取的策略有二：

1. 以台引台：地方政府以更多誘因使台商介紹同業至當地投資，只要台商介紹另一家來投資設廠，就可再談某一時間的減稅或免稅。

2. 赴各地「挖角」：如蘇南地區蘇州、昆山、吳江、無錫等地政府均在深圳、東莞設立辦事處，專門拉攏在廣東投資的台商。筆者在一次田野訪談中，一位開發區主任如是說：[40]

---

[38] 概念見：張家銘、吳翰有，「全球化與台資企業生產協力網絡之重構：以蘇州台商為例」，發表於全球化、蘇南經濟發展與台商投資研討會（台北：東吳大學社會系主辦，2001年10月31日）。當然，亦有可能出現「小雞帶母雞」的模式，見張家銘，「全球在地化：蘇南吳江台商的投資策略與佈局」，發表於經濟全球化與台商大陸投資研討會（台北：台北市兩岸經貿文教交流協會主辦，2004年4月24-25日）。

[39] 江逸之，「不入虎穴，焉得虎子：東莞台商第一險中求」，遠見雜誌（台北），2001年10月1日，頁137。

[40] 訪談「吳江經濟開發區工作委員會」幹部與吳江市政府台辦，2001年8月16日。

從98年開始，我們的策略已由「外招」變成「內引」，展開「南向廣東與福建，主攻台商，吸引電子資訊產業」，透過已在本地落戶的廠商提供其他地區的同業名單與相關資料，市政府領著開發區幹部先後到各地召開說明會，形成「以小引大、以大帶小」的「滾動式」招商引資模式。

（三）自然分工、重新組合

相對於「母雞帶小雞」或「小雞帶母雞」的「跨區域複製」，有些廠商是到當地投資後，打破過去台灣既有的相互認識的關係，透過台商協會或同業重新連結台商的合作關係，並自然形成分工，因而形成中小企業群聚。

（四）同業模仿

此種模式是指在同業競爭中，只要有一家「登陸」，同類型的廠家也會紛紛跟進。以印刷電路板為例，楠梓電九〇年代中期就到昆山，1999年12月敬鵬又到蘇州，金像電、耀華（在大陸名為展華）、耀文（在大陸名為耀寧）等也都到大陸，全台各大印刷電路板廠商都到大陸特定地區群聚。[41] 另外，主機板大廠與筆記型電腦廠紛紛赴蘇州地區投資亦是如此。

（五）集團資源整合

此指大型集團企業赴大陸投資後，將原本分散各地的子公司進行集結，如光寶集團的「廣州光寶科技園」，即是將旗下的光寶、旭麗、建興及松喬整合遷入園區中，建構龐大的基地，產品包括電腦機殼、電源供應器、顯示器、印表機、掃描器、鍵盤……等。[42]

然而，在此必須說明的是，這五種模式除第五種「集團資源整合」

---

[41] 莊素玉，「高科技台商蜂擁長江三角洲」，遠見雜誌（台北），2001年12月號，頁90-115。

[42] 最佳生活的領航者—光寶科技股份有限公司」，經濟部投資業務處全球台商服務網，<http://twbusiness.net.gov.tw/asp/world-10.asp>

外，其他四種模式往往是混合的，單一模式並無法完整解釋群聚現象。其中，各行為者間，包括中心廠、配套廠與地方政府等是相互作用的。

由上述台商位於珠江三角洲與長江三角洲的群聚現象與模式分析發現，從經濟／非經濟觀點均能提供具體的解釋。一方面，包括產生規模效應、降低交易成本、分散風險、增加企業競爭力。另一方面，網絡、文化心理等非經濟因素亦能針對各種經濟行為提供補充性的解釋。但本文認為新制度的組織分析或許在此基礎上，能針對台商群聚現象補充其它觀點。

肆、企業群聚的新制度組織觀點

由前述的企業群聚現象顯示，台商赴大陸投資，除了降低生產成本、優惠政策與市場的誘因外，群聚效應可能是另一重要的因素。在此效應下，大批中小企業紛紛跟進，形成產業供應鏈。而結合產業資源、降低研發與交易成本、分散風險、建構綿密生產網絡等，均是廠商形成群聚以求獲利和存活的重要動機。以下將從新制度組織理論中的「組織同形」、「制度環境」，以及組織與制度間的互動等，對台商企業群聚的現象做進一步的說明。

一、制度環境與台商投資

新制度學者認為，企業組織並非在真空中運作，其不僅在一定的市場與技術環境中運作，且還必須在特定的「制度環境」中求取生存，而個別的組織必須遵守環境的遊戲規則，並進而獲取「合法性」才得以存續。史考特（Richard Scott）認為制度是由「管制的」（regulative）、「規範的」（normative）以及「文化—認知的」（cultural-cognitive）系統等三大支柱所組成。首先，制度作為一種管制系統，透過強制的法規約束社會行動者遵守遊戲規則，否則將會受到制裁；其次，制度亦包含一套規範系統，行動者的行為必須考量他人的期待；最後，制度也是一種文化認知系統，透過知識體系傳遞共同的認知與行動。[43]

就此看來，「區域創新系統」（regional systems of innovation）[44]的概念體系便是在制度環境的基礎上形成，為一種社會結構、組織、制度與價值的整合體，如同一座由不同星球所組成的星座，包含工業關係體系、產業關係、金融體系、勞資關係、國家政策、法律與社會風俗習慣等。尤其是對中國大陸此種後社會主義國家而言更是如此，由於計畫經濟實踐的制度遺產與習性依然深深制約各種經濟活動，對當地風俗文化的理解，以及與地方政府間關係至關重要。也因此，許多台商主管都認為，在情況不明之下，先把當地政府公關做好，比和消費者建立直接關係更重要。

另外，就「合法性」的角度而言，上海所代表的不只是「龐大的商機」，也是一種「象徵」，在上海投資或設廠所代表的是「聲譽」，藉由此種「認可」增加其競逐大陸市場的「合法性」，尤其是對金融服務業而言。在上海致力成為中國金融、貿易和運輸中心的長遠規畫及政策扶持下，正逐漸吸引各跨國企業和中資企業紛紛進駐上海，加上長江三角洲高科技和服務貿易產業鏈的形成。一方面，各企業都不願放棄廣大市場；另一方面，不在上海即代表在中國的一級戰區缺席，會影響企業形象。[45]就此看來，進軍大陸內需市場的遊戲規則明顯浮現：進入上海即是佈局全中國的表徵，也唯有進入上海才會被「認可」。不止高科技與服務業，傳統

---

[43] Richard Scott, *Institutions and Organizations,* pp.51-58.

[44] Bengt-Ake Lundvall, *National Systems of Innovation: Towards a Theory of Innovation and Interactive Learning*（New York: Pinter Publishers, 1992）.

[45] 「上海高科技、服務貿易產業群聚效應發酵，企業總部紛進駐」，工商時報（台北），民國93年10月15日，第12版。

產業也是如此。[46] 產業群聚所造成的效應亦然，台商IT產業早期群聚於珠三角，而今在上海、蘇州、昆山一帶的電子相關產業體系已趨完整，由珠三角轉赴長三角投資不只基於競爭力的考量，也是符合上下游廠商或投資者的期待。

二、企業群聚型態即組織同形

新制度組織理論強調，組織與其它類似組織間會形成一種「場域」，即所謂的「組織域」（organizational field）。其意指組織作為一個整體而存在，此一整體由諸多組織構成：關鍵供應商、資源與產品消費者、管制機構，以及其他提供類似服務和產品的組織，為制度的重要分析單位；在特定「組織域」中，組織為了求生存，對於合法性皆有強烈的需求，為達此目的，許多組織結構與行為的產生都是以外在環境為主要考量，而非內部的技術效率，力量（force）為組織間關係的特徵，此力量使組織朝向共同的結構形體。

企業群聚即是「組織同形」的具體表現，各企業面對變動快速且不確定的環境，除了「風險」與「競爭」考量外，企業群聚有助於強化廠商在組織域中的「合法性」，在組織域中同業彼此依據共同的準則而採取類似的行為，以利於取得環境中的各種經濟與非經濟資源。造成台商群聚的同形「力量」包括：

（一）競爭

指以外在競爭環境為驅力所造成的組織結構與行為的同質化，以目前

---

46 「國內傳統產業進軍大陸，企業核心，多放在上海，理由不外是，上海為大陸經濟首都，最具指標意義。在此前提下，各行業的龍頭級廠商，包括食品業的統一、家電業的聲寶，電線電纜業的華新麗華、自行車業的巨大、石化業的南亞，與不動產業的湯臣等企業，均以大上海為軸心。」見：「傳統產業進軍神州，先紮根上海」，工商時報（台北），2002年1月15日，第6版。

大陸沿海的發展狀況，全球五百大企業都已進駐或即將進駐。在此種競爭態勢下，只有極大化與極小化兩種極端的公司可以生存，前者是大型集團公司，可以不計代價進行成本戰，以攻佔市場為目的；後者則是靠特殊利基存活的小公司。而就以中小企業為主的台商而言，似乎只有整合上中下游廠商才能避開風險、強化競爭力。

（二）強制

當一個組織依賴另一個組織，且中間存在著權力關係，或是具有規範與法律的懲戒力時，就會出現強制同形化。如前述「母雞帶小雞」的模式，中心廠對配套廠的權力關係，小廠在壓力下必須跟隨；而另一方面，中心廠赴大陸投資，除了受到生產、市場與競爭等因素的影響外，也是為了配合國際大廠的要求。[47] 換言之，這是在全球化邏輯下國際大廠的強制壓力。而前述之「挖角」、「以台引台」模式雖不至具強制性，但也畢竟是各種政治行政力量在其中的作用。

（三）模仿

當企業組織面臨制度環境變動過大與訊息不充分，會複製其它成功企業的組織形態或行為。至於台商企業群聚一方面模仿在台灣的經驗；另一方面，對於在大陸投資同業的模仿亦是主因，如前述之PCB大廠於華南和華東相繼形成產業群聚，不只是競爭，也是模仿效應。另外，筆記型大廠電腦神基、緯創分別由廣東順德與中山北移至蘇州昆山亦是如此。同樣的狀況亦發生在主機板產業，當然，世界各地一窩蜂模仿矽谷經驗也是基於此。

[47] 隨著低價電腦與微利時代的來臨，廠商無不思考如何縮短供應鏈流程，國際大廠開始重視即時服務的提供、縮短交貨期，以及強化全球生產體系。而台灣資訊廠商OEM／ODM業者為配合國際大廠要求，除就生產及組裝據點外，亦加強倉儲及運銷服務等後勤的全球運籌概念，以符合國際大廠的要求。

（四）規範

除了上述的競爭、強制與模仿等三種力量外，「規範壓力」亦是造成台商企業群聚的因素之一。此一論點所指的是企業領導者或管理人員的教育與訓練背景具有同質性，面對同樣的狀況會有類似的選擇，而此種同形的力量不只是來自組織內部的規範，還包括其它組織的認知壓力，一旦某種觀點被視為「理所當然」後，將形成一種制度力量。而就台商群聚而言，台灣人生活方式、教育訓練背景的同質性亦是此種「物以類聚」的主因，此即為何台商所形成的產業聚落鮮少其他外商或大陸廠商參與的原因之一。[48]

三、台商群聚與地方制度互動

根據制度主義的觀點，在組織與制度的互動關係上，不只是制度會制約組織的結構與行動，當組織間形成「集體行為」時，亦有可能回過頭來影響制度環境，尤其是當環境不確定性高、資訊不透明時。[49] 組織有同形，甚至形成集體力量試圖改變制度環境的需求，台商集體力量所改變的大致包括地方投資環境與治理形式：

（一）地方投資環境與產業結構

目前台商群集的地區，幾已改變當地的產業結構與投資環境。以東莞為例，這個當年遍長莞草的嶺南小縣，連當地的市委書記都不得不承認，

[48] 即便是經濟學家在解釋台商的大陸投資策略也認同此種文化、心理等規範性觀點，見：陳添枝、顧瑩華，「全球化下台商對大陸投資策略」，發表於經濟全球化與台商大陸投資研討會（台北：台北市兩岸經貿文教交流協會主辦，2004年4月24-25日）。

[49] 如目前關於大陸科技市場的投資報告有五家，分別是「IDC」、「Data Quest」、「CCID」、「會聰商情中心」與「電腦商情情報中心」。但絕大多數台商都認為「完全不準，因為只要有錢就能造假」，而目前大部分台商的「市場數據」都是同業間互相詢問、自己整合的結果。見：張殿文，「走進迷宮的台商」，天下雜誌（台北），第330期（2003年2月15日），頁40-41。

為數四千多家的台資企業功不可沒，如寶成工業、致伸電子、台達電等公司，在當地創造出奇蹟。而今東莞已是地級市，全市三十二個鎮都有台資企業，甚至台達電的三次擴廠使得石碣鎮歷經三次「造鎮」。[50] 目前東莞的電腦零組件配套率達95%以上，十多種IT產品的產量位居全球前三名，東莞已成為台商個人電腦相關產業的匯集地，從上游到下游的產業齊全，形成一個產業網絡，除了CPU、記憶體以外的零組件，都可以在東莞地區得到供應，且絕大多數都可在三十分鐘內到達。

不僅東莞如此，台商群聚明顯的蘇州市區、昆山與吳江也是如此。根據昆山台商協會的說法，昆山常住台灣人口已有兩萬多人，台商與昆山關係用一組順口的數字「五六七八九」來表示最貼切：五〇%以上財政收入、六〇%以上利稅、七〇%以上銷售、八〇%以上投資、九〇%以上進出口，都源於台資。而其所建構出來的完備產業體系，連日、韓、歐系等外商都不得不以此為製造生產區域。

（二）地方治理形式

隨著投資額大幅提升，台商於地方治理上亦扮演舉足輕重的角色，藉此取得潛在的政治影響力，形成與地方政府間的「互利共生」（symbiosis）的關係。[51] 以前述之昆山為例，昆山台商不止為昆山帶來商業資本積累，亦形成與昆山市政府間的「跨界治理」，如：2000年昆山加工出口區，也是大陸首座加工出口區的成立，就是台商向昆山市政府提議；台商協會的提議，昆山市政府皆會在最快時間內予以具體答覆；在「市人大」會議中，台商代表被邀請列席旁聽市長政府工作報告。2002年昆山進行市政規劃，市長特別聯繫「台商協會」，要求協會召開臨時會，讓市長報告規劃重點。此在在說明，台商組織和昆山市政府共同營造的協

---

[50] 張譽，「台達電在石碣三次造鎮」，商業週刊（台北），2001年1月8日，頁74。

[51] 耿曙、林琮盛，「屠城木馬？全球化背景下的兩岸與台商」，發表於經濟全球化與台商大陸投資研討會（台北：台北市兩岸經貿文教交流協會主辦，2004年4月24-25日）。

同治理雛形已逐步顯現，昆山台商從原本走後門到協助建立制度，從而也參與和改變地方的制度變遷。[52]

此種現象亦出現在筆者於吳江地區的訪談經驗，吳江市的五套班子（黨書記、市鎮長、人大、政協、開發區）往往必須定期或不定期舉辦座談會，以解決當地台商的投資問題。也因此很多台商認為：「在這充滿機會和挑戰的新大陸，要規避風險就是組成群體的力量和當地政府進行談判，特別是從次級城市下手。」[53] 而此種現象在台商雲集的東莞、昆山與吳江特別明顯。台商群聚所改變的不只是當地的產業結構與地方治理，其它如消費習慣、城市空間形構也都受到影響，各地區所出現的「台灣街」或「台灣城」就是明證，台商學校的成立則成為台商企業群聚的最大指標。因此，「企業群聚」不僅代表著台商將原本在台灣的生產網絡複製到當地，其亦深深地改變了當地的政經社會生態。

從本文看來，台商群聚是多因素加總互動的結果，前所列舉的經濟與非經濟觀點的各種理論或能提供部分解釋。然而，本文認為新制度組織理論的角度所提供的是較為全面的觀察，尤其是「制度環境」、「組織同形」以及組織對制度的影響等。

伍、結論

台灣是開發中經濟體第一個成功建立起高科技製造產業的國家，政府在其中扮演至為關鍵的角色，包括制訂發展高科技產業政策、建立基礎設施、促使產業群聚以及獲取關鍵技術知識等。其中最引人注目的即是中小

---

[52] 見柏蘭芝，潘毅，「跨界治理：台資參與昆山制度創新的個案研究」，中國經濟中心討論稿 No.C2003012，2003年6月3日，<http://www.ccer.edu.cn/cn>。

[53] 張殿文，「他們如何突圍中國」，天下雜誌（台北），2003年2月15日，頁55；周啟東，「上海大撤退」，商業週刊（台北），2002年7月8日，頁78-83。

企業間所形成的高科技產業群聚，進而促進相關產業發展。正因為上、下游分工明確，企業的發展也必然受限於這種「群聚效應」，台商出現上中下游的「集體出走」也是基於此種邏輯。台商投資大陸後，各種不同模式的企業群聚出現，相關企業只能在台商集中地區設廠，雖然有個別台商也曾嘗試在大陸其他非資訊業群聚地區投資，但多數均營運不順。而這些區域便是集中在珠江三角洲的「深圳－東莞－廣州」產業帶，以及長江三角洲的「上海－蘇州－杭州」產業帶。

根據本文的分析，此種現象不論是「全球化」，抑或其它的市場、效率、技術以及網絡、文化等因素都能予以解釋。不過，企業既然是經濟組織，而組織理論已經發展成跨學科對話的學門，尤其是晚近的新制度主義，頗能整合上述的理論觀點，並予以補充。就此方向而言，企業群聚的現象即是一種「組織同形」的表徵，造成同形的力量不只是競爭因素，還包括強制、模仿與規範的壓力等。而企業跨國投資與群聚除了為降低成本與規避風險外，亦是為符合制度環境中的「合法性」問題；另一方面，一旦企業間形成集體的行動與力量時，亦會反過來影響原本對其產生制約的制度安排。

就此看來，企業與區域的互動會因為「群聚效應」而更加明顯與頻繁，不論是標榜高科技的美國矽谷與台灣新竹科學園區，抑或是傳統產業的「第三義大利」（Third Italy）與德國巴登坦柏（Baden-Wurttemberg）等，均是此種道理。上中下游廠商的群聚可以提供對未來市場和技術發展的洞察力，也會逐步形成適合創新的區域環境。而此區域環境必須由各種政經社會因素與產官學界的配合。就此觀察台商此種跨地所形成的企業聚落，必然面對更多的挑戰，這不僅是單純製造生產的問題，根據肯尼（M. Kenny）針對矽谷發展經驗提出「第二經濟體」（Economy Two）的概念，認為矽谷存在兩種經濟體，此二經濟體在分析層次上可分離，但在運作層次上是交互作用的。「第一經濟體」是既存組織的傳統活動，由現有廠商、企業研究室與大學所組成，其目標是獲利與成長；「第二經濟體」則代表著制度創新，主要的活動是孕育新興企業，由創業者、律師、投資機構（包含風險基金與銀行等）所組成，其目標則是創立新事業。[54]

就此看來，台商於「第一經濟體」中廠商自身以及廠商間協作關係的表現突出，且目前亦展開與各大學間的人才引進與研發合作關係；至於代表制度創新的「第二經濟體」則遠遠不足。顯然此種跨地群聚所形成的效應只在「初級階段」，而於中國大陸更大的挑戰還是在第一、二經濟體所賴以運作的制度環境，其中，地方政府的短線操作心態將是最大變數，這也是吾人觀察台商大陸群聚所必須予以關照的。

[54] M. Kenny, *Understanding Silicon Valley: The Anatomy of an Entrepreneurial Region*（California: Stanford University Press, 2001）.

參考文獻

一、中文部分

（一）專書

AnnaLee Saxenian著，彭蕙仙、常雲鳳譯，**區域優勢：矽谷與一二八公路的文化與競爭**（台北：天下文化出版社，2000年）。

Douglass North著，劉瑞華譯，**制度、制度變遷與經濟成就**（台北：時報出版社，1995年）。

Michael Porter著，李明軒、邱如美譯，**國家競爭優勢**（台北：天下文化出版社，1996年）。

史惠慈，「電子業台商在大陸的群聚現象」，**台商電子報**（中華經濟研究院）。

吳思華，**策略九說：策略思考的本質**（台北：臉譜出版社，2000年）。

柏蘭芝，潘毅，「跨界治理：台資參與昆山制度創新的個案研究」，**中國經濟研究中心討論稿**No.C2003012，2003年6月3日，http://www.ccer.edu.cn/cn。

耿曙、林琮盛，「屠城木馬？全球化背景下的兩岸與台商」，發表於**經濟全球化與台商大陸投資研討會**（台北：台北市兩岸經貿文教交流協會主辦，2004年4月24-25日）。

張家銘，「全球在地化：蘇南吳江台商的投資策略與佈局」，發表於**經濟全球化與台商大陸投資研討會**（台北：台北市兩岸經貿文教交流協會主辦，2004年4月24-25日）。

張家銘、吳翰有，「全球化與台資企業生產協力網絡之重構：以蘇州台商為例」，發表於**全球化、蘇南經濟發展與台商投資研討會**（台北：東吳大學社會系主辦，2001年10月31日）。

陳介玄，**協力網絡與生活結構：台灣中小企業的社會經濟分析**（台北：聯經出版社，1995年）。

彭文賢，**組織原理**（台北：三民書局，1996年）。

（二）期刊文獻

周啟東，「上海大撤退」，**商業週刊**，2002年7月8日，頁78-83。

張殿文，「走進迷宮的台商」，**天下雜誌**，第330期（2003年2月15日），頁40-41。

張家銘，「中國大陸蘇州的經濟發展與台商投資之研究」，**東吳社會學報**，第11期（2001年

12月），頁175-191。

莊素玉，「高科技台商蜂擁長江三角洲」，**遠見雜誌**，2001年12月號，頁90-115。

陳添枝、顧瑩華，「全球化下台商對大陸投資策略」，發表於**經濟全球化與台商大陸投資研討會**（台北：台北市兩岸經貿文教交流協會主辦，2004年4月24-25日）。

二、英文部分

（一）專書

Eggertsson, Thrainn, *Economic Behavior and Institutions*（New York: Cambridge University Press,1990）.

Granovetter, Mark and Richard Swedberg, eds., *The Sociology of Economic Life*（Colorado: Westview Press, 1992）.

Hollingsworth, Rogers and Robert Boyer, *Contemporary Capitalism: The Embeddedness of Institutions*（ Cambridge: Cambridge University Press, 1997）.

Kast, Fremont E. and James E. Rosenzweig, *Organization And Management: A Systems And Contingency Approach*（New York: McGraw-Hill, 1988）.

Kenny, M., *Understanding Silicon Valley: The Anatomy of an Entrepreneurial Region*（California: Stanford University Press, 2001）.

Lundvall, Bengt-Ake, *National Systems of Innovation: Towards a Theory of Innovation and Interactive Learning*（New York: Pinter Publishers, 1992）.

Nobria, Nitin and Ranjay Gulati, "Firms and Their Environments," in Neil J. Smelser and Richard Swedberg eds., *The Handbook of Economic Sociology*（N.J.: Princeton University Press, 1994）.

Pfeffer, Jeffrey and Gerald R. Salancik, *The External Control of Organizations: A Resource Dependence Perspective*（New York: Harper & Row, 1978）.

Powell, Walter and Paul J. DiMaggio eds., *the New Institutionalism in Organizational Analysis*（Chicago: The University of Chicago Press, 1991）.

Scott, Richard, *Institutions and Organizations*（Thousand Oaks, California: Sage Publications, 2001）.

Williamson, Oliver E., *Markets and Hierarchies, Analysis and Antitrust Implications: A Study in the Economics of Internal Organization*（New York: Free Press,1975）.

（二）期刊文獻

Aldrich, Howard E. and Jeffrey Pfeffer, "Organization and Environment," *Annual Review of Sociology,* vol. 2（1976）, pp.79-105.

DiMaggio, Paul, and Walter Powell, "The Iron Cage Revisited: Institutional Isomorphism and Collective Rationality in Organizational Fields, " *American Sociological Review,* vol.48（April 1983）, pp.147-160.

Granovetter, Mark, "Economic Action and Social Structure: The Problem of Embeddedness, " *American Journal of Sociology,* no.91（3）, pp. 481-510.

Hamilton, Gary and Nicole Woolsey Biggart, "Market, Culture and Authority: A Comparative Analysis of Management and Organization in the Far East," *American Journal of Sociology,* no.94（1988）, pp.52-94.

Hannan, Michael and John H. Freeman, "The Population Ecology of Organizations," *American Journal of Sociology,* no.82（1977）, pp. 929-964.

Haveman, Heather, "Follow the Leader: Mimetic Isomorphism and Entry into New Markets, " *Administrative Science Quarterly,* no.38（1993）, pp.593-627.

Krugman, Paul, "Increasing Returns and Economic Geography," *Journal of Political Economy,* no.99（1991）, pp.483-499.

March, James and Johan Olsen, "The New Institutionalism: Organizational Factors in Political Life," *American Political Science Review,* no.78（1984）, pp.734-749.

Markusen, Ann "Sticky Places in Slippery Space: A Typology of Industrial Districts, " *Economic Geography,* no.72（1996）, pp.295-296.

Mizruchi, Mark and Lisa Fein, "The Social Construction of Organizational Knowledge: A Study of the Uses of Coercive, Mimetic and Normative Isomorphism," *Administrative Science Quarterly,* no.44（1999）, pp.653-683.

Orr' u, Marco and Nicole Woolsey Biggart, and Gary G. Hamilton, " Organizational Isomorphism in East Asia," in Walter W. Powell, and Paul J. DiMaggio eds., *The New Institutionalism in Organizational Analysis*（Chicago: The University of Chicago Press, 1991）, pp.361-389.

Polanyi, Karl, "The Economy as Instituted Process," in Mark Granovetter, and Richard Swedberg, eds., *The Sociology of Economic Life*（ Colorado: Westview Press, 1992）, pp. 29-52.

Porter, Michael, "Location, Competition, and Economic Development: Local Clusters in a Global Economy," *Economic Development Quarterly,* no.14（2000）, pp.15-34.

Schumpeter, Joseph A., "Entrepreneurship as Innovation," in Richard Swedberg, ed. Entrepreneurship: The Social Science View（Oxford: Oxford University Press, 2000）, pp.51-75.

經濟全球化與台商大陸投資：策略與佈局

陳德昇
（政治大學國際關係研究中心研究員）

摘要

經濟全球化不僅已成為當代經濟潮流，且對兩岸經貿關係影響十分深遠。雖然政府部門曾對大陸經貿政策採取有限度開放措施，儘管中共當局對台商積極吸引與提供優惠，促成台商大陸投資成長，但實際上經濟全球化趨勢、特質與現象，恐才能解讀台商大陸投資的意涵。

台商大陸投資與跨國企業策略聯盟不僅能發揮語言、文化優勢，且是進入大陸市場與國際接軌的平台。結合當地化與品牌策略，亦有助於深耕大陸市場並提升國際競爭力。此外，台商投資大陸區位選擇與調整，不僅顯示大陸投資環境變遷，亦是回應全球生產網絡連結之考量。

經濟全球化趨勢下，兩岸經貿行為實已跨越政策限制與主權意涵，但政策變動與開放格局仍將影響經濟資源分派與效益。

關鍵詞：經濟全球化、策略聯盟、台商、當地化

Economic Globalization and Taiwan's Investment Strategies in China

Te-Sheng Chen

Abstract

Economic globalization has not only become a modern economic trend, but also increasingly impacts cross-Strait economic relations. Although Taiwan's investments in China are also affected by Taiwan's political restrictions and the PRC's preferential strategies, but globalization and the incentives generated better explain the investment decisions and strategies of Taiwanese businessmen.

Taiwan businessmen's primary strategy is forming strategic alliances with multi-national companies and local enterprises. In terms of regional preference, Taiwanese businessmen clearly prefer the Yantze Delta over the Zhu River Delta. Nevertheless, this decision is still dependent on the local investment environment, businessmen's risk management, and China's regional policy for development.

The key investment strategies of Taiwanese firms include thinking global, flexible production, and adaptability. Hence, China is not the only destination. Taiwan FDI will continue to flow into China only if the mainland continues to grow steadily.

Keywords: economic globalization, strategic alliance, Taiwanese businessmen, localization

世紀交替，全球最令人矚目的經濟現象，無過於中國大陸在經濟競逐過程所造成的風雲際會，所有關懷台灣命運前途的台灣人士都不能罔顧這一切身的變局。……在全球經濟的冬天看世界，儘管東方正紅，但關懷台灣的心則更熾熱。大陸經濟崛起，對台灣而言是挑戰，對有識者更是轉機，馭之則雙贏，失之則零和。[1]

——郭台銘

怎麼樣參與大國的成長過程，從裡面我們可以得到一些大國資源的優勢，幫助我們全球化的佈局。這畢竟是地球村，任何人都不能自外於一個地球的整體發展，尤是不能自外於隔壁一個大國的經濟成長，這是策略不得不的考量。…企業決策者是不會等政府的，這是企業自己生存的需求，政府的決策官員應該有機會多去看看人家，旁邊一隻大老虎在想什麼，你不得不去瞭解，大老虎的腳步章法，政府都應該瞭解，現在政府禁止這些官員過去實是很奇怪。[2]

——李焜耀

[1] 郭台銘，「國際化是台灣成長之路」，黃欽勇著，西進與長征（台北：商周出版社，2003年），頁8-9。

[2] 李焜耀，「小國如何在大國旁邊生存」，高科技台商蜂擁長江三角洲（台北：天下遠見出版公司，2001年），頁2。

壹、前言

隨著經濟全球化風潮盛行，台商大陸投資與運作，亦對兩岸經貿關係產生實質與結構的影響。雖然兩岸曾面臨政治抗衡與矛盾，但兩岸經貿互動與行為，則顯現經濟驅力與市場機能之脈動。如何解讀台商投資大陸的經濟意涵及其投資策略和佈局，是值得深入思考與關注的議題。

本文首先探討經濟全球化的意涵，以及台商投資大陸成因與背景。其次，檢視兩岸經貿政策論證全球化之效應。其後針對台商大陸投資策略，分析台商與跨國企業策略聯盟、當地化作為與品牌策略之運作。另亦針對台商投資涉及人才流動和區位佈局進行探討。

貳、經濟全球化特質與運作

全球化一詞，由於研究者的立場、觀點和方法的差異而難以界定，甚而頗具爭議性。[3] 但是對於全球化，有若干公認的基本特點：全球化是現代高科技發展的結果，尤其是資訊革命，使人類的行動日益超出時空限制；經濟資源和生產諸要素，包括勞動、資本、產品、服務、科技，日益跨越國界，在全世界範圍內自由流動，使得世界各國經濟越趨相互開放和融合；隨著經濟全球化，政治、社會、文化、思想、安全、環保等方面也跨越國界，而相互影響且趨向同一性。英國社會學家季登斯（Anthony Giddens）即曾指出：全球化的本質就是「流動的現代性」。而流動即是指：產品、人口、符號與資訊跨空間與時間的運動。全球化就是時空壓縮，使人類社會成為一個即時互動的社會。[4]

---

[3] 蘇帕猜、祈福德著，江美滿譯，中國入世－你不知道的風險與危機（台北：天下文化股份有限公司，2002年4月30日），頁192-194。

[4] 薛曉源，「全球化時代：我們何為？」，李惠斌主編，全球化與公民社會（桂林：廣西師範大學出版社，2003年4月），頁2。

全球化涉及多元面向，但其中又以經濟全球化最受矚目且影響深遠。「聯合國」在題為《全球化與自由化》的討論會，對經濟全球化定義如下：世界各國在經濟上跨國界聯繫，和相互依存日益加強的過程，運輸、通訊和資訊技術迅速進步，亦促進此一過程。其後「聯合國」報告亦指出：全球化的概念既指貨物和資源日益加強的跨國界流動，也指一套管理不斷擴大國際經濟活動和交易網絡的組織結構的出現。此外，「國際貨幣基金會」（IMF）在1997年5月發表文獻指陳：全球化概念是指跨國商品與服務交易，和國際資本流動規模和形式的增加，以及技術迅速傳播，使世界各國經濟的相互依賴性增強。[5]

另根據歐門（Charles Oman）教授的定義，經濟全球化是一種離心過程（centrifugal process）、一種經濟延伸過程（economic outreach process），也是一種個體經濟現象（microeconomic phenomenon）。全球化表現在：跨越國家和區域政治界限的經濟活動明顯成長，貿易和投資所帶動之有形無形的商品或服務流通，甚至帶動人的流通。其中，各國政府減少對有形、無形的商品或服務流通之限制和科技進步（特別是通訊和運輸進步），促進全球化的進程；而個別經濟體（如廠商、銀行、個人）追求利益的行為，則刺激全球化的發展。[6]

就經濟全球化特點而論，經濟全球化是一個歷史過程，是現代經濟發展的一種趨勢，不是目標。此外，經濟全球化亦是市場經濟體系的全球化、全球市場經濟化、經濟運作規則全球化，以及全球利益結構重整的過

---

[5] 吳興南、林善煒著，全球化與未來中國（北京：中國社會科學院出版社，2002年7月），頁9。

[6] Charles Oman, The Policy Challenges of Globalisation and Regionalisation, *OECD Development Centre Policy Brief* ,no.11（1996）, p.8.轉引自蔡宏明，「全球化時代下的兩岸產業分工」，全球化時代下的兩岸關係與中國大陸學術研討會（台北：政治大學社會科學院），頁1-1-1。

程。經濟全球化的表現則包括：傳統的國際分工正演變為世界分工；貿易自由化的深度和廣度持續擴展；國際資本流動規模大增；金融全球化進程加速；跨國公司對世界經濟影響日益深遠；國際經濟組織協調作用不斷增強。[7]

儘管如此，經濟全球化對各國發展亦是具有兩面性。一方面它能提供實惠與福祉。例如，經濟全球化促成全球資源的有效分派；完全競爭市場有利於提升經濟效率和產出；加速世界性產業結構調整；有助於促成社會開放、知識分享與經濟援助。[8] 此外，促成區域經濟合作與整合，亦是經濟全球化之趨勢。不過，另一方面，全球化亦可能對一國之政經發展造成衝擊與風險。其中包括：一、由於經濟全球化使得各國貿易依存度大幅增加，對世界經濟景氣波動將產生直接衝擊；二、導致世界經濟發展的不平衡性，貧富差距擴大，衍生社會危機；[9] 三、經濟全球化使開發中國家面臨經濟安全威脅，其中以金融市場衝擊最為嚴重；四、經濟全球化導致主權觀削弱；[10] 五、經濟全球化對各國經濟主權產生限制作用，經濟問題無可避免的與政治領域互動。[11]

對廠商而言，全球化是一種由企業策略與行為所帶動的現象，特別是企業面對管制解除和科技進步所帶來的全球競爭壓力，其競爭力高低決定於：能否將分散於各區域或國家之工業、財務、科技、商業、行政與文化技能加以整合，產生「綜效」（synergy）。[12] 亦即全球化是指企

---

[7] 同註3，頁8-15。

[8] 史迪格里茲（Joseph E. Stiglit）著，李明譯，全球化的許諾與失落，初版三刷（台北：大塊文化出版公司，2003年3月），頁22-23。

[9] 蘇帕猜、祈福德著，江美滿譯，中國入世－你不知道的風險與危機，頁193。

[10] 宋國濤等，中國國際環境問題報告（北京：中國社會科學出版社，2002年1月），頁65-69。

[11] 王和興，「全球化對世界政治、經濟的十大影響」，胡元梓、薛曉源主編，全球化與中國（台北：創世文化出版社，2001年10月），頁27。

[12] Thomas Hatzichronoglou, *Globalization and Competitiveness: Relevant Indicators*（OECD: 1996）, p. 7.

業對不同地區之產品、市場和生產等所從事的內部整合，而向全球市場進行擴張的策略，[13] 其實際作為包括：出口貿易、技術授權、對外投資建立零組件工廠、製造廠或銷售子公司，甚至於購併等方式，而使其市場領域（market coverage）提升至國際市場營運，或全球化經營。其管理哲學由「本國中心主義」（ethnocentrism），提升至「當地（多元）中心主義」（polycentrism），再擴大為「全球中心主義」（geocentrism）。[14] 當前最能彰顯經濟全球化的普遍現象就是跨國企業（multinational corporation）。跨國企業利用合資與策略聯盟等方法取得的競爭優勢，並從國家性的公司成長到全球性的規模，而其持續創新與獲利能力使跨國企業得以不斷擴張。[15]

參、 台商投資大陸成因

海峽兩岸自八○年代即有投資與貿易活動，但因政治障礙與政策禁絕，因而雙方投資額與貿易量均十分有限。然而，自九○年代以來，台商大陸投資漸趨活絡（參見表5-1），其主因包括：國內產業結構調整、投資環境惡化所形成之「推力」，以及大陸投資環境之相對優勢、中共對台經貿政策運作所形成之「拉力」。因此，兩岸經貿關係在國內「推力」與外在「拉力」交互作用下，形成兩岸經貿投資熱潮。此外在兩岸政治逐步鬆綁背景下，資源、人員流動日益多元的經濟全球化趨勢，加之跨國企業

---

[13] Papaconstantinou G, "Globalization, Technology and Employment: Characteristic and Trends," *STI Review-Science/Technology/ Industry*, no.15（1995）, pp. 177-235.

[14] 蔡宏明，「全球化時代下的兩岸產業分工」，全球化時代下的兩岸關係與中國大陸學術研討會（台北：政治大學社會科學院），頁1-1-1。

[15] David Held著，沈宗瑞等譯，全球化大轉變：全球化對政治、經濟與文化的衝擊（台北：韋伯文化出版公司，民國90年），頁291-350。

佈局大陸市場，亦驅使台商赴大陸投資。而由投資促成兩岸貿易關係深化，亦是兩岸經貿關係發展之特質（參見表5-2、5-3）。

表5-1 歷年台商大陸投資額統計表（1991-2008年）

年別	臺灣統計			大陸統計			
	件數	金額（億美元）	平均（萬美元）	件數	協議金額（億元）	實際金額（億美元）	平均實際金額（萬美元）
1991	237	1.74	73.42	3,377	27.10	8.44	25
1992	264	2.47	93.56	6,430	55.43	10.50	16
1993	1262 (8067)	11.40 (20.28)	90.33 (25.14)	10,948	99.65	31.39	29
1994	934	9.62	103.00	6,247	53.95	33.91	54
1995	490	10.93	223.06	4,778	57.77	31.62	66
1996	383	12.29	320.89	3,184	51.41	34.75	109
1997	728 (7997)	16.15 (27.19)	221.84 (34.00)	3,014	28.14	32.89	109
1998	641 (643)	15.19 (5.15)	236.97 (80.09)	2,937	31.00	29.15	99
1999	488	12.53	256.76	2,723	33.91	25.98	95
2000	840	26.07	310.03	3,108	40.42	22.96	74
2001	1,186	27.84	235.0	4,214	69.1	29.80	71
2002	1,490 (3,950)	38.59 （28.64）	259	4,853	67.4	39.7	82
2003	1,837	45.94	250	4,495	8,558	33.77	75
2004	2,004	69.40	346	4,002	93.06	31.17	78
2005	1,927	60.1	463	3,970	103.6	21.5	54
2006	1,090	76.4	701	3,725	97.3	21.4	57
2007	996	99.7	1,001	3,299	—	17.7	54
2008 1-4月	257	29.5	1,146	731	—	6.49	89
累計	36,795	678.2	—	75,877	—	463.16	—1

說　明：（）為當年補登記的案件；1991年統計含該年以前歷年數據。

資料來源：1. 兩岸經濟統計月報，總第185期（民國97年5月），http://www.mac.gov.tw。

2.「兩岸經濟交流統計速報」（民國97年9月2日）。

表5-2　兩岸貿易與順差統計（1991-2008年）

單位：百萬美元

年別	台灣對大陸出口	台灣自大陸進口*	台海兩岸貿易總額	台灣經港對大陸之貿易順差(陸委會估算)		台灣對全球貿易順差額
	金額	金額	金額	金額	比重(%)*	美元
1991	0.1	1,125.9	8,619.4	----	----	----
1992	1.1	1,119.0	11,666.6	9,428.6	99.63	9,463.5
1993	16.2	1,103.6	15,096.7	12,889.5	160.51	8,030.3
1994	131.6	1,858.7	17,881.2	14,163.8	183.96	7,699.6
1995	376.6	3,091.4	22,525.2	16,342.4	201.54	8,108.8
1996	623.4	3,059.8	23,787.1	17,667.5	130.18	13,572.0
1997	626.5	3,915.4	26,370.6	18,539.9	242.68	7,656.0
1998	834.7	4,110.5	23,951.4	15,730.4	265.85	5,917.0
1999	2536.9	4,522.2	25,834.7	16,790.2	153.48	10,939.8
2000	4217.5	6,223.3	31,233.1	18,806.3	226.31	8,309.9
2001	4745.4	5,902.2	27,847.9	16,043.5	102.46	15,658.7
2002	9951.8	7,947.4	37,393.9	21,498.8	118.99	18,066.7
2003	21,417.3	10,962.0	46,319.7	24,395.8	143.66	16,931.0
2004	34,046.7	16,678.7	61,639.1	28,281.7	461.77	6,124.6
2005	43,643.7	20,093.7	76,365.2	36,177	228.72	15,817.3
2006	51,808.6	24,783.1	88,115.5	38,549.3	180.82	21,319.1
2007	62, 416.8	28,015.0	102,260.9	46,230.9	168.57	27,425.4
2008 (1-4月)	23,850.5	10,300.5	36,392.8	15,791.8	367.14	4,301.3

說　　明：*1993年以前採香港海關統計；1994年起採我國海關統計。

資料來源：同表5-1資料來源1，頁24-25。

表5-3 台灣對大陸貿易佔我國外貿比重（1981-2008年）

單位：%

期間	香港轉口貿易統計			陸委會估算		
	出口比重	進口比重	進出口比重	出口比重	進口比重	進出口比重
1981	0.70	0.35	1.05	1.70	0.35	1.05
1982	0.88	0.44	0.68	0.88	0.44	0.68
1983	0.63	0.44	0.55	0.80	0.44	0.64
1984	1.40	0.58	1.06	1.40	0.58	1.06
1985	3.21	0.58	2.17	3.21	0.58	2.17
1986	2.04	0.60	1.49	2.04	0.60	1.49
1987	2.28	0.83	1.71	2.28	0.83	1.71
1988	3.70	0.96	2.47	3.70	0.96	2.47
1989	4.38	1.12	2.94	5.03	1.12	3.31
1990	4.88	1.40	3.32	6.54	1.40	4.23
1991	6.10	1.79	4.16	9.84	1.79	6.20
1992	7.72	1.55	4.83	12.95	1.55	7.60
1993	8.93	1.43	5.36	16.47	1.43	9.32
1994	9.15	1.51	5.50	17.22	2.18	10.02
1995	8.85	1.52	5.32	17.40	2.98	10.46
1996	8.38	1.56	5.20	17.87	3.02	10.95
1997	7.96	1.52	4.85	18.39	3.42	11.15
1998	7.56	1.58	4.65	17.94	3.93	11.13
1999	6.72	1.47	4.22	17.52	4.09	11.12
2000	6.47	1.41	4.01	16.87	4.44	10.84
2001	7.17	1.58	4.56	17.86	5.50	12.10
2002	7.90	1.52	4.94	22.56	7.06	15.39
2003	8.18	1.07	5.14	24.52	8.61	17.07
2004	8.48	1.48	5.04	25.83	9.93	18.03
2005	8.60	1.44	5.17	28.36	11.00	20.04
2006	8.35	1.44	5.07	28.27	12.23	20.65
2007	8.60	1.33	5.18	30.11	12.77	21.95
2008 (1-4月)	7.74	1.15	4.53	30.13	12.52	21.55

說　　明：台灣對大陸出口比重，係指台灣對大陸出口金額佔台灣出口總額之比重，餘進進出口、比重類推。

資料來源：同表5-2，頁26。

就推力而論，九〇年代以來以來，國內勞動力成本持續上升、勞工短缺與工作倫理不振、土地價格上揚、台幣升值、環保意識高漲，加之政治紛爭不斷與治安未獲改善，因而促使並加速廠商外移（參見表5-4、5-5）。尤其是勞動密集型與技術難以升級之產業，在台灣經濟持續轉型過程中生存空間萎縮，廠商赴海外投資便成為企業延續命脈之道。此外，國內部份投資案面臨官僚與法制程序的制約，以及政府改善投資環境績效不彰，亦促使廠商外移。

表5-4　台灣地區廠商赴大陸投資動機順位表（1990-1992年）

投資動機	中經院A (1990)	中經院B (1991)	海基會 (1991)	工總 (1991)	高希均 (1992)
工資低廉、勞力充沛	1	1	1	1	1
語言、文化等背景相似	2	—	—	2	2
土地租金便宜、工廠用地取得容易	3	3	2	3	3
國外進口商的要求	4	—	—	—	—
分散母公司經營風險	5	—	—	—	—
為處置淘汰或閒置設備	6	—	—	5	—
獎勵投資與優惠租稅	7	—	5	7	5
爭取廣大內銷市場	8	2	3	4	5
享有最惠國待遇、GSP和配額	9	—	—	3	6
取得原料供應	—	4	4	6	4

表5-5 台灣地區廠商投資意願調查表（1992年）

單位：%

非經濟因素項目	極嚴重	嚴重	稍嚴重	不嚴重	無影響	未填答
(一)政府安定問題						
統獨之爭	24.5	23.5	23.5	13.3	7.1	8.2
國會亂象	33.7	33.7	13.3	8.2	5.1	6.1
街頭抗爭泛政治化	28.6	30.6	24.5	5.0	5.1	6.1
政府公權力不彰	28.6	44.9	17.3	6.1	0	3.1
(二)治安與社會問題						
勒索、綁架、竊盜、暴行	33.7	35.7	23.5	1.0	0	6.1
走私猖獗	20.4	36.7	23.5	7.1	2.0	10.2
投機風氣太盛	27.6	38.3	18.4	7.2	2.0	5.1
(三)環保問題						
污染排放管制標準嚴苛	15.3	29.3	30.6	11.2	3.1	10.2
行政執行過於強烈	9.2	32.7	28.6	17.3	5.1	7.1
環保自力救濟層出不窮	37.8	35.7	15.3	4.1	2.0	5.1
環境影響評估公信力不足	17.3	39.8	18.4	14.3	2.0	8.3
(四)勞工問題						
勞工短缺	46.9	29.6	13.3	4.1	2.0	4.1
缺乏事議層出不窮	11.2	26.5	33.7	19.4	2.0	7.1
社會風氣不佳，缺乏工作意願	39.8	41.8	12.2	2.0	0	4.1
4. 職業教育訓練缺失	10.2	37.8	25.5	12.2	1.0	13.3
(五)企業道德問題						
挖角之風盛行	13.3	23.5	36.7	12.2	4.1	10.2
仿冒盛行，成果不易保密	15.3	35.7	26.5	11.2	1.0	10.2
違規工廠林立	30.6	34.7	22.4	8.2	0	4.1
(六)基本設施問題						
1. 水電供應不足	5.1	17.3	25.5	33.7	9.2	9.2
2. 工業用地取得不易	24.5	33.8	22.4	8.2	7.1	4.1
3. 通訊線路短缺與不便	2.0	8.2	26.5	37.8	10.2	15.3
4. 交通設施不足	4.1	4.1	25.5	24.5	7.1	14.3

說明：本表資料為「全國工業總會」對312家會員廠商之調查。

就「拉力」而論，主要是大陸投資環境特質，尤其是大陸地方政府積極爭取台商投資、大陸加入WTO市場潛在商機，以及2008年北京舉辦奧運，與2010年上海博覽會衍生的經濟願景，皆是吸引台商卡位大陸市場之主因。此外，中共對台經貿政策的運作，亦發揮吸引台商投資的實質效果。

對企業經營者而言，如何尋求最低的生產成本，並獲取最大的利潤，始終是企業生存與經營的終極目標。因此，九〇年代處於經濟轉型與生產成本高漲階段的台商，勢必須以移動生產基地，尋求生產成本低廉，具高效率、經濟規模與廣大腹地之區位，以提升國際經濟競爭力。根據台商對外投資金額比重與流向顯示，雖然存在政府政策管制，但台商在近十餘年來經濟全球化激烈的競逐與區位選擇，主要仍是以中國大陸（台商投資英屬中美洲多轉投資大陸）作為主要投資與生產基地（參見表5-6）。

表5-6　台灣地區對外投資統計（國家、地區）（1952-2008年）

單位：百萬美元／（%）

	1952-2007			2008年1-4月			累　計		
	件數	金額	比重	件數	金額	比重	件數	金額	比重
大　　陸	36,358	64,869	55.40	257	2,946.26	61.44	36,795	67,815.32	55.64
英屬中美洲	1,881	20,028	17.10	28	577.67	12.05	1,909	22,606.02	16.91
美　　國	4,853	8,975	7.76	19	135.34	2.82	4,602	9,110.85	7.47
香　　港	912	2,672	2.28	13	35.33	0.74	925	2,708.26	2.22
新 加 坡	400	4,671	3.99	4	629.73	13.13	404	5,301.24	4.35
越　　南	348	1,462	1.25	8	96.86	2.02	356	1,559.22	1.28
日　　本	427	1,121	0.96	11	23.99	0.50	438	1,144.98	0.94
菲 律 賓	123	521.3	0.44	1	1.36	0.03	124	513.65	0.42
泰　　國	274	1,704	1.46	1	3.61	0.08	275	1,707.58	1.40
德　　國	130	140.9	0.12	3	7.01	0.15	133	147.88	0.12
南　　韓	129	250.7	0.21	2	229.01	4.78	131	479.74	0.39
巴 拿 馬	58	1,178	1.01	0	0.00	0.00	58	1,178.66	0.97
其他地區	1,827	9,506	8.31	34	109.36	2.26	1,861	9,615.85	7.89
合　　計	47,630	117,09	100	381	4,795.54	100.00	48,011	121,889.25	100.00

說　　明：英屬中美洲、香港之投資多數再轉移至中國大陸投資。

資料來源：同表5-2，頁31。

肆、兩岸經貿政策運作與全球化效應

台灣對大陸經貿政策之運作，始於1987年政府執行開放民眾赴大陸地區探親。其後，雙方文教、人員與經貿交流始日趨活絡。及至1992年9月18日施行「台灣地區與大陸地區人民關係條例」，為兩岸人民往來及衍生問題處理立下法源。政府相關單位據以訂定許可辦法，逐步建立兩岸經貿交流制度。此一階段，兩岸經貿往來得以在法律、行政命令規範下進行，且隨兩岸關係之發展，持續進行程序簡化及擴大開放工作。儘管九〇年代中期以後，政府部門相繼採取「南向」與「戒急用忍」緊縮政策（參見表5-7），期能發揮抑制台商「大陸投資熱」之效果，但其實質成效有限（參見表5-1、5-2）。畢竟，台商在經濟全球化思維考量下，主要仍是基於商業利益進行大陸投資佈局，因而突破與迂迴台灣對大陸經貿政策限制，亦成為台商必要之策略考量與彈性安排。

表5-7　兩岸經貿政策對照表（1979-2008年）

年別	台灣		大陸	
1979	4月	不接觸、不談判、不妥協「三不政策」	1月	「告台灣同胞書」提出兩岸應立即「通商、通郵、通航」。
			5月	「關於開展台灣地區貿易的暫行規定」
1980			3月	商業部頒發「購買台灣產品的補充規定」
1981			10月	「關於促進大陸和台灣通商貿易進一步發展的四點建議」
1983			4月	國務院公布「台胞經濟特區投資三項優惠辦法」
1987	11/2	政府基於傳統倫理及人道考量開放民眾赴大陸探親	7月	制訂「關於集中管理對台灣省貿易的暫行辦法」

年	台灣		大陸	
1988	8月	訂定《大陸產品間接輸入處理原則》	7/6	國務院發布「鼓勵台灣同胞投資規定」。
			12月	「外經貿部」設「對台經貿關係司」專門研究制定對台灣的經貿政策，管理對台進出口業務，以及台商赴大陸投資事宜。
1989	6月	頒布《大陸地區物品管理辦法》	3月	國務院發布對台商投資大陸的新措施，給予台商特別優惠待遇。
			5月	國務院正式批准福建省設立廈門與福州「台商投資區」。
1990	10月	發布《對大陸地區從事間接投資或技術合作管理辦法》	2/4	「國務院關於加強對台經貿工作的通知」：1.積極擴大對台貿易；2.認真做好吸收台資工作；3.努力改善投資環境；4.加強對台經貿管理與協調。
			2/17	對外經濟貿易部發布台商投資大陸新措施，給予台商在稅收、投資領域和投資方式等方面的優惠待遇，鼓勵台商投資及開發土地。
1991	1月	行政院通過《國家統一綱領》	7/2	對外經濟貿易部提出進一步促進兩岸經貿交往五原則：直接雙向、互利互惠、形式多樣、長期穩定、重義守約。
1992	9/18	施行「兩岸人民關係條例暨施行細則」。	11月	對外經濟貿易部部長李嵐清表示：強調直接雙向、互利互惠與重義守約原則；強化兩岸經貿交流措施。
1993	3月	頒佈實施《在大陸地區從事投資或技術合作許可辦法》	10月	實行「對台灣地區小額貿易管理辦法」
1994	2/2	李登輝總統提出「南向政策」，主張台商海外投資勿過度集中在中國大陸地區，應分散風險至東南亞地區。	3/5	「台灣同胞投資保護法」包括台商投資保護之法規與原則性規定，計十五條。
			4/15	對台經濟工作會議指示：1.加強兩岸的經濟交流與合作；2.繼續積極推動兩岸經濟交流合作；3.認真貫徹「台灣同胞投資保護法」；4.吸引台資採取「同等優先、適當放寬」原則。

1995	1/14	李登輝總統發表演講，提出「經營大台灣、建立新中原」治國理念。	1月	江澤民發表「為促進祖國統一大業的完成而繼續奮鬥」談話，提出兩岸直接通郵、通航、通商，並訴求加速實現直接「三通」。
1996	9/14	李登輝總統強調：必須秉持大陸投資「戒急用忍」原則。		
1997	8/22	陸委會通過：簡化大陸專業人士來台申請時程及表件。		
1999	7月	李總統提出「兩國論」	12/5	「台灣同胞投資保護法實施細則」計三十一條條文。
2000	5月	陳總統就職提出「四不一沒有」主張	4月	「國台辦」副主任李炳才表示：不允許台商持續支持台獨，另一方面在大陸經濟活動中撈取好處。
2001	1月 11月	陳總統元旦文告提出兩岸「統合論」；台灣開放金門、馬祖與福建沿海「小三通」 台灣開放銀行赴大陸設代表處。行政院院會通過大陸投資「積極開放，有效管理」政策。		
2002	1/16	行政院通過「加入WTO兩岸經貿政策調整執行計畫」	1/24	錢其琛提出：建立兩岸經濟合作機制，密切兩岸經濟關係的意見和建議。
	8/2	允許OBU對大陸台商辦理授信業務。		
	8/8	台灣開放大陸資本投資台灣不動產。	8/22	「國台辦」主任陳雲林強調兩岸「三通」不應受政治因素的影響和干擾。
2003	1/26	台灣共六家航空公司飛機先後經港澳機場抵上海，接運台商返鄉過春節。	3/11	胡錦濤發表對台工作四點意見。

2004	4/30 陸委會通過大陸人士來台觀光修正案。	
	11/17 行政院通過大陸人士來台從事商務活動辦法。	
2005	1/29 台商春節包機雙向對飛。 3/3 金管會修正發布「台灣地區與大陸地區金融業務往來許可辦法」。	6/1 允許15種台灣水果零關稅登陸。 9/7 「國台辦」宣布：五年內為台商釋出人民幣300億元開發性貸款，解決台商融資管道不足問題。
2006	1/1 總統宣示兩岸經貿改採「積極管理、有效開放」 3/22 公布「積極管理、有效開放」配套機制	4月 國共經貿論壇公布惠台十五項措施。 10月 國共論壇宣布二十項農業合作措施。
2007	7/12 海基會董監事會議通過推舉洪奇昌擔任董事長	6/19 大陸宣布7/1起調降出口退稅
	8/28 大陸人民受聘來台入境限制放寬。	6/29 大陸通過勞動合同法 7/23 大陸調整加工貿易政策
2008	6/12 兩岸復談恢復制度化聯繫 6/13 行政院通過實施擴大小三通 7/4 兩岸週末包機啟航	4/16 大陸開放台灣民眾報考大陸律師

就歷年兩岸經貿政策比較與運作而言，中國大陸政策明顯較為積極，且具策略性與政治性。反觀台灣方面較為消極，且多防衛性之運作。事實上，中共對台經貿政策早於1979年發表「告台灣同胞書」，即以訴求「三通」為重點（參見表5-7）。其後，陸續透過優惠政策提供、法規制定與政治籠絡落實吸引台資政策。九○年代以來，中共對台經貿政策與措施主要包括：提供優惠政策與政治禮遇，發揮引資效果；完善台商投資法規，保障台商權益；吸引大台商、財團，擴大政經影響；積極吸引高科技產業，發揮群聚效應；改善投資環境，設投資專區吸引台資；促成兩岸直接

「三通」（通郵、通商、通航），深化經貿關係；訴求民族主義，爭取台商認同；彰顯「反獨」作為，發揮嚇阻台商支持「台獨」效果；主動赴台招商，擴大引資效果；組建台商協會，強化掌控與整合能力。明顯的，中共對台經貿政策之運作，並非全然依循經濟因素與市場法則，而亦兼具政治功能性策略考量。

客觀而言，兩岸對台商之經貿政策，皆對台商赴大陸投資產生催化效果。儘管台灣當局對台商大陸投資採取有條件開放，甚至在1996年採取「戒急用忍」階段性調整政策，但仍難以結構性阻扼台商赴大陸投資風潮（參見表5-1）。其中不僅顯示經濟全球化下，台商以利益為導向的策略思考和大陸佈局，更是台灣當局經濟主權與操控能力弱化之表徵。畢竟在經濟全球化與台灣經濟管制能力侷限下，顯難以全面抑制台商投資行為與利益追求。反之，中共當局則對台商採取鼓勵、開放與政策優惠措施，在相當程度上降低經營門檻與投資障礙，但此恐仍不是台商赴大陸投資的主導因素。經濟全球化條件下，低成本與利潤動機區位考量，以及中國大陸經濟崛起與潛在市場的現實，應是台商投資大陸的本質意涵所在。

台灣地區跨國企業投資行為變遷，即反映全球化趨勢。七〇年代以來跨國企業多以赴台灣直接投資與生產製造為主，但隨著產業升級與優劣淘汰，個別產業的興衰起伏則呈現劇烈之變遷（參見表5-8）。近十餘年來，台灣十大外商公司多以金融服務業與電子產業為主體，外商製造業轉移至中國大陸，並驅使台商西進大陸投資。台商電子產業在專業、國際化與企業文化優勢條件下，並結合產業群聚效應，因而能以低成本、高效率，掌握國際競爭優勢地位。台灣鴻海與明基皆是最具代表性的個案。另以奇異公司（General Electric Company）為例，該公司多年前已將兩岸三地採購方式垂直整合，對台採購配合大中華市場的供應整體考量，並建議國內供應商將供應鏈移至中國大陸。就比較觀點而言，奇異與國內廠商合作，不僅提供商機，也幫助供應商技術提升，這顯然是台灣的優勢。儘管奇異公司仍肯定台灣供應商品質優於大陸，也未強迫供應商轉進大陸，但長期而言，在成本效率考量下，奇異公司仍可能在中國大陸尋找新合作廠商。此亦是驅使台資企業外移大陸之考量因素。[16]

表5-8　台灣前十大外商公司營收排名（1975-1999年）

公司	英文名稱	1975	1980	1985	1990	1995	1999
台灣美國無線電	RCA Taiwan	1	1	1			
艾德蒙海外	Admiral Overseas Crop	2		9			
台灣增你智	Zenith Taiwan Corporation	3	3				
德州儀器工業	Texas Instruments	4					4
台灣飛利浦電子	Philips Electronics Industries（Taiwan）LTD	5	2	2	4	2	3
台灣凱普電子	Taiwan Capetronic	6	4				
台灣通用器材	General Instrument	7	10	5		7	
台灣飛歌	Sylvania-Plilco（Taiwan）	8					
台灣必治妥	Bristol-Myers（Taiwan）	9					
台灣克林登	Cliton Taiwan Crop	10					
橡樹遠東電子	OAK East Industries		5				
台灣飛利浦	Philips Video Products（Taiwan）LTD		6				
台灣飛利浦建元	Philips Electronic Building Elements IND		7	6	5	3	2
台灣有力電子	Uniden Corporation		8	7			

[16] 洪正吉，「奇異對台下單，採兩岸垂直整合」，工商時報（台北），民國91年11月6日，第5版。

美商勝家縫紉機	Singer Sewing Machine Taiwan		9				
台灣王安電腦	Wang Laboratories（Taiwan）			3			
迪吉多電腦	Digital Equipment（Taiwan）			4		8	
中美嘉吉飼料	Cargill Taiwan Corp			8			
台灣慧智	Wyse Technology			10			
福特六和汽車	Ford Lio Ho Motor				1	1	10
台灣松下電器	Matsushita Electric（Taiwan）Co., LTD				2	5	
南山人壽保險	Nan Shan Life Insurance				3		1
中美和石油化學	China American Petrochemical				6	4	
台灣山葉機車	Yamaha Motor Taiwan				7	10	
台灣國際商業機器	IBM Taiwan				8		
美台電訊	AT & T Taiwan Telecommuncations Co., LTD				9		
摩托羅拉電子	Motorola Electronics Taiwan LTD				10	6	8
台灣恩益禧電子	NEC Electronics （Taiwan）					9	
美國安泰人壽	Aetna Life						5
台灣東芝電子	Toshiba Electronic						6
家樂福	Presicarre						7
台灣三星電子	Samsung Electronic						9

說　　明：1. 迪吉多電腦1998年被英業達收購。

2. 1989年台灣慧智被和信集團及行政院開發基金等所收購。

3. 中華徵信所在1986年以前並未將台灣松下電器及福特六和汽車列為外商公司，前者成立於1962年，後者成立於1972年。

資料來源：瞿宛文、安士敦著，朱道凱譯，**超越後進發展：台灣的產業升級策略**（台北：聯經出版公司，2003年9月），頁28。

伍、策略聯盟、當地化與品牌策略

廠商在全球化競爭環境中，為提供顧客更好的產品與服務，透過策略聯盟（strategic alliance），彼此資源互補以強化雙方之競爭。因此策略聯盟乃是一項重要，且必備的企業政策工具。一般而言，對廠商間的合作關係多以下列名詞來描述，即合作（cooperation, collaboration）、合作協議（cooperation agreement）、聯盟（coalition, alliance）、聯結（link）、策略聯盟等。這些文字在意涵上皆有其共通之處，其主要目的是：以各種形式的廠商聯結進而提升企業的競爭力。[17] 策略聯盟之運作是企業全球化的自然產物，因為廠商總希望能獲取經濟規模與職能強化，又無須因合併與併購而承受重擔或受限。[18]

台商與外商進行國際策略聯盟開拓大陸市場，有如下意涵：一、結合各國企業優勢，形成資源互補以創造經濟效益；二、台商可視為外商進入大陸市場的中介橋樑（台商與大陸同文同種，可提供市場資訊與經營管理）；三、台商赴大陸投資可成為企業全球化、國際化發展的一環；四、將台灣產業「大陸化」趨勢引導至「國際化」層次；五、國際策略聯盟可提高企業在大陸投資經營之議價能力與保障效果。[19] 作為電腦國際大廠惠普（Hewlett Packard）重要策略夥伴，2005年鴻海購併惠普印度與澳洲廠，使鴻海成為惠普的國際生產平台和盟友，此將有助於紓解大陸聯想集團購併IBM電腦事業部後策略性整合壓力。[20] 而2005惠普業績表現佳，為

---

[17] 林昱君等著，「如何以企業聯盟開拓大陸市場之研究」，經濟部國貿局委託研究（民國87年6月），頁1-3。

[18] 賽魯斯・傅瑞德漢著，譚天譯，策略聯盟（台北：智庫股份有限公司，2000年8月），頁11。

[19] 同註12，頁I-27。

[20] 劉永熙、張志榮，「鴻海買惠普印度、澳洲兩廠」，工商時報（台北），民國94年5月18日，第1版。

其代工與協力之台資電子業普遍受惠，而這些電子廠商多已在大陸設廠佈局（參見表5-9）。此外，在蘇州投資之明基電通近年相繼與飛利浦、西門子手機部門，及日本光學大廠賓德（Pentax）策略聯盟與兼併，期能提升國際競爭力與市場佔有率。[21] 儘管如此，台商雖然不乏外資策略聯盟之奧援和經營優勢，但近年大陸本土產業有原料與人才當地化，以及政府政策扶植策略運用下，若企業規模有限，且欠缺品牌面臨激烈競爭之威脅（見表5-10），甚而有被中國企業兼併的風險。

表5-9 美商惠普與台商電子產業大陸投資合作關係

代工產品	公司名稱	台灣廠商大陸佈局
多功能事務機	光寶科	東莞市長安鎮、石碣鎮、天津市武清開發區
印表機	金寶	上海、北京、東莞
筆記型電腦	仁寶 英業達 廣達 緯創	昆山 上海浦東 上海松江 昆山、上海、中山
桌上型電腦	鴻海	深圳龍華、昆山工業園、杭州錢塘科技工業園、北京科技工業園
主機板	華碩	北京海淀區、上海閔行區、蘇州
電源供應器	台達電	東莞市石碣鎮、吳江市、天津港保稅區
筆記型電腦電池模組	新普 順達	上海 江蘇吳江市
數位相機	華晶科	江蘇昆山市
掃描器	虹光	上海徐匯區、北京海淀區
掃描器套件	宏易	東莞、蘇州

資料來源：黃逸仁，「HP大漲HP概念股具想像空間」，**財訊快報**（台北），民國94年8 月19日，第3版。

---

[21] 「BenQ戰略結盟Pentax DC鏡頭從此不愁」，2005年8月9日，<http://www.BenQ.com.cn/DSC/>。

表5-10 八大台資企業面臨中國對手威脅

台資企業		頂新	統一	旺旺	大潤發	燦坤	巨大捷安特	趨勢科技	宏碁
對手企業		華龍	華龍白象	（無成氣候品牌）	物美	國美、蘇寧、永樂	富士達	金山、瑞星	聯想
台資企業面臨威脅	對手居領導品牌地位		V			V		V	V
	中國政府扶持特定對手企業			V	V	V	V	V	
	本土民營企業競爭	V	V	V		V	V	V	V
	對手削價競爭	V	V			V	V		V
	本土企業挖角	V			V	V			

資料來源：陳邦鈺、林亞偉，「中國企業蠶食鯨吞台商危機四伏」，今週刊（台北），447期（2005年7月18-24日），頁55。

台商赴大陸長期投資與深耕，將無可避免面臨當地化（本土化）的思考與佈局。當地化策略是指：跨國經營的企業為所在國或所在地區，獲得最大化的市場利益，充分滿足本地市場需求，適應本地區文化，利用本地經營人才和經營組織生產、銷售適應特定地域的產品和服務，而實行一系列生產、經營、決策的總和。[22] 台商採取當地化策略的成因主要在於：一、取得穩定的供應和接近目標市場，降低生產成本，大陸聯想集團即委託台灣廠商為其代工生產筆記型電腦；二、歐美日跨國公司的驅動；三、藉助大陸市場創造國際品牌。[23] 此外，隨著台商投資與經營的深化，其投

---

[22] 張遠鵬，「台資企業大陸本地化戰略及影響」，現代台灣研究，第49期（2003年10月）頁51。

[23] 同前註。

資行為當地化亦擴及採購、人才引用、銷售、財務操作及研發設計等層面（參見圖5-1）。

圖5-1 台商中國大陸投資當地化趨勢

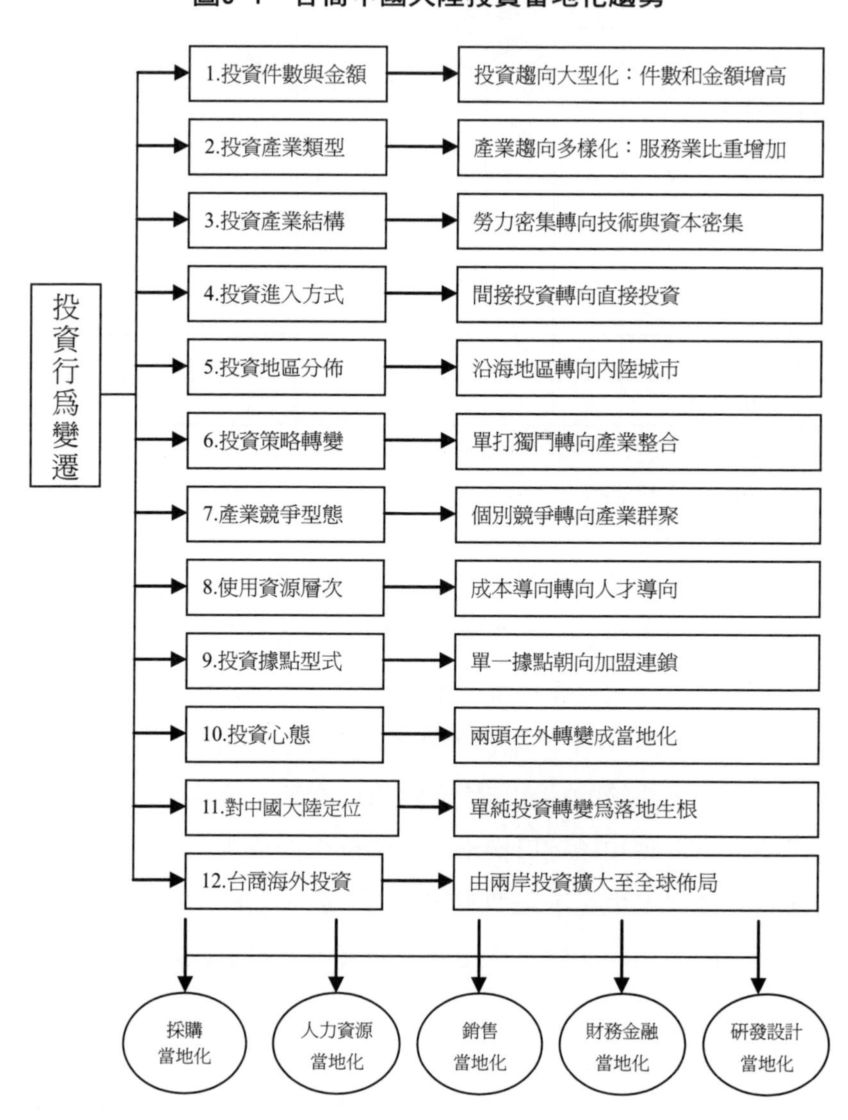

資料來源：台灣區電機電子同業公會，**內貿內銷領商機**（台北：商周編輯顧問有限公司，2005年8月），頁28。

近年來，由於台灣投資大陸，原料與零組件供應日益當地化，已使得兩岸經貿關係長期存在「投資帶動貿易」結構產生實質變化。換言之，在大陸台商生產所需零組件、原料已漸能自給自足，且因大陸產業供應鏈日益完備，而對台灣相關產品與原料進口持續減少。根據統計資料顯示，大陸台商生產所需組件、半成品由台灣供貨以從1992年的69.07%降至2004年的46.1%；原料供應則由1992年的54.7%降至39.3%，而當地供貨之比重則呈現持續上升之勢（參見表5-11）。明顯的，隨著大陸台商投資當地化，「以投資帶動貿易」的效果，以及台灣對大陸經濟主導性將持續弱化，並影響台灣貿易順差表現（參見表5-2）。

表5-11　大陸台商生產所需原料、零組件供貨來源

單位：%

項目／年別	原料			零組件、半成品		
	由台灣供貨	當地供貨	其他國家供貨	由台灣供貨	當地供貨	其他國家供貨
1992年	54.7	32.6	12.3	69.07	23.3	7.6
1997年	49.0	38.3	12.7	52.9	39.1	8.0
2004年	39.3	47.5	12.9	46.1	46.6	7.3

資料來源：「大陸台商生產所需原料、零組件供貨來源」，工商時報（台北），民國94年8月7日，第7版。

儘管如此，當地化策略必須在人才引用，甚而在決策管理與文化層面落實政策才能取得成效。事實上，跨國企業若要在新興市場維持領導地位，培養當地經理人是關鍵要素之一。[24] 企業決策與管理當地化，並擢拔

[24] 張玉文譯，「思考全球化，用人當地化」，莊素玉等著，高科技台商蜂擁長江三角洲，頁285。

人才與充分授權，皆是必要之考量。[25] 特別重視人才當地化的鴻海集團董事長郭台銘即曾詮釋「人才當地化」的概念指出：

> 許多人以為去大陸、在當地蓋廠、找人就是當地化。以歐洲為例，許多大廠以一種「美式早餐」的作法，以為用幾種蛋的作法和火腿、培根重新組合，再移植就可以了。這種作法是行不通的。真正的「當地化」是要帶技術和管理來教導當地人民，從培養當地幹部做起，再結合當地典雅細緻的文化水準。[26]

台商大陸投資雖因信任關係與企業管理，須仰賴得力台籍幹部，但隨著人才當地化與產業微利化之成本考量，皆可能對台籍幹部任用產生排擠效應。明顯的，在現階段大陸市場激烈的競爭中，台籍幹部已不必然有絕對優勢，台幹唯有靠專業能力與持續努力才能被認同，否則便面臨現實的淘汰命運。[27]

台商投資當地化，藉當地文化的認同與互動，亦是提升企業形象與當地社會連結的觸媒。蘇州友達投資設廠，藉由保存傳統穀倉改造的博物館，傳達企業文化即是成功實例。蘇州友達重視當地文化，不斷尋求認同的過程中，一方面得到地區民眾的友善回報；另一方面亦同時讓員工有積極的參與感，有利於建立上下一體的企業文化。[28] 中共前副總理錢其琛在參訪蘇州時，對友達保存文化之努力，亦有感而發的說：「友達真是一個

[25] 蘇育琪，與敵人共舞，1版3刷（台北：天下雜誌股份有限公司，1998年1月15日），頁125-126。

[26] 張戌誼等著，三千億傳奇郭台銘的鴻海帝國（台北：天下雜誌股份有限公司，2002年5月25日），頁188。

[27] 「陸幹成熟時，台幹就回家」，聯合報（台北），民國94年9月7日，第A11版。

[28] 李道成，「保存文化贏得認同」，工商時報（台北），民國93年9月27日，第29版。

與眾不同的公司。」[29] 此外，台商投資當地化藉助文化的認同與親善，建構與當地政府與民眾互動之介面，亦有利於降低企業員工管理矛盾，以及勞資雙方衍生危機之處理成本。

陸、人才流動與區位佈局

經濟全球化之競爭市場，人才流動顯示市場利基與導向，但人才之流動亦非以中國大陸為唯一選擇。以兩岸半導體人才為例，大陸中芯國際的興起，導致台灣半導體人才流失，但亦不乏人才自大陸回流現象。不過，近年來則出現由人才兩岸對流，演變成為「外流」至新加坡科技廠商。新加坡祭出高薪、股票紅利與入籍之條件吸引人才。2004年上海中芯即有一百六十餘名工程師和線上作業員跳槽至新加坡公司。[30] 此外，中國大陸「中星微電子」（中國第四大晶片設計公司）亦於2005年8月來台招募產品行銷與研發人才。[31] 但與此同時，台灣卻因政策限制無法積極引進大陸科技人才，影響競爭力提升。

儘管如此，中國大陸經濟崛起的現實條件與利益，卻實質牽動兩岸人力資源的流動。以汽車產業為例，近年大陸汽車市場快速發展，台灣本土市場則停滯不前。福特集團（Ford）為開拓大陸市場，積極佈建生產基地與銷售網絡，並進行組織與人事調整，優秀人才調動與轉移即是必要考量。[32] 此外，較令人憂慮的是，近年不少跨國企業已因兩岸經貿情勢與利

[29] 陳泳丞，「友達蘇州廠 科技與藝文邂逅」，工商時報（台北），民國94年4月3日，第3版。

[30] 「兩岸半導體人才不再對流面臨外流」，聯合報（台北），民國94年1月15日，第B2版；王仕琦，「張汝京自嘲我這兒變人才訓練所」，工商時報（台北），民國94年9月6日，第3版。

[31] 王玫文，「中星微來台挖角 目標百名人才」，工商時報（台北），民國94年8月4日，第13版。

[32] 曾建華，「福特集團兩岸人才大調動」，工商時報（台北），民國94年9月16日，第4版。

益之變遷，以及中國大陸經濟快速成長的誘因，因而在組織架構調整，甚至在決策權、人事權與採購權也逐漸向中國大陸傾斜。[33] 必須指出的是，跨國企業乃藉由全球或區域的動態佈局進行資源調配，台灣欲獲得外商青睞先須讓本身有契合全球化的生態條件。[34] 明顯的，台灣產業精英西進，外商人才轉進大陸，皆是全球化背景下市場因素主導。政策管制人才流動與交通障礙，皆將影響競爭力之提升。

台商大陸投資區位佈局與調整，主要考量成本、利潤、便利性與產業的群聚效應因素。此外，投資環境的良窳、政策的偏好與地方政府作為亦有關聯性。換言之，台商投資區位的選擇與佈局，是一動態變遷與風險管理之考量，一旦主客觀環境與條件變化，台商投資區位佈局便可能進行調整。近二十年來，台商大陸投資區位變遷顯示，八〇年代台商投資是由福建地區起步，並漸集中於閩粵兩省。及至九〇年代則以廣東為中心，逐漸向長三角沿海地區擴散。本世紀初，江蘇、上海與廣東仍為大陸台資最密集的地區（參見表5-12）。[35] 另據台灣區電機電子同業公會調查顯示，近五年來台商投資較偏好於長三角與華東地區，主因在於其投資風險較低、投資環境較佳。反觀珠三角地區則投資風險係數偏高與投資環境惡化，影響台商投資評價（參見表5-12）。

[33] 宋丁儀，「外商人力資源向對岸靠攏」，工商時報（台北），民國94年3月12日，第5版。
[34] 于卓民，「優勢的跨國移動」，工商時報（台北），民國94年8月29日，第27版。
[35] 洪世鍵，「台商投資大陸區域的變化及未來趨勢預測」，現代台灣研究，總第50期（2003年12月），頁54-55。

表5-12　台商對中國大陸投資統計—地區別

單位：百萬美元／（%）

期間／地區	1991-2007年			2008年1-4月			累計		
	件數	金額	佔總金額比重	件數	金額	佔總金額比重	件數	金額	佔總金額比重
江蘇省	5,618	20,904.74	32.23	63	1,050.68	35.66	5,681	21,955.42	32.38
廣東省	11,873	16,636.32	25.65	62	323.58	10.98	11,935	16,959.90	25.01
上海市	5,035	9,524.44	14.68	46	606.10	20.57	5,081	10,130.54	14.94
福建省	5,212	4,791.21	7.39	24	221.38	7.51	5,236	5,012.59	7.39
浙江省	1,904	4,507.33	6.95	13	210.06	7.13	1,917	4,717.39	6.96
天津市	868	1,230.66	1.90	2	43.06	1.46	870	1,273.72	1.88
北京市	1,098	1,155.07	1.78	9	53.93	1.83	1,107	1.209.00	1.78
山東省	898	1,221.84	1.88	13	36.56	1.24	911	1,258.40	1.86
重慶市	183	599.43	0.92	0	41.80	1.42	183	641.22	0.95
湖北省	509	662.78	1.02	5	8.49	0.29	514	671.26	0.99
其他地區	3,340	3,635.24	5.60	20	350.63	11.90	3,360	3,976.87	5.87
合計	36,538	64,869.07	100.00	257	2,946.26	100.00	36,795	67,806.32	100.00

資料來源：同表5-2，頁29。

然而，台商投資區位選擇並非一成不變，大陸地區亦非全球化佈局唯一選擇。關鍵仍在於：企業追求成本最低化、利潤最大化與風險管理之原則。隨著中共現階段區域發展政策、偏好的調整，投資環境變遷，以及分散風險考量，其投資區位調整出現階段性差異。明顯的，中共現階段採取區域平衡發展策略，振興東北，與珠三角和香港CEPA運作，將得到更多資源分派與政策支持。相對而言，長三角將不再享有昔日政經奧援。加以長三角經營成本高漲，[36] 皆將影響台商投資意願。此外，隨著大陸總體生

36 「昆山東莞溫州台商停電苦」，聯合報（台北），民國93年4月16日，第A10版。

產成本攀升，趨近甚至高於東南亞地區水準，亦促使台商大陸區位與全球化佈局更趨多元。鴻海集團近年即以山東煙台作為大陸北方的生產基地；另在東歐捷克受歐盟東擴影響生產成本增加，鴻海已在東歐另尋生產基地。[37]此外，東南亞國家，如越南亦成為台商分散風險與成本考量的投資區位選擇。[38]明顯的，對台資企業而言，企業如何透過區位選擇分散風險、進行資源有效分派，以發揮最大競爭優勢，實為台商全球佈局的重要課題。

柒、評估與展望

在全球化國際競爭壓力下，對外投資已成為世界各國藉以維持競爭優勢、提升經濟實力，並立於不敗之地的重要政策手段。[39] 近十餘年來出現世界各國對中國大陸投資熱，主要即著眼於中國大陸優勢競爭力與廣大市場。雖然對外投資確具排擠國內投資的副作用，但在經濟全球化趨勢下，企業若不能善用各國優勢進行生產、行銷與佈局，長期恐難以生存。事實上，在經濟全球化趨勢下，各國經濟低成長、高失業與產業微利化似已成常態現象，企業獲利途徑與結構亦產生變化。美國麻省理工學院教授梭羅（Lester Thurow）即曾指出：在全球化衝擊下，有兩種營利方法。一是及早至低工資國家投資生產以降低成本；二是發展知識經濟，生產外人無法生產的商品，以提高商品的附加價值。[40] 基本而言，台商過去十餘年在大

---

[37] 參見：王純瑞，「郭台銘、李焜耀樂觀下半年景氣」，經濟日報（台北），民國94年6月15日，第A6版。

[38] 江西省贛州即因招商前好話說盡，台商投資後卻不提供服務與頻繁查稅，已引起台商反感並擬移往越南。參見：「查稅缺工、贛州台商投資擬移往越南」，經濟日報（台北），民國94年8月8日，第A9版。另台資鞋廠寶成集團亦早赴越南投資設廠。

[39] 顧瑩華，「透視全球投資趨勢變化」，經濟日報（台北），民國93年2月22日，第24版。

[40] 陳博志，台灣經濟戰略:從虎尾到全球化（台北：時報文化公司，2004年），頁129-130。

陸投資主要即著眼於低成本優勢，然而台商若沉緬於此，恐難以長期維繫企業命脈。台商唯有採取全球化策略思考，致力於研發、保持核心競爭優勢、提升產品創意、附加價值與落實服務導向，並強化國際與本土之策略聯盟和資源整合，才可能在全球化競爭中獲利。事實上，當前經濟全球化運作亦正進行激烈的變遷與互動，其特質顯示：

> 新一波的全球化，正在抹平一切疆界、改寫所有規則，輸家與贏家迅速易位。台灣，曾是全球化的得益者，然而近年來台灣產業外移、工作大量流失、競爭力迅速降低。新興的贏家是印度、中國與俄羅斯，他們用「吸星大法」橫掃全球，吸引「先進」國家的生產、工作與資源。…在這個扁平化的世界裡，誰最先看穿遊戲規則的改變，誰最會運用新科技，最快找到價值鏈上的特殊位置，誰能與世界另一端的工作夥伴火速聯手，誰就是贏家。[41]

雖然政府部門對台商大陸投資採取有限度開放，儘管中共當局對台商大陸投資積極吸引與優惠，促成台商大陸投資持續成長，但實際上經濟全球化趨勢、特質與現象，恐才能真正詮釋台商大陸投資行為、策略與佈局。台商與跨國企業策略聯盟不僅能發揮語言、文化優勢，且是進入大陸市場並與國際接軌的平台。而結合當地化策略的落實，亦有助於深耕大陸市場。儘管台資企業具有優勢的經營能力、管理人才和經驗，西進大陸發展有移植台灣優勢的可能性，但具競爭力的台資企業長期以來厚植的企業文化則難以模仿和學習。例如，台積電晶圓代工生產所須具備的資金、人

---

[41] 宋東，「全球化第三波海嘯來襲世界是平的」，天下雜誌（台北），第328期（2005年8月1日），頁107。

才與技術，大陸並不缺乏，但是台積電長期以來形塑的高良率、高品質、應變能力強與顧客服務導向之企業文化，恐是中國大陸引進台資較難以移植的。

在經濟全球化的格局中，無論是資源與人員流動的障礙和阻力，皆將影響企業競爭力的提升，甚而在未來企業生存挑戰中遭淘汰的命運。明顯的，2000-2008年兩岸經貿交流中無法直接「三通」，並階段性出現政治對抗升高之態勢，以及基於市場保護與安全因素，仍未能促成經貿關係正常化，皆是違背經貿自由化運作，並有損經濟利益與福祉。儘管兩岸經貿行為實已跨越政策限制與主權意涵，但政治張力與衝擊仍將制約經濟資源使用效率的提升，並影響台商投資行為的策略與區位思考。2004年台灣總統大選後，台商估算「三通」短期無望，且兩岸關係與僵局難以逆轉，政治疏離感增強，導致台商西進腳步加快，並落實大陸投資當地化策略即為實例。[42]

在經濟全球化激烈的產業競爭中，機會稍縱即逝，政府或廠商將可能因延誤時機、政策管制或錯估情勢，而喪失或弱化產業競爭力。尤其是在政治敏感性、經濟安全性與意識形態化的防衛性政策運作下，便易造成產業因階段性失去市場與利基，而喪失競爭力。台灣的IC產業、封裝測試業受限於政府管制政策，而無法參與大陸地區與全球產業之競爭，導致其全球競爭優勢弱化。[43] 甚而讓競爭對手坐大，威脅到產業主導性優勢。大陸在地晶圓代工廠中芯的技術推演，已經邁入九〇奈米，晶圓代工龍頭

---

[42] 「乾脆加碼西進」，聯合報（台北），民國93年4月12日，第C7版；「白領西進，選後調查意願更強」，聯合報（台北），民國93年4月12日，第C7版；「台商加速本土化進程」，工商時報（台北），民國93年3月28日，第9版；「台商恐根離台灣」，中時晚報（台北），民國93年3月21日，第8版。

[43] 李有德，「被細綁的巨人」，新新聞，965期（2005年9月1日-9月7日），頁18-23；「中芯新加坡聯合科技合建封測廠」，工商時報（台北），民國94年4月21日，第13版。

廠台積電在上海與其競爭的技術，差距明顯拉大；[44] 奇美電子從事TFT－LCD產業因未赴大陸投資後段模組（LCM），一年的利潤即差友達光電四十五億元；[45] 台灣第一大筆記型電腦廠廣達，亦因上海松江廠投資能有效降低成本，而能維持競爭優勢；[46] 台灣大眾電腦因不堪虧損，2005年9月成為最後一家撤出台灣移往大陸的筆記型電腦廠。[47] 此外，石化業因政策限制亦無法赴大陸投資，但大陸國有企業卻加速全球化佈局，並與國際集團分食大陸市場大餅；金融業方面，台資銀行業因政策限制而無法登陸，已面臨市場被瓜分的不利環境。[48] 因此，政府部門大陸經貿政策若不能及時與策略性調整，台灣具競爭力之產業恐將因時機與市場不再，而削弱其全球競爭力。

就經濟全球化觀點而論，企業並非赴大陸投資即是全球化的表現，關鍵仍在於是否具備整合全球資源與運籌能力。台商大陸投資與區位抉擇，主要基於廠商利益與國際競爭力的考量。換言之，對台商而言，大陸投資將因成本低廉、勞動力充沛、投資環境改善，以及優惠政策提供，將對台商大陸投資有實質吸引力，但不盡然是台商唯一區位選擇。換言之，只要存在比較利益差距，或是大陸投資環境與條件變化，抑或分散風險管理之策略考量，皆可能促成台商大陸投資區位的再調整。近年來，台商大陸投資傳統產業因原料與人事成本提升、仿冒嚴重、法治不彰，以及同業與

---

[44] 姚惠珍、王仕琦，「錯過黃金時間 老虎變病貓」，工商時報（台北），民國94年8月18日，第4版。

[45] 林宏文、徐仁全，「林百里：像烏龜慢慢爬還是會到終點」，今週刊（台北），454期（2005年9月5-11日），頁100-101。

[46] 許文龍，「許文龍七十年的人生智慧」，商業週刊（台北），924期（2005年8月8-14日），頁40。

[47] 鄒秀明，「筆記電腦台灣吹熄燈號」，聯合報（台北），民國94年9月18日，第1版。

[48] 林伯豐，「台資銀行再不登陸市場快沒了」，聯合報（台北），民國94年8月22日，第A12版。

價格競爭激烈，皆影響其獲利能力。2005年上半年台灣上市櫃公司大陸投資傳統產業的利潤貢獻度偏低，但電子零件產業則有較佳表現。[49]也由於台資傳統產業大陸發展的侷限，近兩年亦出現大陸台商投資回流的趨勢。根據統計資料顯示，十四年前大膽西進大陸台商回流台灣投資已高達二百四十一億元，台商回台主要從事產業升級與高附加價值產業。因此，如何提供台灣良好的投資環境、維持產業核心競爭力，並營造具產業發展空間，仍是經濟全球化與台商西進投資挑戰必要之因應對策。[50]

[49] 鄭淑芳，「忽視產業脈動，榮景仍將撐不久」，工商時報（台北），民國94年9月3日，第3版。

[50] 呂國楨，「四十六個商人返鄉故事」，商業週刊（台北），928期（2005年9月5-11日），頁112-125。

參考文獻

一、中文部分

（一）專書

David Held著，沈宗瑞等譯，**全球化大轉變：全球化對政治、經濟與文化的衝擊**（台北：韋伯文化出版公司，民國90年），頁291-350。

台灣區電機電子同業公會，**內貿內銷領商機**（台北：商周編輯顧問，2005），頁91。

王和興，「全球化對世界政治、經濟的十大影響」，胡元梓、薛曉源主編，**全球化與中國**（台北：創世文化出版社，2001年10月）。

宋國濤等，**中國國際環境問題報告**（北京：中國社會科學出版社，2002年1月）。

史迪格里茲（Joseph E. Stiglit）著，李明譯，**全球化的許諾與失落**，初版三刷（台北：大塊文化出版公司，2003年3月），頁22-23。

李焜耀，「小國如何在大國旁邊生存」，**高科技台商蜂擁長江三角洲**（台北：天下遠見，2001年）。

吳興南、林善煒著，**全球化與未來中國**（北京：中國社會科學院出版社，2002年7月）。

張亞中，**全球化與兩岸統合**（台北：聯經出版公司，2003年）。

張玉文譯，「思考全球化，用人當地化」，莊素玉等著，**高科技台商蜂擁長江三角洲**（台北：天下遠見出版公司，2001年）。

張虔生，「不成為世界級，企業活不下去」，李明軒等著，**WTO與兩岸競合**（台北：天下雜誌股份有限公司，2001年1月31日）。

郭台銘，「國際化是台灣成長之路」，黃欽勇著，**西進與長征**（台北：商周出版社，2003年）。

陳博志，**台灣經濟戰略:從虎尾到全球化**（台北：時報文化公司，2004年）。

薛曉源，「全球化時代：我們何為？」，李惠斌主編，**全球化與公民社會**（桂林：廣西師範大學出版社，2003年4月）。

賽魯斯·傅瑞德漢著，譚天譯，**策略聯盟**（台北：智庫股份有限公司，2000年8月）

瞿宛文、安士敦著，朱道凱譯，**超越後進發展：台灣的產業升級策略**（台北：聯經出版公司，2003年9月）。

蘇育琪，**與敵人共舞**（台北：天下雜誌股份有限公司，1998年1月15日）。

蘇帕猜、祈福德著，江美滿譯，**中國入世-你不知道的風險與危機**（台北：天下雜誌股份有限公司，2002年4月）。

（二）期刊文獻

林宏文、徐仁全，「林百里：像烏龜慢慢爬還是會到終點」，**今週刊**（台北），454期（2005年9月5日-9月11日），頁100-101。

呂國楨，「四十六個商人返鄉故事」，**商業週刊**（台北），928期（2005年9月5日-9月11日），頁112-125。

宋東，「全球化第三波海嘯來襲世界是平的」，**天下雜誌**（台北），第328期（2005年8月1日），頁107。

李有德，「被綑綁的巨人」，**新新聞**，965期（2005年9月1日-9月7日），頁18-23。

李焜耀，「一戰成名的公司會變少」，**今週刊**（台北），第426期（2005年2月21日），頁53-54。

陳邦鈺、林亞偉，「中國企業鯨食鯨吞台商危機四伏」，**今週刊**（台北），447期（2005年7月18日-7月24日），頁55。

施振榮，「中國大陸－台灣進軍國際練功場」，**商業週刊**（台北），第911期（2005年5月9日），頁26。

洪世鍵，「台商投資大陸區域的變化及未來趨勢預測」，**現代台灣研究**，總第50期（2003年12月），頁54-55。

張遠鵬，「台資企業大陸本地化戰略及影響」，**現代台灣研究**，第49期（2003年10月），頁51。

鄭勝利，「台商在祖國大陸投資的『集聚』特徵分析」，**台灣研究**，2002年第2期（2002年2月），頁71-73。

（三）報紙

「BenQ戰略結盟Pentax DC鏡頭從此不愁」，http://www.BenQ.com.cn/DSC/，2005年8月9日。

「台商加速本土化進程」，**工商時報**（台北），民國93年3月28日，第9版。

「台商首季登陸投資54%在江蘇」，**聯合報**（台北），民國93年4月21日，C7版。

「台商恐根離台灣」，**中時晚報**（台北），民國93年3月21日，第8版。

「白領西進，選後調查意願更強」，**聯合報**（台北），民國93年4月12日，第C7版。

「兩岸半導體人才不再對流面臨外流」，**聯合報**（台北），民國94年1月15日，第B2版。

「昆山東莞溫州台商停電苦」，**聯合報**（台北），民國93年4月16日，第A10版。

「查稅缺工、贛州台商投資擬移往越南」，**經濟日報**（台北），94年8月8日，第A9版。

「乾脆加碼西進」，**聯合報**（台北），民國93年4月12日，第C7版。

王仕琦，「張汝京自嘲我這兒變人才訓練所」，**工商時報**（台北），民國94年9月6日，第3版。

王玫文，「中星微來台挖角 目標百名人才」，**工商時報**（台北），民國94年8月4日，第13版。

宋丁儀，「外商人力資源向對岸靠攏」，**工商時報**（台北），民國94年3月12日，第5版。

林伯豐，「台資銀行再不登陸市場快沒了」，**聯合報**（台北），民國94年8月22日，第A12版。

林昱君等著，「如何以企業聯盟開拓大陸市場之研究」，經濟部國貿局委託研究（民國87年6月）。

施振榮，「台灣推動品牌，全民先洗腦」，**工商時報**（台北），民國94年7月28日，第29版。

洪正吉，「奇異對台下單，採兩岸垂直整合」，**工商時報**（台北），民國91年11月6日，第5版。

姚惠珍、王仕琦，「錯過黃金時間 老虎變病貓」，**工商時報**（台北），民國94年8月18日，第4版。

許文龍，「許文龍七十年的人生智慧」，**商業週刊**（台北），924期（2005年8月8日-8月14日），頁40。

曾建華，「福特集團兩岸人才大調動」，**工商時報**（台北），民國94年9月16日，第4版。

黃逸仁，「HP大漲HP概念股具想像空間」，**財訊快報**，民國94年8 月19日，第3版。

鄒秀明，「筆記電腦台灣吹熄燈號」，**聯合報**（台北），民國94年9月18日，第1版。

劉永熙、張志榮，「鴻海買惠普印度、澳洲兩廠」，**工商時報**（台北），民國94年5月18日，第1版。

劉金標，「前進大陸」，**工商時報**（台北），民國93年9月27日，第29版。

蔡宏明，「全球化時代下的兩岸產業分工」，全球化時代下的兩岸關係與中國大陸學術研討會（台北：政治大學社會科學院）。

鄭淑芳，「忽視產業脈動、榮景仍將撐不久」，**工商時報**（台北），民國94年9月3日，第3版。

顧瑩華，「透視全球投資趨勢變化」，**經濟日報**（台北），民國93年2月22日，第24版。

二、英文部分

G, Papaconstantinou, “Globalization, Technology and Employment: Characteristic and Trends,” *STI Review-Science*/ , *Technology*/ *Industry,* no.15（1995）, pp. 177-235.

Hatzichronoglou, Thomas, *Globalization and Competitiveness: Relevant Indicators*（OECD: 1996）.

Oman, Charles, *The Policy Challenges of Globalization and Regionalisation, OECD Development Centre Policy Brief,* no.11（1996）.

經濟全球化與台灣電子業佈局策略

羅懷家
（台灣區電機電子工業同業公會副總幹事）

摘要

台灣電子資訊工業始於七〇年代，目前在大陸設有製造基地，大陸已成為世界製造工廠。世界電子資訊產業發展趨勢包括：低價、產業技術成熟、全球化浪潮及知識經濟興起等。世貿組織為促進電子資訊業發展與消除國際壁壘，先後制訂資訊技術協定、服務貿易總協定、基礎電信業務協定、建立技術中立原則。台灣電子資訊產業大陸佈局與整合呈現產業多元化、技術密集化、當地化及大型化，並在珠江三角洲及長江三角洲形成群聚。目前在大陸生產工序主要為製造、組裝及部分零組件採購，其它部分仍由台灣母公司主控，零組件採購在大陸比重也逐年提升。

對政府建議：和緩兩岸關係，以利企業實施「全球佈局、兩岸分工」；兩岸加快直接「三通」；政府應採積極態度協助企業全球佈局；兩岸共同制訂新標準與新規格；應儘早建立兩岸產品之產品及工廠相互驗證與認證制度；應強化台灣現有核心競爭力；鼓勵台資企業返台上市。

關鍵詞：經濟全球化、投資佈局策略、電子資訊工業、產業分工、資訊技術協定

Economic Globalization and Perspective on Taiwan Electron Information Industry

Huai-Jia Luo

Abstract

The electron information industry（EII）in Taiwan began in the 1970s and built its manufacturing base in mainland China. Trends in the world EII include low prices, mature technology, globalization, and mergers in the information economy. The WTO formulated the *Information Technology Agreement, General Agreements on Trade in Service, Agreement on Basic Telecommunication Service and Technology Neutrality Principle* in order to eliminate trade barriers. The perspective and integrality of Taiwanese EII investing in mainland China show industry diversity, centralized technology, localization, and economies of scale. The economies of scale are exploited in the Zhu-jiang and Yang-zi river deltas. The process of production includes 1）manufacturing, 2）assembly and 3）parts procurement, while other production processes are still controlled by Taiwan parent companies. The ratio of parts procurement rises each year.

This paper makes the following suggestions: conciliating the cross-strait relationship of businesses adopting a globalization perspective and division of labor in cross-strait policy; accelerate the adoption of direct links; aggressively assist globalizing businesses; formulate new standards and new specifications; build a cross-strait product and factory verification system; strengthen the core competitiveness of Taiwan; encourage Taiwan business investing in mainland China to return to Taiwan and list their shares in capital markets.

Keywords: Economic Globalization, Perspective Strategy, Industrial Diversification, Taiwan Electron Information Industry, Information Technology Agreement

壹、緣起

台灣早期並無電子資訊工業，只有少數幾家小型家電廠商，後來引進外商進行家電業生產。例如：RCA、松下之收音機、電唱機到後來之電視、冰箱製造，台灣開始有一些家電組裝廠，例如三愛及金寶等。電子資訊工業始於七○年代，由於當局禁止賭博性電動玩具發展，台灣電玩製造廠商急需轉型，同時國際PC大廠亦來台尋求代工機會，從此奠定台灣電子零組件生產與電腦組裝工業之基礎。真正起飛則要拜個人電腦革命之賜，使整個產業快速發展，從早期蘋果電腦、286機、386機、486機到Pentium Ⅳ至Ⅴ代及NB等，可謂每年均有變動。

目前台灣電機電子產業在全球佈局下進行之兩岸分工，已取得相當成果，對兩岸經濟均有貢獻。台灣訊息產業已順利超越日、韓，成為世界之主要供應者，而大陸已成為台灣電子資訊產業重要腹地，其特色包括：

（一）台商在大陸已有製造基地：從1988年政府准許民眾赴大陸探親以來，由於美國保護主義推力、國內經營環境變遷及大陸改革開放與對台外商優惠政策的吸引，台商赴大陸投資已蔚為風潮。目前台商在大陸投資，已建立珠江、長江兩三角洲之電機電子產業帶，並發揮相當之群聚效果。

（二）大陸已成為世界製造工廠：九○年代以後，中國大陸、東歐及東南亞加入世界市場，大量勞工與土地資源進入世界經濟，大幅改變世界原有分工體系。中國大陸以豐富勞工與土地資源及尚待開發市場進入，其在全球產業分工體系快速崛起，逐漸成為世界製造重鎮，使得原先台灣及日、韓製造優勢受到衝擊，並已逐步調整生產佈局。

（三）電子資訊產業發展之四項特色：九○年代以來，電子通訊技術（ICT）的發展，是世界經貿發展與競爭的重要動能，其基本特色如下：1. 低價趨勢：企業以降低生產成本為競爭關鍵；2. 產業技術發展成熟：廠商尋求新興市場且大陸市場成長快速並具成長空間；3. 全球化浪潮：面對資訊通訊產業之產品與設備零關稅之全面競爭，企業必須以全球化思考生產與銷售；4. 知識經濟興起：配合網際網路運用，企業必須全面提升附加價值（市調、研發、品牌、服務及通路）。

（四）兩岸產業分工，為企業全球化之一環：目前在IT產業中，大陸已為僅次於美國第二大資訊產品製造地。然而，眾所周知，其主要為台商工廠製造，並以美歐日為主要市場，為使台灣在全球IT產業鏈中繼續維持無可取代之地位。台灣應加強厚植尖端產業之研發與製造能力，以及強化產、供、銷之整合能力，並透過全球運籌與資金媒合，成為高附加價值之行銷與運籌中心。

一、世貿組織及相關協定消除電子資訊業的國際壁壘

二次大戰後，為解決國與國之間關稅及非關稅壁壘問題，1944年成立關稅暨貿易總協定（GATT），透過集體談判及最惠國方式達到全面關稅減讓。為更有效發揮消除國與國之間關稅及非關稅壁壘問題，停止GATT，另於1995年成立世界貿易組織（WTO），推動是項工作。WTO是一個獨立於聯合國的永久性國際組織，目前共有144個成員，佔世界貿易總量90%以上。世貿組織的宗旨是：開放市場、互惠互利、公平貿易，推進經濟全球化和貿易自由化，其終極目標應是貿易無國界。它們體現在無歧視待遇、最惠國待遇、國民待遇、互惠、關稅減讓、取消數量限制和透明度等基本原則。烏拉圭回合部長級會議以後，在WTO的架構下與資訊產業相關的主要協定有：《服務貿易總協定》（General Agreements on Trade in Services，簡稱GATS，1994年4月，摩納哥）、《資訊技術協定》（Information Technology Agreement，簡稱ITA，1996年12月，新加坡）、《基礎電信業務協定》（Agreement on Basic Telecommunication Services，簡稱ABTS，1997年2月，日內瓦）。此外，技術中立原則體現

在上述協定的有關條款中，關於電子商務等方面的新規則，也與資訊產業直接相關。

（一）資訊技術協定

1996年12月13日，在新加坡召開的世貿組織部長級會議，美國、歐盟、日本、加拿大等29個世貿組織成員國，和正在申請成為世貿組織成員的國家及獨立關稅區，就擴大信息技術產品的國際貿易達成一致意見，簽署《關於資訊技術產品貿易的部長級宣言》，該《資訊技術協定》並於1997年3月26日正式生效。產品範圍涵蓋電腦產品及網路設備，包括：CPU、鍵盤、印表機、顯示器、硬碟、局域網和廣域網設備、多媒體開發工具、機頂盒等；電信產品包括：電話機、交換機、移動通信、可視電話、傳真機、廣播電視傳輸和接收設備等；半導體及半導體生產測試設備；科學儀器，包括測量檢測儀器、分色儀、光譜儀、光學射線設備等；和其他如文字處理機、P0S機、繪圖儀、計算器、印刷電路等共5大類200餘種產品和設備。大陸政府已承諾，到2005年1月1日，資訊技術產品實行零關稅。

（二）服務貿易總協定

1994年4月15日，在摩納哥的馬拉喀什市舉行的烏拉圭回合部長級會議，125個締約方正式簽署《服務貿易總協定》，其中包括電信服務和基礎電信談判。該協定的主要內容為最惠國待遇、透明度、消除貿易壁壘、市場准入、國民待遇等。在《服務貿易總協定》中，對有關基礎電信業務監管框架做出定義，如用戶、基礎設施、主要供應者等。同時就競爭保障措施、互連、普遍服務、許可標準的發佈、獨立監管機構和稀缺資源，如頻率、號碼、位址等的指派和利用等做了說明。

（三）基礎電信業務協定

1997年2月15日，69個世貿組織成員在日內瓦簽署《基礎電信業務協定》，並定於1998年1月1日正式生效。協定所涵蓋的基礎電信服務包括：

聲訊電話、資料傳輸、電傳、電報、傳真、私人線路租賃、固定和移動式衛星通訊系統及其服務、蜂窩電話、移動資料服務、傳呼和個人通訊系統服務。我政府已承諾，加入世貿組織後兩年，將允許50%的外國普通股本，參與經營增值業務和尋呼服務；允許49%的外國普通股本，在五年內參與經營移動語音業務和資料業務，在六年內參與經營自國內服務和國際業務、電子郵件、在線資訊、EDI、互聯網均歸到增值業務項下。

（四）技術中立原則

技術中立原則體現在《服務貿易總協定》和《基礎電信業務協定》相關條款。技術中立原則是指，一旦世貿組織的一個成員方允許對方進入某個領域包括貨物貿易和服務貿易，進入方採用的技術就不得加以限制。在1997年1月16日世貿組織基礎電信小組主席聲明中就提出，進入對方的基礎電信服務，可以通過任何技術方式提供，如有線、無線、衛星；在基礎電信業務框架下，關於互連的承諾為：「確保網路上任一技術可行點與主要供應者互連」，「互連應在非歧視的條件，包括技術標準和規範」下提供。技術中立原則，意味著一旦加入世貿組織，就不能用技術標準或規範來設置貿易壁壘。

（五）其它

加入世貿組織後，影響資訊產業的其它規則和協定還有「與貿易有關的知識產權協定」（Agreement on Trade-Related Aspects of Intellectual Property Rights，簡稱TRIPS）等。TRIPS要求簽約方對版權、專利商標、商業秘密、軟體等進行最低限度的保護。近期，工業化國家又將遮罩產品（Mask Works）和數位化版權列入其中。遮罩為遮罩技術，晶片佈線工藝，協定規定禁止製造和銷售直接仿製競爭對手電晶體佈局的晶片，期限10年。數位化版權包括電腦程式；代碼（文字要素）；用戶介面、功能表和命令、螢幕顯示（以上3項為非文字要素）；其它數位化版權，如CD、DVD、HD。其它組織例如國與國之間自由關稅協定FTA，許多國家間的協定如歐盟（EU）、北美自由貿易區（NAFTA）、東南亞國協加一或加三等。

二、資訊電子產業之發展趨勢

資訊電子產業之發達起於八○年代。其後，一方面桌上型電腦價格快速下跌，功能快速提升，加上無線通訊產業發展，以及網際網路的發明與推廣，整體ICT產業至九○年代已呈產業主流。二十一世紀知識經濟發展，更強化效率使用世界資源，電子資訊產業發展更為快速。具體特色包括：

（一）降低生產成本成為廠商生存關鍵，同時尋求殺手級產品

在科技發展速度超越人類行為改變的情況下，全球電子產品市場已出現供過於求的現象。而由於產業的逐漸成熟，廠商的競爭加劇，在價格競爭激烈的情況下，國際大廠一方面要求製造廠商降低成本，另一方面則逐漸退出生產行列，掌控附加價值較高的品牌行銷、研發創新等活動。於是降低生產成本也就成為以製造為主要活動的台灣廠商之生存關鍵。

當價格競爭導致降低成本成為競爭關鍵的時代來臨，在低生產要素地區，集中生產以尋求生產成本最低，以及在接近市場需求的時間、地點出貨，以尋求庫存成本最低之間尋求一個平衡點，也就成為資訊廠商思索全球運籌佈局的重要課題。隨著產品特性的不同，電子產業中不同產業也因為運籌模式的差異，產生在選擇經營環境上的輕重有別。以桌上型個人電腦而言，由於體積大、運送成本高，集中於低生產要素地區生產後，以海運方式將零組件送至海外接近市場處組裝，成為最佳選擇。因此，產業體系與海運航線日益成熟，且生產成本低廉的中國大陸，已成為生產桌上型個人電腦Bare-Bone的重要選擇。在筆記型個人電腦方面，則因為體積小、價格高，集中生產後以空運方式將成品送交客戶成為最佳選擇。因此，台灣仍有機會以生產管理、成品運送效率維持生產筆記型電腦的

優勢。若以筆記型電腦為例，在2001年時，世界NB產量為2,800萬台，台商生產比例為51%，2002年時世界NB產量為3,100萬台，台商生產比例為56%，2003年時世界產量為3,800萬台，台商產量佔65%，2004年NB產量為4,600萬台，台商生產比例為72.4%，預估2005年世界NB產量為5,500萬台，台商將生產75.5%。明顯的，透過台商赴大陸投資生產，結合兩岸優勢，雙方產業與經濟，均得顯著發展。目前台、韓及日本等資訊產品生產大國，均在尋求下一世代殺手級產品。

（二）新興市場成為兵家必爭之地

隨著先進國家的科技產品普及率已高，新興國家之市場需求也就成為兵家必爭之地。在眾多新興市場當中，中國大陸個人電腦市場近年來在資訊化建設的帶動下，每年皆以20%～40%的速度成長，因而成為國際電腦大廠眼中的重要目標。不過，在中共當局採取高關稅壁壘、內外銷比例限制、產品內購比例要求等產業政策下，國際大廠除必須赴中國大陸設立個人電腦、手機組裝廠之外，更要求其供應商能就近供貨。在此背景下，零組件廠商除生產成本競爭的壓力之外，更增加了來自客戶對服務的需求，使其西進的產業推力、市場吸力同時大幅增加。

（三）重視綠色環保生產

由於能源消耗使得二氧化碳過度排放，為減緩溫室效應問題，美國環保署推動「能源之星」方案，已有日本、澳洲、紐西蘭等參與。台灣在1999年引進，目前有資訊、家電、辦公室設備等項目，不但能節能，也利產品外銷，提升競爭和形象。在此時期，歐盟推動「廢棄電子電機產品回收法（WEEE）」，要求2004年8月13日前所有歐盟會員國必須完成國家立法。歐盟同時推動「有毒物質限制法（RoHS）」將於2006年7月生效，規範電子設備含有毒物質的上限，限制鉛、汞、鎘、六價鉻等金屬及聚溴聯苯（PBB）、聚溴苯醚（PBDE）化學品的使用。所有的電子資訊業者必須建立供應鏈綠色管理體系，以因應國際環保要求。再次，歐盟於2003

年8月提出「能源使用產品生態化設計指令EuP」，針對使用能源之非交通工具產品，要求按產品生命週期思考，建立環境特性說明書。因此，所有電子產品，包括零組件生產均需符合綠色環保生產要求，達到減量（reduce）、回收（recycle）、再利用（reuse）之3R生產。

三、驅動兩岸經貿發展的原因

從兩岸關係變化的特質中，可以發現兩岸經貿發展是促成兩岸關係解凍的重要原因，細究其驅動力量，可以從三方面做分析：

（一）美國市場保護的壓力

我國出口市場原本是以美國為主，出口對美國市場的依賴度曾經高達49%（1986年），並曾為美國第二大入超來源國。由於雙邊貿易失衡，兩國因而發生頻繁的貿易摩擦。我國甚至曾被列入美國「特別三〇一條款」的觀察名單，普遍化優惠關稅（GSP）也於1989年被取消。在此等嚴重壓力下，廠商為避免受到貿易報復波及，繼續保住美國市場，或者分散出口市場，遂漸導致兩岸間貿易與投資的大幅成長。

（二）台灣地區投資環境惡化的推力

自1986年以來，由於鉅額貿易出超，新台幣急劇升值；勞工短缺的結果，造成工資大幅上漲；逾量的貨幣供給，導致社會出現金錢遊戲，並帶動房地產價格上升；環保意識的覺醒與抗爭，以及環保標準的提高，亦加重廠商成本負擔。復以港口、公路及供電供水等公共設施漸呈不足，傳統性出口產業經營環境迅速惡化，競爭優勢喪失，不得不外移以圖生存。大陸與台灣相近，自然成為廠商對外投資的據點之一。

（三）大陸改革開放的吸力

大陸地區由於具備充沛的勞力與土地，工資與地價低廉，加以語言相通，又擁有美國與歐市的「普遍化優惠關稅」，頗為符合台灣中小型出口業者的需要。兼以為加快改革，提供各種引進外資的優惠措施與開放大陸內銷市場，更加強了對台商投資的吸引力。

受到以上三種力量的綜合影響，兩岸經貿交流自1987年以來持續擴大，目前兩岸經貿關係已密切到不容輕忽的地步。

四、台灣電子資訊產業大陸佈局與整合概況

依據政府自1992年起之統計資料，到2004年底止，台商赴大陸投資，包括補登記之累計赴大陸投資台商數，大約有33,155家，累計核准金額為412.49億美元。若按大陸商務部統計，大約有64,626家，累計協議投資金額為779.35億美元，累計實到台資為396.23億美元。[1] 若按經濟部投審會資料分類，電子電器產業為已赴大陸累計及近期赴大陸投資最多之台商產業。台商赴大陸投資型態也從早期之合資轉為獨資，由南而北、由東而西，由勞力密集走向技術密集、資本密集，也有產品全、中衛體系集體前往。從1991年開放對大陸間接資以來，到2004年台商前往大陸投資發展已有三大趨勢：1. 產業多元化、技術密集化：由傳統勞力密集走向技術密集、製造功能延伸研發設計、非製造業迅速擴增。2. 當地化：如原料、零組件、資金、幹部均逐漸當地化。3. 大型化：投資規模逐漸擴大，投資據點亦逐步增加。

台灣電子資訊產業赴大陸投資佈局，概略可分為三個時期：

第一波（九〇年代初期）：屬於勞力密集之中小企業赴大陸投資，尋求產業第二春的發展。例如：燦坤、致伸等公司，因勞工、土地等生產要素較低廉的誘因前往大陸。代表性產品如：家電、消費性電子產品、掃描器、滑鼠、鍵盤、機殼、電源供應器等。

第二波（九〇年代中後期）：電子資訊週邊產業技術層次較低的資訊產業，利用大陸廉價資源，以出口行銷為目的而西進大陸之中／大型企

---

[1] 台灣經濟研究院編，兩岸經濟統計月報，151期（民國94年8月），頁30。

業，例如：宏碁、大眾、神達等公司。除個別設廠並有企業聯盟。代表性產品如：光碟機、主機板、桌上型電腦組裝等。

第三波（2000年以來）：為大型上市公司為主，以降低成本並兼具大陸市場開發之技術／資本密集及零售連鎖廠商，如：廣達、仁寶、神通等公司；由大型企業領導廠商帶動相關廠商赴大陸投資。代表性產品如：筆記型電腦、LCD監視器組裝及內銷連鎖等。

三個時期的企業型態、產品類別、技術層次都不相同，所佈局的地區亦有別。本文以電機電子產業最為密集之珠江三角洲、長江三角洲做一比較：

珠江三角洲台商投資密集區，是以廣州為中心，沿珠江東岸之東莞、深圳等地到香港，為台商密集投資區，發展成果明顯。另一條線為廣州沿珠江西岸佛山、順德、珠海到澳門，雖然開發較早，但不若東岸。目前珠江三角洲已聚集許多電機電子產業，包括：家電、PC、SYS、M/B、MONITOR、PCB、電腦週邊、手機等業者，產品鏈完整，相關運輸、倉儲及金融等服務，香港發揮重要功能。

長江三角洲台商投資密集區，是以南京為起點，從鎮江、常州、吳錫、蘇州、昆山、嘉定到上海、浦東一帶，配套措施完整。另一條線為蘇州接紹興、杭州到寧波，此區段較上海開發為晚。此地區聚集的企業型態，已經由NB、MONITOR、PCB、TFT-LCD組裝、手機、半導體及軟體開發等工業產品逐漸增加商貿、金融、倉儲等企業，上海發揮重要功能。

貳、兩岸電子資訊產業體系比較

自從政府准許廠商海外投資以來，廠商海外產值逐年增加，以資策會所估算之資訊產業為例，2004年廠商海內外總產值為696.64億美元，較上年增長21.8%（近年數據詳如圖6-1：台灣資訊產業總產值及年增率）；其中海外產值約佔84.4%，超過國內產值之15.6%，其海外產值中，大陸地區產值約佔總產值之71.2%；2004年廠商出口市場中，歐美約佔57.9%，大陸地區僅佔11.3%，台灣更少為4.2%（前述各詳細數據如圖6-2：台灣資訊產業2004年全球生產及銷售值分佈）。資訊產業2005年海內外生產總產值預估為811.08億美元，較上年增長16.4%。

圖6-1　台灣資訊產業總產值及年增長率

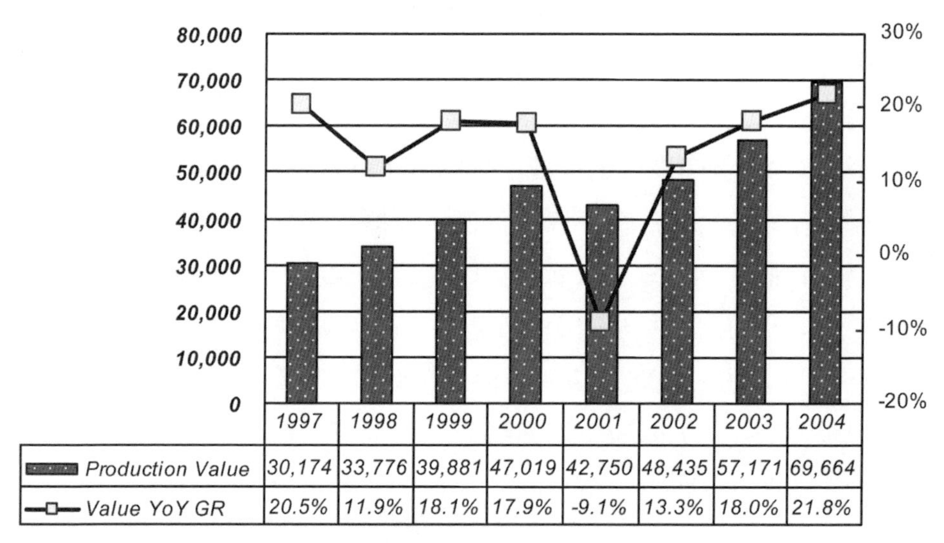

	1997	1998	1999	2000	2001	2002	2003	2004
Production Value	30,174	33,776	39,881	47,019	42,750	48,435	57,171	69,664
Value YoY GR	20.5%	11.9%	18.1%	17.9%	-9.1%	13.3%	18.0%	21.8%

資料來源：資策會MIC計畫，2005年4月。

圖6-2　台灣資訊產業2004年全球生產及銷售值分佈

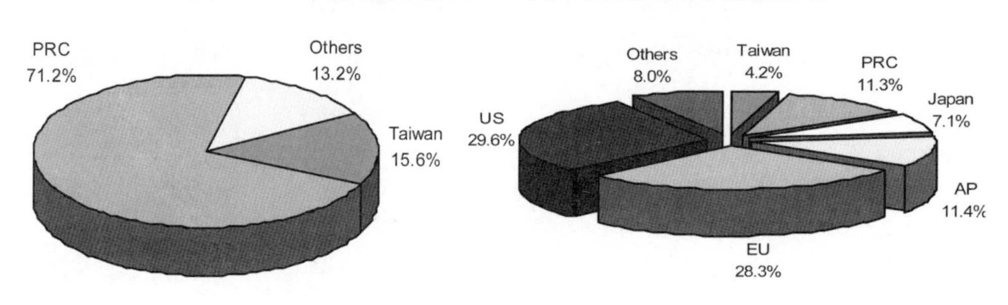

（A）生產總值分配　　（B）銷售總值分配

資料來源：資策會 MIC ITIS 計畫（2005年4月）。

從兩岸資訊產品分工而言，台灣仍掌握絕大部分的活動。而在中國大陸佈局則著眼在製造活動上的分工，我們根據台商之主要資訊硬體產品，如：PC週邊、監視器、光碟機、主機板、桌上型電腦、筆記型電腦及伺服器等，並按生產工序如：創新、工業設計、產品開發、零組件採購、製造、組裝、配送、售後服務與通路銷售等檢核，台灣電子資訊硬體產業目前在大陸生產工序主要為：製造、組裝及部分零組件採購，其他部分仍由台灣母公司主控，惟零組件採購在大陸進之行比例也逐年提升。前述有關各項資訊產品之兩岸分工現況，（參見表6-1）。

表6-1 我國主要資訊產品兩岸分工概況

○大陸 ★台灣

	創新	工業設計	產品開發	零組件採購	製造	組造	配造	售後服務	通路銷售
PC週邊		★	★	★○	★○	★○	★	★	★
監視器		★	★	★○	★○	★○	★	★	★
光機		★	★	★○	★○	★○	★	★	★
主機板		★	★	★○	★○	★○	★	★	★
桌上型電腦		★	★	★○	○	★○	★	★	★
筆記型電腦	★	★	★	★	★○	★○	★	★	★
伺服器				★	★○	★○	★		

➢台灣仍掌握絕大部份的活動，而在中國大陸佈局則著眼在製造活動上的分工。

資料來源：資策會MIC ITIS計畫

若以兩岸資訊產業環境之競爭條件比較，台灣之優勢在於已建構一個體系完整之生產體系，資金市場健全、資金進出自由、籌措容易、產業體系完整、運籌條件佳。台灣近年以來具有一批優秀之管理人才與科技人才，行銷管理與生產經驗豐富，但台灣市場相對較小且已趨成熟，對美日等國出口市場佔有率也逐年下滑，土地、廠房、人力之成本較高是最大的問題。面對未來競爭，資訊相關人才仍有不足。

表6-2 兩岸資訊產業環境競爭條件比較

比較項目	台　灣	中國大陸
內需市場（DT＋NB）	小（外銷為主）約200萬台（2001年）	大（內銷為主）約1000萬台（2001年）
資本市場	自由，資金籌措容易	資金籌措困難
行銷／管理經驗	佳	弱
人才／技術	管理人才／科技人才	量夠但質有待提升／以市場換取技術
成本（土地、廠房、人力）	高	低（土地1/3；建廠1/3；人力1/10）
對美日出口市場佔有率	逐年下滑	提高
產業體系	近而完整	遠而完整
運籌條件	效率佳／經驗夠	效率較差

➢由於台灣廠商多為國際大廠代工土成本的壓力之下土中國大陸佈局自然成為廠商的目標。
資料來源：資策會MIC ITIS計畫。

由於台灣廠商為世界資訊產品供應鏈之重要成員，並多為國際大廠代工，在成本的壓力下，至中國大陸佈局自然成為廠商的重要策略。就生產成本、市場潛力、產業體系、行政效率、人才、資本市場、資訊流通等產業環境來看，兩岸仍有相當的落差。以分工發展趨勢來看，隨著中國大陸產業體系建構完成，當地採購的情形將更為普遍。由於零組件或半成品供應商為就近服務台商，而至中國大陸設廠，促使產業價值鏈進行整合。在此同時，廠商繼續從事關鍵零組件與新產品開發，並加重市場開發、產品研發、品牌建立、售後服務及通路開發等工作。為有效運用兩岸資源，並促使台灣產業升級，兩岸除製造分工之外，將進一步邁向技術分工，有關研發工作亦將有效利用大陸科技人才，台灣將繼續加強產品與技術之系統整合（前述概念，參考表6-2兩岸資訊產業環境之競爭條件比較及圖6-3兩岸電子資訊產業環境比較）。

圖6-3　兩岸電子訊息產業環境比較

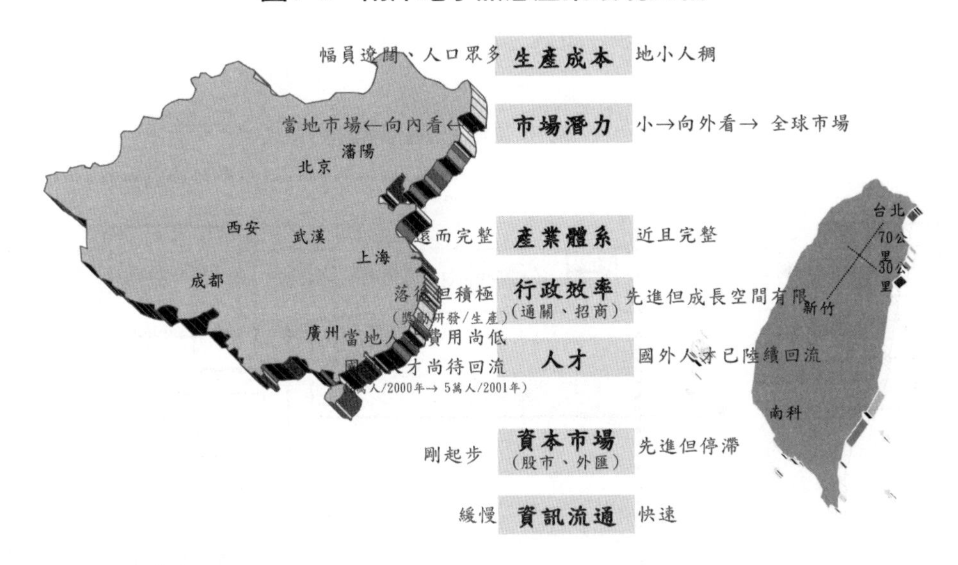

資料來源：資策會MIC

若以筆記型電腦為例，台灣的運籌型態發展出下列潮流趨勢：

（1）因應國際大廠人力資源不斷精簡，我國業者除繼續降低製造成本與確保品質外，亦須在研發面及運籌面承擔更多工作。

（2）市場變化快速，訂單時效已由月單位縮減至週單位，甚至更短時間。台灣整機直接出貨（TDS）為業者過去承接歐美訂單之基本條件，目前已改為全球整機直接（GDS）出貨。

（3）TDS之標準已由1997年的955（95%之出貨須在5天內達成）進化至2000年的982（98%之出貨須在2天內達成），目前已有廠商達到1002

（100%之出貨須在2天內達成）。2004年起部分廠商亦達1.5日水準，部分特大企業如廣達，自2005年起採1001。

（4）台灣業者具備了TDS基本的四項條件：1.（100%之出貨須在2天內達成）具知識管理的快速反應研發團隊；2. 生產上結合虛擬私有網路（VPN）、供應鏈管理（SCM）和客戶關係管理（CRM）系統，並有效控制交貨期；3. 具有更富彈性的製程管理系統因應客製化要求。

（5）更機動靈活的資金運轉及調度能力。

圖6-4　台灣主要電腦廠商營運模式

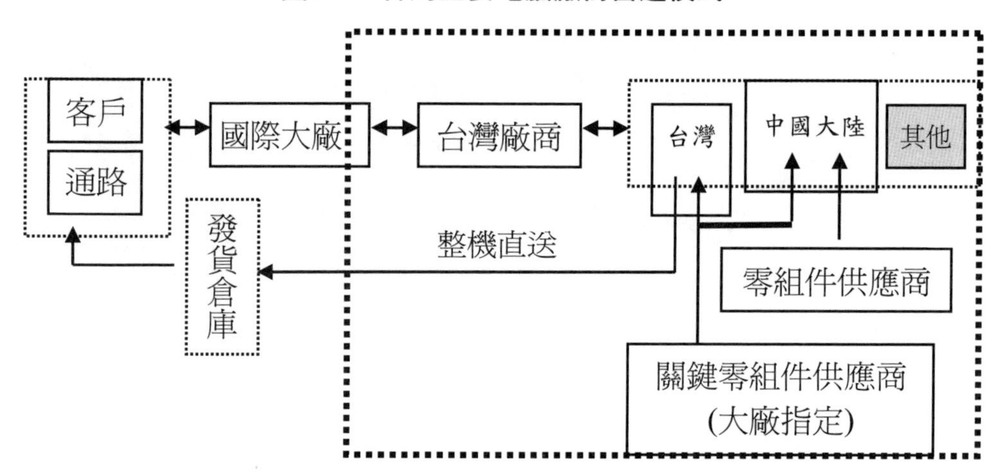

前述台灣業者與國際品牌大廠（特別是美系大廠）的關係，已經由前端的輔助設計、中段的量產製造，延伸至後段的配銷及後勤支援服務。以國內NB廠商廣達及仁寶所提供的TDS服務為例，其作業流程為：終端使用者在品牌大廠的網站下單後，兩天內由國內代工廠組裝完成後出貨，五天內經由快遞直接送貨到的終端使用者手上（例如圖12-4台灣主要電腦廠商營運模式）。目前台商營運模式為台灣進行研發、關鍵零組件製作，以及對海外運籌及售後服務（詳如圖6-5資訊廠商在兩岸分工之生產策略，表6-3為台灣ODM廠商的運籌模式一覽表）。

圖6-5 資訊廠商在兩岸分工之生產策略

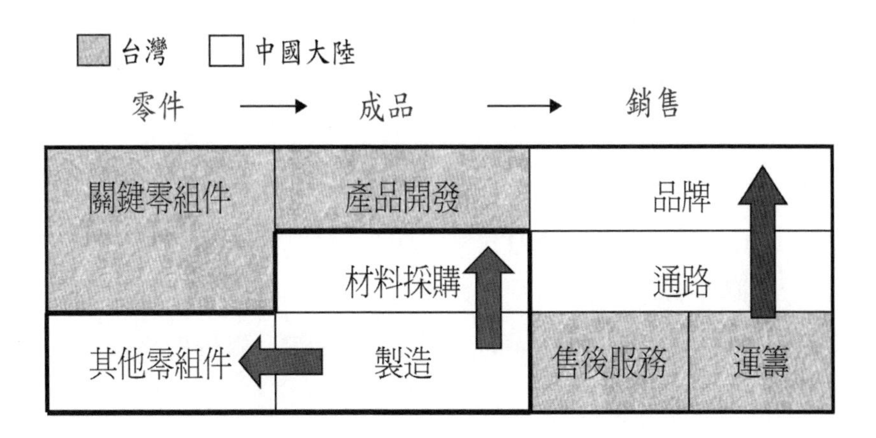

表6-3 台灣ODM廠商運籌模式一覽表

運籌模式	代表業者	發展策略	策略佈局	口號
BTO/CTO	鴻海	CMM	集中生產（領域分散）	一地設計、三地製造、全球交貨 Component Module Move
BTO/CTO	緯創	DMS	垂直整合（領域集中）	ICT市場的EMS（垂直價值鏈） Design, Manufacturing and Services
BTO/CTO	神達	D2D	製造＋通路	Design to Delivery
BTO/CTO	大眾	CEMS	專業製造 垂直整合	TPRD+GOLF+CEMS
BTO/CTO	英業達	GDS	全球直接出貨（區域組裝）	Design, manufacturing, direct shipment, services
BTO/CTO	光寶	D2EMS	研發、製造、服務	Design, dedication, EMS
TDS/CDS	仁寶、廣達	TDS/CDS	壓縮組裝成本及運送時間	直接在台灣完成整機組裝，交貨時間由「955」提升至「1002」

資料來源：資策會MIC ITIS計畫（2002年7月）。

電機電子產業認為，為確保台灣競爭優勢，除前述業者努力外，我們認為目前政府推動「挑戰二〇〇八國家發展計畫」是正確的，只有朝野努力「深耕台灣、佈局全球」，台灣才有希望。因此，政府應落實國家發展計畫，讓企業盡全力建構台灣成為亞太電子資訊產業的生產、研發、採購重鎮，並提升整體資訊電子產業之國際競爭力，使台灣成為高附加價值製造中心。同時，擴大資訊外商IPO對台產銷合作，以大幅擴大IT產業產值及IPO在台採購金額，並吸引及協助知名資訊外商及IPO母公司來台設立亞太營運、採購、研發中心，同時透過自由港區、租稅優惠及E化，構建台灣成為企業之營運總部（目標構想詳如圖6-6，強化台灣核心競爭力之基礎建設）。

圖6-6　強化台灣核心競爭力之基礎建設

深耕台灣 佈局全球

亞太IPO營運總部、台商總部

發展台灣為高附加價值製造中心

管理與服務	創新/標準 專利/設計	研發中心	運籌決策中心	整合/行銷 品牌/服務	高附加價值

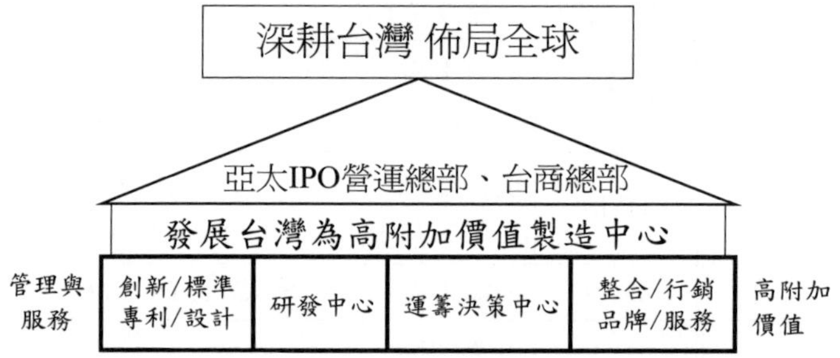

參、對政府政策建議

有下列六點：

一、政府應盡力和緩兩岸關係，以利實施「全球佈局、兩岸分工」策略。

穩定與發展之兩岸關係，對於促進台灣投資與發展兩岸經貿有絕對的影響。過去兩岸透過海基會與海協會協商，曾經發揮功效，特別是兩岸經貿發展至今，堪稱熱絡的階段。下列工作推動，將有助於其它兩岸交流工作：

1. 儘速恢復兩岸透過海基會與海協會會談與協商，維持兩岸關係為發展狀態。

2. 兩岸簽署五十年和平協議。目前兩岸許多交流政策無法推動，主要是雙方顧慮頗多，若能雙方保證維持現狀與和平五十年不變，對兩岸經貿發展與交流，將排除國內疑慮，採較為積極之兩岸經貿政策。

3. 與大陸簽署投資保障協定，並解決大陸投資問題及取得國民待遇優惠等。大陸早期以「投資保障應該雙向」、「我方限制大陸物品進口及禁止大陸人民來台工作」等理由，拒絕我方要求簽訂台商投資保護，經政府開放及海基會說明，大陸於第二次辜汪會談中，同意就此議題商談，顯然台商投資保護議題大陸可以接受進行商談。

二、兩岸加快直接「三通」以降低全球運籌成本及爭取商機。

從1979年至2001年，兩岸轉口貿易發展快速。近年來，每年順差約達數百億美元，為我國出超之主要來源。發展兩岸經貿對台灣經濟發展與產業升級提供很大的挹注。然目前維持間接通航，根據電電公會2001年研究，每年成本約達一千億元台幣左右，耗損時間成本也相當可觀。若能減少貿易成本，尤其是運輸成本，將有效促進兩岸產業分工，並提升台灣發展為全球運籌中心所需之業務效率；同時，促使外銷商品價格下降，有利外銷及增加市場佔有率，並可誘發台灣新一波投資乘數；其次，將可以發揮介面作用。在許多外商心中，大陸是最終市場，但他們顧慮大陸制度及文化障礙，而不願直接進入；台灣卻是他們已習慣的夥伴，台灣可以充分發揮介面優勢，成為中心平台的好機會。

現階段兩岸均有和平對等意願，我方應積極進行定點直航談判，初期可選定大陸廣州、廈門、上海、北京或其它適當地點為直航點，國家安全部分應透過協商及法律及跨越外國飛航管制區等方式處理；為求時效，如果官方性質之談判或協商不易展開，可由我方民間團體或業者與大陸民間團體或業者進行談判，應儘速讓台灣更具競爭力，並避免台灣逐漸邊緣化。目前擴大兩岸小三通及貨運直航應加快腳步，減少不必要之限制。

三、正視大陸已為世界工廠之事實，政府應採積極態度協助企業全球佈局。

具體措施包括：（一）繼續放寬對企業限制。目前政府已有條件的准許八吋晶圓廠赴大陸投資，而其相關IC封裝與測試業，似宜同時開放；目前美、韓、日等多家IC封裝與測試業在確知政府尚未准許情況下，已有進軍大陸市場計畫。（二）儘快重建兩岸經貿交流管道。有效處理兩岸包括：智財權保護、產業標準、經貿糾紛處理、人身安全及經貿秩序等問題。（三）對於大陸產業科技人員來台，若不涉及國家安全，個人資格、人數及來台期間，建請放寬比照外國人資格審核。

四、兩岸共同制訂新標準與新規格。

面對新產品與新技術發展日新月異，兩岸產業除商品合作外，應考慮進行新產品與新技術之研發，以提高產品之技術與附加利潤。如有機會，兩岸應就下個階段世界運用科技領域制訂共同標準或規格，以嘉惠廠商及一般消費者。

五、兩岸應儘早建立兩岸產品及工廠相互承認之驗證與認證制度。

目前兩岸經貿交易頻繁，兩岸經貿往來可謂非常密切，其中又以電機電子業為最大項。為促進兩岸經貿交流之持續發展，有關兩岸產品檢測與工廠認證之承認與委託應儘早促成。

六、政府應繼續強化台灣現有核心競爭力。

政府應盡全力落實「挑戰二〇〇八國家發展重點計畫」，特別是國際創新研發基地、產業高值化、營運總部、數位台灣及水與綠計畫等，政府應排除所有困難予以落實，讓台灣具知識經濟之應有基本建設，能吸收知識、創造知識與應用知識。積極構建全球運籌體系延伸至大陸地區，即擴大現行產業全球運籌電子化計畫，以台灣為中心，延伸至海外，包括大陸台商。

七、鼓勵並建立台資企業返台上市。為有效解決大陸投資資金回流，並為大陸投資台商取得必要資金及建構台灣成為亞太籌款中心。

由於大陸對外來資金仍有管制，大陸金融機構現存問題亦多，目前工作重點除解決大陸金融效率及內部呆壞帳問題，客觀而言應較無能力照顧已赴大陸投資之台外商企業融資問題。未來大陸除應擴大准許外商銀行進入市場，同時為加強台灣地區與大陸台商互動，協助已赴大陸投資台商取得融資使其成長茁壯，同時加強台灣與世界資本市場之互動，同意並鼓勵已赴大陸投資台商返台上市，並鼓勵對大陸市場有興趣，但又沒信心之外商對其投資，此為「三贏」最佳策略。因此政府若加快解除管制，早日讓包括大陸之海外台資企業返台上市，除協助海外台資企業融資，對台灣金融企業之成長茁壯亦有幫助。相信建立台資企業返台上市之制度，促進大陸投資資金回流，並為大陸投資台商供給必要資金，以及建構台灣成為亞太籌款中心，將使得推動台商營運總部目標達成應更為加速。

肆、結語

目前台灣電子、資訊暨通訊產業經過多年的努力，已形成具有完整上下游之堅實產業基礎，累積大批的生產、研發與管理人才，素有「電子巢」之美稱。即台灣電子產業上中下游結構完整，任何零組件在台灣提出需求，均有相當多的供給者報價，生產者可以獲得最合理價格，最快交期、最佳品質與最佳服務，進而提供「物美價廉」的產品。台灣企業在管理方面也逐步演進，早期從美商公司學習西方管理經驗，也從日商公司汲取東洋管理經驗，再加上台灣傳統經營理念與學習創新，其實已經發展出一套開放且尊重專業之管理體系。但面對全球化的競爭，台灣也吸取國際最先進之跨國經營管理知識與開拓市場技巧，例如:六個標準差、執行力、客戶關係管理（CRM），從A到A PLUS及跨國運籌等現代化管理技巧，以因應當前全球化之競爭。眾所周知，由於大陸具備廣大土地、大量質優勤勉勞工，隨著大陸之崛起，兩岸分工日益密切。目前台灣正加強設計研發，發展新世代產品及發展關鍵零組件，進行供應鏈整合，同時進行品牌與行銷工作，並朝資本密集加上技術密集及知識密集的產業方向發展，進而構建為亞太地區之研發中心、展銷中心、集資中心及運籌中心，務實做到「立足台灣、佈局全球」。

最後，亞太地區早已為世界ICT產業之主要生產供應地，2004年台灣加上大陸地區資訊硬體產業產值已超過美國，成為世界最大供應來源地。台灣快速供應與大陸廉價生產資源整合，已超越美、日、韓。下一階段將是兩岸ICT產業之整合。一方面加強研發，增加自有技術含量，包括提高附加價值與掌握產品專利佈局；另一方面兩岸產品品牌與銷售通路，亦將成為世界資訊產品要角。雖然兩岸資訊產業發展前景光明，但要克服難關亦多，我們仍然認為兩岸互補大於競爭，合作優於競爭，並希望產業間策略聯盟儘早開始，相關政治藩籬適時解開，將有助於兩岸ICT產業快速發展。

參考文獻

董雲庭，「入世對大陸電子信息產品市場的影響與對策」，**2001中國電子信息產品市場論壇論文集**，中國大陸電子工業發展規劃研究院。

羅懷家，「中共經濟制度及經貿發展」，**中國大陸研究概論**（台北：國立空中大學出版，2002年8月）。

資訊硬體產業，2003年科技產業現況與市場趨勢研討會，經濟部技術處。

詹文男、高鴻翔，**電子業生根台灣之全球及兩岸佈局**，資策會MIC，2002年。

魏傳虔，**我國資訊硬體產業回顧與前瞻**，資策會MIC計畫，2005年4月28日。

全球在地化——
蘇南吳江台商的投資策略與佈局

張家銘
（東吳大學社會學系教授）

摘要

近十餘年來，中國大陸為追求經濟的長遠發展，不斷調整政治條件與財稅制度，創造優惠措施，積極吸引外資；另一方面，台灣歷經五十年的長期經濟成長，已經累積旺盛且急迫投資的資源，企業逐步邁向全球，對外尋求發展，可謂勢在必行。隨著台商到大陸投資的絡繹不絕，這股象徵經濟全球化的力量與大陸地方的經貿交流日趨密切，彼此的依存關係和影響日漸明顯。那麼，全球化趨勢下，台商為何又如何選擇及進入吳江？台商進行在地社會鑲嵌的情況如何？本文從這些相關問題出發，秉持全球在地化的觀點，利用移地研究進行訪談所蒐集的第一手資料，分析台商選擇落戶投產的原因與管道，及其經營管理政策與措施的社會鑲嵌，旨在探討台商作為跨界企業的投資佈局與策略，並藉此反思諸如比較利益、全球商品鏈、生產協力網絡等相關理論觀點看法。

關鍵詞：全球化、在地化、全球在地化、社會鑲嵌、比較利益、全球商品鏈、生產協力網絡。

Glocalization: The Investment Strategies of Taiwanese TNCs and Their Embeddedness in Wujiang, China

Jia-Ming Chang

Abstract

Why and how many Taiwanese Investments, as the newly Transnational Companies（TNCs）, have migrated successively to Wujiang City, located in southern Jiangsu Province of China in the last ten years? And what are the localization policies and practices of these TNCs? In another words, how Taiwan's Foreign Direct Capital Investment is embedded in the host society? This study, from the standpoint of global localization, completed its the fieldwork during August and September in 2003 and gathered first-hand data to demosntrate the strategies of economic investments and social embeddedness by these Taiwanese TNCs. This research also reflects on some competitive theoretical perspectives including comparative profits, global commodity chains, and production networks.

Keywords: Transnational Companies（TNCs）, Glocalization, social embeddedness; comparative profits, global commodity chains, production networks.

壹、前言

自1978年實施改革開放政策以來，中國大陸為追求經濟的長遠發展，不斷調整政治條件與財稅制度，創造優惠措施，積極吸引外資。結果一則以其本身優越的製造條件，例如廉價而優良的勞動力；再則由於其廣大的國內市場，僅沿海大、中城市就有數億消費人口。因此吸引大量的海外投資，終於2002年超越美國，成為世界第一大資金流入國。

另一方面，台灣歷經五十年長期的經濟成長，已經累積旺盛且急迫投資的資源，企業逐步邁向全球，對外尋求發展。隨著台商到大陸投資的絡繹不絕，這股象徵經濟全球化的力量與大陸地方的經貿交流日趨密切，彼此的依存關係和影響日漸明顯。對於這些赴中國的海外直接投資（Foreign Direct Investment, FDI），尤其是投入製造業的台資企業而言，影響其投資決策的關鍵環節，為有關佈局與策略的考量。具體而言，就是應該在何處設廠設點，並且融入該等地方社會，與其相關制度發生鑲嵌作用，方能有效利用當地資源，開發鄰近市場，並取得較大的投資報酬。

在經濟全球化趨勢下，台商到大陸投資的策略與佈局是什麼？本文從這個問題意識出發，秉持全球在地化的觀察角度，以台商在江蘇吳江的投資為例，嘗試提出一些研究發現和看法。一方面能夠對台商作為後進跨界企業的投資行為，進行比較深入的瞭解；另方面可以對於現有相關議題的研究或文獻，展開對話及批判。

根據台灣區電機電子工業同業公會的調查，2000到2002連續三年期間，吳江皆被業界和學界一致列為優先或大力推薦的投資城市。在公佈的幾十個表現較好的城市中，一直被評為投資環境最佳和投資風險最低者之一。[1] 近年來，吳江成為眾多電子資訊業界台商考察和投資的熱點。截

[1] 台灣區電機電子工業同業公會，2002年中國大陸地區投資環境與風險調查（台北：商周出版社，2002年）。

至2002年為止，於1993年成立的吳江經濟開發區，已吸引台商獨資企業近200家，其中投資1000萬美元以上的企業達56家，合同外資有17億美元。因此，該地方被江蘇省政府授予「訊息產業基地」的稱號。[2]

如前提及，本文秉持是全球在地化的路徑，對跨界企業投資策略與佈局考察，重點在台商為何，以及又如何進入接待地，以及他們如何融入當地社會並利用現成資源。依此，針對諸多台商在吳江的投資，吾人必須關懷和探究的問題是：這些台商在踏出經濟全球化的步伐之際，為什麼選擇吳江而不是其它地方？他們又通過怎樣的管道進入？以及如何進一步展開社會鑲嵌，完成跨界企業營運重要面向的在地化工作？

本文使用的資料來源，除了重要的相關文獻，包括吳江年鑑、電子檔案（網頁）、當地政府提供文件及現有研究成果之外，主要的依據是作者於2003年8-9月期間移地吳江研究蒐集的訪談材料。就這次研究接觸重點之一的落戶當地的台商而言，實際進行訪談的對象分為兩個部分：一個是位於吳江市北邊松陵鎮從事資訊電子業的台商；另一個是在該市南邊盛澤鎮投資紡織業的台商。前者選取其中的9家廠商為樣本，其中4家是最近三、四年才到當地投產的大型組裝廠商，另外5家則是第一批進駐吳江的中小型外資企業，所有這些廠商全都設立於吳江經濟開發區內；後者當時一共只有5家台商到位投產，除了1家聯繫不上以外，進行其餘4家廠商的訪問。他們都位於國家級絲綢星火密集區附近，即位在盛澤紡織專業經濟

---

[2] 徐根泉，「『雙料冠軍』緣何花落吳江」，未出版，2002。此外，吳江近年來的蛻變與成績已經引起學界的注意，並且出現一些先驅的研究，例如張家銘、邱釋龍，「蘇州外向型經濟發展與地方政府：以四個經濟技術開發區為例的分析」，**東吳社會學報**，第13期（2002），頁27-75。及劉雅靈，「經濟轉型的外在動力：蘇南吳江從本土進口替代到外資出口導向」，**台灣社會學刊**，第30期（2003），頁89-133。只惜上述研究偏重當地的經濟發展經歷和政府角色，對於包括台商在內的外資相對忽略，特別是它們的投資佈局與策略方面。

開發區內。因此，累計吳江經濟開發區內的9家資訊電子廠商，以及盛澤紡織經濟開發區內的4家廠商，共有13個台商樣本。

貳、理論觀點：企業外移

隨著台商近十多年來經濟全球化的發展趨勢，針對其赴海外投資行為的研究逐漸增加。在目前累積不算多的研究文獻中，大致可分辨出多種不同的理論觀點，解釋台資企業遠赴海外，特別到中國大陸進行投資的策略與佈局。

首先，比較利益說（theory of comparative profit）著重台商赴大陸投資的動機，強調企業外移行動是為了追求更低的生產要素成本或總成本。確切的說，其所以跨界活動乃比較在宗主地（如台灣）與接待地（如中國大陸）投資的成本與利潤的結果，可以說是一種理性選擇的行為表現。

準此，經濟學論點大體集中在土地及勞動力便宜等企業總成本的考量，甚至以工資為分析單位分析台灣產業的生產效率，進一步論斷台商外移的原因。[3] 其它一些現有研究也持一樣的觀點，相當一致地指出：台商到大陸投資的動機主要是低廉而豐沛的勞力資源，以及土地租金便宜、市場廣大、租稅優惠及其它獎勵措施；其次，豐富又便宜的原料供應、語言與文化相近等，也是吸引台商前往投產的重要因素。[4]

---

[3] 如黃智聰，「全球化下的台灣對外直接投資與生產效率」，全球化下的全球治理學術研討會論文集（台北：國立政治大學社會科學學院，2003年），頁113-134。黃智聰、林昇誼、潘俊男，「不同來源外資企業在中國大陸生產效率之比較－以工業部門為例」，遠景季刊（台北），第4卷第1期（2003），頁93-123。

[4] 見高希均、李誠、林祖嘉，台灣突破：兩岸經貿追蹤（台北：天下遠見出版股份有限公司，1992年）；高長、季聲國、吳世英，台商與外商在大陸投資經驗調查研究－以製造業為例（II）（台北：中華經濟研究院，1995年）。

然而，這樣的論點明顯表現國家中心的思維。雖然可以說明一國或一地資金外移的部分原因，卻無法說明企業所以跨界外移的完整故事，也未必掌握其中最關鍵的因素。譬如因為策略聯盟或即時供應等原因，企業發生國際性合作或全球性營運的作為。另外，此一看法也具有原子論的傾向，將企業的外移視為單純的個別行動，忽略企業之間組織網絡形成及其重構的集體現象，不能解釋資金移入，或集中某國或某地的群聚效應，例如台商蜂擁長江三角洲的真正因素。

不同於此，全球商品鏈研究觀點（global commodity chains approach）認為：當代大多數的產業被組織成擴及數個國家的跨國性生產體系，由於運輸與傳播科技的革命與生產過程產生連結，使製造業與零售業一樣的建立起橫越廣大地理區的國際轉包網絡。[5] 因此，利用「全球商品鏈」概念，作為檢視產業發展的主軸，可以擺脫傳統的國家中心思維，超越地域性的囿限，重新以全球角度觀點出發，並解釋整個產業發展過程中出現的

---

[5] Gereffi認為，新興工業國家作為許多跨國界商品鏈的軸心生產基地，突顯了世界體系中核心－邊陲的關係，加上這些跨國界商品鏈具有內在的複雜性，因此必要提出全球商品鏈的概念，藉以修正和擴大Hopkins和Wallerstein當初所提出的商品鏈模式。見Gary Gereffi, "Global Production Systems and Third World Development," in Barbara Stallings eds, Global Change, Regional Response: The New International Context of Development（New York: Cambridge University Press, 1995）, pp.100-142.及Gary Gereffi, "Global Commodity Chains: New Forms of Coordination and Control Among Nations and Firms in International Industries," Competition & Change（USA）,vol.4（1996）, pp. 427-439. Hopkins和Wallerstein最初將「商品鏈」（commodity chains）界定為「一個終點為一完成的商品的勞動與生產過程的網絡」（1986: 159），這種商品鏈在整個資本主義世界體系中早已存在。要掌握商品鏈得遵循兩個步驟，一是由該消費產品的最終生產步驟開始，逆向回溯至最初的原料投入，以描繪整條商品鏈的構造；二是進一步解析鏈中（除了勞動之外）的各個運作或連結點（nodes）的四個特性：（1）緊鄰著各別連結點前後的商品流通；（2）各個連結點內的生產關係；（3）主要的生產組織，包括技術與生產單位的規模；（4）生產的地理位置（1986: 160-63）。見Terence K. Hopkins and Immanuel Wallerstein, "Commodity Chains in the World Economy Prior to 1800," *Review*（USA）, vol.10, no.1（1986）, pp. 157-170.

變異。[6] 在這種思維下，生產基地的移動，並不是單純的只是製造者把生產過程從某地移動到另一地，其間還涉及整個生產鏈結構的調整：是國際買主、供應商、製造商和貿易商之間多元協調的結果。因此，若欲以全球化角度考察台商赴大陸投資，則勢必得先行研究產業的發展歷程，及其與國外市場與生產鏈的關係。這種歷史面向的考察，有助於掌握產業發展，乃至於在產業網絡外移背後起作用的全球動力（global forces），繼而檢視身處其中的台商及其原有的網絡，如何與為何在全球化態勢下轉變。

Pan的經驗研究指出，八〇年代以後，由於技術升級和產業結構轉變，台灣的成衣業者一方面移廠至海外生產，另方面則扮演起具全球性的中間商角色。其典型的運作模式是：國外買主下訂單給台灣廠商，台灣廠商再將部分生產分派給相關的海外工廠從事製造。這種網絡構築的「三邊製造」（triangle manufacturing），是現今全球成衣產業的面貌。[7] 另外，Cheng持同樣觀點的研究，強調台灣鞋業製造廠商與Nike等國際買主之間的全球商品鏈，隨著中國大陸勞動及商品市場的開拓而向上轉型。說明台灣廠商與全球企業緊密連結的能力，不僅是支持整個產業發展的重要基

---

[6] 對此，Gereffi和Hamilton曾提出「產品世界」（product world）的架構，指陳一個廣大的生產系統，連結所有不同的活動領域以生產特定產品。完整的商品鏈使我們得以觀照製造業在全球經濟範圍內的整個活動，包括四個主要面向：（1）一群在生產產品中有組織的、彼此連結在一起的公司和分公司；（2）領域性（territoriality），包括生產單位的空間分散或集中；（3）一些創造具凝聚力的生產系統的多樣協調工具（包括從簡單的協定到權威的管理結構）；以及（4）全球化過程的制度性架構，它確認了地方、國家和國際情況與政策如何形塑商品鏈的每個階段。見Gary Gereffi and Gary Hamilton, "Commodity Chains and Embedded Networks: The Economic Organization of Global Capitalism," Paper presented at the International Conference of Economic Governance and Flexible Production in East Asia（Hsinchu, Taiwan: October 3-6,1996）.

[7] Mei-Lin Pan, *Local Ties and Global Linkages: Restructuring Taiwan-based Production Networks in the Apparel and Computer Industries,* Ph.D. dissertation（USA: Department of Sociology, Duke Universtiy, 1998）.

礎，亦是企業進一步跨界執行產銷作業的動力。[8]

與上述觀點異曲同工，Ernst和Borrus提出國際生產網絡的理論觀點（perspective of international production networks），強調公司組織由母國轉移到海外生產網絡具有雙重的優勢。有助於維持低生產成本和減少轉變的時間，因而允許跨國企業持續開拓創新的策略。就此觀點看來，「生產網絡」是跨國公司的策略，已超越傳統「國外直接投資」的觀念，指涉跨國界的公司與公司之間的生產網絡。此外，他們視公司策略乃是系統受到其母國市場競爭邏輯所形塑，當一個公司在選擇發展策略時，會面臨其國內制度創造出的限制與機會。因此，國際生產網絡是由跨國公司的策略及其母國的制度一起決定。[9]

依此，最近有關國際生產網絡的研究，已超越以往將焦點放在跨國企業的範疇，進而檢視開發中國家參與這些生產網絡的情形。譬如Ernst應用其架構研究美、日、台灣及香港的資訊電子產業，指出其間已經形成所謂「中國經濟圈」（the China Circle），不同類的大小廠商參與各種由跨國公司建置的國際生產網絡，這對一般企業規模不大的台灣及香港電腦產業發展是相當重要的。[10]

---

[8] 參考Lu-Lin Cheng, *Embedded Competitiveness: Taiwan's Shifting Role in International Footwear Sourcing Networks,* Ph.D. dissertation（USA: Department of Sociology, Duke Universtiy, 1996）.

[9] Michael Borrus, "Left for Dead: Asian Production Networks and the Revival of U.S. Electronics," in B. Naughton Washington eds, The China Circle: Economics and Electronics in the PRC, Taiwan, and Hong Kong（D.C.: Brookings Institution Press, 1997）, pp. 139-163.

[10] Dieter Ernst, "Partner of the China Circle? The East Asian Production Networks of Japanese Electronics Firms," in B. Naughton eds., *The China Circle: Economics and Electronics in the PRC,Taiwan, and Hong Kong*（Washington, D.C.: Brookings Institution Press, 1994）, pp. 210-253.及其*What Permits David to Defeat Goliath? The Taiwanese Model in the Computer Industry*（Berkeley, CA: The Berkeley Roundtable on the International Economy, University of California at Berkeley, 1997）.

陳介玄和高承恕就以機械業及電子資訊業為探討對象，分析台灣中小企業協力網絡的分解與重組。他們從經驗研究中發現：隨著全球經濟的發展，國際間的分工與整合有了新的結構，讓台灣的中小企業得以從「國內的協力網絡」走向「國際的協力網絡」，而歐美、日本等工業技術進步國家率先以「全球化及在地化」策略將商品的生產、行銷予以重新分工，此一情勢使台灣協力網絡的國際化發展具有客觀結構的支持。更重要的是，「企業發展的基礎，以及可動用的資源，已不能再從國家的單位來思考，而必須從世界的角度來思考。」[11]

另外，張家銘與吳翰有兼具全球商品鏈及生產網絡的觀點，發現台商對外投資的型態深受經濟全球化的影響。隨著國際大採購客戶的前進中國，台灣的產品組裝大廠便帶領著一群中小規模的生產協力廠商，共同到大陸考察並進而設廠。明基電腦邀請其協力廠商共赴蘇州，考察並且集體投產落戶，可謂明顯的事例，整個外移過程以「母雞帶小雞」的型態鑲嵌在蘇州及吳江，因此有著生產協力網絡的重構現象，並與當地的在地條件有相當程度的關聯。顯然地，張、吳兩人利用全球商品鏈的概念，解釋企業的集體行為，台商不但成群結隊外移出台灣，並且群體聚集在蘇州。[12]

綜合上述植基於全球架構的文獻的發現，為何又如何併入全球商品鏈，以及生產鏈中的權力關係等，都是影響產業外移網絡重構的重要因素。而一個隔離於在地的形式，如何植入異地的環境制度中，也是另一個相當重要的考察焦點。但遺憾的是，這些論文偏重前者的探討，特別注意台商外移的全球化面向，卻相對忽略後者的研究，對於台商跨界的在地化步驟著墨不多，有待進一步探究。

---

[11] 陳介玄、高承恕，「台灣中小企業協力網絡的分解與重組：以機械業及電子資訊業為探討對象」，東亞經濟管理與彈性生產國際學術研討會論文（新竹），1996，頁23。

[12] 張家銘、吳翰有，「全球化與台資企業生產協力網絡之重構：以蘇州台商為例」，全球化、 蘇南經濟發展與台商投資研討會（台北：東吳大學社會學系，2001年）。

參、分析架構：全球在地化

針對台商跨界的在地化情形，高長（2001）曾指出，台商赴中國投資行為的現況尚可從在地化趨勢探討。因為在地化過程、程度、方式及其帶來的效益，確實影響台商的全球佈局，也決定台商成敗與否的關鍵。隨著中國經營環境的逐漸改善，尤其市場進入的限制不斷放鬆，台商投資在大陸經營當地化的趨勢日益明顯。當地化的現象主要表現在：原材料和半成品採購、資金籌措、幹部及人才之晉用、產品銷售等方面。理論上，外商企業在地主國當地生根發展是企業永續發展的必然途徑，當地化程度越高者，表示與當地經濟及相關產業的互動緊密，地主國接受外資可能的獲益越大，反之則否。不過對宗主國而言，這種趨勢持續發展的結果，造成產業過度外移現象，令人疑慮是否不利於整體經濟之健全發展。這樣說法基本上看到了台商在地化的現象和趨勢，但觀察不夠深入和細緻，對於這中間的鑲嵌過程及其與制度環境的互動沒有交代。[13]

不同於此，Cheng（1996）有關台商生產網絡在大陸的重構，及其與當地環境、制度之間的折衝過程，值得特別注意。彈性浮動的接單能力是台灣鞋業製造商的主要優勢，這原本繫於分工良好且銜接緊密的外包網絡，或稱散作制度（putting-out system），但當生產基地外移到大陸廣東後，在廉價的勞力、官僚作風、當地既有的生產關係、中央或當地政府的組織規定等與台灣迥異的環境制度下，原有的外包網絡必須轉型成另一個能夠鑲嵌於當地的在地形式。因此，台灣原有的外包廠轉變成內部的（in-house）生產組織，或徐文所稱的「內部化」現象，甚且大部分廠商結束原有的業務。這種以外資形式進駐當地，卻以地方資本為名的加工

[13] 高長，「製造業赴大陸投資經營當地化及其對台灣經濟之影響」，經濟情勢暨評論季刊（台北），第7卷第1期（2001），頁138-173。

合約生產方式，係礙於官僚與政策規章的囿限，不得不以「假OEM，真FDI」的形態出現，名義上是代工（Original Equipment Manufacturing）關係，實質上是外商直接投資（Foreign Direct Investment）。這裡充作生產要素與外在干擾因素的緩衝區，以便能夠與環境制度進行良好的鑲嵌，充分利用低廉的勞力，承繼原有在台灣的競爭優勢。[14]

不過，前已提及的張、吳研究卻指出，資訊電子業台商在蘇州地區投資的在地化過程沒有上述假OEM的情形，都是真實的FDI。因為它們是以協力生產網絡的型態集體落戶的，加上當地的政治和法律較合規範，文化慣習頗為溫和，具有濃厚的人文傳統。因此，一方面，蘇州明基領導所組成的生產協力網絡，的確在吳江產生重構的現象，這個現象展現在地理空間的重分佈，以及生產協力網絡內部成員的再組織；另一方面，台商能夠充分適應並利用當地的土地、勞動、政府、法令、產經結構等在地條件，使其生產協力網絡的組織得以特定的方式進行社會鑲嵌，包括生產過程的局部內化、廠商趕工生產的相互支援、成立聯誼會與地方政府協商。[15]

Cheng研究的對象是赴廣東東莞投資的製鞋業台商，屬於比較大型的企業，而張、吳探討的對象則是進入蘇州地區的資訊電子業台商，以中小型企業為主。由此可見，台商在中國大陸的在地化模式不可一概而論，可能因為產業型態、企業規模、投產地區的不同而有差異。此外，這兩個研究雖然要比上述的高文更加生動，但是對於台商在中國大陸投資的在地社會鑲嵌過程，同樣有著交代不夠深入和細緻的問題。

為此，本文斟酌採用全球在地化的觀點（perspective of glocalization）作為分析架構，企圖透過台商前進中國大陸及在地經營的情形，掌握其作

---

[14] 參考Lu-Lin Cheng, *Embedded Competitiveness: Taiwan's Shifting Role in International Footwear Sourcing Networks,* 1996.

[15] 張家銘、吳翰有，「全球化與台資企業生產協力網絡之重構：以蘇州台商為例」，全球化、蘇南經濟發展與台商投資研討會（台北：東吳大學社會學系，2000年10月31日）。

為跨界企業的投資策略與佈局。

關於「全球在地化」（global localization 或縮寫成glocalization）或「在地全球化」（local globalization）的概念，原是八〇年代日本企業集團發展出來的策略，目的是為了滿足各地多樣的消費者，而發展的一種接近當地市場的策略和過程。[16] 跨國企業運用全球在地化策略，在全球各主要市場內建立一個從研發、生產到行銷各階段均備的生產結構，是一種「在地性同化」（locally assimilated）過程。[17] 從上述學者的研究看來，全球在地化與在地全球化似乎是一體的兩面，兩者是同時進行的，但在分析的層次上，卻仍有些細微差異。就行動者（agent）的角度而言，跨國公司（或全球企業）的佈局是採取全球在地化的策略，藉此接近市場，善用全球資源；但從接觸國家或對象地區的角度來看，這正是一種在地全球化的歷程，基本上也符合Robertson所提由「特殊主義的普遍化」到「普遍主義的特殊化」的說法。

以台灣電腦產業為例，國際大廠（如IBM、Compaq、Apple）因應專業化分工的趨勢，在全球市場上尋求合作夥伴。而台灣廠商基於原有優良的製造基礎，以及反應迅速的彈性協力生產網絡，兩者的結合形成一個綿密的生產體系，創造全球電腦產業的榮景。對國際大廠而言，其全球採購策略順利成功；對台灣在地的廠商而言，則是被納入全球化生產體系，這些廠商在茁壯後能夠更進一步的採行全球在地化策略，再赴其他國家設廠生產。[18]

---

16 參考Kenichi Ohmae, *Borderless World: Power and Strategy in the Interlinked Economy*（London: Collins, 1990）.以及R. Robertson, “Globalization: Time-Space and Homogeneity-Heterogeneity,” in M. Featherstone, S. Lash and R. Robertson eds.,Global Modernities（London: Sage, 1995）, pp. 25-44.

17 Philip Cooke & Peter Wells, “Globalization and Its Management in Computing and Communications,” in Philip Cooke et al., eds., *Towards Global Localization: The Computing and Telecommunications Industries in Britain and France*（London: UCL Press, 1992）, pp. 61-78.

就目前的情勢來看，台商赴中國大陸設廠生產是最熱門也最大宗，其投資的成敗關係著台灣的發展至鉅，而這涉及他們在當地進行的全球在地化策略與佈局。如前提及，這項考察的重點至少應該有二：1. 選擇進入接待地的原因與管道；2. 在地社會鑲嵌並利用現成資源的作法。以下的分析即依據這兩個重點進行。

肆、台商選擇吳江的原因與管道

根據本研究的訪談資料整理，台商對外投資固然有其時空背景因素（台灣開放赴大陸設廠投資），惟其最終選擇吳江落戶的原因大致有下列幾項：一、地理及交通條件佳：吳江所在的區位距離中國經濟龍頭上海鄰近，不但具有進出口的便利，也能接受其發展的輻射作用；二、政府的職能良好：從政治角度來說，當地政府招商引資積極，制度有彈性，服務的效能頗高；三、人力素質佳又便宜：當地及鄰近地區人力資源充沛，招工相當容易，人民的素質擁有一般的水準，工資也相對比較低廉；四、產業群聚的效應：吳江經濟開發區以資訊電子產業台商為主，由中小廠商的聚集吸引一些大廠進駐，然後又引進其他的協力廠商，形成群聚的效應，方便同業廠商在生產、管理、行銷、技術及訊息方面的運作和交流，節省不少的成本和時間；[19] 五、消費人口眾多、市場大：台商普遍認為大陸是值

---

[18] 張家銘、徐偉傑，「全球化概念的發展：一個發展社會學脈絡的考察」，東吳社會學報（台北），第8期（1999），頁79-121。

[19] 吳江發生台商電子業的產業群聚效應，必須溯及經濟開發區的早期發展，特別是在1994-1996年間，由於明碁電通在蘇州設廠所帶來的十四家協力廠的集體落戶，這些廠家扮演著非常關鍵的角色，可謂先鋒的啟動者（first movers）。顯然地，這些廠商所以進入蘇州地區投產，主要是受到明碁主導的全球商品鏈的牽動，但由於他們都是中小規模的企業，也得顧及投資及營運的成本，因而選擇蘇州南邊半小時車程距離的吳江松陵落腳，除了方便發揮對生產組裝大廠的即時供應作用之外，也可以節省可觀的土地和勞動等生產成本。關

得開發的市場大餅，甚至有利於掌握技術與市場的結合，可以說這個逐漸擴大而成熟的市場，是推出自有品牌的良機和舞台。六、社會安全條件佳：吳江的治安良好，勝過南方廣東深圳或東莞許多，社會秩序合乎規範，同時環境衛生也有一定水準，膺選為全大陸衛生優良模範城市；七、人文條件好、適合人居：吳江位處蘇杭中間，兼具江南自然與傳統的優越條件，可以說是人文薈萃、文化底蘊深厚，人民素質高又和善，適合外來人口暫住或定居。在這七項原因中，台商最為看中的是第二、四及五等三項，亦即政府職能良好、產業群聚效應，以及市場偌大又具前瞻等因素，最能吸引台商前來投資。

表7-1　廠商進入吳江的原因與管道

廠商	選擇投資吳江的原因	管道
UOB01	1. 蘇州新區有競爭對手，吳江沒有 2. 產業群聚，方便協力生產 3. 政府職能佳	大同
UOB02	1. 距離上海近，現在及未來交通網所在 2. 優良人力及裝配場基地 3. 地方政府風評好，實際考察為官員誠懇態度所感動 4. 尋找中國內銷市場，銷售最新產品	99年到華東考察，協力廠引介
UOB03	1. 因明碁14家及其他配套廠，成本便宜很多 2. 開拓中國市場、建立自有品牌 3. 工廠內蓋宿舍，工廠即宿舍，具管理優勢（其他地方不行）。 4. 投資優惠 5. 地方領導及政府服務質量高，專業又效率	自己考察，上海總公司引介

於這段故事的詳情和說明，可以參考張家銘、吳翰有，「全球化與台資企業生產協力網絡之重構：以蘇州台商為例」，2001。

UOB04	1. Client，貼近客戶群，吳江及週邊工業園區有許多客戶，方便即時供應及服務。 2. Cost Down，成本問題，這是一個因素，但不是絕對的因素，必須兼顧市場及貼近客戶群的便利性。 3. Market，中國是很大的市場，目前是，未來更是，市場搶攻及卡位很重要。	大同
UOB05	1. 離上海近，出口便利 2. 科技產業往華東集中趨勢，產業群聚效應 3. 政府職能上軌道，積極、誠意與服務佳 4. 從華東、上海、乃至全中國市場通路較便利	配套廠引薦
UOB06	1. 跟隨中心組裝大廠一起考察並投產 2. 開發區基礎建設、初期標準廠興建及服務配套，讓廠商能在短時間內運作 3. 地方政府及領導施為積極誠懇	明碁
UOB07	1. 即時供應客戶 2. 開拓市場 3. 行政管理比較規範、上軌道	明碁
UOB08	1. 協力廠集體落戶，互相照應 2. 考慮未來商機及發展前景 3. 地方領導和官員積極努力	明碁
UOB09	1. 考量商機第一，其他的原因，都是其次 2. 地方政府及領導觀念新、服務好 3. 地點佳、交通方便	明碁
UOB10	1. 因為販賣機械而轉投資紡織廠 2. 盛澤是紡織重鎮，人才及各項支援條件佳 3. 中國國內市場大 4. 盛澤是布料批發銷售中心，市場訊息中心	自有機械廠轉投資
UOB11	1. 布料批發中心，可就近開拓大陸內銷，並可批發到台灣 2. 盛澤是歷代綢都、紡織重鎮，擁有豐富經驗及資源，利於企業生產及營運 3. 離上海近，位處交通中心樞紐 4. 治安良好	朋友介紹 自己考察

UOB12	1. 當地紡織廠客戶推介，方便服務及合作 2. 盛澤是著名大型布料批發市場，中國內銷的轉運站及前瞻地點	當地紡織廠客戶引薦
UOB13	1. 盛澤是大宗布料批發市場，有利中國內銷的開拓 2. 盛澤及周邊地區是紡織重鎮，人才及各項支援條件佳，可減少培訓及各項成本	朋友引介 自己考察

資料來源：根據張家銘，全球化與蘇州經濟發展的在地條件：吳江的個案研究（台北：行政院國科會專題研究計畫，2002-3）訪談記錄整理。

上述的原因是台商綜合性的看法，值得注意的是，這些原因會因為廠商的產業類別與企業規模有所不同。就企業規模而言，本研究認定投資額達三千萬美元以上為大公司，一千萬美元到三千萬美元為中型公司，一千萬美元以下為小型公司，因為外商投資案超過三千萬美元便須由中央審批，一千萬以下才由吳江市審批。當然，我們必須特別注意投資額度接近三千萬美元的公司，因為其中有些企業總投資額越接近三千萬，為簡便行政上之程序或避免稅務上之困擾，而採取另設一家公司的作法。

從田野訪談資料發現，台商會因為公司規模大小的差異，而在選擇投產地方時有其不同的考慮。相對來說，小型公司比較注重土地及人力便宜的因素，如訪談廠商UOB06、UOB07、UOB09等；大型公司卻不然，如受訪個案UOB01、UOB02、UOB03及UOB04，土地成本對這樣大型投資案而言，其所佔投資總額的比例其實偏小。若是因為注重土地便宜的因素，為何不選擇鄰近更便宜的地區？如蘇北及西北部的土地，基本上都是免費提供的地方投資。可見土地便宜並非大型公司首要的考量。那麼，大型公司為何選擇進入吳江？以時間點來論，它們五年前為何不進入呢？深入研究才得知，因當地的資訊電子產業鏈在當時候並不完整，不利於協力生產的分工與合作，近兩年進來自然是因為這個產業鏈已經發展成型，方便廠商的營運，並可節省不少成本。可見大型公司的投產吳江，相當著重當地產業鏈的完整，是否有足夠及良好的協力廠商能與其配套生產。

此外，雖然不論是大型或小型廠商都重視政府的效能和服務，但經過仔細的比較發現，中小規模的台商相對在乎政策優惠或政府行為的彈性，希望投資接待政府能夠有較大與較多的讓步；而大型台商則強調政府政策的可預測性，注重政府信用承諾的兌現及行為的連續一貫，忌諱朝令夕改或換人變調的狀況。譬如吳江於2002年6月撤換領導班子，受訪台商們普遍關心先前官員的承諾能否繼續，及既有的相關政策是否能貫徹執行。[20]

電子產業與紡織業的考量又有所不同。前已論及，電子產業的投產非常重視外包（outsourcing）生產體系，其首要考量並非零部件原料的價格，也不是市場廣大利基好，而是當地配套廠是否完整，以求生產產品各個環節都是最精良的配件，製成良率高的合格完成品，即時而順利供貨給下訂單的國際大廠。簡言之，電子業重視平衡各個生產單位之間的合作與競爭，藉以維持資源的創新性結合，因此格外重視產業的群聚效應。

相對地，紡織業重視垂直整合與市場供需關係的平衡及其開拓，並且講究生產的經濟規模與勞動細分，藉以降低單位成本，進一步降低總成本，或者擴大市場佔有。因此，紡織業者選擇投資地點，比較在意不是產業的群聚效應，而是人力資源充沛、素質佳且便宜，以及廣大而多元的市場。根據訪談對象中幾家紡織業台商的說法，他們之所以到吳江盛澤投資設廠，就是看中當地是中國布料的大批發市場。一方面可以透過這個管道將產品銷售到大陸各地，另方面能夠多少批發一些布料賣到台灣市場。當然，產品的競爭力很大部分必須依靠其較低的成本，這又有賴於技術熟練而工資相對低廉的人力資源。作為絲綢之鄉、紡織重鎮的盛澤正好提供這樣的條件，逐漸吸引紡織業台商前往投產。根據統計，盛澤鎮大約15萬人

---

[20] 當時訪問期間有不少台商有這樣的擔心和看法，如訪談紀錄編號UOB02、UOB04、UOB06、UOB07、UOB08等。

口中就有近8萬來自外地的紡織技工，加上該地原有的技術人才和工人，具有相當豐沛的紡織專業人力資源。[21]

再就台商進入吳江的管道分析，資訊電子業廠商幾乎都是上下游同業牽動而來。誠如張家銘、吳翰有的研究指出，其中早期進來的屬於上游的中小型協力生產企業，是跟隨蘇州明基電腦組裝大廠一起考察並落戶，可謂是成群結隊的集體行動，如同「母雞帶小雞」的型態。[22] 如前述及，近期投產的大型企業則是看中該地已經形成的產業群聚效應，其進入管道倒是經由協力生產廠商的引介，如同「小雞引母雞」一般。至於紡織業的情形，就不如資訊電子業這般的集體性格，其進入方式通常是個別的舉動，但管道方面也多少是關係取向，多是透過當地客戶或朋友介紹。

伍、台商的在地化

為了進一步了解台商在大陸的投資策略與佈局，有必要針對他們的在地化政策和過程，本文從人才、融資、生產及行銷等方面考察，吳江台商的實例即可說明：

一、 人才在地化

受訪台商沒有例外的情形，每一家都積極實施人才在地化的政策，並且也都有顯著的成果。根據調查，中小型台商的人才在地化實施相當徹底，台灣派遣來的台幹大致不超過五名，很多企業只剩下二、三名，甚至只有總經理一人。這項政策的實施效果與企業投產時間有關。一般而言，落戶越長的台商其人才在地化越徹底。大型企業因為技術及管理的運作需

---

[21] 這些數據來自盛澤鎮經濟服務中心的說法，見訪談紀錄編號O0204。

[22] 同註15。

求，台幹派遣的人數較多，初期大約都是二、三十人。然後隨著當地幹部培訓計畫的進行，多半在二、三年內減少大約一半的人數，並且持續人才替代的在地化政策，希望三、五年逐年精簡台幹到五名以內。[23]

對於大陸台商而言，人才在地化可以說是勢在必行，其原因至少有二：第一，為了節省人力成本，如果培訓晉用大陸幹部取代台灣幹部，將可以為企業節省不少人事開銷，因為台灣派遣幹部到大陸廠工作，不但一般薪資比起錄用陸幹高出好幾倍，還要付出派外薪資加給，更要照顧其駐外食宿和安排探親交通；第二，為求員工管理的方便和效率，利用陸幹來治理當地員工，總要比台幹進行的外地人管理，更能夠發揮功能。誠如不少台商所指稱，由於文化及制度差異，員工與企業主或幹部之間觀念上常有落差、不易溝通，這是有待突破的瓶頸。因此，台商們採取「以陸治陸」的辦法，確實比起原先的「以台治陸」的作法，要來得省事有效。畢竟他們熟悉彼此的文化習慣，管理和溝通比較容易進行。

二、 融資或資金在地化

關於台商的融資或資金調度方面，也同樣發生在地化的現象及趨勢。大多數台商企業的融資對象是當地銀行，其原因有如：（一）信用貸款，必須是銀行的長期往來戶。（二）外資銀行不能操作人民幣（RMB）業務。（三）台資銀行業務太少，綁手綁腳。台商只要投資有年，一般都能符合第一項條件，加上其信用和營運是正常的話，當地銀行都會積極接觸，主動促銷貸款業務。此外，再就業務交易的付款制度而言，台商們也普遍指出，當地付錢的機制與台灣明顯不同，可分為二個方面：

---

[23] 參考張家銘，全球化與蘇州經濟發展的在地條件：吳江的個案研究（台北：行政院國科會專題研究計畫，2002-3），訪談記錄。

1. 信用系統（Credit system）

從制度面上而言，這是基於過去經驗長期累積的信用系統，一種先交貨而雙方約定一定期間後付款之行為。

2. 信任系統（Trust system）

從非正式制度或人際關係（personal）而言，這是因為基於人際互動而建立的信任關係，因為信用制度系統不足或缺乏，因此經常會使用現金。

誠如不少台商所言，大陸目前的信用系統尚未完善，許多交易行為都是依靠信任系統運作，因此經常發生糾紛或虧損的情形。在這樣的狀況下，台商一般的作法都是保守謹慎的。一位紡織業台商現身說法：「我多少實力就做多少，這邊你沒錢就做不來，原料都要現金押給他，跟台灣月結習慣不同。」[24] 由此可知，包括吳江在內大陸當地信用系統，如同八〇年代的台灣，談生意還需要業務員收錢，而不是透過網路、支票等付款，信用制度尚待進一步確立和完善，才能與全球化接軌。所以，相較於人才在地化的深度，台商在融資或資金調度的在地化有限，但是業務交易方面則受限於信用制度的不完善，在地化的情況比較保留。

三、 生產在地化

根據作者前期研究在1999年的調查發現，台商為了營運的順利，會充分適應並利用當地的土地、勞動、政府、法令、產經結構等在地條件，使其生產協力網絡的組織得以特定方式進行社會鑲嵌，包括生產過程的局部內部化、廠商趕工生產的相互支援、成立聯誼會與地方政府協商。儘管如此，台商的這些生產活動都是一時無法找到當地適合的配套廠，就地採取

---

[24] 引自訪談紀錄編號UOB11。

一些變通方式。實際上，台商當時的生產活動很少有當地廠商參與協力生產過程，也就是說其生產在地化的程度低。[25]

但值得注意的是，事隔三、四年後的情況似乎有所變化。研究者在2002年及2003年的移地調查發現，台商生產在地化的情形增多，主要是為了節省生產成本、強化市場競爭力、分散或增加協力廠商對於組裝大廠的貢獻。這樣做有不少好處，除了可以壓低原物料的進價以外，也能夠降低倉庫管理的成本。一直作為組裝大廠協力生產廠的一位台商感受到這樣的壓力，抱怨長年為其配套生產的某一大型電腦廠，甚至將庫存放在通路商身上：

> ××的訂單是沒有交期的，他們零庫存，對他們來說是好的，但容易造成供應商的呆料，也就是說，把庫存放在供應商，變成供應商有庫存的問題。[26]

這些組裝大廠是不管協力廠商的抱怨，繼續服膺經濟運作的邏輯，而且逐漸開拓並培養一些當地的協力生產廠商，特別是將生產過程相對簡單、進入門檻比較低的部分外包出去。一位大廠台商說明該廠的作法：

> 大部分都是本土企業比較多，進入障礙比較低。比較精細的還是要找台商，所以說這整個環節如果到時候，大家經營不順的話，成本提高的話，會整個出問題。所以你可以看到他一下子整個爬升上來，可能一下子就下去。[27]

[25] 張家銘，中國大陸蘇南的經濟發展與台商投資之研究（台北：行政院國科會專題研究計畫報告，2000）。

[26] 見訪談紀錄編號UOB07。

[27] 見訪談紀錄編號UOB05。

在此我們不難看出，雖然生產在地化為降低成本是勢在必行，但也不能走得太快，必須步步為營，謹慎而為，否則只要有一個環節出問題，整個生產協力網絡將會遭殃。因此，組裝大廠台商目前為止，還是保留比較精細的生產過程給其他的台商協力廠。根據訪談的個案說法，生產過程外包給本土廠商及當地台商的比例大約是7比3，這個比例較之三、四年前的情形，台商的生產在地化可以說是大幅進步。期間增加的速度很快，因為當時的比例不過大約是反過來的3比7左右。[28]

四、 行銷在地化

對於一些受訪台商而言，設廠於吳江具有雙重好處。一方面可以避免上海的高營運成本，另一方面又能夠就近利用上海的經濟輻射力量。蘇州吳江相對於上海，人工比較便宜，土地取得比較容易，進一步以未來內銷作考量，也能透過上海涵蓋全大陸市場。因此，除了選擇吳江作為生產中心以外，也可以當作行銷據點，從推廣業務到庫存、配銷、顧客服務、技術支援，做到簡單裝配、產品開發，甚至能夠作為區域性的配銷中心，可謂是正確而明確的選擇。一家早先投資於上海張江工業區，後來舉遷到吳江的大廠總經理欣慰地指出，公司的遠景是看好的，特別是把生產及行銷落實到大陸市場上。全球製造中心就是在吳江，子公司負責行銷，由GLC全球採購中心負責分配歐、美庫存量，設計研發由台灣負責。[29]

從訪問的過程可知，台商們對於大陸內銷市場日益重視，除了在生產上配合客戶做外銷，並且逐步或積極佈局內銷市場。一家知名電腦大廠總經理如是說：「大部分時間是做外銷，將來要爭取內銷配額。」[30]大陸消

[28] 作者不能肯定這樣的比例轉變究竟是訪談個案的特殊狀況或者是普遍的情形，但是一般而言，當地的本土廠商參與台商生產協力網絡的比例確實正在加速提高。

[29] 見訪談紀錄編號UOB03。

費人口多、市場大是不爭的事實，台商親歷其境後似乎有所體驗，不乏積極轉型經營型態的例子，將外銷比例中某部分轉移到內銷市場，一位紡織業兼賣機械的台商這麼分析著：

> 我目前是申請100%外銷的，所以我這個公司要改名字，改成××，因為當初沒辦法，後來又搞了一個可以100%內銷的，整個名字要改過，現在廠房主要做內銷，因為整個中國市場13億人口這麼大。[31]

此外，有些台商實際上已經自創品牌，在接待地區建立良好的行銷管道，創造相當不錯的成績，不但成為當地的著名商標，並且進一步逐鹿中原，更且放眼全中國的市場。為此，這些台商致力於完善市場區隔以保護通路商，同時維護整體的品牌效益。

這麼做牽涉到行銷在地化，而需要具備一些前提條件。一位頗有這方面經驗的台商指出，在中國大陸做內銷生意很不容易，必須付出很多的學費，慢慢摸索才能找到竅門，其中的要務是先建立良好的社會關係，並且熟稔當地法律，兩者並重互用，缺一不可，他說到：

> 內銷的東西由國內採購，這就依賴私人關係了。所以，要內銷，要先打好關係並熟稔法律。[32]

這似乎印證了當地的一句俗話：「有關係，就沒有關係；沒有關係，

---

[30] 引自訪談紀錄編號UOB04。

[31] 見訪談紀錄編號UOB11。

[32] 見訪談紀錄編號UOB09。

就有關係。」這說明中國是一個非常講究關係的社會，配合其政治運作也是人治色彩相當的重。身處這樣一個社會，這位台商強調「要先打好關係並熟稔法律」，應該說是在中國經商之道的至理名言。[33]

除此之外，還有受訪台商提醒，想要開拓大陸市場切忌盲目跟從，不能惑於這裡的市場大而任意作為，必須進行嚴謹的市場分析和規劃，研究大陸社會的結構及其變遷。特別是人們的消費習慣和文化性格，才能覓得商機。他頗有心得地說到：

> 其實你要看是什麼樣項目，就是說你盲目的根本不管人家，也不曉得你的通路是什麼狀況？然後你就過來，就認為說這邊市場好大。你要去瞭解一個人的心理、他整個生活的結構的改變嘛，整個習慣什麼之類的，你說要去瞭解呀。瞭解之後你才能做較好的市場規畫。[34]

我們實際上看到，不少台商在大陸投資的一項重要佈局和策略，就是卡位及開拓中國內銷市場，尤其能夠建立起自有品牌，不只是來這裡利用便宜勞力和設備，延續低成本生產的生命，而是企圖擺脫長期以來只為國際大廠代工生產的配角地位，進而在全球商品鏈中的階層結構向上提升。中國市場的龐大活絡確實是提供台商如願的一個良機，儘管達成的難度頗高，事實上已經看見一些成功的例子。但不管成功與否，任何這麼嘗試的企業都必須進行在地社會鑲嵌，植基於當地社會，瞭解其性格與變化，建立完善的行銷及物流通路體系，才是長期利基之所在。

---

[33] 同上註。

[34] 引自訪談紀錄編號UOB03。

陸、結論

綜觀當前全球經濟發展的趨勢，經營企業不但要視全球為市場，也要把全球競爭條件當作重要指標，而全球化的最終目的無非是有效利用全球分工整合與國際資源提升企業競爭力。因此，選擇投資地或製造據點成為其中的重要步驟，更關鍵的是企業的營運必須充分落實在投資接待地，結合企業體系與當地的資源和結構。這個結合的過程可謂是全球企業的在地化，關係著企業投資與營運的成敗。橫跨海峽遠赴大陸投資的台商自然無法例外，必須將企業鑲嵌在落戶的地方社會。那麼，大陸台商的在地化過程如何？又怎樣進行企業的社會鑲嵌？

大體而言，台商選擇落戶投產的原因，最重要者有政府職能良好、產業群聚效應、以及市場具前瞻性等三項。但不可忽略的是，廠商的選擇會因為產業類別與企業規模有所差異。相對來說，電子業廠商屬於資本及技術密集產業，格外重視產業的群聚效應，企求維持資源的創新性結合，而紡織業者屬於勞力密集產業，其擇點佈局比較在意人力資源及大而多元的市場。僅就資訊電子業看，企業規模也會影響投資策略和佈局，大型公司著重當地產業鏈的完整，要求良善的供料及生產配套系統，小型公司則相對注重土地與人力的資源及其成本。此外，不論小型或大型廠商都重視政府的效能和服務，但前者比較在乎政策優惠或政府行為的彈性，後者則強調政府政策的可預測性，注重政府信用承諾的兌現及行為的連貫。

本文從全球在地化觀點得出的上述發現，強調跨界企業主導或參與的互連經濟（interlinked economy）體制及其運行，[35] 可以說不甚符合比較利

---

[35] Julius及Ohmae一致認為，多國籍公司（MNCs）已經轉型為跨界公司（TNCs），並且成為經濟全球化的大勢所趨。Ohmae主張，這種無國籍的公司是當今全球互連經濟體的要角，依賴外人直接投資和在地化的生產，以滿足特定市場的需求。亦即它們實施「全球在地化」的策略，以全世界為規模，因應特定的地區化市場，並且有效地遷往適當地點，以滿足當地

益說的論點，因為這個論點從國家中心假設及企業原子假設出發，僅能看到跨界企業行為的一些表象，例如降低成本的作法，卻無法洞悉其主導或參與的全球化經濟的戲局，諸如策略聯盟、及時供應、協力生產、分散管理及彈性勞動等策略。就此，全球商品鏈觀點及生產網絡觀點顯然比較具有說服力，因為它們秉持全球化及組織網絡的角度，得以掌握上述列舉的全球企業策略和運作。不過，這兩個觀點偏重跨界企業運作的全球化體制與組織，相對忽略其適應投資接待地方的社會鑲嵌過程，因此對於本文關注的兩個全球在地化的企業投資策略與佈局，只能觀察到少部分的現象，無法做到全盤而深入的解釋。

消費者的多樣需求。參考D. Julius, *Global Companies and Public Policy*（London: RIIA/Pinter, 1990）; Kenichi Ohmae, *Borderless World: Power and Strategy in the Interlinked Economy*（London: Collins, 1990）及Kenichi Ohmae, "Putting Global Logic First," *Harvard Business Review*, Jan.-Feb., 1995, pp.119-125.

參考文獻

一、中文部分

（一）專書

台灣區電機電子工業同業公會，**2002年中國大陸地區投資環境與風險調查**（台北：商周出版社，2002年）。

徐根泉，「『雙料冠軍』緣何花落吳江」，未出版，2002。

高長、季聲國、吳世英，**台商與外商在大陸投資經驗調查研究－以製造業為例（II）**（台北：中華經濟研究院，1995年）。

高希均、李誠、林祖嘉，**台灣突破：兩岸經貿追蹤**（台北：天下遠見出版股份有限公司，1992年）。

張家銘，**中國大陸蘇南的經濟發展與台商投資之研究**（台北：行政院國科會專題研究計畫報告，2000年）。

張家銘，**全球化與蘇州經濟發展的在地條件：吳江的個案研究**（台北：行政院國科會專題研究計畫，2002-3年），訪談記錄。

張家銘、吳翰有，「全球化與台資企業生產協力網絡之重構：以蘇州台商為例」，「全球化、蘇南經濟發展與台商投資」研討會（台北：東吳大學社會學系，2001年）。

（二）期刊文獻

高長，「製造業赴大陸投資經營當地化及其對台灣經濟之影響」，**經濟情勢暨評論季刊**（台北），第7卷第1期，2001，頁138-173。

張家銘、邱釋龍，「蘇州外向型經濟發展與地方政府：以四個經濟技術開發區為例的分析」，**東吳社會學報**，第13期（2002），頁27-75。

張家銘、徐偉傑，「全球化概念的發展：一個發展社會學脈絡的考察」，**東吳社會學報**（台北），第8期（1999），頁79-121。

陳介玄、高承恕，「台灣中小企業協力網絡的分解與重組：以機械業及電子資訊業為探討對象」，東亞經濟管理與彈性生產國際學術研討會發表文章（新竹），1996，頁23。

黃智聰，「全球化下的台灣對外直接投資與生產效率」，**全球化下的全球治理學術研討會論文集**（台北：國立政治大學社會科學學院，2003年），頁113-134。

黃智聰、林昇誼、潘俊男，「不同來源外資企業在中國大陸生產效率之比較－以工業部門為例」，**遠景季刊**（台北），第4卷第1期（2003），頁93-123。

劉雅靈，「經濟轉型的外在動力：蘇南吳江從本土進口替代到外資出口導向」，**台灣社會學刊**，第30期（2003），頁89-133。

二、英文部分

（一）專書

Cheng, Lu-Lin, *Embedded Competitiveness: Taiwan's Shifting Role in International Footwear Sourcing Networks,* Ph.D. dissertation（USA: Department of Sociology, Duke Universtiy, 1996）.

Ernst, Dieter, What Permits David to Defeat Goliath? *The Taiwanese Model in the Computer Industry*（Berkeley, CA: The Berkeley Roundtable on the International Economy（BRIE）, University of California at Berkeley, 1997）.

Gereffi, Gary and Gary Hamilton, "Commodity Chains and Embedded Networks: The Economic Organization of Global Capitalism," Paper presented at the International Conference of Economic Governance and Flexible Production in East Asia（Hsinchu, Taiwan: October 3-6 1996）.

Julius, D., *Global Companies and Public Policy*（London: RIIA/Pinter, 1990）; Kenichi Ohmae, *Borderless World: Power and Strategy in the Interlinked Economy*（London: Collins, 1990）.

Ohmae, Kenichi, Borderless World: Power and Strategy in the Interlinked Economy（London: Collins, 1990）.

Pan, Mei-Lin, *Local Ties and Global Linkages: Restructuring Taiwan-based Production Networks in the Apparel and Computer Industries,* Ph.D. dissertation,（USA: Department of Sociology, Duke Universtiy, 1998）.

（二）期刊文獻

Borrus, Michael , "Left for Dead: Asian Production Networks and the Revival of U.S. Electronics," in B. Naughton Washington eds, The China Circle: Economics and Electronics in the PRC, Taiwan, and Hong Kong（D.C.: Brookings Institution Press, 1997）, pp. 139-163.

Cooke, Philip & Peter Wells, "Globalization and Its Management in Computing and Communications," in Philip Cooke et al., eds., *Towards Global Localization: The Computing and Telecommunications Industries in Britain and France*（London: UCL Press, 1992）, pp. 61-78.

Ernst, Dieter, "Partner of the China Circle? The East Asian Production Networks of Japanese Electronics Firms," in B. Naughton eds., *The China Circle: Economics and Electronics in the PRC, Taiwan, and Hong Kong*（Washington D.C.: Brookings Institution Press, 1994）, pp. 210-253.

Gereffi, Gary, "Global Production Systems and Third World Development," in Barbara Stallings ed., *Global Change, Regional Response: The New International Context of Development*（New York: Cambridge University Press, 1995）, pp.100-142.

Gereffi, Gary, "Global Commodity Chains: New Forms of Coordination and Control Among Nations and Firms in International Industries," *Competition & Change*（USA）,vol. 4（1996）,pp. 427-439.

Hopkins, Terence K. and Immanuel Wallerstein, "Commodity Chains in the World Economy Prior to 1800," *Review*（USA）, vol.10, no.1（1986）, pp. 157-170.

Ohmae, Kenichi, "Putting Global Logic First," *Harvard Business Review*（USA）, Jan.-Feb., 1995, pp.119-125.

Robertson,R., "Globalization: Time-Space and Homogeneity-Heterogeneity," in M. Featherstone, S. Lash and R. Robertson eds., *Global Modernities*（London: Sage, 1995）, pp. 25-44.

屠城木馬？台商社群的政治影響分析

耿曙
（政治大學東亞研究所副教授）
林琮盛
（政治大學東亞所碩士）

摘要

兩岸在政治上持續對立，但在經貿關係面，卻往來日益密切。在過往十餘年間，台商大舉西進，所造成的政治衝擊，逐漸成為眾所關切的議題。以往對此議題的論述，多聚焦於西進如何危及台灣自主。本文則將台商的政治影響，類別為「台灣影響對岸」與「對岸影響台灣」兩大範疇，再依其角色之主、被動，進一步區分出四類台商政治角色：即「作為人質的台商」、「作為走卒的台商」、「作為夥伴的台商」，以及「作為說客的台商」。本文依照上述架構立論，針對台商西進所可能產生的正負面影響，進行全盤探討，並就台商如何發揮影響？其衝擊嚴重程度如何？以及台灣方面應如何因應等，援引相關理論文獻，分別予以申論。

關鍵詞：兩岸關係、全球化、台商、政企關係、經濟制裁

Inviting the Trojan Horse?
The Political Role of the Taiwan Businessmen in Cross-Strait Integration

Shu Keng & Choung-Sheng Lin

Abstract

Growing socio-economic integration together with persistent political divergence make today's cross-Strait relationships a very unique case in international politics. Under such a circumstance, the political role of Taiwanese businessmen（taishang）in China becomes exceptionally remarkable. While most studies focused only on the negative consequences of these businessmen on Taiwan's national security and political autonomy, the paper goes further to distinguish four types of political roles of taishang, namely, "taishang as the hostage," "taishang as the agent," "taishang as a partner," and "taishang as a lobby." Based on this framework, this paper aims at providing a complete analysis on the political implications of Taiwanese investments in China.

Keywords: Cross-Strait Relations, Globalization, Taiwanese Businessmen, Government-Business Relations, Economic Sanctions

壹、緒論

希臘史詩曾經描繪，遠在公元一千多年前，由於特洛伊王子私擄斯巴達王妃海倫，因此掀起兩國間歷時十年、血流成河的圍城之役。由於戰事膠著，斯國唯能暫時退兵，但卻留下巨型木馬一座，特洛伊之後將其納入城中。正當城內軍民飲酒作樂、歡騰慶祝之際，孰知木馬內匿精壯勇士，趁夜遁出進攻，加以藏身不遠的友軍，亦同時回師夾擊，裡應外合之下，終將特城陷落。[1] 在台灣社會一般的想像中，故事中的雙方僵持不下，仿彿眼前的兩岸對立 ，而深藏陰謀的木馬，又似乎暗示西進台商的政治角色。

由於大陸經濟發展，台商佈局全球，兩岸經貿往來日益密切，因而引起台灣社會的高度疑慮，唯恐台灣的單向經貿依賴，暴露經濟安全的重大疏漏，或將因此失去政治自主。[2] 此外，更令台灣民眾憂心者，乃兩岸交流孕育的「特定利益團體」，是否可能成為對岸「以商圍政、以通促統、以民逼官」，對台施壓的馬前卒？換言之，台灣所深感畏懼者，乃中共藉由兩岸經貿及台商社群，作為其「特洛依木馬」，藉以達成政治圍陷的目的。[3] 有鑒於此，台灣當局乃於1996年推動「戒急用忍」政策，力圖防患於未然，[4] 其後亦偶聞「國安捐」之類的政策規劃。2002年亦基於同樣原因，掀起環繞八吋晶圓廠西移的熱烈論辯。在此期間，逐漸醞釀的「中國

---

[1] 有關伊城戰事，描繪於荷馬的伊利亞圍城記（曹鴻昭譯，台北：聯經出版社，1998年），但木馬屠城情節，雖不見於前書，有興趣的讀者，仍可參考Virgil, The Aeneid, Annotated by Lewis, C. Day & Jasper Griffin（Oxford & New York: Oxford University Press, 1986），或國人所據以改寫的故事，如洪志明，再見，特洛伊（台北：時報文化出版社，1995年）。

[2] 吳玉山，抗衡或扈從：兩岸關係新詮（台北：正中書局，1997年），頁154-169。

[3] 相關的討論，具體反映於群策會編，兩岸交流與國家安全（台北：財團法人群策會，2004年）。

[4] 參見衛民，台灣・中國・大崩壞？（台北：海鴿文化出版社，2002年）及張慧英，李登輝執政十二年，1988-2000（台北：天下文化出版社，2000年），頁221-228。

威脅論」，也成為現今政府呼喚台灣主體意識、凝聚內部團結的訴求。總之，針對台商政治角色所衍生的相關議論，已經成為台灣今日極富敏感與爭議，但卻無法規避的議題。[5]

貳、台商的政治影響：一項分析的框架

衡諸時勢，兩岸經貿的穩定擴張，似屬無可遏抑，而台商西進的前後相踵，也因此將持續進行。面對當前的形勢，台灣方面的因應之道，似不在是否抑制此一潮流，而在如何消化西進造成的政經衝擊。對此，除經濟面「產業空洞化」之類影響外，[6]台灣更須面對台商社群日漸壯大的政治

---

[5] 類似本文的討論，可參考林岡編，包含Ramon H. Myers、Terry Cooke及鄭敦仁等人論文的Cross-Strait Economic Ties: Agent of Change, or a Trojan Horse? *Asia Program Special Report,* No. 118（Feb. 2004）, pp. 1-18。其他文獻包括最早開闢此領域的 Tse-Kang Leng., *The Taiwan-China Connection*（Boulder, CO: Westview, 1997）; Yushan Wu, "Economic Reform, Cross-Straits Relations, and the Politics of Issue Linkage," in Tun-jen Cheng, Chi Huang, and Samuel S. G. Wu eds., *Inherited Rivalry: Conflict Across the Taiwan Straits*（Boulder & Londen: Rienner, 1995）, pp. 111-133及部份近著如Karen M. Sutter, "Business Dynamism across the Taiwan Strait: The Implications for Cross-Strait Relations," *Asian Survey,* 42: 3（May/June, 2002）, pp. 522-540; Chien-min Chao, "Will Economic Integration between Mainland China and Taiwan Lead to a Congenial Political Culture?" *Asian Survey,* 43: 2（Mar./Apr., 2003）, pp. 280-304; Chen-yuan Tung, "Cross-Strait Economic Relations: China's Leverage and Taiwan's Vulnerability," *Issues & Studies,* 39: 3（Sept. 2003）, pp. 137-175; Gary H., Jefferson, "Like Lips and Teeth: Economic Scenarios for Cross-Strait Relations," Paper Presented on the Seminar on Cross-Strait Relations and the United States at the Turn of the Century, Center for Strategic and International Studies, Washington, DC, September 21-22, 1999.

[6] 參考陳博志等，**台灣與中國經貿關係：現代學術研究專刊12**（台北：財團法人現代學術研究基金會，2002年）。及林向愷，「台、中經貿往來與國家經濟安全」，載群策會編，**兩岸交流與國家安全**（台北：財團法人群策會，2004年），頁212-275。對此持不同觀點者，見高希均，**練兵與翻牌：台商新戰實錄**（台北：天下遠見出版社，2002年）。及童振源，「台灣與『中國』經貿關係－經濟與安全的交易」，**遠景季刊**，第1卷，第2期（2000年1月），頁31-82；

效應。但目前針對此議題的探討，[7]一則數量仍然有限，再則理論層次仍待提昇，三則因其多集中關注西進引發的安全顧慮，似乎已經有「台商將為對岸工具」的預設。[8]但若逆向思考，台商又為何不能用作軟化對岸壓迫、改變其對台政策的「施力槓桿」（political leverage）呢？依作者所見，其間關鍵，端視台方如何善用台商產生的影響，此即本文的立論基礎。

觀察目前兩岸交流的趨勢，僅就台商投資為例，在過去十餘年間，保守估計已累積773億5千餘萬美金，[9]此外，隨台商而來的種種生產技術、管理規範、外銷市場等，對中國大陸而言，均屬係難以計價的寶貴資產。在此同時，即便稍保守的官方統計也顯示，台灣早發展為對岸的第三大投資國（僅次於港、美），且由於跨海投資的牽動，台灣已成為對岸的第三大進口國。[10]除上述統計數字呈現的圖像外，台灣輸往大陸地區（包括香港）的產品，如機器設備等中間財或半製成品，多屬技術精密或附加價值高者，具有明顯的進口替代效果，對岸經濟對此仰賴甚深。[11]凡此種種，若依Albert O. Hirschman的觀點，台灣未必不能透過此類「經濟槓桿」，

---

[7] 國內首位觸及台商政治影響者似為張榮豐，其見解反映在稍後出版之台海兩岸經貿關係（台北：業強出版社，1997年）。踵張氏之後，吳介民發表極富啟發的「經貿躍進，政治僵持？後冷戰時代初期兩岸關係的基調與變奏」，台灣政治學刊，創刊號，1996年7月，頁211-255。持平說來，此後相關研究，仍未超越吳氏論述的格局。迄今則相關討論甚夥，最具代表性者應為童振源，見其「兩岸經濟整合與台灣的國家安全顧慮」，遠景基金會季刊，第4卷，第3期，2003年7月，頁41-58；童振源，全球化下的兩岸經濟關係（台北：生智出版社，2003年）。

[8] 相關的討論，集中反映於群策會編，前引書；陳博志等，前引書。此外，可參看衛民，前引書所做觀點介紹，尤其書中第四、五、七、八諸章。

[9] 參考「全大陸台資逼近800億美元」，投資中國，2004年1月，頁37。

[10] 行政院大陸委員會，兩岸經濟統計月報，第144期，2004年8月；中國外經貿年鑑編委會，中國對外經濟貿易年鑑2003（北京：中國外經貿出版社，2003年）。

[11] 行政院經建會，*Taiwan Statistical Data Book 2002*（台北：行政院經建會，2003年）。

影響對岸對台決策。[12]換言之，台灣方面似乎未充份了解到：對中共而言，台商社群更可能成為台方派遣的「特洛依木馬」。

由於台灣尚未體認開發台商的政治潛能，在過往數年中，台灣政府處理兩岸經貿問題時，常深陷消極退縮、一昧自保的窘境中。[13]結果則外有兩岸持續緊張、內有政商對立，影響所及，廠商外移趨勢固未稍減，自身經濟成長亦未明顯起色，故兩岸經貿政策不無可資檢討之處。[14]依作者所見，改弦更張之道，首在知己知彼，針對台商的政治影響，進行完整深入的分析，並就此提示據以參考的因應策略，將此日益擴張的台商社群，轉變為台方的政策槓桿、國力延伸，進而影響或改變對岸的兩岸政策，本文的用意便在於此。

據此方向立論，本文將參考相關的政經理論，就台商在兩岸關係上可能發揮的政治影響，進行完整而全面的評估。[15]首先，根據作者的歸納，將此類政治影響，區分為「對岸藉以影響台灣」與「台灣藉以影響對岸」兩大範疇，再依據其影響究係台商角色的主動或被動，又再進一步細分出

---

[12] Hirschman曾舉德國的為例，說明此類機制。原來在一次世戰期間，德國大舉對外輸出技術、人才、資本、資金和企業，並經由此類「經濟槓桿」發揮影響，藉以操縱中東歐諸小國的政治自主，詳見Albert O. Hirschman, *National Power and the Structure of Foreign Trade*（Berkeley and LA: University of California Press, 1945）.

[13] 目前最為完整的評論，應係前引衛民書。

[14] 附帶一提，也有部份學者認為，經濟成長的快慢，往往會影響政府是否採行保護主義政策。就此而言，目前的保守兩岸政策，或許可以理解為台灣經濟低潮的反映，見Max Corden, "The Revival of Protectionism in Developed Countries," in Dominick Salvatore ed., *Protectionism and World Welfare*（Cambridge & New York: Cambridge University Press, 1993）, pp. 54-57.

[15] 可以形成間接對話的觀點，包括Brian M. Pollins, "Does Trade Still Follow the Flag?" *American Political Science Review,* 83: 2（Jun. 1989）, pp. 465-480。當然，必須聲明的，由於考慮分析的簡潔，本文無法進一步區分個別台商由於行業、規模、區域、立場、甚至省籍等個人因素，因而扮演不同的政治角色。

下列四類「台商的政治角色」。首先，就「對岸影響台灣」層面觀察，台商的角色包括「作為人質的台商」（Taishang as the hostage）以及「作為走卒的台商」（Taishang as the agent）；其次，就「台灣影響對岸」層面而言，台商的角色則有「作為夥伴的台商」（Taishang as a partner）以及「作為說客的台商」（Taishang as a lobby），[16]上述分類架構簡單表列如下。

表8-1　台商政治角色的類型

台商角色 / 國家影響	台商被動	台商主動
對岸影響台灣	作為人質的台商	作為走卒的台商
台灣影響對岸	作為夥伴的台商	作為說客的台商

換言之，誠如冷則剛的卓見：台灣與大陸的經貿往來，不僅是兩個政治實體之間的互動，更是兩岸政府如何掌握「台商」此經貿交流要角的

[16] 上述類別的命名，主要是根據目前相關論述的本旨與精神，無關作者任何特定政治立場。首先，所謂「作為人質的台商」，其論點主要出自吳介民，前引文，頁229-231；至於「作為走卒的台商」，則源於林佳龍所稱之「親中利益團體」，參考「林佳龍專訪」工商時報，2002年8月28日。另方面，本文所謂「參與夥伴的台商」，就其概念而言，出自柏蘭芝「跨界治理：台資參與昆山制度創新的個案研究」載劉震濤編，從頭越：昆台經濟關係的過去、現在和未來的思考（北京：清華大學台研所，2004年），頁20-37。類似描繪，亦見於王綽中，「昆山小台北、把台商捧在手掌心」，中國時報，2001年11月12日，大陸新聞版；林則宏，「台商會長成第六套領導班子」，工商時報，2003年11月29日大陸新聞版等報導。最後，至於「作為說客的台商」，其概念採自李道成、徐秀美，經商中國：大陸各地台商的賺錢經驗（台北：商訊文化出版社，2001年），頁104-106。另參見童振源，前引書，頁374-379。

三邊互動過程。[17]本文以下的討論，將根據上述四種「台商政治角色」類型，依次探討台商扮演的正、負角色、如何發揮影響、衝擊程度如何，並就此設想台灣方面的可能因應之道。至於章節安排方面，涉及「對岸影響台灣」的部份，將作為本文的第三節，而「台灣影響對岸」層面則置於文章第四節。透過上述分析，作者將在結論中，提出開發與擴張台商政治影響的政策建議。簡言之，對此，作者主張台方反守為攻，透過台商佔領大陸經濟的戰略高點，據以消弭對岸的政治操作，同時擴大台灣的政治影響，藉以接引更平和、穩定的兩岸關係。

參、中共透過台商所施加的影響

由於兩岸經貿互動日益頻密，台灣方面唯恐對岸透過日益擴張的台商社群，操縱或約束台灣未來的政治走向。此類政治操作，雖未透過官方、正式的管道，卻實質侵犯台灣的主權獨立、威脅台灣的政治自主。作者為進一步分析此類透過台商所發揮的政治影響，將其區分為兩類途徑：其中之一將台商作為中共勒索台灣政府的「人質」；與之相對的，台商也可能會作為協助對岸施壓、遊說台灣政府的「走卒」或「準利益／壓力團體」（quasi-interest/pressure groups）。本節將分別探討台商作為「人質」與「走卒」的可能威脅，以及台灣方面的因應之道。

一、 作為中共「人質」的台商

中共利用台商作為影響台方政策的工具，其方式之一，乃以截斷兩岸的經貿交流為威脅，嚇阻台灣政府走向獨立，甚至脅迫台灣接受其「一國

---

[17] 冷則剛，「大陸經貿政策的根源：國家與社會的互動」，載包宗和、吳玉山編，爭辯中的兩岸關係理論，修訂版，（台北：五南圖書出版公司，1999年），頁249。

兩制」。換言之，在目前兩岸形勢下，除數十萬台商的身家性命外，所有直接、間接涉入兩岸經貿人民的收入生計，均可能成為中共得以任意戕害的對象，因而也成為對方可用以要挾台灣的工具。至於台灣官方，可能因顧慮中斷兩岸交流的巨大衝擊，以及對台商生計造成的嚴重危害，而投鼠忌器，不敢輕舉妄動，放手追求台灣的獨立自主。

（一）「人質」影響的由來

所謂「人質」情境，頗類似一般政治經濟文獻所謂「經濟制裁」（economic sanctions）的效果，[18] 但其影響巨大，遠超過一般國家間的相互制裁，其原因有以下三項。首先，台灣方面之所以高度憂慮者，關鍵在兩岸經貿中的「不對等依賴」（asymmetry in trade dependence）[19]，即台灣對兩岸經貿交流的「依賴程度」遠高於對岸。[20] 如此一來，相對對岸而言，一旦兩岸經貿交流中斷，必對台灣經濟造成更為嚴重的衝擊與傷害。其次，若觀察雙方相互「制裁」的承受能力，台灣同樣處於不利的地位，一則對岸屬大型經濟，具有廣大的國內市場，適足以吸收中斷交流造成的經濟衝擊，反觀台灣的國內市場，則狹小有限，無以緩衝所承受的外貿易

---

[18] 「經濟制裁」通常是指：由一方採取威脅或行動，中斷與他國例行的經濟交往，目的在懲罰目標國，或強行改變目標國的政策，對此可參考童振源，**全球化下的兩岸經濟關係**（台北：生智出版社，2003年），頁13，87-100。

[19] Klaus Knorr和Albert O. Hirschman 一致同意：「權力來自於不對等的依賴」，見Klaus Knorr, “International Economic Leverage and Its Uses,” in *Economic Issues and National Security,* Klaus Knorr and Frank N. Trager eds.（Lawrence, KA: University of Kansas Press, 1977）, p. 102及Albert O. Hirschman, ibid, pp.17, 26。

[20] 可用兩岸交流佔整體對外貿易或經濟產值的比例為指標，可參考行政院大陸委員會，**兩岸經濟統計月報**，2003年2月；經濟部投資審議委員會，**中華民國華僑及外國人投資、對外投資、對大陸間接投資統計月報**，2003年3月。此外，台灣自1976年以來長年維持順差，但是自1992年後，台灣對香港以外地區的貿易大都呈現逆差狀態，顯見兩岸貿易是台灣維持順差的重要因素。參考吳忠吉，「兩岸交流對台灣經濟與國家安全的影響」，發表於「兩岸交流與國家安全」國際研討會（台北，2003年11月1-2日），頁59。

撞擊。

其次，中共仍屬威權體制，對於中斷交流的衝擊與不滿，較易介入因應、有效壓制，不致在民間反彈之下，被迫改變政策。反觀台灣早已採行民主，商界利益嚴重受損時，政府恐難坐視不顧。[21]最後，就目前兩岸交流的發展趨勢而言，中共透過「人質」所能發揮的影響力，將隨著兩岸經貿的日益密切、涉入台商的日益增多，愈加廣泛深刻。綜合上述，兩岸對中斷彼此間的經貿交流一事，其「脆弱程度」（vulnerability）明顯有所不同。[22] 此種「中強、台弱」的形勢，明顯提供對岸實施「經濟制裁」的誘因。台灣的經濟安全，也因此顯露巨大漏洞，引起台灣官方與民間的高度憂慮，於是乃有1994年推動的「南向政策」以及1996年下半提出的「戒急用忍」等政策，試圖預作防範，緩和對岸「經濟制裁」的衝擊。[23]

（二）「人質」影響的威脅

就對岸透過制裁台商，藉以屈服台灣意志的可能性，進一步加以考察。吾人卻不難發現，中共實施「經濟制裁」的可能性及其造成的衝擊，可能不如一般想像來得嚴重，其原因如下。首先，若就「經濟制裁」的時機加以觀察，前述中斷交流作法，本質屬「負面嚇阻」（deterrence），往往足以「防杜」台方採取某些極端作為，卻不易「要求」台方採行何種政策。[24]其次，痛下「制裁手段」的時機，又不易清楚劃定，實

---

[21] 冷則剛，前引「大陸經貿政策的根源：國家與社會的互動」，頁232-236。另可參考Edward D. Mansfield, Helen V. Milner, & B. Peter Rosendorff, "Free to Trade: Democracies, Autocracies, and International Trade," *American Political Science Review,* 94: 2（Jun. 2000）, pp. 305-321。

[22] 有關「脆弱程度」的分析，可以參考Robert O. Keohane & Joseph S. Nye，門洪華譯，權力與相互依賴（北京：北京大學出版社，2002年，三版），頁11-20及282-285。

[23] 參考張慧英，前引書，頁221-228；衛民，前引書，頁197-216。

[24] 對此可參考Thomas Schelling的經典論述，見其*Arms and Influence*（New Haven, CT: Yale University Press, 1966），論點散見全書各處。

際運用恐屬不易。因為針對兩岸問題，台方必然採取「遊走邊緣」（brinkmanship）、「逐步進逼」（salami slicing）之類策略，屆時中共恐難清楚界定實施「經濟制裁」的底線。[25]再其次，兩岸經貿交流的中斷，通常僅能進行「概括處分」。若須仔細區分打擊的對象（如以是否擁護台獨為準），必將耗費極大的時間精力，方能進行此「選擇性的處分」。[26]為恐曠日耗時、夜長夢多，對岸只能不分立場、一體適用，全面切斷兩岸交流。但如此一來，打擊面極其廣泛，應用「經濟制裁」的時機必然十分有限。通常非至最後關頭，雙方關係全面決裂，必須全面對抗之際，方才考慮採用。

另一方面，若就對岸實施「經濟制裁」的成本觀察，對中共而言，「經濟制裁」將使其自身受害極廣、潛在反對者眾，因此屬於代價偏高、未必合理划算的政策選項。中共若非萬不得已，應不致採納此種政策工具。[27]此外，更值得納入考慮的是：作為「經濟制裁」的替代選項，軍事力量無論是「平時要挾」或「解決衝突」的工具，均能收放自如、影響確實，屬負面成本較小的政策手段。對中共而言，似屬成本效益較佳的政策工具。換言之，即如前述，面臨兩岸全面決裂，衝突一觸即發的局勢，中共仍可能以「軍事力量」而非「經濟制裁」作為壓迫台灣的主要方式。最後，吾人亦須考慮其實施「經濟制裁」，是否果能一舉見效？否則是否因此引發不良後果。由於透過經濟衝擊影響政治決策，其效果一則需時醞

---

[25] 有關「遊走邊緣」策略如何釀成危機，見Thomas Schelling前引書，頁99-125，另見Richard Ned Lebow, *Between Peace and War: The Nature of International Crisis*（Baltimore, MD: Johns Hopkins University Press, 1981），論點散見全書各處，此外亦可參考童振源，前引書，頁228-243。

[26] 由於雙方高度互賴，所涉及的對象複雜多元，制裁發起方的制裁成本難免偏高，見Knorr, *ibid,* pp. 113-114。

[27] 對此，台灣學者已有詳盡論證，見吳介民，前引1996文，頁232-234；童振源，前引2000文，頁227-270。

釀，再則亦未必能得確切保證。[28]大張旗鼓的「經濟制裁」，一旦效果不彰，又容易激發同仇敵愾的心理，[29]輕則經貿交流長期停頓，重則雙方全面對抗，結果既對岸經濟不利，屆時台灣「不獨」也難。因此，對中共而言，「經濟制裁」似非羈縻台灣的可靠良方。總結上述，台灣方面似不必過慮對岸的「經濟制裁」。

（三）台方因應「人質威脅」的策略

即便如此，為圖未雨綢繆、防患未然，確保台灣的獨立自主，台灣究應如何因應對岸一旦採取的「經濟制裁」？台灣的應對策略，關鍵在於加速「國際化」步伐。其中最直接的作法，當然是「投資的國際化」一適度分散海外投資，規劃產業的全球佈局，方不致在對方「經濟制裁」的形勢下，蒙受無法承擔的損失。[30]當然，就台灣目前的經濟利益考量，此種分散投資策略，恐不易於短時間內實現，台灣之前被迫放棄「戒急用忍」、「南向政策」等政策，可知其中困難所在。其次，若難謀此圖，台灣則可加速「產業的國際化」，藉由與海外跨國集團的聯盟／合資，進軍中國大陸市場。台商自可藉此改披「外資企業」的身份，將使得對方「經濟制裁」的手段失去明確適用的對象。中共「經濟制裁」手段，禍延其他跨國企業，釀成國際事件，結果不免進退失據，終或放棄「經濟制裁」之圖。[31]

---

28 必須透過商界壓力，改變政府政策，此中過程，恐將耗費相當時日。

29 童振源，前引書，頁178。另見Jonathan Kirshner, "The Micro-Foundations of Economic Sanctions," *Security Studies,* 6: 3（1997）, pp. 32-50。

30 此即「南向政策」之本旨。

31 此觀點首見冷則剛，「從美國對南非的經貿管制探討我對大陸的經貿政策」，中國大陸研究，第41卷、第4期，1999年4月，頁17-38。此外亦可參看林昱君，如何以企業聯盟開拓大陸市場之研究（台北：經濟部國貿局，1998年）；麥朝成，「如何以國際企業聯盟開拓大陸市場」座談會實錄（台北：中華經濟研究院，1998年），必須提醒的是，後兩書仍偏重企業市場開拓的層面。

二、作為中共「走卒」的台商

兩岸交流，台商西進對台灣造成的政治衝擊，除前述「經濟制裁」層面外，台灣社會與學界更加關切、憂慮者，即前述「扶植附庸」問題。此即對岸藉「選擇性施惠」（dispensing favors discriminatively）於特定台商，驅使其回台遊說施壓，試圖制約台灣獨立自主、影響台灣大陸政策。換言之，對岸將藉此培植台灣內部的「親中勢力」，一則扮演「以商圍政、以民逼官」的馬前卒，[32]再則製造不同意見、分化台灣內部團結，終收漁翁之利。退一步說，即便中共不作「利誘」之圖，透過類似的操作，依然可以對某些特定台商進行「選擇性的懲罰」（applying sanctions selectively），例如查察稅收、剝奪特權、或透過行政部門的經常騷擾等，結果使得所瞄準的台商噤若寒蟬，無法就某些有關兩岸的議題，維持其一貫立場。就此而言，不同於前節所論「全面打擊」的制裁，此處針對「特定對象」的獎懲方式，或許更能發揮操控台商、影響台灣政治的作用。[33]

（一）「走卒」影響的由來

所謂「台商作為走卒」，所發揮的政治影響關鍵在於：中共用以驅使台商的「選擇性誘因」（selective incentives），包括利益與酬賞，亦即「蘿蔔—巨棒」，如各種特許利益、額外優惠、以及暗加壓抑、查賬騷擾等。[34] 換言之，中共唯有透過此「選擇性利益／酬賞」，方能培養甘願附

---

[32] 中共昔日曾自承希望透過「兩岸經貿交流」的途徑，發揮「以商圍政、以民逼官」的促統目的，見陳德昇，「九十年代中共對台經貿政策」，載兩岸政經互動：政策解讀與運作分析（台北：永業出版社，1994年），頁45-71。

[33] 具體的討論，請參考耿曙「『連綴社群』：WTO背景下兩岸民間互動的分析概念」，載許光泰、方孝謙、陳永生編，世貿組織與兩岸發展（台北：政大國關中心，2003年），頁457-487。

[34] 對於「選擇性誘因」的討論，可參考Mancur Olson，陳郁、郭宇峰、李崇新譯，集體行動的邏輯（上海：上海三聯／人民出版社，1995年），頁165-198。

庸的「走卒」，並操縱、控制台商，並藉此影響台灣的大陸政策。而相較於前述「經濟制裁」，此種威脅的形式，乃針對個別台商，有「選擇性」的施惠／懲罰，因而不但沒有前述「代價偏高」、「時機有限」、「動見觀瞻」等問題，且能同時發揮更為確實的「嚇阻」與「驅使」作用，或許更值得台灣重視防範。[35]當然，由於唯恐此類影響，將制約台灣未來的政治自主，台灣一方面不願開放兩岸直接貿易、大額西進投資，同時也對諸如放寬陸資來台之類政策，始終猶豫不決。政府官員私下憂慮兩岸經貿的潮流外，時或公開質疑台商的政治忠誠，唯恐此一日益擴張的社會群體，將成為對岸支配台灣的施力槓桿。[36]

（二）「走卒」影響的威脅

唯若一旦深入評估對岸培植「親中利益團體」的相關條件後，中共所握「選擇性誘因」（或即用以收買台商的資源），其實不如吾人想像中雄厚，而且極可能逐步衰減。因而，台灣方面對於此類政治影響，似不必過度反應。

吾人用以觀察中共「以商圍政、以民逼官」的能力，乃用以充當「選擇性誘因」的資源。換言之，若中共「掌握的資源」與「自由運用資源的自主權」均呈現逐步低落的趨勢，則其操控台商、影響台灣的能力亦當逐日弱化；反之，其影響則能日益提昇。就此角度切入觀察，則中共透過台商所發揮的影響，似不足台灣過慮。吾人如此論斷的理由如下。首先，一旦仔細檢視中共「所握資源」，所謂「資源」，即是政府能夠任意「扭曲市場，創造收益」的能力。觀察對岸近年政經形勢，則內有市場機制的逐

---

[35] 依照吳介民的看法，透過選擇性酬賞所扶植的「跨海政商網絡」（即前述「走卒」），實係更值得關切的潛在威脅，見前引文，頁237-238。

[36] 參考前引「林佳龍專訪」。亦可參考附註8所引用文獻。

步擴張深化，外有「世貿組織」各類單行協定的條約約束，中共政府任意運用「選擇性誘因」的能力，必將日漸受限。就此而言，中共足以號令、收編台商之能力，亦必然弱化。[37]

進一步檢視中共的「政策資源」。首先，就其國內經濟而言，中共所運用的各種「選擇性誘因」，固然常見於往日行政干預、特許充斥的「雙軌制度」、「轉型經濟」中，唯其經濟體制一旦發展趨於「市場經濟」，政府所能任意支配運用的「特許」、「干預」，必將大幅縮減。換言之，隨其市場經濟的擴張，中共用以操控台商的資源，也必將日漸減少。其次，就中共的外在束縛而言，則中共所運用的「選擇性誘因」，事實上是以破壞「自由貿易」、「市場秩序」，作為達成操控台商「政治目的」的手段。然而就目前中國大陸的整體發展策略來看，主要在追求投身世貿組織、融入全球經濟。因此，在目前的情況下，甘冒外商強烈抵制的壓力、不顧世貿組織諸如「公平貿易」、「國民待遇」等相關規定，仍然一昧遂行其收編台商政治目的，其代價毋寧十分巨大，是否值得，仍成疑問。最後，隨著國際化的腳步，在日漸透明化的市場競爭過程中，任何「收買」的作法，必將「有目共睹」：明白偏厚特定台商的結果，不但將引起其他未獲優惠台商的妒恨疏離，也容易引起大陸本地企業的抗議反彈（曾以民族主義為藉口，對政府大加撻伐），對中共政權「收買民心」而言，或將得不償失。

因此，自以上三點觀察，隨市場經濟的發展、國際化步伐的邁進與經

[37] 當然可能存在毋須「選擇性誘因」的自願服務，此則涉及台商認同轉變問題。因為一旦認同改變，自可能自願為「統一大業」奉獻，但根據作者的田野調查，台商一旦發生「安身立命、認同當地」的轉變，往往將日益疏離台灣，而缺乏回台遊說的動機，見 Shu Keng, "Taiwanese Identity, Found and Lost: Shifted Identity of the Taiwanese in Shanghai," Paper presented in the Conference on "Political Economy: Dialogues between Philosophy, Institutions, and Policy," Department of Political Science, National Chengchi University, Taipei, September, 27-28, 2003.

濟體制的日漸透明化，中共政權掌握收編台商之能力，明顯處於日益弱化的狀態。

反觀台灣方面，扮演「走卒」角色的台商，是否能如對岸所願，發揮其巨大政治影響，幫助完成統一大業？。首先涉及者，乃是利益團影響政治決策的「參與管道」（access），此通常取決於政治體制的結構。以台灣近十年的轉變為例，經過數次總統直選的洗禮後，台灣已基本完成民主轉型。在此轉型過程中，強大的社會力量，迫使執政當局拋棄「國家自主」，一則須慮及各種利益團體的要求，再則須將各種資源與利益團體共享。國家的決策，小至民生政策，大至對外關係，都必須與各種社會力量折衝妥協。[38]

換言之，持續深化的民主改革，不但削弱台灣的國家自主性，也逆轉國家與商業團體間的權力平衡，有助台商發揮其影響。[39] 此現象在2004年總統選舉，表現十分明顯，為爭奪台商票源，連宋與陳呂兩組候選人，各自提出造福台商的各種政策：連陣營提出四大承諾，當選後立刻推動兩岸直航、開放兩岸資金自由流動、延緩台商繳稅及免個人境外所得稅，落實台商相關社會福利等。扁陣營則於2004年1月30日大陸「台商協會」的「新春座談」活動中，釋出兩岸政策的重大利多，內容涵蓋擴大小三通人

---

[38] 冷則剛對此討論最為深入，參考其前引「大陸經貿政策的根源：國家與社會的互動」，頁232-240，以及下列著作：Tse-Kang Leng, "State, Business, an Economic Interaction Across the Taiwan Strait," *Issues & Studies,* 31: 11（Nov. 1995）, pp. 40-58; Tse-Kang Leng, "Economic Interdependence and Political Integration between Taiwan and Mainland China: A Critical Review," *Chinese Political Science Review,* No. 26（June 1996）, pp. 27-43; Tse-Kang Leng, "Dynamics of Taiwan-Mainland China Economic Relations: The Role of Private Firms," *Asian Survey,* 38: 5（May 1998）, pp. 494-509; Tse-Kang Leng,op. *cit*., pp. 16-36。另見Joseph Wong, "Dynamic Democratization in Taiwan," *Journal of Contemporary China,* 10:27（2000）, pp. 339-362.

[39] 冷則剛，前引文。

貨往來、海運貨運便捷化、大陸台商適用健保，以及進一步容許「外匯指定銀行」（DBU）代辦「國際金融業務分行」（OBU）業務，使台灣金融業者扮演台商資金調度中心的角色。由此不難看出日漸壯大的台商社群，發揮的政策影響力。

其次，吾人必須檢討的是前述台商團體，一旦扮演起影響政策角色時（成為「準利益團體」），所必須進行的「團體結盟」（alliance groups）與所引發的「團體對抗」（countervailing groups）過程。[40] 就後者而言，台商的政策遊說，若果然偏向對岸，一方面可能會刺激立場不同的社會團體，憤起組織抗衡；另一方面，企業持續西進，也難免損及台灣部份社群的生存與利益，例如開放西進投資與兩岸貿易的潛在受害者（如勞工、農民等）[41]，促其要求限縮兩岸的經貿往來。當然，此類國內政治勢力的互動，變化難料，其將如何演變，仍有待吾人持續關注。[42]

綜合上述，隨著兩岸社會的開放多元，政府自主能力衰退，台商社群的影響力，固屬日漸壯大。但因應而生的對立群體，其力量亦不可小覷，

---

[40] 有關社會如何自然孕育的「抗衡力量」（countervailing power），可參考John Kenneth Galbraith, *American Capitalism: The Concept of Countervailing Power*（Boston, MA: Houghton Mifflin, 1956）.

[41] 有關兩岸經貿對國內政治版圖的衝擊，可參閱耿曙、陳陸輝，「兩岸經貿互動與台灣政治版圖：南北區塊差異的推手？」，問題與研究，第42卷第6期（2003年11/12月），頁1-27。此外亦可參考Tun-Jen Cheng, "Doing Business with China: Taiwan's Three Main Concerns," *The Woodrow Wilson Center Asia Program,* No.118（Feb. 2004）, pp.12-18.

[42] 有關兩岸經貿整合的政治衝擊，可參考 Shu Keng, "Understanding the Impacts of Non-Official Contacts across the Taiwan Strait: Towards A New Analytical Framework," Paper presented in the 32nd Annual Sino-American Conference on Contemporary Chinese Affairs on "Democratization and Its Limits in Greater China: Implications for Governance and Security in East Asia," Philadelphia, PA, September 18-19, 2003.另見耿曙，「『資訊人』抑或『台灣人』？大上海地區高科技台商的國家認同」，發表於佛光大學「第二屆政治與資訊研討會」（宜蘭，2002年4月11-12日）。

雙方相互角力的結果，常能達成某種平衡。反觀對岸，受到市場化、國際化、透明化等潮流帶動，中共政權收編台商之能力，似乎表現出日益弱化的趨勢。因此，綜合觀察「台商走卒」所能發揮的政治影響，似不值得台灣方面過分憂慮。

（三）台灣因應「走卒」威脅的策略

即便中共手中的政治籌碼，已經大不如前，對岸的經濟體制，仍遠非理想中的市場體制，中國大陸的中央政府，仍將保有可觀的酬賞、懲罰能力。因此，中共驅使台商，為其馬前卒的影響力，仍不可輕忽。但台灣方面對此如何因應？首先，台灣當局似可考慮對台商提供部份優遇，包括減輕稅賦（以免兩頭納稅）、幫助集資（上市、融資）、提供福利（如提供教育、醫療方面的協助），以爭取台商的向心與認同。退一步言，執政當局似不宜再三重複有關台商的負面標籤，如「錢進中國、債留台灣」之類，或質疑其「是否愛台」等，可能將台商「污名化」的提法。

其次，台灣當局極需「透明化」目前的兩岸經貿關係，因為一則可使台灣方面能確實掌握台商投資數額、獲利比率與所取得優惠等訊息，以為其擬定因應政策之參考依據。再則，台灣當局屆時若須針對「親中利益團體」，預做應付防範或予公開揭發，亦必須以訊息的充分掌握為前提。為求「透明化」目前的台商投資，台灣方面不但不應禁止西進投資，反應轉而積極輔導與協助台商，並於輔導協助的過程中，對其進行必要的「情況掌握」，藉以分辨出何者可能為對手利益張目，如此方為化解中共影響的有效對策。

三、合理評估來自對岸的影響

目前有關台商政治影響的文獻，多集中關注其負面效應，似乎已經接受「台商將為對岸工具」的預設，部份論者甚至將其無限上綱，擴大引伸台商造成的安全顧慮。[43]此種論述的根本弱點，在其陷入哈桑尼（John C.

Harsanyi）所謂的「勒索者謬誤」（the blackmailer's fallacy）中，只見對方的危害，卻忽略己方的成本。[44]實際上，觀察兩岸互動的基本原則之一為：「沒有互惠的經濟利益，就不可能存在確實的政治影響」。[45] 既然如此，對雙方而言，兩岸經貿均屬「互賴」、「雙贏」性質。任何一方藉此「互惠」的交流，圖謀對方的政治屈服，則其必須承受經濟利益的大幅犧牲，利弊權衡之下，此類政策選項，是否仍值採行，似乎有待三思。

因此，即便現存的「不對等依賴」結構，確實對台灣較為不利，但吾人若思進行細緻的論證，仍須就雙方對不同政策選項／後果的「主觀效用」（utility/preference），逐一進行衡量評估，如此方能在兩岸政策對應的過程中，確實掌握雙方可能動向。就此而言，深入檢討目前的論證，吾人不難發現，以台商為「人質」的「經濟制裁」論點，低估兩岸經貿對中共經濟發展的價值，因而未能正視中共對台制裁的成本。誠如前述，由於「經濟制裁」付出代價偏高、應用時機有限、替代手段優越，故其潛在威脅十分有限。況若將台商或兩岸經貿視為對岸手中的「人質」，則此「人質」其實不無穩定兩岸關係、杜絕武力攤牌的功能，吾人不應盡以負面因子視之。[46]

---

[43] 對此可參考李登輝前總統所表達的憂慮，較完整的報導，見自由時報，2002年9月26日，第2版。

[44] John Harsanyi, *Rational Behavior and Bargaining Equilibrium in Games and Social Situations*（Cambridge & New York: Cambridge University Press, 1977）, pp. 186-189.

[45] Wagner, *ibid,* p. 481.

[46] 在此必須一提的是「人質」的正面效果，將能有助兩岸互信、穩定兩岸關係。其作用見Oliver E. Williamson, "Credible Commitments: Using Hostages to Support Exchange," *American Economic Review,* 73: 4（Sept., 1983）, pp. 519-540; Oliver E. Williamson, "Credible Commitments: Further Remarks," *American Economic Review,* 74:3（Jun., 1984）, pp. 488-490. Williamson討論的重點在於增進互信，促成明示的協議，但若將默契的協議也考慮在內，則防杜兩岸武裝衝突，亦不妨視為符合雙方利益的默契協議。就此而言，作為「人質」的台商，實能制約兩岸不走偏鋒（台灣不致輕舉妄動，大陸不致過度反應），因此有助維持兩岸和平穩定。

其次，培植台商為「走卒」的所謂「選擇性誘因」觀點，由於未能確切評估中共在面對政經牽扯的決策情境下，「經濟利得」及「政治壓服」間的兩難或「抵換關係」（trade-off）。[47] 因此，對岸的政治手段，並非揮灑自如。再則，台灣政府早存高度戒心、社會對抗團體同時抗衡。一旦前後對照，吾人不難發現，所謂「培養走卒」、左右台灣的影響，其實也屬間接有限。台灣方面似不宜太過杞人憂天，結果在經貿政策上受制約，錯失全球佈局、國際競爭的先機。

肆、台灣透過台商所施加的影響

誠如前文所言，目前針對兩岸對峙下台商「政治角色」的探討，主要集中於彼等如何身為「人質」肉票、面對威逼利誘，甘作對岸控制台灣的工具。上述層面，固為台灣所必須留心防範者，但若過分誇大對方能力，一方面處處提防台商，將其視為潛在共諜，甚且自縛手腳、坐失投資良機；另方面則忽視台商的反向影響，未能投入培育開發，輕棄此有效軟化對手立場的管道，似均屬台方思慮未及。鑒於此類影響尚在萌芽，相關探討極為有限，作者乃將此類台商角色，區分為「作為夥伴的台商」，以及「作為說客的台商」兩類型，作為分析的張本。

一、作為夥伴的台商

隨大陸近年快速的經濟發展，台商大舉西進，並投身對岸沿海區域的經濟開發，結果在對岸沿海區域的「地方政府」與「投資台商」之間，經常形成一種「互利共生」（symbiosis）的關係。[48] 也使得台商雖作為地方

[47] R. Harrison Wagner, “Economic Interdependence, Bargaining Power, and Political Influence,” *International Organization,* 42: 3（1988）, pp. 461-483.

政府的「扈從夥伴」（junior partner），也在地方據有舉足輕重的經濟力量，同時藉以產生潛在的政治影響。[49] 當然，即便此類潛在影響，一時未及充分發揮，起碼能在中共透過地方施壓時，藉由台商的經濟地位，使地方政府一方面尊重立場；二方面投鼠忌器，因而使台商取得相當的「抗壓性」，不致淪為中共「走卒」。[50] 有關此種影響力的由來及如何利用問題，吾人可自觀察典型的「昆山」個案，獲得富意義的啟發。本文便以此為切入點，觀察日後台商所可能發揮的政治影響。[51]

（一）「夥伴」影響的著力基礎

台商之所以能對中共政權的兩岸政策，發揮相當的影響力，其原因仍在台商的經濟地位。在過往十餘年對岸的經濟發展過程中，台商扮演了不可或缺的角色。由於對大陸沿海的地方政府而言，市場的力量既銳不可當、市場競爭的壓力也無處不在，為謀創造競爭優勢，唯有對外引入資金、技術、管理制度等。因此，對地方而言，這種競爭的憑藉，均隨外資而來。[52] 因此，九〇年代中國大陸地方／區域競爭的關鍵，便在是否能大量引進外資，並與投資者間發展出良好的互動關係。處於此種「外資」與

---

[48] 參考Shu Keng & Chen-Wei Chen, "Farewell to the Developmental State? Local Government and Taiwanese Businesses in the Kunshan Miracle," Paper Presented at International Conference on Grassroots Democracy and Local Governance in China during the Reform Era, Taipei, Nov. 2-3, 2004。以及邢幼田，「台商與中國大陸地方官僚聯盟：一個新的跨國投資模式」，台灣社會研究，第23期（1996年7月），頁159-181；You-tien Hsing, *Making Capitalism in China: The Taiwan Connection*（Oxford & New York: Oxford University Press, 1998）.

[49] 童振源，前引書，頁331-386。

[50] 對此論點，作者感謝本文發表時，審查人所提「相對抗壓性」觀點的啟發。

[51] 必須承認，昆山確為獨特個案，未必可就其經驗，進行任意擴張類推。作者就此引伸的目的，主要在前瞻未來。換言之，台灣政府若能參考本文建議，適度集中投資於沿海特定區域／城市，日後應能發揮出類似昆山台商的關鍵影響。

[52] 參考劉雅靈，「經濟轉型的外在動力：蘇南吳江從本土進口替代到外資出口導向」，台灣社會學刊，第30期（2003年6月）以及童振源，前引書，頁331-386。

「地方」結合的開發潮流下，台資對大陸沿海的許多區域而言，通常扮演了相當關鍵的積極角色，為地方經濟帶進資金、技術，以及全新「華人式」的思維模式與管理制度。因此從珠江三角洲的東莞、深圳，至長江三角洲的昆山、吳江，許多區域開發的成功案例，皆有台資扮演的積極角色。[53]

此種經濟面不可或缺的地位，使得「台商社群」在部份地區，例如昆山的治理結構中，扮演相當微妙而吃重的角色，並因此取得舉足輕重的發言權。根據童振源訪問所得：「在廈門等地，地方政府已經成了台商的代表。」[54] 因此似可如此推論：

> 地方和台商以相互經濟利益為基礎發展了一種互惠關係。一方面，地方盡一切努力吸引和保護台商，因為台商為地方經濟發展做出了很大貢獻，地方官員的升遷是以他們在經濟發展方面的政績為基礎的。……結果，地方在保護台商利益方面顯示出極大的興趣。……但是，地方對台商的政策和措施並不一定符合中央政府的利益，甚至有時候限制了北京的台灣政策。[55]

換言之，由於台商參與地方的經濟發展，乃成為地方政府的「夥伴」，因而贏取地方政府的禮遇與尊重，藉此發揮有關兩岸問題的間接影響。根據童振源的說法，在1995-1996及1999-2000兩次台海危機中，中國大陸沿海多處地方政府，均曾基於其自身利害，對其中央政府表達適度的

---

[53] 相關文獻甚夥，最值得參考者似為張家銘、邱釋龍，「蘇州外向型經濟發展與地方政府：以四個經濟技術發展開發區為例的分析」，東吳社會學報，第13期（2002年12月），頁27-75；以及前引柏蘭芝、邢幼田兩文。

[54] 童振源，前引書，頁371。

[55] 同前書，頁381。

警告與關切。[56] 台商憑藉經濟力量發揮的政治影響，由此可略窺端倪。

（二）「夥伴」影響的強化策略

台灣方面若盼將大陸台商此種潛在的、經濟層面的，以及目前主要作用於地方的影響力，順利的轉化為實質的、政治層面的，進而通達至中共中央的影響力。並因此改變，或起碼軟化對方政權的兩岸政策，除期盼中共中央地方關係的逐漸調整外，台方亦須推動一些較長期的投資規劃，方能進一步開發、擴大此台商資源，成功獲致所需要的政治影響。此類安排，將分為以下兩類方向，一方面保本，另方面進取。首先，在地方層次，為求確保台商的影響力，台灣方面應鼓勵台商參與「地方共治」，與當地政府保持密切良好的互動關係（公私關係均包含在內）。對此似可參考「昆山模式」，透過當地「台商協會」作為橋樑，架構出地方政府與台商企業間溝通、協調的暢通管道。[57]屆時將可以此為基礎，適時表達台商涉及兩岸問題的立場與利益，並經過中共黨國體系的逐級反映，終而影響其中央政府的兩岸政策。

另方面，由於台商的投資水準相對穩定，其相對比重甚或有所減低（參見表5-2），如何在目前的經濟基礎上，發揮出超越地方層次的政治影響？依作者所見，此則有賴適度的區域規劃。亦即，凡涉及台商佈局的安排，首選應考慮對岸經濟中，最富戰略地位的沿海城市／區域（典型如上海週邊的衛星城市等）。對此，台灣方面似可考慮設置半官方代表處（如外貿協會之類），提供投資輔導、建構產業網絡，適度引導台商集中進駐此等城市／區域，屆時台商若能行動一致，便可透過此類地方中介平台，促進兩岸間的和平與穩定。

---

[56] 同前書，頁374-379。

[57] 有關「昆山模式」可參考柏蘭芝，前引文；Keng & Chen, *ibid*.

表8-2 台灣投資大陸及其相對比重（1989-2007年）

單位：萬美元

年度	台灣投資	外資總量	台資比重 (%)
1989	1,5479	33,9257	4.56
1990	2,2240	34,8711	6.38
1991	4,6641	43,6634	10.68
1992	10,5050	110,0751	9.54
1993	31,3859	275,1495	11.41
1994	33,9104	337,6650	10.04
1995	31,6155	375,2053	8.43
1996	34,7484	417,2552	8.33
1997	32,8939	452,5704	7.27
1998	29,1521	454,6275	4.61
1999	25,9870	403,1871	6.45
2000	22,9628	407,1481	5.64
2001	29,7994	468,7759	6.36
2002	39,7064	527,4286	7.53
2003	33,7724*	535,0467*	7.35
2004	31,1749	606,2998	5.14
2005	21,5171	603,2469	3.57
2006	22,2990	658,2100	3.39
2007	17,7437	747,6778	2.37

說　　明：*2003年為累計資料

資料來源：中國商務部網站，<www.mofcom.gov.cn>。http://fdi.gov.cn/pub/FDI/wztj/Intjsj/default.JsP。

此外，與「擇地而棲」同等重要，台灣政府應當為西進台商安排必要的「退路」。例如提供必要的預警／保險機制、幫助廠商兩岸著根，以及支持廠商佈局全球等，使得台商們不致深陷於投資地，因而動彈不得。如此一來，則台商一方面具備Albert O. Hirschman 所謂的「呼籲機制」（“voice” mechanism），可以即時無礙的表達針對自身權益與兩岸發展的立場，[58] 另方面台商卻也依然保有 Hirschman 所謂的「退出機制」（“exit” mechanism），可以隨時抽身而退，如此方得以「轉移他地」或「退出中國」為要挾，發揮其潛在的政治影響力。[59]

綜合上述，台商若能具備「協調管道」、「盤據關鍵」、「隨時進退」三項條件，需要時便可經由對其「地方政府」施壓，從而對「中央政權」的對台政策，展現出逐步漸進的反向影響。

事實上，就昆山個案觀察，近年確見台商投資逐步集中、增強經濟影響的趨勢。該市2001年台商整體的出口總值為美金1億8千多萬，2002年為2億4千8百多萬（年增率74%），到了2003年為4億4千6百多萬 （年增長率80%）。[60]當地台商常津津樂道的所謂「五、六、七、八、九」，亦即：昆山50%以上的財政收入、60%以上的利稅、70%以上的銷售、80%以上的投資，以及90%以上的進出口都源於台資，後者地位由此可見一斑。[61] 隨著中國大陸的逐步改革開放，上述以昆山經驗為基礎的「共治模

[58] 台商的意見，當然並不必然以經濟層面為限，基於對故里的關心，台商對「兩岸政策」始終具有一定的合法發言權。

[59] 有關 Albert O. Hirschman 所提出的理論模型，可參考盧昌崇譯，退出、呼籲與忠誠（北京：經濟科學，2001年）。另可參考Albert O. Hirschman, *Rival Views of Market Society and Other Recent Essays*（New York: Viking, 1986）, pp. 77-101; Albert O. Hirschman, “Exit, Voice, and the State,” *World Politics,* 31: 1（Oct. 1978）, pp. 90-107; A. H. Birch, “Economic Models in Political Science: The Case of ‘Exit, Voice, and Loyalty',” *British Journal of Political Science,* 5:1（Jan. 1975）, pp. 69-82。有關Hirschman模型如何應用於兩岸關係，可參考 Shu Keng, “Managing the Political Impacts of Economic Integration: ‘Exit' and ‘Voice' Across the Taiwan Strait,” Paper presented at the 19st. Sino-European Conference on Europe-Asia Cooperation in the New Era, Taipei, Taiwan, ROC, Oct. 22-23, 2002。

[60] 昆山市統計局，昆山統計年鑑2002（昆山：昆山市統計局，2003年），頁221。以及昆山市統計局，昆山統計年鑑2003（昆山：昆山市統計局，2004年），頁217。

[61] Keng & Chen, *op. cit.* p. 2.

式」，將可望在大陸沿海擴散，自然盤踞對岸發展最速的區塊（如長三角、珠三角等地）。如此一來，台商不但不再被動成為中共的「人質」與「走卒」，反可能回頭為台灣政府所用，為推動更和平、穩定的兩岸互動形式，發揮關鍵的影響。

二、作為說客的台商

隨著兩岸經貿往來日益密切，西進台商蔚為風潮，基本上已經具備「說客」或「準利益／壓力團體」（quasi-interest/pressure groups）的地位。對其自身的物質利益甚至政見主張，將可透過組織及集體的形式加以伸張，台商的政治影響力，或將藉此應運而生。當然，吾人對此似難過份樂觀，但台商若能本此「說客」角色，與對岸官方反覆溝通，起碼足以部份化解對方迫台商聲討、抗拒台灣政策的壓力。

台商扮演一個活動、遊說的「利益團體」角色，在1999年的兩次政經事件中，發揮得淋漓盡致。首先為「抗稅事件」，此乃源於1998年底所頒佈有關新舊企業徵收17%的「出口免抵稅」規定。根據當時各方報導，此一影響台商權益極巨的做法，促使東莞、深圳、上海、福州、北京等各地的「台商協會」，紛紛起而動員、串連，聯袂向中央政府陳情，結果終獲中共中央政府的退讓，宣佈延後兩年實施，台商的政治影響力初步展現。[62]

此後，則有同年「兩國論」主張，所引發的台海情勢緊張。根據相關的報導，當時中共曾透過各地「台商協會」，多方動員台商，盼能公開發表譴責台灣當局的聲明。但當時各地的台商組織卻反而經由各種正式、非正式管道，向對岸表達「不希望對台採取軍事行動」的立場。當然吾人無法確知台商所匯聚的壓力，到底對中共決策發揮何種作用。但起碼中共所極力運作的「譴責聲明」，在台商間除零星呼應外，並未成為台商一致的

---

[62] 李道成、徐秀美，前引書，頁104-106，曾具體報導此事。

聲音。就此而言，在當時如此困難的背景下，台商與台商組織似已成功抵制中共層層的政治壓力。[63]

由上述兩項事件觀察，兩者均為台商主動施壓，但前者主要侷限於經濟領域，雖手段上仍為政治手段，但其收效頗佳。後者則屬敏感的政治議題，台商在應對的過程上，自然顯得較為低調，成果亦不明顯。但吾人依然可藉此經驗，探討如何進一步擴大台商此類政治影響，並進而改變或軟化中共的對台政策。

（一）「說客」影響的著力基礎

進一步探討作為準壓力團體的台商，其政治影響的根源何在？其權力的基礎，來自下列三個層面。首先為台商掌握的管道。透過何種溝通管道，最有益於立場或利益的表達，此部份前文已稍觸及。其次為台商「組織化」程度。因為唯有透過適當的組織，方能達成共識、協調行動。換言之，「組織」本身便是極其關鍵的政治資源。[64]最後為組織的「正當性」（legitimacy）。因為若以台商代言人的身份出面，立場必然堅強有力，訴求必然義正詞嚴。由上述討論可知，對中共而言，台商雖具有巨大的經濟影響，但若將其有效轉化為政治影響力，則必須具備滿足「管道」、「組織」、「正當性」三項要件。因此，對於台商是否能夠發揮相當的政治影響，扮演決定角色的便是滿足上述條件的「台商協會」。理論上，「台商協會」為台商組成，目的在維護台商權益，具備固定的組織，理所當然代表台商，更方便與中共政權接觸，表達台商的利益與關切。如同一段在昆山所做訪談顯示：

在大陸，地方政府有「黨委、政府、人大、政協」四套班子之稱，是掌控地方政權的黨、政、軍人士。在昆山，台商已經成為地方政府的「第

---

[63] 童振源，前引書，頁374-379，對此言之甚詳，讀者可參考。

[64] 此乃資源動員觀點，對此讀者可參考Charles Tilly, *From Mobilization To Revolution*（Reading, MA: Addison-Wesley, 1978）。

五套領導班子」，群聚團結的昆山台商在政策的制定上，有某些程度的「建議權」。[65]

由此可見台商一旦「群聚團結」，所能發揮的力量將相當顯著，若能有計劃的培育、開發，有朝一日用以影響或改變中共的對台政策，將有可能。起碼將能部份化解中共當局施於台商組織，要求其反對台灣政策的壓力。

（二）「說客」影響的強化策略

誠如前述，此就目前政經形勢觀察，面對中共政權，台商無論表達立場或維護權益，均以「台商協會」為最直接有效的反映管道。反之，中共若思透過台商，對台方施加壓力，其最直接有效的形式，亦係透過「台商協會」。因而，此類台商組織，早已成為兩岸政府掌握台商社群的戰略要衝，也是兩岸政治角力的勝敗關鍵。對此，我們可以參考一份對東莞台協幹部的訪談，說明中共政權如何施展其對「台商協會」的控制：

> 要當台協會長，大陸政府都會先做身家調查，例如提名一位會長候選人，各鎮分會要把候選人名單報告給東莞市台協總會「選委會」，選委會中有東莞市政府與台辦的當任委員，上級台辦於是透過各鎮區台辦詢問該人選狀況，來決定是否准許參選會長一職。[66]

換言之，台商究竟是否為台灣所用，藉以改變或軟化對岸的政策？抑

---

[65] 轉引自柏蘭芝，前引文，頁32。與此類似的，童振源的訪談對象曾提及：「到目前為止，還沒有『台協』提出的要求遭到中國當局的拒絕。中國當局總是盡其所能幫助台商解決問題。……」，見其前引書，頁379。

[66] 林志慎，外來動力的制度創新：東莞台商協會成立台商學校之研究（台北：國立政治大學東亞研究所，碩士論文，2002年），頁20。

或為對岸所控，用以節制、影響台灣的政治自主？其間關鍵在兩岸政府對「台商協會」的掌握。

就爭取收編台商組織而言，中共的台辦系統極為積極努力，不但提供資源（例如辦公空間）、派遣人力（例如辦事人員）、建立管道（地方「台辦」與「台商協會」的密切聯繫）、積極參與（協會秘書長常由台辦兼任）、建立關係（地方領導常藉此聽取興革意見），並予額外特殊優惠（如會長的優遇與特權，如股票上市）與適當禮遇尊重，可謂爭取台商不遺餘力。反觀台灣方面，除海基會舉辦的「三節聯誼與座談」邀請官員與會外，並未真正投入資源，認真對待與爭取「台商協會」。若長此以往，則「台商協會」之人心向背，對台灣方面而言，恐怕並不樂觀。

若思改弦更張，則台灣方面的因應之道，除立即消除台商的負面標籤外，並應尊重，視台商為台灣政經實力的延伸。當然亦不妨考慮授予部份名器，以爭取台協幹部的向心與認同。此外，有關台商的需要，例如放寬兩岸互通、開放募集資金、優惠返台投資、提供稅賦減免、解決就學醫療問題、出版專屬報刊雜誌等，均可仿傚僑委會所建制的制度與作法，予以積極提供。凡此種種，皆圖在兩岸競相爭取「台商協會」的過程中，為台灣方面爭取優勢，藉以發揮影響中共政權，或抗拒其影響的政治效益。

三、縱放木馬：進取對岸的關鍵部門

總結上述，台商確可藉由「夥伴」及「說客」兩種身份，發揮其潛在的政治影響。因此，為因應中共所採「政經聯結」策略試圖以雙方經濟互動，制約台灣政治自主，並善用台商反向的政治影響，作為改變、軟化中共對台政策的力量。台灣方面似可調整觀念，反向動員台商，幫助促進台海的和平穩定。如此一來，則台商反為吾方所縱放、馳騁之木馬。然而，在實際作法上，我方究應如何推動？吾人可在國際經驗中尋覓努力的方向。

（一）重溫德國案例

證諸史實，大國基於操作經貿槓桿，藉以左右小國內政的案例甚多。就此而言，最經典的案例，便是 Albert O. Hirschman筆下的德國事例。他山之石，可以攻玉。透過德國案例的深入分析，發掘台灣面對中共政經槓桿時，所能採取的因應策略。

二次世界大戰前，德意志帝國憑藉其優勢經貿實力，發展出與中東歐諸小國間的「不對等的經貿依賴」。當時德國作法如下。首先，擴大雙方的經貿往來，尤其以高於國際市場的價格，採購貿易夥伴的「高替代性」農產品，久而久之，便逐漸成為這些小國的最大，甚至唯一的農產出口市場，壟斷上述各國的貿易往來。其次，德國出口至中東歐小國的產品，則日趨集中於中間財、戰略物資，以及替代性低的壟斷性產品上。通過進出口商品結構的操控，德國進一步鞏固其「不對等依賴」的貿易結構。[67]上述貿易政策影響所及，前述諸小國農產的市場價格，因而逐日攀高，土地生產報酬日增，生產資源日漸集中於農業部門，終使諸小國的生產部門，日益收編於對德國的出口部門中，造成產業高度集中、資源移動困難的局面。

另方面，德國在一次世戰期間及二次世戰之前，亦透過「經濟滲透」的策略，獲取中東歐諸小國的政治依從。對此，德國所採方式為：透過技術交流、人員往來、資金流通、企業投資等手段，滲入盤踞諸小國的經濟部門，並藉此佔領各國的「經濟戰略部門」、操控各國的經貿中樞（如掌控資金流向的金融機構），並且獲取特定部門或是有力團體的支持。在此類政策之下，除造成市場壟斷的局面，也幫助滲透、破壞對德國別具威脅的產業部門，[68]終成滲透入目標國的「屠城木馬」。

---

[67] Hirschman, *1945,* pp. 23-25 & 34-36.

[68] Hirschman, *1945,* pp.54-58.

總言之，德國的經貿戰略，在操縱目標國的國內供需和資源流向，再透過經濟槓桿的方式，促使週邊小國臣服於其政治要求。[69] 換言之，在經貿往來的過程中，透過各種形式的整合與滲透，中東歐諸小國已被互利強鄰所箝制。而德國所為，即係以「經貿利益」實現「政治影響」的經典範例。[70]

（二）台商社群，誰的「特洛依木馬」？

一般而言，區域的經濟霸權，必須在原料控制、資本來源、市場規模、及高附加價值生產等四大領域中，穩居競爭優勢。[71] 但觀察大陸的發展，實未具備扮演類似區域經濟霸權的條件。一方面，就全球的最終消費市場來看，大陸所佔份額，仍然非常有限，自無法藉此左右國際貿易的動態。[72] 另方面，細察中國大陸的進口項目，又以中間財及生產原料為主，[73] 中方無法掌握資金、技術甚至原料的流向。最後，中國大陸出口的大宗，又主要集中於中低階的消費製成品，本身僅能提供勞力密集的加工製成，附加價值必然十分有限。[74] 由於並未具備足夠經貿實力作為基礎，中

---

[69] 依照Klaus Knorr 的分析，「經濟槓桿」可就其目的區分為以下四種形式：（1）壓迫性、（2）獲取高價值物品的壟斷性市場力量、（3）直接影響對手國的安全、福利和應變能力、（4）藉由給予他國經濟價值而使本身獲得影響地位。但在實際運用時，此四者經常交互使用，見Knorr前引書，頁99-109。

[70] Knorr, *ibid*, pp. 26-33 & 37.

[71] Susan Strange, *State and Market: An Introduction to the International Political Economy*（London: Pinter, 1988）; Robert Keohane, *After Hegemony: Cooperation and Discord in the World Political Economy*（Princeton, NJ: Princeton University Press, 1984）, p. 32.

[72] 台灣直接出口美國的份額雖逐年下降，但下降的份額多由大陸台商加工業者所填補，就此而言，美國市場仍為兩岸台商的主要最終的出口地。此外，大陸沿海地區雖擁有龐大人口，但因文化差異、購買力有限、以及市場的高度不確定性等因素，短期內，中國大陸仍無法發展為寡佔性的消費市場，類似觀點可參閱趙文衡，「中國市場？還是美國市場？」，中國時報，2004年3月9日，民意論壇版。

[73] 中國外經貿年鑑編委會，中國對外經濟貿易年鑑2003（北京：外經貿出版社，2003年）。

國大陸雖可依靠兩岸間的「不對等依賴」，操作 Hirschman 所謂的「供給效應」（supply effect）與「影響效應」（influence effect），藉以發揮政治影響。[75] 但由於對岸缺乏德國案例所有，用以充分滲透、制約台灣經濟的資金、技術、高級人力和管理制度，中國大陸無法取得媲美二次戰前德國的政治影響力。對此，台灣實毋須過慮。

反向思考，吾人不妨支持台商擴張版圖，以其為影響槓桿，幫助穩定台海局勢。面對目前經貿形勢，台灣的因應之道，似乎可以思考：（1）如何進一步發揮台商在資金、技術、管理和高素質人才方面的優勢，進而佔據對岸關鍵的產業或經濟部門，一則使台商放手施展，再則甚或影響對岸的兩岸政策。（2）如何改善台灣投資環境、輔導企業佈局全球、鼓勵廠商提升研發、維護產業群聚效應等。[76] 換言之，台灣必須結合前者的「攻略」與後者的「固本」，促使兩者相互為用，方能長保台灣優勢。

一旦具體落實到經濟部門的選擇上，就前者而言，台灣方面應加輔導、鼓勵的投資方向似為：壟斷性強、高進入門檻（entry barrier）、連動效益（linkage effects）明顯、[77] 與規模經濟（scale economy）具體發生者。積極搶佔現階段仍屬壟斷的經濟部門，應可獲得龐大的「先佔優勢」

---

74 蔡毓芳，「建立兩岸技術差距安全網」，台灣經濟研究月刊，第26卷第10期（2003年10月），頁29-35。

75「供給效應」是指一國利用進口品來建立其影響，透過轉向進口的威脅，發揮施壓的效果；「影響效應」則係利用貿易往來，動員其他友國來對對手施壓。可參考Albert O. Hirschman, *ibid,* p. 20。

76 相關論述見陳博志，台灣經濟戰略：從虎尾到全球化（台北：時報文化出版社，2004年），第4章及第6章。此外，亦可參考吳重禮、嚴淑芬，「我國大陸經貿政策的分析：論兩岸經貿互動對於台灣地區經濟發展之影響」，中國行政評論，第10卷第2期（2001），頁159-160。

77 包括「前向」（forward）與「後向」（backward）的聯繫／連動效果，見Albert O. Hirschman的「相互依存與工業化」，載郭熙保編，發展經濟學經典論著選（北京：中國經濟出版社，1998年），頁311-333。

（first-mover advantage），在此類部門中，迅速建立起「高准入門檻」（threshold）和根據核心技術的垂直分工。同時，前述企業本身多屬「連動效益」明顯（如許多關鍵產業的上游廠商）及「規模經濟」成形的產業部門。符合上述條件者，自以金融部份為最佳選擇。由於金融體系是整體經濟運作過程中，左右資源配置的核心機制。而中國當前的金融體制，仍處於相對落後階段，資本市場尚處萌芽時期，許多制度仍待建設、完善。[78] 台商因此可以協助對岸建立與台灣金融操作、資本市場類似的金融部門，在其資金調流動和調配的過程中，逐漸取得舉足輕重的影響。[79] 當然，上述策略是否成功的關鍵，仍在面對外資、港資，及本土金融機構的激烈競爭下，台灣業者本身的生存與擴張能力。其次，對岸經濟成長的關鍵在出口部門，其中又以資訊產業為重點，後者無疑係中國製造業部門中，較富戰略價值者。據估計，2002年台商的出口份額，已佔中國大陸出口總值的4.5%。對岸的半導體投資中，約有60%的資金來自於台灣，這些廠商為中國大陸生產70%左右的電子產品。[80] 因此，台灣似可持續強化此類優勢，如此將能提高對岸實行經濟制裁的成本。當然，台灣方面也可藉此發揮政治影響，進而平衡、軟化中共的對台決策，將台商的力量轉化為台灣安全的另一重保障。

---

[78] 吳敬璉，**當代中國經濟改革**（上海：上海遠東出版社，2004年），頁212-241；蔡昉、林毅夫，**中國經濟**（台北：麥格羅希爾出版社，2003年），頁106-107。

[79] 就目前形勢觀察，一則由於台灣方面的限制，再則由於對岸的規範，三則因為赴大陸投資風險較大，因此西進的台灣金融業，整體投資規模仍然十分有限，登記赴大陸投資只有18家，佔台灣全體服務業0.68%。然而，中國大陸加入WTO後，所承諾的市場開放，未來台灣銀行業赴大陸投資的腳步將可望加速，在中、港簽訂CEPA協定後，台灣金融業或許將結合港資，攜手進駐中國大陸，對此可參考林祖嘉，「WTO與CEPA對台灣金融業海外與大陸投資影響分析」，**國家政策論壇**，春季號（2004年1月），頁123-141。

[80] Myers Ramon，前引林岡編，頁5-6。

伍、代結論：台商政治影響的再審思

一般而言，民族國家在面對日益互賴的經貿趨勢時，會判斷其可能遭受衝擊的「敏感程度」（sensitivity）和「脆弱程度」（vulnerability），決定其政策因應的方式。[81] 為幫助吾人對兩岸互動的分析，可參考Richard N. Cooper所歸納之五大類型的政策回應：[82]

一、「抵制防衛」式回應（defensive response）：藉由限制互賴，防杜對手滲透市場、制約經濟自主。

二、「消極接受」式回應（passive response）：對於喪失經濟自主，採取無可奈何、被動接受的立場。

三、「善意促成」性回應（constructive response）：國家藉由相互協調，對雙方的經貿往來，任其自由發展，自我約束不從中取利。

四、「私心利用」式回應（exploitative response）：積極利用雙方的互賴，來提升自身的經濟。

五、「積極進佔」式回應（aggressive response）：擴大強化雙方的互賴，並透過互通流動的過程，延伸國家的影響與控制。

就上述架構看來，九〇年代以降，由於台灣面對政經利益間的矛盾，唯恐「經濟波及政治」[83]，面對兩岸經貿交流，基本採取上述「抵制防

---

[81] Clark Murdock, "International Economic Leverage and Its Uses," in Knorr & Trager eds., *ibid.,* p. 75以及Keohane & Nye，前引書，pp. 11-20.

[82] Richard Cooper, "Economic Interdependence and Foreign Policy in the 70's," *World Politics,* 24: 2,（Jan. 1972）, pp. 168-170.

[83] 吳玉山，前引書，頁119-169。

衛」式的回應：[84] 一方面，推出以疏導資金流向為目的的「南向政策」（1994）；另一方面直接採取嚴格限制的「戒急用忍」（1996）。[85] 此外，台灣也盼藉由國際組織，如世界貿易組織之類，建構起與中共間經貿互動的架構。但如此「抵制防衛」的主要原因，仍在顧慮台灣的政治自主，唯恐對岸藉由兩岸經貿及其孕育的台商社群，作為中共的「特洛依木馬」，遂行其政治掌控的企圖。

但無論台灣如何「抵制防衛」，對岸經濟仍將日益壯大，並利用其生產與市場的優勢，對台發揮「磁吸效應」，促成台商大舉西進。隨兩岸交流日益熱絡，台商社群必將持續擴張，對兩岸關係而言，也必將發揮與日俱增的影響。只因台方對台商「政治角色」的想像，多侷限於負面、消極的層面，針對兩岸經貿與台商西進議題，也只能朝向設限、防杜方向努力。回顧以往，吾人對「三通」、「國安捐」、「八吋晶圓廠外移」等議題的討論，其實莫不如此。結果則台灣方面的政策作為，始終陷於「消極自保」的僵化思維。但事實上，上述政策又無力遏抑台商西進的潮流，結果台灣的「兩岸政策」不免陷入困窘的兩難：若僅屬政策宣示，將損及政府威信；但若徹底執行，必將不利台灣經濟，且易招致商界反彈。台灣政府徘徊兩者之間，始終未能解套。

本文探討的主旨，一則在釐清台商所扮演的各類政治角色—即「作為人質的台商」、「作為走卒的台商」、「作為夥伴的台商」及「作為說客的台商」—並逐一評估其可能衝擊，以及台灣方面的因應之道。另一方面，西進的台商社群，不難延伸台灣的國家意志、擴張台灣的政治影響。

---

[84] 當然，台灣政府之所以針對台商西進，採取「抵制防衛」而非「積極進佔」的策略，非僅限於本文著重的政治面因素，某些難以克服的零和性質的資源移動，影響可能更加關鍵。

[85] 見前引衛民書，及Cheng Tun-jen & Pei-chen Chang, "Limits of Statecraft: Taiwan's Political Economy under Lee Teng-hui," in *Sayonara to the Lee Teng-hui Era,* Wei-Chin Lee & T. Y. Wang eds.（New York: University Press of America, 2003）, pp. 131-143.

思慮及此，台灣政府何不改弦更張，拋棄原有的「抵制防衛」式政策，改採「積極進佔」式策略，輔導台商生根對岸的經濟結構，盤踞兩岸競爭的制高點？並藉由台商地位的提升，進一步發揮台方的政經影響，改變中共政權的對台政策。換言之，若能將日趨壯大的台商社群，收為台灣所用，或將創造出對台更有利的兩岸環境。一旦如此規劃兩岸政策，即便台商大舉西進，其政治層面的衝擊，又何足台灣畏懼？吾人且期待，台灣縱放的「特洛伊木馬」，能夠恣意馳騁於對岸的無限江山。

參考文獻

一、中文部分

（一）專書

Hirschman, Albert O.，「相互依存與工業化」，載郭熙保編，**發展經濟學經典論著選**（北京：中國經濟出版社，1998年）。

Hirschman, Albert O.，盧昌崇譯，**退出、呼籲與忠誠**（北京：經濟科學出版社，2001年）。

Homer，曹鴻昭譯，**伊利亞圍城記**（台北：聯經出版社，1998年）。

Keohane, Robert O. & Joseph S. Nye，門洪華譯，**權力與相互依賴**（北京：北京大學出版社，2002年）。

Olson, Mancur，陳郁、郭宇峰、李崇新譯，**集體行動的邏輯**（上海：上海三聯／人民出版社，1995年）。

王綽中，「昆山小台北、把台商捧在手掌心」，**中國時報**，2001年11月12日，大陸新聞版。

中國外經貿年鑑編委會，**中國對外經濟貿易年鑑 2003**（北京：中國外經貿出版社，2003年）。

行政院大陸委員會，**兩岸經濟統計月報**，各期。

行政院經建會，*Taiwan Statistical Data Book 2002*（台北：行政院經建會，2003年）。

冷則剛，「大陸經貿政策的根源：國家與社會的互動」，載包宗和、吳玉山編，**爭辯中的兩岸關係理論**（台北：五南圖書出版公司，1999年）。

吳敬璉，**當代中國經濟改革**（上海：上海遠東出版社，2004）。

李道成、徐秀美，**經商中國：大陸各地台商的賺錢經驗**（台北：商訊文化出版社，2001年）。

林昱君，**如何以企業聯盟開拓大陸市場之研究**（台北：經濟部國貿局研究報告，1998年）。

洪志明，**再見，特洛伊**（台北：時報文化出版社，1995年）。

高希均，**練兵與翻牌：台商新戰實錄**（台北：天下遠見出版社，2002年）。

昆山市統計局，**昆山統計年鑑2002及2003**（昆山：昆山市統計局，2003、2004年）。

張榮豐，**台海兩岸經貿關係**（台北：業強出版社，1997年）。

張慧英，**李登輝執政十二年，1988-2000**（台北：天下文化出版社，2000年）。

陳博志等，**台灣與中國經貿關係：現代學術研究專刊12**（台北：財團法人現代學術研究基金會，2002年）。

陳博志，**台灣經濟戰略：從虎尾到全球化**（台北：時報文化出版社，2004年）。

麥朝成，**「如何以國際企業聯盟開拓大陸市場」座談會實錄**（台北：中華經濟研究院，1998年）。

蔡昉、林毅夫，**中國經濟**（台北：麥格羅希爾出版社，2003年）。

衛民，**台灣・中國・大崩壞？**（台北：海鴿文化出版社，2002年）。

（二）期刊文獻

冷則剛，「從美國對南非的經貿管制探討我對大陸的經貿政策」〉，**中國大陸研究**，第41卷、第4期（1999），頁17-38。

吳玉山，**抗衡與扈從：兩岸關係新詮**（台北：正中出版社，1997年）。

吳介民，「經貿躍進，政治僵持？後冷戰時代初期兩岸關係的基調與變奏」，**台灣政治學刊**，創刊號（1996），頁211-255。

吳忠吉，「兩岸交流對台灣經濟與國家安全的影響」，發表於「兩岸交流與國家安全」國際研討會，台北，2003年11月1-2日。

吳重禮、嚴淑芬，「我國大陸經貿政策的分析：論兩岸經貿互動對於台灣地區經濟發展之影響」，**中國行政評論**，第10卷，第2期（2001），頁159-160。

邢幼田，「台商與中國大陸地方官僚聯盟：一個新的跨國投資模式」，**台灣社會研究，第23期**（1996），頁159-181。

林志慎，**外來動力的制度創新：東莞台商協會成立台商學校之研究**（台北：國立政治大學東亞研究所，未發表碩士論文，2002）。

林則宏，「台商會長成第六套領導班子」，**工商時報**，2003年11月29日，大陸新聞版。

林祖嘉，「WTO與CEPA對台灣金融業海外語大陸投資影響分析」，**國家政策論壇**，春季號（2004），頁123-141。

柏蘭芝，「跨界治理：台資參與昆山制度創新的個案研究」載劉震濤編，**從頭越：昆台經濟關係的過去、現在和未來的思考**（北京：清華大學台灣研究所，2004年），頁20-37。

耿曙，「『資訊人』抑或『台灣人』？大上海地區高科技台商的國家認同」，發表於佛光大學「第二屆政治與資訊研討會」（宜蘭，2002年4月11-12日）。

耿曙，「『連綴社群』：WTO背景下兩岸民間互動的分析概念」，載許光泰、方孝謙、陳永生編，**世貿組織與兩岸發展**（台北：政大國關中心，2003年），頁457-487。

耿曙、陳陸輝，「兩岸經貿互動與台灣政治版圖：南北區塊差異的推手？」，**問題與研究**，第42卷，第6期（2003），頁1-27。

張家銘、邱釋龍，「蘇州外向型經濟發展與地方政府：以四個經濟技術發展開發區為例的分析」，**東吳社會學報**，第13期（2002年12月），頁27-75。

陳德昇，「九十年代中共對台經貿政策」，載陳德昇，**兩岸政經互動：政策解讀與運作分析**（台北：永業出版社，1994年），頁45-71。

童振源，「台灣與『中國』經貿關係－經濟與安全的交易」，**遠景季刊**，第1卷，第2期（2000），頁31-82。

童振源，「兩岸經濟整合與台灣的國家安全顧慮」，**遠景基金會季刊**，第4卷，第3期（2003），頁41-58。

童振源，**全球化下的兩岸經濟關係**（台北：生智出版社，2003年）。

經濟部投資審議委員會，**中華民國華僑及外國人投資、對外投資、對大陸間接投資統計月報**，各期。

群策會編，**兩岸交流與國家安全**（台北：財團法人群策會，2004年）。

趙文衡，「中國市場？還是美國市場？」，**中國時報**，2004年3月9日，民意論壇版。

劉雅靈，「經濟轉型的外在動力：蘇南吳江從本土進口替代到外資出口導向」，**台灣社會學刊**，第三十期（2003），頁89-133。

蔡毓芳，「建立兩岸技術差距安全網」，**台灣經濟研究月刊**，第26卷，第10期（2003），頁29-35。

二、英文部分

（一）專書

Corden, Max, "The Revival of Protectionism in Developed Countries," in Dominick Salvatore ed., *Protectionism and World Welfare*（Cambridge & New York: Cambridge University Press, 1993）.

Galbraith, John Kenneth, *American Capitalism: The Concept of Countervailing Power*（Boston, MA: Houghton Mifflin, 1956）.

Harsanyi, John, *Rational Behavior and Bargaining Equilibrium in Games and Social Situations*（Cambridge & New York: Cambridge University Press, 1977）.

Hirschman, Albert O., *National Power and the Structure of Foreign Trade*（Berkeley & LA: University of California Press, 1945）.

Hirschman, Albert O., *Rival Views of Market Society and Other Recent Essays*（New York: Viking, 1986）.

Hsing, You-tien, *Making Capitalism in China: The Taiwan Connection*（Oxford & New York: Oxford University Press, 1998）.

Lardy, Nicholas R., *Integrating China into the Global Economy*（Washington, DC: Brookings Institution Press, 2002）.

Lebow, Richard Ned., *Between Peace and War: The Nature of International Crisis*（Baltimore, MD: Johns Hopkins University Press, 1981）.

Leng, Tse-Kang, *The Taiwan-China Connection*（Boulder, Co: Westview, 1997）

Schelling, Thomas, *Arms and Influence*（New Haven, CT: Yale University Press, 1966）.

Strange, Susan, *State and Market: An Introduction to the International Political Economy*（London: Pinter, 1988）

Tilly, Charles, *From Mobilization To Revolution*（Reading, MA: Addison-Wesley, 1978）.

Virgil, *The Aeneid*, Annotated by Lewis, C. Day & Jasper Griffin（Oxford & New York: Oxford University Press, 1986）.

（二）期刊文獻

Birch, A. H., "Economic Models in Political Science: The Case of 'Exit, Voice, and Loyalty'," *British Journal of Political Science,* 5:1（Jan. 1975）, pp. 69-82.

Chao, Chien-min, "Will Economic Integration between Mainland China and Taiwan Lead to a Congenial Political Culture?" *Asian Survey,* 43: 2（Mar./Apr. 2003）, pp. 280-304.

Cheng, Tun-jen & Pei-chen Chang, "Limits of Statecraft: Taiwan's Political Economy under Lee Teng-hui," in Wei-Chin Lee & T. Y. Wang eds., Sayonara to the *Lee Teng-hui Era*（New York: University Press of America, 2003）, pp. 131-143.

Cheng., Tun-jen, "Doing Business with China: Taiwan's Three Main Concerns," *The Woodrow Wilson Center Asia Program,* no.118（Feb. 2004）, pp.12-18.

Cooper, Richard. 1972. "Economic Interdependence and Foreign Policy in the 70's," *World Politics,* 24: 2,（Jan.）, pp. 168-170.

Hirschman, Albert O., "Exit, Voice, and the State," *World Politics,* 31: 1（Oct. 1978）, pp. 90-107.

Jefferson, Gary H., "Like Lips and Teeth: Economic Scenarios for Cross-Strait Relations," Paper Presented on the Seminar on Cross-Strait Relations and the United States at the Turn of the Century, Center for Strategic and International Studies, Washington, DC, September 21-22, 1999.

Keng, Shu, "Managing the Political Impacts of Economic Integration: 'Exit'and 'Voice'Across the Taiwan Strait," Paper presented at the 19th. Sino-European Conference on Europe-Asia Cooperation in the New Era, Taipei, Taiwan, ROC, Oct. 2-3, 2002.

Keng, Shu, "Understanding the Impacts of Non-Official Contacts across the Taiwan Strait: Towards A New Analytical Framework," Paper presented in the 32nd Annual Sino-American Conference on Contemporary Chinese Affairs on "Democratization and Its Limits in Greater China: Implications for Governance and Security in East Asia," Philadelphia, PA, September 18-19, 2003.

Keng, Shu, "Taiwanese Identity, Found and Lost: Shifted Identity of the Taiwanese in Shanghai," Paper presented in the Conference on "Political Economy: Dialogues between Philosophy,

Institutions, and Policy," Department of Political Science, National Chengchi University, Taipei, September, 27-28, 2003.

Keng, Shu & Chen-Wei Chen, "Farewell to the Developmental State? Local Government and Taiwanese Businesses in the Kunshan Miracle," Paper Presented at International Conference on Grassroots Democracy and Local Governance in China during the Reform Era, Taipei, Nov. 2-3, 2004.

Keohane, Robert, *After Hegemony: Cooperation and Discord in the World Political Economy*（Princeton, NJ: Princeton University Press, 1984）, p. 32.

Kirshner, Jonathan, "The Micro-foundations of Economic Sanctions," *Security Studies,* 6:3（Spring 1997）, pp. 32-50.

Knorr, Klaus, "International Economic Leverage and Its Uses," in Klaus Knorr & Frank N. Trager eds., *Economic Issues and National Security,* eds.（Lawrence, KA: University of Kansas Press, 1977）, pp. 99-126.

Kuo, Cheng-Tian, "The Political Economy of Taiwan's Investment in China," in Tun-jen Cheng, Chi Huang & S. G. Wu, eds. *Inherited Rivalry: Conflict across the Taiwan Strait*（Boulder, CO: Rienner, 1995）, pp. 153-169.

Leng, Tse-Kang, "State, Business, an Economic Interaction Across the Taiwan Strait," *Issues & Studies,* 31: 11（Nov. 1995）, pp. 40-58.

Leng, Tse-Kang, "Economic Interdependence and Political Integration between Taiwan and Mainland China: A Critical Review," *Chinese Political Science Review,* No. 26（June 1996）, pp. 27-43.

Leng, Tse-Kang, "Dynamics of Taiwan-Mainland China Economic Relations:

Lin, Gang ed., "Cross-Strait Economic Ties: Agent of Change, or a Trojan Horse?" *Asia Program Special Report,* No. 118（Feb 2004）.

Mansfield, Edward D., Helen V. Milner, & B. Peter Rosendorff, "Free to Trade: Democracies, Autocracies, and International Trade," *American Political Science Review,* 94: 2（June 2000）, pp. 305-321.

Murdock, Clark, “International Economic Leverage and Its Uses,” in Klaus Knorr and Frank N. Trager eds., *Economic Issues and National Security*（Lawrence, KA: University of Kansas Press, 1977）, pp. 67-99.

Pollins, Brian M. “Does Trade Still Follow the Flag?” *American Political Science Review,* 83: 2（Jun. 1989）, pp. 465-480.

Sutter, Karen M., “Business Dynamism across the Taiwan Strait: The Implications for Cross-Strait Relations,” *Asian Survey,* 42: 3（May/June, 2002）, pp. 522-540.

Tung, Chen-yuan, “Cross-Strait Economic Relations: China's Leverage and Taiwan's Vulnerability,” *Issues & Studies*, 39: 3（Sept. 2003）, pp. 137-175.

The Role of Private Firms,” *Asian Survey,* 38: 5（May 1998）, pp. 494-509.

Wagner, R. Harrison, “Economic Interdependence, Bargaining Power, and Political Influence,” *International Organization,* 42:3（Summer 1988）, pp. 461-483.

Williamson, Oliver E., “Credible Commitments: Using Hostages to Support Exchange,” *American Economic Review,* 73: 4（Sept. 1983）, pp. 519-540.

Williamson, Oliver E., “Credible Commitments: Further Remarks,” *American Economic Review,* 74: 3（June 1984）, pp. 488-490.

Wu, Yushan, “Economic Reform, Cross-Straits Relations, and the Politics of Issue Linkage,” in Tun-jen Cheng, Chi Huang, and Samuel S. G. Wu eds., *Inherited Rivalry: Conflict Across the Taiwan Straits*（Boulder & Londen: Rienner, 1995）, pp. 111-133.

Wong, Joseph, “Dynamic Democratization in Taiwan,” *Journal of Contemporary China,* vol. 10, no. 27（May 2001）, pp. 339-362.

Zweig, David, *Internationalizing China: Domestic Interests and Global Linkages*（Ithaca NY: Cornell University Press, 2002.

製造業台商全球佈局對台灣產業發展之意涵*

高長
（東華大學公共行政所教授）
楊景閔
（政治大學國家發展所碩士）

摘要

近幾年來，在全球化趨勢下，各國投資環境及跨國企業對外投資型態已大為改變，台灣廠商赴海外投資絡繹不絕。本文以電子資訊業及紡織業為對象的研究發現，海外台商經過多年的努力已獲得良好的成果，並累積相當實力。台商海外投資除利用海外低廉的勞動成本，以維持產業競爭力外，還開拓新市場；由於台商在海外投資之後，仍會繼續從台灣採購所需的原材料、半成品和關鍵零組件等，對於台灣相關產業之發展助益頗大；部分廠商甚至在海外投資之後自創品牌，並加強在台灣從事創新研發等方面之投資，以及從事多角化經營，促進產業轉型升級。展望未來，面對市場的激烈競爭，企業應思考如何利用既有的能耐基礎，創造新的能耐條件，以確保永續競爭力，而政府更應思考如何利用海外台商的實力，發展台灣經濟。

關鍵詞：對外投資、電子資訊業、紡織業、台灣經濟

* 本文為國科會計畫NSC93-2416-H-259-013研究成果之一部分，感謝國科會給予的支持與補助。另外在此特別感謝新加坡東亞研究所陳曉芬教授及參加「經濟全球化與台商大陸投資：策略、佈局與比較」研討會多位專家學者的評論與指正意見。

Achievements of Taiwanese Manufacturers' Investment Abroad and the Implications for Taiwanese Industrial Development

Charng Kao & Chin-min Young

Abstract

This paper examines the performance of overseas investment by Taiwanese manufacturers, especially in the IT and textiles industries. We found that Taiwanese investments in foreign countries are essentially expansion of their parent companies. An official survey of firms investing abroad, particularly those producing identical products, primarily adopt horizontal division of labor. These firms differentiate between the products produced in Taiwan and those overseas, while firms adopting vertical division of labor primarily utilize a model of Taiwan upstream/overseas downstream.

Additionally, investment by Taiwanese firms in China results in the adjustment of domestic product lines, but it does not necessarily "hollow out" local industries. On the contrary, it helps upgrade industrial technology and reinforce the competitive advantages of individual firms in the international market. The principal reason for this is that a clear distinction exists between commodities produced in Taiwan and those overseas. There is no direct competition between the two, particularly in terms of competitive advantages. The firms investing abroad actually pay more attention to R&D of their parent companies, and thus accelerating the upgrade of Taiwan's industries. With globalization, Taiwan should further integrate itself into the world economy, as international competition will be greater than ever before. Taiwan should actively participate in the global division of labor, carefully take into account the use of economic resources and markets abroad, and search for favorable advantages for Taiwanese industry development under these new circumstances.

Keywords: Outward direct investment, IT industry, Textile industry, Taiwan's economy

壹、前言

自八〇年代以來，台灣廠商赴海外投資的案件日益增多，根據經濟部投審會的資料顯示，累計至2007年底止，我國核准對外投資（含大陸投資）件數共48,502件，投資金額高達120,161.6億美元。台商赴海外投資行為是企業因應全球化競爭的表現，雖然有助於企業經營國際化，但是對於台灣經濟持續發展的利弊得失卻是眾說紛紜。

理論上，企業對外投資藉由在各地的分公司，充分運用全球化資源，以發展廠商專屬優勢，有助於提升本國產業競爭力；但另一方面，對外投資亦可能排擠在國內投資，使國內資本形成減緩，造成產業成長停滯的危機。不過，顧瑩華的研究發現，[1] 過去台灣中小企業對外投資對台灣經濟發展的貢獻十分顯著，似乎未阻礙國內產業持續成長。中華經濟研究院針對製造業赴大陸投資問題之研究結果指出，[2] 台商赴大陸投資熱潮不斷，確實已造成台灣某些傳統勞力密集產業之生產萎縮。不過，由於新興產業代之而起，台商對大陸投資促進台灣產業升級和結構調整，並未造成台灣全面性的產業空洞化。

台灣廠商赴海外投資，對台灣出口擴張具有促進作用，主要是因為到海外投資初期，新公司會利用既有的產業網絡，繼續向台灣採購所需的機器設備和原材料、半成品等，同時將生產的成品或半成品回銷台灣。從另一個角度觀察，隨著外銷量的持續增加，原來在台灣的原材料或半成品供應商，也可能會因為產業網絡的關係，主動或被動地隨著下游加工製造業者前往海外投資，並就地生產供應。結果，台灣母公司的生產活動逐漸減少，而在研發、行銷、財務調度及人才培育和技術支援等運籌管理活動扮

---

[1] 參閱顧瑩華，企業國際化與國內工業發展之研究（台北：中華經濟研究院，2001年）。

[2] 參閱中華經濟研究院，製造業赴大陸投資對我國產業競爭力之影響（台北：中華經濟研究院，2001年）。

演的角色愈來愈重要。由此可見，台商赴海外投資與台灣相關產業之發展，仍存在密切的關係。

值得注意的是，近幾年來，各國投資環境、廠商海外投資行為及對外投資型態已大為改變，台灣經濟也正處於大幅轉型的時刻，台商對外投資對國內產業發展的影響有必要重新加以檢討。而更值得重視的是，海外台商經過多年的努力已累積一些實力，如何結合海外台商的力量，鼓勵其與國內企業合作，開創新的營運模式，以利我國產業及整體經濟發展，是各界關注也是本文研究的重點。

本文內容除了前言和結論外，共分為為三部分，第一、探討廠商海外投資的基本特徵；第二、探討台灣廠商在全球之佈局概況，以期透過這些研究了解在海外投資的廠商究竟已經累積那些「經濟實力」；最後再探討結合海外台商經濟實力發展我國經濟的策略或模式。

貳、台商海外投資的基本特徵

台灣企業對外投資的目的，不外乎是迴避先進國家或地區之貿易保護，而將生產基地移轉至市場當地或其他未受歧視的國家，或是為獲取先進國家技術；也有一些廠商是為降低生產成本，保持產業競爭力，或為確保原料供應，以及為開拓新市場而對外投資。根據相關的研究顯示，[3] 基本上，在先進國家投資多為「取得或開發先進技術」，在新興工業化國家投資為「分散投資風險」，在開發中國家投資則為「工資低廉」。

不過，就不同階段觀察，台灣企業對外投資的動機並不相同。在七〇年代，對外投資的目的主要為確保原料供應和規避歧視性貿易；八〇年代期間，規避國際歧視性貿易的考量仍然很重要，另一項目的則是為尋求低

[3] 同註2前引書，頁36-38。

成本的海外生產據點；及至九〇年代，追求企業國際化，發展多元化經營已成為台灣廠商對外投資最重要的考量。

針對製造業台商赴海外投資的規模，在九〇年代初期以前，投資地區主要集中在東南亞國家及美國，投資的產業則以勞力密集加工型產業為主，例如食品、紡織、塑化製品等。自九〇年代開始，台商赴海外投資金額急劇增加，同時，投資地區結構也出現大幅的變化，在東南亞地區的投資較前一期明顯減緩，而在中國大陸投資的規模則呈現顯著增加的趨勢（表9-1、表9-2）。

表9-1 製造業台商對外投資區域分布情況

金額：百萬美元

地區別	1990年以前		1990-2007		合計	
	百萬美元	%	百萬美元	%	百萬美元	%
亞洲	978.0	49.26	8231.1	10.78	9209.1	11.77
東協	949.9	47.85	6474.9	8.48	7424.8	9.49
中國大陸	0	0	58032.0	76.03	58032.0	74.16
北美洲	908.8	45.78	5026.4	6.59	5935.2	7.58
美國	897.8	45.22	4939.6	6.47	5837.4	7.46
中南美洲	59.9	3.01	3329.3	4.36	3329.3	4.25
歐洲	20.3	1.02	1333.3	1.75	1353.6	1.73
大洋洲	0.8	0.04	240.2	0.31	241.0	0.31
其他	17.3	0.87	132.0	0.17	149.3	0.19
合計	1,985.1	100	76,324.3	100	748,249.5	100

資料來源：根據經濟部投資審議委員會公佈資料整理而得。

表9-2 台商在海外各地投資的主要產業比較

（累計至2007年12月底止）

地區別	投資類別
亞洲	電子零組件製造業；紡織業；電腦、電子產品及光學製品製造業；木竹製品製造業
東協	電子零組件製造業；紡織業；電腦、電子產品及光學製品製造業；木竹製品製造業
中國大陸	電子零組件製造業；電腦、電子產品及光學製品製造業；電子設備製造業；金屬製品製造業
北美洲	電子零組件製造業；電腦、電子產品及光學製品製造業；化學材料製造業；紡織業
美國	電子零組件製造業；電腦、電子產品及光學製品製造業；化學材料製造業；紡織業
中南美洲	電子零組件製造業；塑膠製品製造業；電腦、電子產品及光學製品製造業；電力設備製造業
歐洲	電子零組件製造業；電腦、電子產品及光學製品製造業；其它運輸工具製造業；化學材料製造業
大洋洲	電腦、電子產品及光學製品製造業；電力設備製造業；其它運輸工具製造業；食品製造業
其他	成衣及服飾品製造業；金屬製品製造業；紡織業；塑膠製品製造業

資料來源：同表9-1。

就製造業而言，台灣對外投資金額最多的地區為中國大陸，根據經濟部投審會的統計，到海外投資廠商平均而言，將近四分之三集中在大陸地區。尤其在最近五、六年，大陸地區更是台商對外投資的首要選擇。相對而言，到東南亞地區投資的金額則呈現減少的趨勢。對大陸投資的產業，早期以食品飲料、紡織、成衣服飾、塑膠製品等傳統產業為主，近來電子零組件，電腦、電子產品及光學製品等資本密集性產業已逐漸居主導地位。

台商赴美國投資的金額佔總投資金額的7.46%，主要投資產業為電子零組件，電腦、電子產品、化學材料業等。一般而言，在美國投資的製造產業多屬於資本密集及技術密集者，如生技、醫藥、資訊電子等，且營業項目以設計、研發為主。根據經濟部統計處的調查資料顯示，在美國投資的台灣廠商以大型企業為主力，其中超過四成的投資廠商在國內所從事的行業為電子資訊業。

台商在東南亞的投資主要集中在電子零組件製造業、紡織成衣業，且各國投資產業分佈極為不同。例如新加坡以電子電器業及金融保險業為主，越南及印尼以紡織成衣業主，菲律賓及泰國以化學製造業及電子電器業為主，馬來西亞則以基本金屬業及電子電器業的投資最多。值得一提的是，台商赴東南亞投資之統計，經濟部投審會公佈之數據與當地國公佈之數據落差甚大，顯示台商赴東南亞投資金額有低估之嫌。

其實，台灣廠商到海外投資佈局，受到全球化趨勢的影響極為明顯。在經濟全球化的趨勢下，不僅國家市場藩籬界線漸失，製造生產能力及技術創新也開始跨國分散化，結果，國際分工格局已由線性架構下的水平分工與垂直分工概念，轉向網絡化發展。此一趨勢具體反映在跨國企業的資源佈局多元化，以及以製造活動為基礎的廠商，經由專業價值與價值鏈整合能力，創造有利競爭優勢的演變。台灣廠商在海外投資經歷的時間，與跨國大企業比較雖然不算很長，但在全球化的潮流下，投資行為模式也不斷調整，尤其逐漸重視利用大陸的資源與市場腹地，並利用特有的產業網絡進行國際分工佈局，提升整體的產業競爭力。

隨著台灣廠商不斷擴大在海外的投資規模，經過一段時間的經營發展，經濟實力已逐漸累積。蕭新煌等人的研究指出，[4] 這些台商對東南亞

---

[4] 參閱蕭新煌、王宏仁、龔宜君編，台商在東南亞：網絡、認同與全球化（台北：中央研究院亞太研究計畫，2002年）。

及中國大陸等國家投資，在當地經濟的重要性不斷增加，也使得台商成為台灣拓展經貿外交上十分倚重的一股力量。基本上，台商到海外投資的行動是企業國際化佈局的一步，國際化改善台灣企業體質，已使許多台灣企業由過去單純製造代工的角色，逐漸發展到有能力可以提供產品設計、製程設計、效率製造，乃至全球後勤服務的部分。而更重要的是，赴海外投資企業利用外部網絡連結，在投資當地或甚至在全球市場上已建立不錯的產業脈絡關係。

參、台商的全球投資佈局

由於製造業的行業類別眾多，且又各具不同特性，受到篇幅的限制，本文將針對兩個產業做比較分析。在行業的選擇上，本文依據幾個準則，包括在整體產業中的相對地位、在產業發展政策中的重要性、在海外投資當地的經濟重要性、在全球市場的影響力等，最後決定篩選紡織業（代表傳統產業）及電子資訊業（代表高科技產業）等兩個產業。

一、電子資訊產業

台灣為全球重要的電子資訊業製造基地，在全球產業價值鏈中扮演設計與製造供應商角色，為因應終端產品市場的產品變化需求與價格競爭，生產的佈局不僅必須充分反應競爭的需要，同時也必須考慮產業供應環境的方便性。

回顧過去十五年來，電子資訊產業廠商的海外生產活動發展，大致可以分成三個階段。首先，電子資訊產業廠商的外移始於1987年，當時，由於大陸地區的政經情勢尚未明朗，加上南進政策的鼓勵，生產外移的地點係以泰國與馬來西亞為主，外移生產的產品則以電腦周邊、零組件與電子計算機為主。

九〇年之後，隨著政府開放對大陸地區間接輸出、投資與技術合作，在大陸低廉生產要素的吸引下，電子資訊業廠商逐漸將勞動力依賴較深的製造活動，移往珠江三角洲地區（東莞、深圳、珠海為主），初期以電腦周邊及零組件為主，1994年後桌上型電腦的組裝線開始移入珠江三角洲地區生產，並逐漸建立起生產聚落。至九〇年代中後期，電子資訊廠商開始轉往蘇州地區設廠，繼而擴大到昆山、吳江、上海及其外圍腹地，移地生產的品項擴增至多種周邊產品、主機板，乃至於筆記型電腦產品，使得華東地區形成另一個台商電子資訊產業的生產聚落。從此，電子資訊產業的台商在大陸的投資，已在華東（上海、昆山、蘇州）與華南（東莞、深圳）地區，形成有效率的生產支援網絡與完整的產業聚落（參見圖9-1）。

圖9-1　電子資訊產業大陸生產地理區位分佈

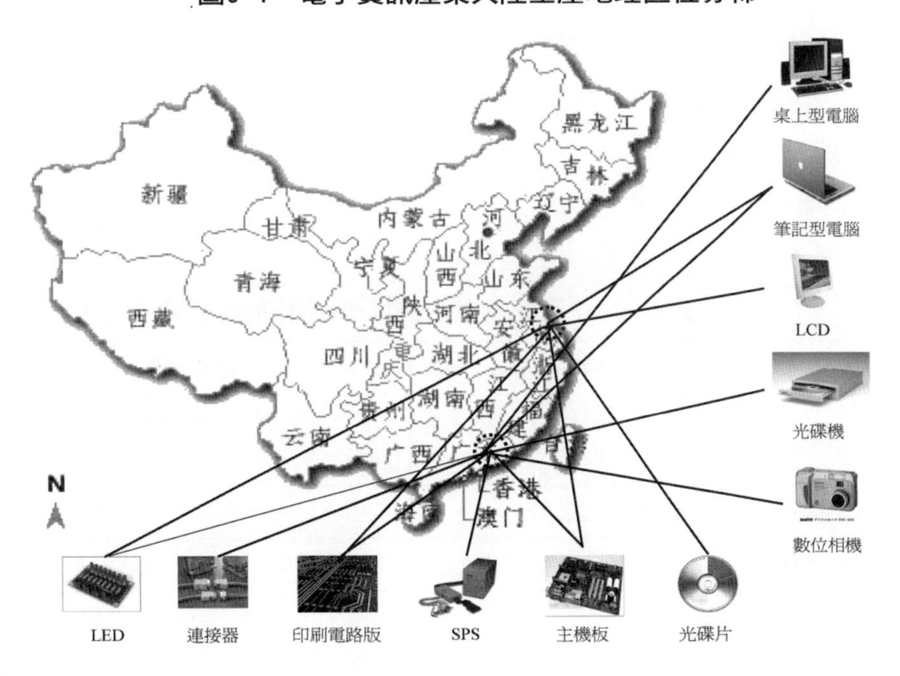

資料來源：作者自繪

以個別產業來看，長期以來，台灣半導體產業的生產重心都在台灣，但隨著台灣勞工成本增加，政府禁令解除，部分台灣廠商開始將生產的重心逐漸移往海外，如中國大陸、東南亞等工資低廉的國家。目前除晶圓代工大廠台積電、聯電已於新加坡、日本設立代工廠，其餘廠商赴海外投資的比重並不高。近年來，隨著法令限制放寬，中國大陸成為熱門的投資地點，台積電、聯電的投資行動已開始，其他相關業者亦躍躍欲試。至於電子零組件業及資訊硬體業廠商的海外投資，大多以中國大陸為主要的據點，目前佈局集中在華東與華南兩個地區，其中又以東莞、蘇州、深圳為較重要的幾個城市。

整體而言，台灣電子資訊業廠商投資多集中於大陸，且已形成完整的產業聚落。據證期會資料顯示，台商在大陸以外的前三大主要投資地區為英屬維京群島、新加坡、開曼群島等免稅天堂，其次則為美國及英國，表9-3資料顯示電子資訊業在大陸以外國家佈局概況。大陸地區作為台灣電子資訊產業的主要生產基地，其重要性（所佔份額）不斷提升，以資訊硬體產業為例（表9-4），在大陸生產值佔總產值的比重，已由2002年的47.5%遽升至2006年的85.6%，而在台灣和其他地區生產的比重都呈現縮減的趨勢。

表9-3 電子資訊業在大陸以外國家佈局概況

<table>
<tr><th colspan="2">產品名稱</th><th>廠商名稱</th><th>投資地點</th></tr>
<tr><td rowspan="4">半導體產業</td><td>IC設計</td><td>威盛、聯發科、凌揚、瑞昱、揚智</td><td>英國、德國、法國、澳洲、中東、貝里斯、日本、瑞士</td></tr>
<tr><td>晶圓代工</td><td>台積電、聯電</td><td>美國、日本、荷蘭、新加坡</td></tr>
<tr><td>DRAM</td><td>華邦、旺宏、矽統</td><td>美國、香港、歐洲、日本、新加坡</td></tr>
<tr><td>IC封裝</td><td>日月光、華泰</td><td>韓國、新加坡、菲律賓、馬來西亞、美國</td></tr>
</table>

電子零組件產業	印刷電路板	華通、欣興、耀文、楠梓、敬鵬	美國、新加坡、墨西哥、新加坡、泰國
	電阻器	國巨	韓國、日本、德國、荷蘭、美國、中國大陸、新加坡
	電容器	國巨、華新科技	韓國、日本、德國、荷蘭、美國、中國大陸、新加坡、馬來西亞
	連接器	鴻海、台灣龍傑、奕達、實盈、正淩、驊陞、台捷、福登、力瑋	美、日、韓、新加坡、馬來西亞、以色列、英（蘇格蘭）、捷克、印尼、墨西哥、香港、法、義大利、德國
	電源供應器	台達電、飛宏	泰國、墨西哥、美國、日本、巴西
	光碟片	錸德、中環	澳洲、美國、英國、德國、香港、日本
資訊硬體產業	筆記型電腦	仁寶、宏碁、英業達、藍天、倫飛、華宇、磐英	南韓、美國、英國、英屬維京群島、荷蘭、新加坡、香港、澳大利亞、開曼群島、西薩摩亞、法國、馬來西亞、德國、日本、俄羅斯
	系統產品	神達、大同	英屬維京群島、日本、加拿大、印尼、柬埔寨、美國、英國、泰國、荷蘭、新加坡、墨西哥、盧森堡
	光碟機	建興、建碁	美國、英屬維京群島、日本、荷蘭、德國
	伺服器	中磊	西薩摩亞、美國
	數位相機	佳能	美國、英屬維京群島、開曼群島
	LCD監視器	瑞軒、廣輝、憶聲、中強光電、青雲國際	美國、英屬維京群島、香港、馬來西亞、烏克蘭、德國

資料來源：本研究整理。

台灣電子資訊業經過多年的策略性發展，目前的產業價值鏈已相當完整，以半導體產業為例，上下游與支援性工業（晶圓材料、光罩、導線架

表9-4 台灣資訊硬體產業生產地分佈

年份	合計		台灣		大陸		其他	
	百萬美元	比重(%)	百萬美元	比重(%)	百萬美元	比重(%)	百萬美元	比重(%)
2002	48,435	100.0	17,291	35.7	23,007	47.5	8,137	16.8
2003	57,171	100.0	10,748	18.8	37,161	65.0	9,262	16.2
2004	68,413	100.0	10,728	15.7	47,923	70.0	9,762	14.3
2005	80,980	100.0	5,506	6.8	65,594	81.0	9,880	16.2
2006	89,656	100.0	3,586	4.0	76,746	84.6	9,324	10.4

資料來源：根據工研院經貿中心ITIS相關資料整理。

等）已有相當完整的分工與聚落，躋身全球第四大產出國（僅次於美國、日本、韓國）。其中，晶圓代工製造在全球佔有率超過七成以上。由於有專業晶圓代工製造廠的支持，專業半導體設計廠商得以蓬勃發展，目前已經有近二百家的專業IC設計公司，成為全球僅次於美國的IC設計產業大國。另外，IC製造的蓬勃發展也帶動封裝測試業產業發展，IC封裝、測試業的產值佔全球超過三分一的市場，台灣地區之產能居世界各國之冠。[5]

其次，台灣電子零組件產業廠商的表現，相對於半導體與資訊硬體，屬於較弱的一環，許多高階產品的技術仍掌握在美、日大廠的手中。但是，台灣廠商在某些品項的生產製造，譬如主動元件中的發光二極體、被動元件中的電阻器、功能元件中的CD-R、CD-RW、資訊用SPS等產品的產量，在全世界名列前茅，具有全球的影響力。[6]

台灣資訊硬體產業不僅已經發展出相當完整的專業分工產業網絡，更成為全球資訊硬體產品具高度競爭力的產出國。以全球產量計算，2004年資料顯示，我國廠商的總生產值在全球排名第四（表9-5），僅次於美國、大陸和日本；而在各項主要資訊硬體產品中，筆記型電腦、監視器、主機板、影像掃瞄器及光碟機等五大產品，產量目前名列世界第一。

---

[5] 參閱中華經濟研究院，如何運用海外台商發展台灣經濟之研究（台北：中華經濟研究院，2003年），頁77-78。

[6] 同註5引書，頁83-84。

表9-5 世界主要資訊硬體生產國境內產值排名

單位：百萬美元；%

	2000	2002	2004	2004成長率(%)
美　國	85,772	61,268	68,671	6.0
大　陸	25,535	35,225	60,589	22.9
日　本	52,153	27,673	20,573	-15.0
台　灣	23,081	17,291	10,728	-27.0
南　韓	11,856	11,449	10,693	4.5
新 加 坡	16,395	11,352	10,223	4.6
墨 西 哥	9,400	8,246	8,755	2.2
馬來西亞	7,236	6,576	8,321	6.2
英　國	12,121	10,121	8,257	3.9
德　國	8,657	6,549	6,750	2.8
愛 爾 蘭	6,470	5,460	5,111	1.8
法　國	5,618	4,334	4,652	3.9

資料來源：同表9-4。

表9-6 我國在第一的資通產品全球市場佔有率

產品項目	2007年市佔率（%）	產品項目	200年市佔率（%）
主機板（Motherboard）	98.3	纜線用戶端裝置（Cable CPE）	95.4
筆記型電腦（Notebook PC）	93.2	寬頻裝置（DSL CPE）	88.9
LCD顯示器（LCD Monitor）	76.8	無線網卡（WLAN NIC）	88.4
CDT顯示器（CDT Monitor）	52.9	網路語音通訊協定路由器（VoIP Router）	84.0
數位相機（DSC）	44.3	網路電話機（IP Phone）	68.3
		網路機上盒（IP STB）	63.1

註：WLAN AP、Sever、Cable STB、Desktop PC及ODD等產品全球佔有率亦高居全球第二。

資料來源：資策會MIC，2007年11月，經濟部技術處IT IS計畫。

2007年，台灣主機板的全球製造佔有率達98.3%（詳表9-6），全世界知名廠商對主機板的需求，幾乎都有對台灣廠商下單代工。筆記型電腦，屬於極為成熟的產品，台灣廠商的出貨量在全球市場佔有率約為93.2%。監視器方面，LCD監視器出貨不斷成長，2007年台灣廠商出貨量達到全球產量的76.8%，為全世界第一大供應國。至於CDT監視器，雖然受到LCD監視器的取代，但2007年的全球市場佔有率亦約有52.9%。周邊產品數位相機，出貨量維持在全球四成以上的水準。通訊產品如Cable CPE，全球市佔率高達95.4%，DSL CPE、WLAN NIC、VOIP Router等產品的全球市佔率都超過八成。

二、傳統產業

台灣紡織工業赴海外投資，早期主要集中在中國大陸與東南亞地區。在東南亞各國中，馬來西亞、印尼、泰國曾經是紡織業台商投資較多的國家。然而，由於馬國政府經濟發展政策的重點從紡織工業轉為電子產業；印尼受金融風暴的影響，導致國內經濟及治安惡化；泰國產業發展政策調整，使得紡織業台商在該三國的投資逐年下滑。越南於1989年開放外人投資，吸引不少紡織業台商前往投資，2000年越南與美國簽訂貿易協定，該協定增加越南紡織品出口到美國市場的機會，更造成紡織業台商到越南投資生產的熱潮。除東南亞各國，紡織業台商到中南美洲與南非等地區投資也相當多，其動機主要在於接近市場或爭取出口配額。

以累計資料來看，紡織業廠商赴海外地區投資，超過六成集中在中國大陸，在台灣股票上市的主要紡織業與成衣服飾業的遠東、新光合纖、福懋、中興、嘉裕、新藝、怡華、佳和、大魯閣、利華羊毛、立益等在大陸均有投資。以遠東紡織為例，該公司在上海投資設廠，主要從事聚酯棉、聚酯絲的製造銷售。迄目前為止，遠東紡織在兩岸生產的聚酯聚合產能合計，在國際市場上，尤其東亞地區已佔重要地位。目前遠紡在大陸已整合化纖、紡紗、織布、印染、成衣製造，完成一貫化生產佈局。未來大陸及台灣的擴充計畫將同步進行，台灣將汰舊換新機台，提升產能，專注產業及特殊規格纖維發展，大陸則致力擴充產能。

紡織業到大陸投資與台灣母公司的分工佈局，就生產面來看，都有計畫地執行產品區隔或市場區隔。[7] 譬如，得力實業在大陸杭州投資長、短纖維布廠，以生產麂皮布及一般短纖格子布為主，台灣母廠為了與大陸市場區隔，逐漸減少短纖產品的比重，並積極開發長短纖交織物。長纖布廠偉全實業投資假撚、織布、染整一貫化製程，在兩岸生產佈局的規劃，生產方面在台灣以一般衣著用長纖布為主，在大陸則以麂皮、運動休閒用布、傘布、箱包布為主。而在市場銷售方面，大陸廠以大陸內銷市場為主，台灣廠則做台灣及大陸以外的市場，形成明顯的區隔。

佳和與怡華實業合資前往上海投資毛紡廠和長纖布廠，採「台灣接單、大陸生產」方式。在兩岸的分工規劃上，佳和集團在台灣朝多樣化、交期短及有配額限制的布種為主，上海廠則具有免配額優惠，以合作外銷、數量大、樣式簡單、交期長的布種為主。大致上，大陸廠負責生產較低價、品質要求不高的長纖布，而台灣廠則負責生產較高價位產品，以符合歐美客戶較嚴格的要求。由於大陸投資範圍涉及毛紡、長纖、染整、格子布等行業，佳和集團的事業版圖因而擴大不少。

福懋集團在廣東中山投資，從事尼龍布、聚酯布、尼龍絲、聚酯絲、印花布、加工絲等生產製造。在兩岸分工的佈局上，與其他台商企業類似採取區隔的策略，中山廠以低價的塔夫塔布為主，台灣母廠則以生產高價位雨傘布、休閒、運動及時裝布料為主，並致力於研發業務；中山廠的生

[7] 參閱劉瑞圖，「台灣紡織業大陸投資現狀及影響」，紡織月刊（台北），第67期（2002年1月），頁13-14。

產技術及採購、行銷，主要由台灣母公司支援。

對於台商赴大陸投資促成兩岸產業分工的現象，除了從前述生產活動佈局來觀察，亦可從企業功能性營業活動切入。以成衣服飾業為例，該業到大陸投資的時間，在紡織業中算是比較早的，雖然有部分廠商因全面外移而關閉在台工廠，遣散受僱員工，造成產業空洞化現象。不過，也有部分廠商到大陸等海外地區投資，利用當地廉價勞動力專注生產之後，台灣母公司則轉型為全球運籌中心，從事研發設計、品牌行銷和全球運籌管理等高附加價值的活動，使公司能繼續維持高成長與高獲利。

東南亞地區是紡織業台商早期對外投資的主要地區。不過，在開放紡織業赴大陸投資後，紡織業台商在東南亞的投資件數與金額均呈現下滑的趨勢。然而，就歷年累計的投資金額和件數而言，東南亞地區仍為紡織業台商對外投資，僅次於大陸地區的集中地點，尤其越南在開放外人投資後，更成為紡織業台商東南亞投資的熱門地區。

紡織業台商赴越南投資設廠的時間雖然較晚，但在越南開放外人投資後，當地勞動力成本低廉的優勢受到青睞，已成為紡織業台商在東南亞投資金額最高的地區。在越南投資設廠的台商主要有：台南紡織、福懋紡織、中興紡織、皇帝隆纖維、聯明紡織、華隆紡織、聯明紡織、強盛染整等，以生產紡紗、織布與成衣服飾為主。台南紡織於越南的投資模式係將台灣老舊的紡紗設備移轉至越南生產，以維持台灣總廠流失之舊客戶，生產所需的聚酯纖維原料則由台灣母公司供應。福懋紡織在越南的投資，主要是從事織布與染整的生產，產品90%供外銷，生產所需的原料均來自台灣的關係企業台化公司，而越南廠生產的布料種類變化較台灣母廠為少，主要定位在褲料。另因瑞典知名家具廠IKEA公司於越南設廠，福懋越南廠與其配合提供家飾用布，此係台灣母公司所未有之營業項目。中興紡織在越南主要從事內衣、運動與休閒成衣、針織與染整印花的生產作業，並將台灣母公司舊有的紡錠設備移轉至越南廠使用，從事各類紗線產品的製造。[8]

紡織業台商在菲律賓的投資多集中在成衣服飾業，其中較為著名的台商有：遠東紡織、北新針織、中福紡織、向邦企業、福昇實業、中南紡織、嘉裕企業、福星製衣及聯冠實業等公司。遠東紡織為菲律賓紡織業台商中投資規模最大的企業，該公司早期即赴菲律賓投資，併購國營的菲律賓人造纖維公司（FILSYN），成為菲律賓當地唯一的聚酯纖維生產廠商。然而，東亞金融風暴後，該廠的業務量雖已不如前，不過遠紡在菲律賓投資的成衣廠，則曾受惠於披索兌美元匯率貶值。一般而言，紡織業台商前往菲律賓投資設廠的目的，主要著眼於菲國低廉的勞動成本與紡織配額。由於菲國下游的成衣服飾業缺乏中上游紡織業的支持，加上受到中國大陸、越南及墨西哥等國的競爭，在菲國投資的紡織業台商多已轉往其他國家投資設廠。

紡織業台商在泰國的投資金額並非最多，但泰國仍是紡織業台商在東南亞主要的投資地點。在上游人造纖維業方面，主要有東帝士投資案，生產聚酯絲、聚酯棉及聚酯粒等產品，供作內銷之用。在亞洲金融風暴之後，該公司人纖廠已轉賣給日資企業，下游的紡紗、織布廠則繼續經營。泰國的下游成衣加工廠眾多，對於布料的需求量大，吸引不少的台商在當地投資織布、染整廠。其中，東帝士集團關係企業東豐公司在泰國投資，從事織布與染整的一貫化生產的投資案最具代表性。棉益紡織、福懋紡織等在泰國之投資也以生產布料為主。至於下游成衣服飾業方面，台商在泰國的投資金額不大。整體而言，近年來，受到泰國政府產業發展政策轉向的影響，紡織業台商在泰國投資金額與件數已逐漸減少，有許多台商甚至遷離泰國轉往大陸、越南和東埔寨等地發展。

---

[8] 參閱英宗宏，「紡織產業近十年來重要發展趨勢」，紡織月刊（台北），第61期（2001年7月），頁59-63。

紡織業廠商在印尼的投資規模，僅次於電子相關產業，其中投資中游紡紗織布業的台商主要有：大東、大魯閣、展鋒等公司，以生產棉紗、聚酯紗、棉布及聚酯布為主，產品約三分之一由台灣接單出口新加坡或回銷台灣，其餘則在當地銷售。投資染整業及印花業的廠商，在當地接單生產，大部分都由台灣母公司支援生產及技術，經營方式以OEM為主，在生產的產品層次上與台灣母公司有所區隔。投資下游成衣服飾業的廠商，生產的產品約有90%以上外銷，經營的方式也是以代工為主。麗嬰房是唯一的例外，在當地設有行銷公司，積極開拓當地市場。近年來受到亞洲金融風暴及印尼國內排華暴動的影響，紡織業廠商對印尼的投資金額已明顯下降。

紡織業廠商前往墨西哥及中美洲國家投資的規模亦相當大，主要是因北美自由貿易協定及擴大加勒比海盆地法案，墨西哥及中美洲國家出口至美國的紡織品可享有免配額與免關稅等優惠。紡織業廠商在墨西哥投資，以生產牛仔布的年興紡織、化纖一貫廠東雲紡織及國內第一大針織布廠金緯公司的投資腳步最為積極。其中，年興紡織在墨西哥的投資相當成功，令人關注。

年興紡織在墨西哥投資，採用的是「保證契約制」的生產方式，且客戶群都是美國前五大牛仔褲廠。因此，產品的銷路不成問題。年興公司目前已經成為全球最具規模的專業牛仔布、牛仔成衣製造商。整體而言，年興紡織公司為因應區域性貿易壁壘的形成，而進行全球佈局，建構國際分工生產體系，已成功突破區域經濟的藩籬，將經營觸角深入各地市場，達到「接單國際化、生產全球化」之目標。

近年來，前往中美洲地區投資設廠的紡織業台商日益增多，究其原因，除了該地區輸往美國的紡織相關產品可享有優惠的進口關稅及免配額之外，主要是在地緣上靠近北美市場，具有區位優勢，可以立即掌握及因應市場需求變化。

截至目前為止，台灣對中美洲製造業投資仍然以紡織成衣業為大宗，並且都以「保稅加工外銷」型態經營，其中較著名的企業包括在尼加拉瓜投資製造牛仔褲的年興紡織公司等，在宏都拉斯投資織布、染整及印花的宏羊公司，以及在薩爾瓦多的一些台商成衣製造廠。[9] 紡織業台商在中美洲投資的共同特色為自備資金、原料、訂單、機器設備及移植在台灣既有的織布、製衣工廠生產線作業與管理的經驗，充分利用當地低廉的勞力，生產運動衫、牛仔褲、男襯衫、女上衣等大眾化產品，並且全數銷往美國市場。

受到《美國非洲成長暨機會法案》（簡稱Agoa）可免關稅及配額外銷美國之鼓舞。最近兩年來，紡織業台商到南部非洲各國投資的案件日多，尤其集中在南非鄰國賴索托，主要生產牛仔服飾、Chinos斜紋褲、運動衫及針織服飾等產品，供應美國如Gap、Walmart、Target及Sears Roebuck等大型連鎖企業，或為Levis及Lee等名牌牛仔服飾公司代工。

肆、海外台商實力對台灣經濟之意涵

台灣的電子資訊產業，上游半導體與下游資訊硬體產品在全球市場上具有產業影響力。此一影響力源自於其提供設計與製造服務的全球實力，而支持電子資訊業台商這些產業實力的主要能耐內涵，包括產品架構確立後的快速設計能耐（post-architecture design competence）、高效率的製程能耐（process com-

petence），乃至於全球運籌與服務能耐（global logistic and service competence），國際買主藉助台灣廠商設計製造能力，得以掌握time-to-

[9] 參閱李隆生，「台灣成衣產業發展的探討」，紡織月刊（台北），第59期（2001年5月），頁51-58。

market, time-to-volume, time-to-cost的競爭優勢，成為全球最具有競爭力的電子資訊產品供應來源。

電子資訊業台商的競爭力，除了源自於國內分工結構與產業群聚效應外，近年來利用大陸的低成本製造資源，進一步延伸現有優勢，建構兩岸的資源分工網絡，也是成長與競爭力維持的主因。自九〇年代以來，電子資訊產業台商在大陸的投資，已然在華東與華南地區，形成有效率的生產支援網絡與完整的產業聚落。從宏觀的角度觀察，這些產業聚落並非只是台灣產業聚落的外移，而更是台灣相對應產業聚落的分殖（spin-off）。也就是說，華東、華南地區的產業聚落內的供應體系，仍是以台商之間的交易為主體。同時，聚落內廠商配合其母公司的策略方向運作，兩者間存在緊密的策略性連結（strategic linkages）。

傳統產業，如紡織業及製鞋業，外移的規模相較於其他產業算是相當龐大。從表面的數據來看，紡織業及製鞋業在台灣的產值已大幅萎縮，整個產業對台灣的經濟貢獻已趨小。但從另一個角度來看，這些產業對外投資的經驗已累積十年以上，而這十多年所累積的投資經驗及資源對台灣企業國際化的歷程極具價值。事實上，傳統製造業之所以能在激烈競爭的環境下生存下來，並且持續發展，主要應歸功於產業結構調整成功。以紡織業為例，廠商透過海外投資將分工體系擴大到國外，尤其是下游成衣業，移到工資低廉的國家生產，國內只保留部分產能，從事一些較高品質或急件產品之生產，同時將台灣母公司作為接單、研發設計與附件及資金調度中心。

製鞋、紡織和機械設備等傳統產業廠商透過海內外分工，使生產更具彈性，強化對接單能力，對外投資不只是促使母公司更快地邁向國際化，同時更是母公司再次成長的契機。尤其在海外投資之後，繼續從台灣採購所需的原材料、半成品和關鍵零組件等，對於台灣相關產業之發展助益頗大。部份廠商在海外投資之後自創品牌，並加強在台灣從事創新研發等方向之投資，以及從事多角化經營。

過去的二、三十年來，台灣廠商一直以製造見長，隨著海外投資發展，近年來台商在海外尤其是在大陸自創品牌成功的例子日多。製鞋業有永恩集團的「達芙妮」、榮湘工業的凱欣KS品牌，及恆豐集團所屬大陸海豐鞋廠自創 “MissSofi” 品牌等都是典型台商從委託代工（OEM）轉換成委託設計（ODM）型態後，再升級開創自有品牌的例子。成衣服飾業自創品牌與行銷做得最成功當屬台南企業和麗嬰房，另有其它成衣服飾業廠商自創品牌的成就也不差（表9-7）。因此，台商在海外自創品牌成功或失敗的經驗，對於台灣廠商而言誠屬可貴，值得善加利用。

表9-7　成衣服飾業廠商自創與代理品牌

公司名稱	自創或代理品牌
遠東紡織	東妮寢飾品、比威力、F.E.T（金埃及內衣）、John Henry、Gold Trumpeter、歐風西服、益絲可（ESCALL）。
新光紡織	玉山牌。
東雲紡織	1985年與皮爾卡登台灣分公司簽約，取得皮爾卡登西服、西褲及布料等產品在台代理權。
台南紡織	高爾夫、北極星、太子牌、太子龍。
中興紡織	雅茲、三槍牌、宜而爽、Baby Pub、BVD。
台南企業	TONY WEAR、TONY JEANS。
麗嬰房	Les Enphants Baby、les Enphants Kids、Familiar、Oshkosh、Winnie the Pooh、Disney Babies、Nike Kids。

資料來源：本研究根據相關報導整理。

值得一提的是，由於台灣電子資訊產業快速的成長，使得不少傳統產業以介入電子資訊產業作為企業轉型或獲利的方法，這種異業結盟的方式，不僅使台灣傳統產業獲得生機，同時也使電子資訊產業能有效的運用傳統產業對外投資的寶貴經驗。以寶成為例，寶成國際集團除在製鞋本業外，更多角化經營，跨足其他領域，並積極佈局在寶成相關的轉投資公司，所觸及的產業包含多媒體資訊產業、電腦週邊、電腦軟體、電子零組件、金融服務業、觀光旅館業等十餘項。寶成在鞋業代工的成功經驗，是少數能夠擊敗韓商的台灣奇蹟，這些寶貴的經驗，正是目前台商面對南韓面板大廠競爭時的重要參考，而寶成在大陸耕耘多年，建立良好的政商關係，這種優勢也是其他合作廠商進入大陸市場不可或缺的重要資源。

除此之外，對外投資廠商憑藉其豐富的投資經驗及對當地市場的了解，能夠協助其他廠商快速進入海外市場，尤其台商普遍會在投資當地成立台商聯誼會，這些聯誼會最主要的功能是資訊交流，避免彼此走冤枉路，並且能匯集當地台商的力量爭取有利的條件。許多台商的海外生產據點並不只侷限於一國，因此能夠同時對於這些投資地區的環境有相當的認識。這樣的優勢能夠使台灣廠商在選擇投資區位時更為精準、切合所需，並且也能大幅降低對外投資的不確定性，有助於台灣赴海外投資的成功率。

伍、結論

製造業台商在全球佈局，以電子資訊業為例，長期以來的生產重心都在台灣，但隨著台灣勞工成本增加及勞力供應不足，製造業者將生產活動移往海外的趨勢明顯，中國大陸、東南亞等地是電子資訊業在海外投資的主要集中地。

台灣電子資訊業者具有上游半導體與下游資訊硬體產品製造的國際影響力，目前已成為全球最具有競爭力的電子資訊產品供應來源。台灣電子資訊業的競爭力，除了源自於國內的分工結構與產業群聚效應外，近年來利用大陸的低成本製造資源，建構兩岸的資源分工網絡，使原有的優勢進一步延伸，也是持續成長與競爭力維持的主因。隨著台商在兩岸的分工佈局動態發展，不僅在經營規模「量」上得以有效地放大，掌握產業成長的契機；在分工結構的「質」方面，投資帶動台灣對大陸相關零件、組件、半成品的輸出，加上產品區隔策略的實踐，不僅顯示兩岸產業分工深度逐漸提高，也代表此一動態分工對於台灣經濟成長的正面效益。

製造業台商對外投資對台灣企業國際化的歷程極具價值，一方面，海外投資可以提升投資者本身產品設計、製造能力，在國際市場上爭取較高的競爭地位；另一方面，投資者累積豐富的投資經驗及對當地市場的瞭解，能夠協助其他廠商快速進入海外市場，降低對外投資的不確定性，提高後進廠商赴海外投資的成功率。

展望未來，面對市場的激烈競爭，企業應思考利用既有的能耐基礎，創造新的能耐條件，以確保永續競爭力。首先，為了擺脫競爭者的糾纏，保持領先優勢，企業應思考建立新的價值創造基礎。台商在海外投資已累積相當的設計製造能耐，未來的發展應立足在此基礎上，致力於研發投資開發新產品，或提高製造能耐水準，提高製造的品質門檻，以提高競爭者的營運成本。對於電子資訊業廠商而言，也可以延伸專業設計製造代工的能耐，發展成為專業電子服務廠商（EMS），提升營運的能耐，或轉型為運用外在製造資源、提供國際品牌解決方案的價值整合廠商，以充分滿足國際買主的個別差異化需求，形成獨特的競爭優勢。廠商應致力於利用上、下游產業的實力，投資開發中游的關鍵零組件產品，以提升整體產業的全球競爭力。

其次，從全球的角度看，各地的資源能耐基礎並不相同，未來在發展策略上，企業在台灣致力於強化現有的能耐優勢如新產品開發、設計、高階製造、整合管理效率，並進一步利用既有的產業網絡，連結國外市場機會與先進技術，與大陸量產效率及產品當地化調整的樞紐或軸心，使資源的跨國佈局真正做到網絡化，以強化整合效率，創造新能耐與成長動能。

台商赴海外投資已累積了可觀的經濟實力，如何運用海外台商累積的實力，以促進台灣經濟發展，是大家所關注的焦點。從政策面來思考，由於台商在海外營運的規模擴大後，對於建構一個運籌帷幄於台灣，逐鹿於全球市場的營運總部之需要逐漸增強。政府目前已積極鼓勵在台灣設立全球營運總部，政策方向值得肯定，若能進一步提供更具開創性誘因，例如：金融與籌資環境的國際化、自由化，國際運籌體系的發達，產品開發流程的兩岸連動，必能發揮更大的實質效果。

其次，應鼓勵海外投資有成就的台商回國投資。中小型傳統產業到海外投資之後，不太可能回台灣投資本業，對於有興趣的行業又因技術不熟悉或資金不足而無法落實。由政府主導，譬如行政院開發基金投資一部份，結合海外台商資金成立創投基金，支援國內新產品開發、技術創新活動，或尋找投資標的，是個可行且值得採行的方案。

第三，部份台商在海外投資經營多年，已建立國際行銷通路，甚至創立品牌，累積不錯的行銷能力。這些台商與國內相關企業或行業都有某種程度的業務往來，對於協助國內廠商打開國際市場扮演重要角色。針對這些海外投資有成的台商，政府應建立資料庫，加強聯繫，促進與國內廠商交流，外貿協會或可扮演居間橋樑的角色。另外，由於這些海外台商進一步發展成為規模較大的跨國性企業，面臨資金不足的瓶頸，政府可考慮選擇較有潛力的企業，輔導回國上市。

第四，海外台商製造活動，所需原材料有一定比例自台灣採購，這種分工合作的格局創造海內外企業共同發展的成就。面對市場的激烈競爭，新產品開發的能力和速度極為關鍵，而新產品需要有新材料的支援。政府在這方面可扮演更積極的角色，一方面確立相關的產業發展政策；另一方面，鼓勵國內廠商投資生產新材料及關鍵零組件，引導海外台商回國參與投資，從事研發或生產。

此外，為了吸引海外台商回國投資，政府也可以採取以下兩種行政措施，一是鼓勵並支持台灣產業協會等社團與海外台商多交流，增進相互瞭解與信任，促成合作；二是政府主動邀請國內廠商參與組團赴國外舉辦論壇，將國內具體的投資機會對海外台商宣導。

參考文獻

中國紡織工業研究中心，**2002年紡織工業年鑑**（台北：中國紡織工業研究中心，2002年7月）。

中華經濟研究院，**製造業赴大陸投資對我國產業競爭力之影響**（台北：中華經濟研究院，2001年）。

中華經濟研究院，**如何運用海外台商發展台灣經濟之研究**（台北：中華經濟研究院，2003年）。

李隆生，「台灣成衣產業發展的探討」，**紡織月刊**（台北），第59期（2001年5月），頁51-58。

英宗宏，「紡織產業近十年來重要發展趨勢」，**紡織月刊**（台北），第61期（2001年7月），頁59-63。

陳添枝、顧瑩華，「台商國際化策略之選擇」，發表於「全球華人經濟力現況與展望」國際研討會，2000年。

經濟部產業技術資訊服務推廣計畫，**2003半導體工業年鑑**（台北：工研院，2003年7月）。

經濟部產業技術資訊服務推廣計畫，**2003電子零組件工業年鑑**（台北：工研院，2003年7月）。

資策會資訊市場情報中心，**台灣競爭力產業競爭力分析研究專案報告**（台北：資訊工業策進會，2003年4月）。

劉瑞圖，「台灣紡織業大陸投資現狀及影響」，**紡織月刊**（台北），第67期（2002年1月），頁13-14。

蕭新煌、王宏仁、龔宜君編，**台商在東南亞：網絡、認同與全球化**（台北：中央研究院亞太研究計劃，2002年）。

顧瑩華，**企業國際化與國內工業發展之研究**（台北：經濟部工業局，2001年）。

紡拓會網站，http://ttf.textiles.org.tw。

經濟部投資業務處網站，http://www.idic.gov。

多國籍企業發展與大陸投資
——以旺旺集團爲例

王珍一
（旺旺集團公關委員會委員）

摘要

基於台灣與中國大陸間所存之特殊政治、經濟關係，台灣與中國大陸二個經濟體（Economic Entity）之經濟貿易往來，應可視為一個特殊的多國籍貿易關係。依此邏輯，赴中國大陸投資經營的台灣企業亦可視為一種特殊的國際企業（Multinational Corporate，簡稱MNC）。蓋國際企業資本於國際間流動之主要動機與目的包括：經營成本之降低與新市場之開發，在經濟發展程度較高之經濟體中，其先發之成熟產業在經營成本與新市場開發上已漸失其競爭優勢，故在營運及市場國際化架構下，該等產業可藉由國際資本移動及跨國經營之方式以續保其競爭力。近十年來，台灣處於成熟期或衰退期的「傳統產業」紛赴大陸投資設廠以延續其企業經營活力。

本研究之目的旨在依國際產品生命週期理論（International Product Life Cycle，簡稱 IPLC）解釋台灣與中國大陸間特殊國際資本移動之動機、目的、過程及在比較優勢下展現之經營成果。旺旺集團為台商赴大陸投資經營的標竿企業，且所處之食品製造業於台灣正處於成熟期，本研究將以旺旺企業為個案。分析、詮釋國際產品生命週期理論在大陸台商企業之適用。

關鍵詞：產品生命週期、國際產品生命週期、多國籍企業、競爭優勢、台商企業

The Development of Multinational Enterprises and Investment in China: the Case Study of Want-Want Group

Chen-I Wang

Abstract

Due to the unusual political and economic ties across the Strait, the trade between Taiwan and Mainland China, as two independent economic entities, can be regarded as special "state-to-state" trade. Taiwanese enterprises that invest in China can also be viewed as special Multinational Corporations（MNCs）. The primary aims of international capital flows include lowering costs and exploiting new markets. The industries in well-developed economies have been losing their competitive advantage in cost and marketing, in which those industries can recoup their loss by making use of cross-border operations and capital flows. Less-developed economies usually provide these MNCs with more potential markets and lower operation costs. Therefore, in the last decade, many so-called "traditional industries" in Taiwan have left to invest in China in order to maintain their competitive edge.

Under the framework of International Product Life Cycle（IPLC）, this study aims to interpret the motivation, purpose and process of the special cross-strait capital flows between Taiwan and China, as well as discuss the results derived from these comparative advantages. Among those Taiwanese firms investing in Mainland China, Want-Want group is denoted as the benchmark enterprise, which has enjoyed a strong market presence for a long time. The group belongs to the food industry, which falls in the mature period of product life cycle in Taiwan. So the study uses it as an example to analyze and interpret the application of the International Product Life Cycle theory in the Chinese market.

Keywords: Product Life Cycle, International Product Life Cycle, Multinational Corporate, Competitive advantage, Taiwanese firms in Mainland China

壹、研究問題的重要性

二次世界大戰結束以來，國際政治經濟中無論那一方面，都沒有像多國籍企業（Multinational Corporation，簡稱MNC）的全球性擴張的問題一般，引起廣泛的爭議。[1] 所謂多國籍企業，廣義解釋為：「在複數國家經營事業之企業」。換言之，海外直接投資有一國，即可稱為多國籍企業；狹義的解釋，即是一般人所關心的巨型多國籍企業，在世界多數國家中設立工廠及銷售據點，依據全球經營策略追求企業全體利潤極大化。[2] 多國籍企業的產生，導因於世界經濟的生產結構改變，意即從為單一國及市場生產，轉變成為全球市場生產，進而形成寡佔競爭現象。因此國家間的競爭由國家決定，轉變成由多國籍企業決定，而這些企業亦推動母國與地主國利用產業政策及其它政策，使這些強大的公司為自己及國家之利益服務。[3]

多國籍企業資本於國際間流動，其主要動機與目的包括：經營成本之降低與新市場之開發。在經濟發展程度較高之經濟體中，其先發之成熟產業在經營成本與新市場開發，漸失其競爭優勢，故在營運及市場國際化架構下，該產業可藉由國際資本移動及跨國經營方式以續保其競爭力；另一方面，經濟發展程度較低之經濟體，常具低經營成本與高市場潛力之特性，故處於產品生命週期（Product Life Cycle，簡稱PLC）中成熟期或衰退期之產業，常有往低度開發經濟體移動之趨勢。近十年來，在台灣處於成熟期或衰退期的「傳統產業」，紛赴中國大陸投資設廠，以延續其企業

---

[1] Robert Gilpin, The Political Economy of International Relations（Princeton University Press, 1987）, p.231.

[2] 林彩梅，美日多國籍企業經營策略（台北：五南圖書出版公司，1988年），頁4。

[3] Susan Strange, *The Retreat of the State: The Diffusion of Power in the World Economy*（New York: Cambridge University Press, 1996）, p.44.

經營活力，基於台灣與中國大陸間所存之特殊政治、經濟關係，故台灣與中國大陸二個經濟體（economic entity）間之經濟貿易往來，應可視為一個特殊的國際貿易關係，且中國大陸幅員遼闊，各地理區位之發展程度落差頗大，故中國市場亦可視為一多國組合之特殊市場。依此邏輯，赴中國大陸投資經營的台灣企業，亦可視為一種廣義的多國籍企業。

本研究之目的旨在：依國際產品生命週期理論（International Product Life Cycle，簡稱IPLC），解釋台灣與中國大陸間特殊國際資本移動之動機、目的、過程，以及在比較優勢下展現之經營成果。選擇旺旺集團為例，是因為旺旺集團為台商赴大陸投資經營頗為成功之標竿企業，且所處之食品製造業於台灣正處於成熟期，故本研究將以旺旺集團為個案，以分析並詮釋國際產品生命週期理論在大陸台商企業之適用性。

貳、理論架構

企業的國際化導致多國籍企業的產生，而其成長策略的動機是從一般產品生命週期理論所引發。此理論不但有助解產品的競爭動態，並可提供一思考架構，以協助企業制定策略。

一、 產品生命週期理論

產品生命週期之分析及名詞首次出始於1959年Patton之研究報告，他將產品壽命分成幾個可以識別之階段，以利分析研究並做決策之依據。依Patton之分析，產品壽命可分為上市期、成長期、成熟期與衰退期等四階段，構成產品之最傳統產品生命週期（Product Life Cycle，簡稱PLC）。各階段之特點如下：[4]

---

[4] Arch Patton, “Stretch Your Product's Earning Years-Top Management's Stake in the Product Life Cycle,” *Management Review*, XXXVIII（June 1959）, pp.9-14, pp.67-69.

（一）上市期：產品初上市，銷售量少，銷售量增加緩慢，從沒有利潤到有利潤。

（二）成長期：銷售量快速繼續增加，利潤亦增加。

（三）成熟期：銷售量漸趨尖峰，終無法再增加，產品市場達飽和狀態；利潤開始下降。

（四）衰退期：銷售量下降，利得率不斷下降，甚至有虧損現象。

圖10-1　Patton之產品生命週期模式

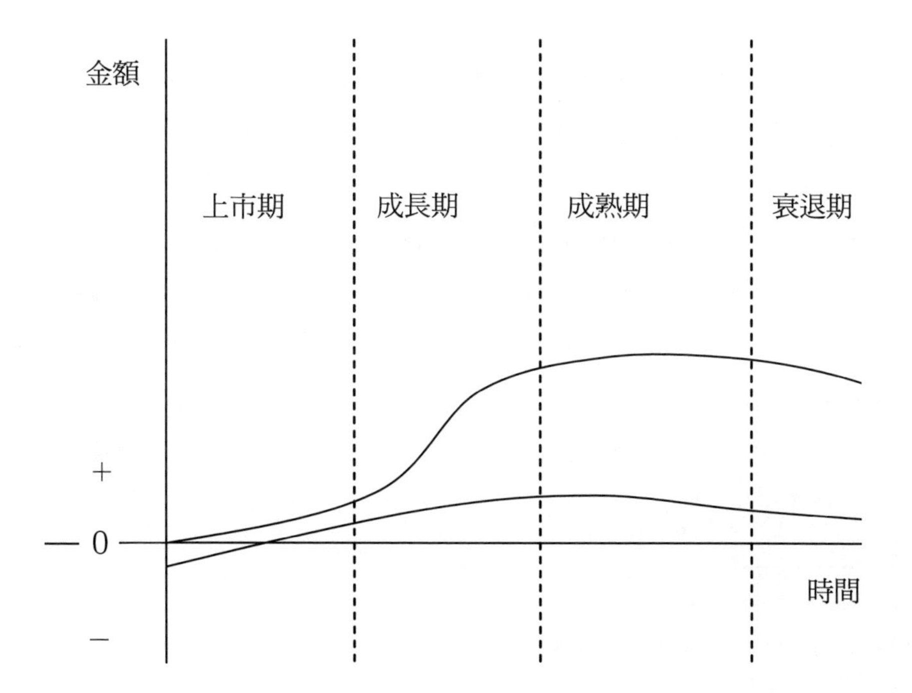

資料來源：Arch Patton, "Stretch Your Product's Earning Years-Top Management's Stake in the Product Life Cycle," Management Review, XXXVIII（June 1959）, pp.9-14.

顯然Patton係依產品銷售量與利潤之增減，識別產品之生命週期（見圖10-1）。按Patton之週期理論產品推出初期產銷費用，如推廣費用、產製成本高，但由於售量增加緩慢、收入小，營業虧損在所難免。當消費者逐漸接受新產品，產銷量不斷增加，成本降低，價格亦降低，更使產銷量增加，收入增加快速，成本因大量產銷而降低，產品利潤增加。爾後，因競爭廠商增加而分割市場，且需求漸趨飽和，市場上有競價現象，故利潤必持續下降。新替代品出現以及消費者偏好改變，綜合作用迫使整個產業衰弱，廠商之利潤不但急速削減且有虧損現象。面對此種產品生命週期，如何延長有利潤之年限，實為企業經營之職責所在。[5]

自1965年後，探討產品生命週期管理者甚囂塵上，Levitt認為所謂產品生命週期是指某項產品，從最初在市場上出現到退出市場這段期間內銷售變化與時間的關係，[6] 和 Patton 類似；Smallwood將產品生命週期加入終止期的觀念；[7] Enis等學者更將Smallwood所提五個階段產品生命週期修正為發展期、進入期、守成期、衍生期及衰退期。[8] 產品生命週期劃分階段雖因個人研究而異，但仍不脫離S型產品生命週期型態。直到Rink & Swan在研究中發現，除了S型產品生命週期外，尚有其他不同型態的生命週期。[9] 另外，Cox發現有許多生命週期再循環之例，因此發展出「循

---

5 Arch Patton,同註4, pp.9-14, pp.67-69.

6 Theodore Levitt , “Exploit the Product Life Cycle,” *Journal of Harvard Business Review*,（Nov.-Dec. 1965）, pp.81-94.

7 John E. Smallwood, “The Product Life Cycle: A key to Strategic Marketing Planning,” *Journal of MSU Business Topics,*（Winter, 1973）, pp.29-35.

8 Ben M. Enis, Grace L.A. Reymond, “Extending the Product Life Cycle,” *Business Horizon,*（1977）, p.49.

9 David R. Rink, John E. Swan, “Product Life Cycle Research: A Literature Review,” *Journal of Business Research*（July 1979）, pp.219-242.

環－再循環」型之產品生命週期，研究中指出上市產品能藉由不同的策略規劃，再創銷售另一高峰。[10] 這也使得產品生命週期理論在行銷研究上的應用更為廣泛。

二、國際產品生命週期理論

Raymond Vernon於1966年提出國際產品生命週期理論，它和一般產品生命週期有相當類似之處，但其乃指新產品進入國際市場的過程，可分為創新期、成熟期及標準化期等三階段。各階段之特點如下：[11]

（一）創新期：

在本階段由於新產品製程尚未定型，單位生產成本必定較高，因此生產成本相對較不重要，此階段的主要目的乃是開發新產品，所以新產品多在先進國發明創造，然後生產、銷售到其他先進國家與開發中國家。此時技術尚未擴散，技術領先的競爭優勢強大。在Vernon的研究認為：美國是已開發國家，因此產品創新多集中在美國，原因如下：1. 美國的平均所得高，因此對於新產品的需求也較高；2. 美國的單位勞動成本高，所以對於節省勞力的自動化機械需求增加，而更增創新動力；3. 美國的上下游間溝通管道暢通，使創新者更了解市場需求，導致創新增加。

---

[10] Willian E. Cox Jr., "Product Life Cycles as Marketing Models," *Journal of Business*, vol. 40（Oct. 1967）, pp.375-384.

[11] Raymond Vernon, "International Investment and International Trade in the Product Cycle," *Quarterly Journal of Economics*, vol.53（May 1966）, pp.190-207.

圖10-2 Vemon之國際產品週期模式

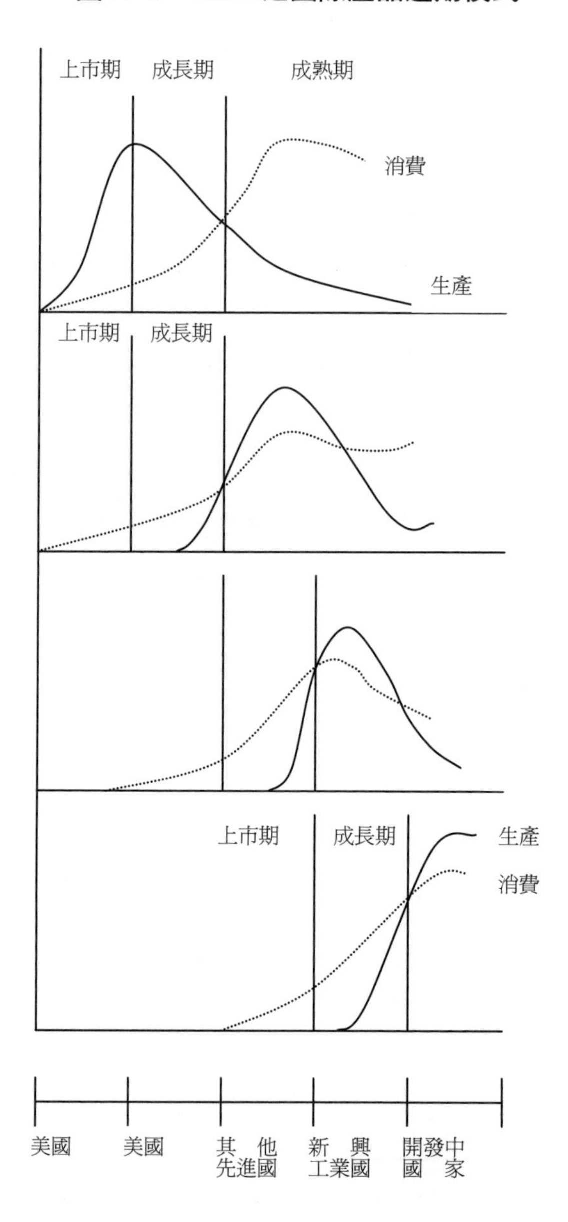

資料來源：Raymond Vernon, "International Investment and International Trade in the Product Cycle," Quarterly Journal of Economics, vol.53（May 1966）, pp.190-207.

（二）成熟期：

在本階段中，國外市場對產品需求逐漸增加，多國籍企業開始對外投資，向海外設廠生產。此時新產品的生產技術逐漸擴散，技術在原發明國以外的其他先進國家逐漸變為公共財，亦即技術逐漸普遍化，於是價格競爭日趨激烈。各廠商為避免在競爭激烈的價格戰中失利，便開始朝向產品差異化的方向努力，各自尋求有利的市場。

（三）標準化期：

此時生產技術已透明，迫使生產線再次移動，移向成本最低的地區。由於開發中國家勞動力充沛、工資低廉，且產品的技術與製程也已標準化，可由半技術勞工或非技術勞工來進行生產。因此不但開始以生產代替進口，並且回銷原先之發明國與其它先進國家。

由國際產品生命週期理論（見圖10-2）可知：產品在創新時期是在已開發國家生產，逐漸轉移至其它先進國。而當產品進入標準化時期後，由於生產技術廣為流傳，產品差異化也達到瓶頸，因此降低生產成本為最重要之考量。於是勞動力相對豐富、工資便宜、技術水準較低的開發中國家在比較利益中取得優勢，故將生產移至開發中國家。隨著知識的傳播與技術的擴散，各國在生產技術上的差異會逐漸趨於一致，[12] 致使競爭激烈、利潤微薄，而多國籍企業為獲得長期性成長期的利潤，藉由延伸國際產品生命週期理論中之成長期，產生多國籍企業成長期的長期策略模型（參見圖10-3）。

---

[12] 張清溪、許嘉棟、劉鶯釧、吳聰敏，經濟學（台北：雙葉書廊有限公司，1991年8月）。

圖10-3 多國籍企業在國際產品生命週期下之長期成長策略

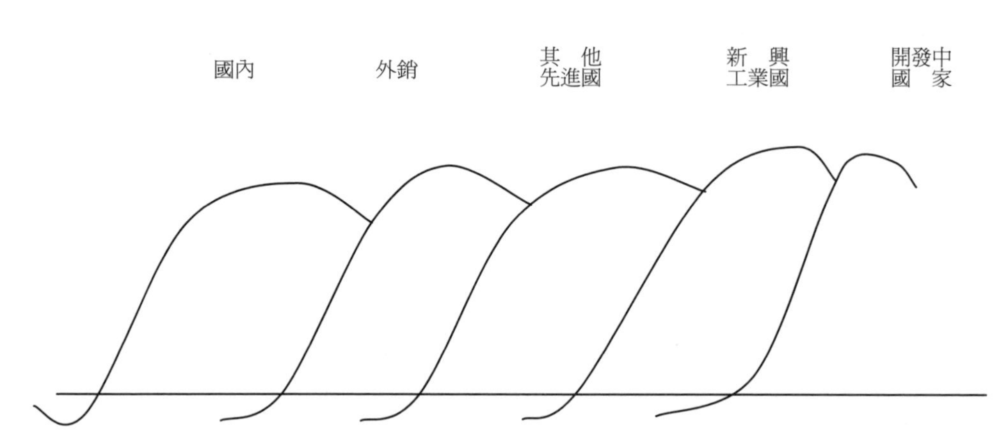

資料來源：林彩梅，美日多國籍企業經營策略（台北：五南圖書出版公司，1988年），頁156。

三、產品生命週期研究的對象

Polli & Cook兩位學者在研究香煙產品生命週期中發現：香煙中不同產品層級可分為產品類（product class）、產品型（product type）、品牌（brand）的生命週期型態有極大的差異。[13] Kotler將上述三層級分類如下：[14]

（一）產品類：某一群在產品族內具有類似功能的產品，例如食品。

（二）產品型：指在同一產品線上，且具有某種共同型式的產品項目，例如餅乾、飲料。

（三）品牌：賦予某一產品項目的特定名稱，使其能與其他競爭者產品有所區分，例如歐斯麥餅乾、蘋果西打。

---

[13] Rolando Polli & Victor Cook, "Validity of the Product Life Cycle," *Journal of Business,* vol. 42,（1966）, pp.385-400.

[14] Philip Kotler, *Marketing Management: Analysis, Planning, and Control,* 5ed.（Prentice-Hall, Inc., 1984）, p.355.

三者之中以產品類擁有最長的生命週期。許多產品類（如汽車、報紙）由於受到人口統計變數的影響，需求常歷久不衰，使得成熟期過長，難以分析其產品生命週期；至於品牌的生命週期則常受銷售策略的變更而變化多端，亦不太適用於生命週期分析。因此雖然產品生命週期可應用於產品類、產品型及品牌等不同產品層級之研究，但從許多產品型，如餅乾、飲料等都歷經發展、成長、成熟和衰退等階段來看，產品生命週期分析，仍以產品型最為合適。同時，Rink & Swan發現產品生命週期最常被用來研究非耐久性消費財，如食品、非食品雜貨、藥品、家庭用品、化妝品及香煙；其次是耐久性消費財，如黑白電視、彩色電視、冰箱、汽車、汽車輪胎等；工業品如引擎、液壓器、化學品及石化品等研究甚少，主要原因在於工業產品係屬衍生需求，在市場銷售的反應較慢等因素限制。[15]

四、產品生命週期理論策略化與策略架構之發展

產品生命週期之特徵，對管理者而言，最重要者實為銷售與利潤消長在時間上之差異。顯然利潤之上升後於銷售量之上升，利潤之下降則遠先於銷售量之下降。此種現象，意味著策略規劃須特別考慮企業經營資源，在各不同生命週期階段之有效運用，使上市期儘量縮短，成長期及成熟期儘量延伸。因此，產品生命週期理論走上策略化是必然之途徑。然而，產品生命週期管理策略規劃之先決條件為：對週期各階段之正確辨認與預測。

Clifford Jr.強調：沒有放諸四海皆通之辨別產品生命週期階段之方法，只有不斷實施產品生命週期稽查（PLC audit）才能及早發現，甚至預測週期。[16] Clifford之稽查項目包括：銷售量及銷售金額、投資報酬率、市

---

[15] 同註9，pp.219-242.

[16] Donald K. Clifford, Jr., “Leverage in the Product Life Cycle,” *Dun’s Review*（May 1965）, pp.62-70.

場佔有率、單價，以及成本對利潤之比率。除了稽查上述各項之歷史資料以鑑別趨勢（如增加、減少等）外，須參照類似產品之週期型態與競爭狀況，才能斷定該產品之週期階段。依Clifford之稽查法觀念性架構，倘利用三至五年資料之平均資料與最近一年之變化相較，當可判定產品是否進入成長期或已進入成熟期，抑或業已進入衰退期。舉凡若成本對利潤比率開始降低，銷售量、投資報酬率、市場佔有率增加，而價格下降，但競爭尚不激烈，則可判定該產品業已邁入成長期。倘成本對利潤之比率開始升高，銷售額之增加率緩和，投資報酬率及市場佔有率下降，競爭激烈，則該產品便已進入成熟期。[17] 當上述之成熟期各項狀況更激烈而明顯時，則可斷言產品衰退之到來。

Auster採用定性的方法確認產品生命週期，此法是依據產品生命週期各階段之特徵或專家的意見認定。[18] Smallwood之定量法，則是先決定產品之飽和普及率，再以當年度普及率與飽和普及率之比，作為訂定產品生命週期各階段之指標。[19] 另外，Polli & Cook則建議以產品各銷售年度中，實際銷售成長率之變化，作為產品生命週期各階段區分之標準。[20] 其中上市期，以上市後市場佔有率達5%為止；當年度銷售成長率高於全期成長率的二分之一標準差時，表示產品已進入成長期；當年度銷售成長率低於負二分之一標準差時，表示產品進入衰退階段；倘當年度銷售成長率介於二者之間，表示產品處於成熟期。劉水深指出：在產品生命週期理論中，絕大多數是以銷售之變化為判定之指標，但從創新之採用與

---

[17] Donald K. Clifford Jr., 同註16，pp.62-70.

[18] E. R. Auster, “The Relation of Industry Evolution to Patterns of Technological Linkages, Joint Venture, and Direct Investment Between U.S. and Japan,” Unpublished paper（The Amas Tuck School of Business Administration, Dartmouth College）.

[19] John E. Smallwood,同註7，pp.29-35.

[20] Rolando Polli&Victor Cook,同註13，pp.385-400.

擴散理論，以普及率作為衡量標準應較銷售為佳，但因銷售資料較易取得，且直接影響到公司之收入，故銷售較常被引用。惟對非耐久性消費財而言，兩者並無差別。故本文綜合劉水深[21] 及Kotler[22] 在產品生命週期各階段之市場環境、組織特性、行銷重點及策略之架構，並配合Daniels & Radebaugh[23] 對於國際產品生命週期各階段特色之說明，整理出各階段之市場特徵如下：

在組織特性方面，以成本、生產效率、利潤及銷售量，來判定產品之週期階段。產品在上市期之成本通常較高、生產效率低，因此銷售量較低，但由於產品創新，具有獨佔性，享有超額利潤，所以利潤高。當產品進入成長階段，因生產漸有效率而使成本降低、銷售量提高，利潤在此時成長極快。進入成熟期後，營運規模因生產標準化而更有效率，成本更低，但因市場競爭劇烈，使利潤減少。在環境現況方面，吾人可從競爭者、通路、需求以及價格來判定。倘若競爭者少或沒有競爭者，分配通路亦缺乏，價格高昂且需求有限時，該產品處於上市期。當因需求增多、市場擴張而拓廣分配通路的同時，競爭者增多而價格略降低，表示該產品進入成長期。當市場漸趨飽和而有劇烈競爭，加上需求不穩，則產品邁入成熟期。若需求永久性減少，競爭者亦減少，但價格趨於穩定者，可謂產品進入衰退期。以目標市場來分析，產品在上市時，由於多半屬創新產品，因此高所得及高社會地位者較有機會嘗試。當產品進入成長期時，一般中產階級者亦可接受。當一般大眾皆能接受並購買該產品時，則可謂產品進入成熟期。若上述之目標市場確定後，吾人便依照產品在不同之生命週期，給予不同的行銷重點。一般而言，產品在上市期時，廣告之目的集中

---

[21] 劉水深，產品規劃與策略運用（台北：劉水深自版，1981）。

[22] Philip Kotler著，方世榮譯，行銷管理學（台北：東華書局，1992），頁487。

[23] Jon D. Daniels, Lee H. Radebaugh sixth ed., *International Business: Environments and Operations*,（Addison-Wesley, Inc.,）.

在早期採用者之需要，訴求重點是地位和尊嚴，且此時之廣告量最多，使早期採用者由瞭解產品存在，進而對產品發生興趣。當產品進入成長期後，廣告之目的是為了使大眾市場瞭解品牌優點，因此訴求重點為產品之特性，此時廣告量較少，但維持一定數量，以保持和消費者之間的溝通。進入成熟期後，廣告成為產品區隔之工具，訴求之重點為特殊性。由於此時大多數消費者已瞭解品牌特性，故廣告量可降低。若產品進入衰退期，則廣告須強調低價，以減少存貨，但此時廣告量已很少。

產品生命週期各階段的生產位置亦有明顯劃分。在上市期，產品之生產位置在創新先進國。由於產量增加很快，進入成長期，為降低成本，生產位置必須移轉至新興工業國。到了成熟期後，產品會移至多個國家生產，使市場擴大。最後，才將產品轉往低度開發國家生產。另外，從策略方面來分析，Hill和Jones認為：不同的產品生命週期會採取不同的策略，以期建立持久的競爭優勢。[24] 上市期的產品是由先驅企業的創新所創造。然而，創新企業的高利潤也會吸引潛在的模仿者及第二進入者。因此，在上市期及成長期所採用的策略有獨自開發、合資或策略聯盟（Strategic Alliance）。在成熟期時，一方面要阻止潛在競爭者進入，另一方面要降低產品競爭的程度。因此，一方面採取削價策略以制止其他企業的進入；另一方面可用非價格競爭策略，如市場滲透、市場開發或產品開發等策略，意即在成熟期中，產品差異化（differentiation）是被用來作為主要的競爭武器。換言之，企業依賴產品差異化制止潛在的進入者及管理產業的敵對競爭。若產品已進入衰退期，則可由衰退產品中的競爭強度及企業相對於小區隔需求的優勢，採取領導、利基、撤資及收割等策略。

台灣的食品業及製造業，大多為勞力密集型企業，由於受到資金、規

---

[24] Charles W.L. Hill, Gareth R. Jones, *Strategic Management Theory*（New York：Houghton Mifflin Company）, pp.217-239.

模、技術與國際行銷經驗的限制，使得其在國內的投資環境漸趨惡化，而逐漸外移至大陸及東南亞等勞動力豐富、工資便宜的開發中國家進行生產，尤其是臨近台灣、人文環境近似的中國大陸更為其重要外移據點。因此，國際產品生命週期理論對台灣企業外移與投資大陸，提供了合理的解釋。

參、個案實證研究

旺旺集團為一食品加工業，在台灣市場以宜蘭食品公司為其主要事業體，屬非耐久性消費財的一種。根據以往之研究，國際產品生命週期之分析多注重在多次購買、價格較低、配銷通路密集，以及供應部分較不受變化影響之產品。因此，國際產品生命週期理論有助於說明，旺旺該集團對台海兩岸企業經營之影響。

旺旺集團所產銷之米果零食，在台灣市場已面臨產業成熟期，消費市場日趨飽和，產業成長趨緩。該公司之營業額自1986年至1990年間平均成長率約為3%，成本對利潤比率平均為4.8倍，相較於1980年至1985年間之平均成長率5.5%，及平均成本對利潤比率6.7倍，[25] 其營收及獲利在1985年之後即呈現成長趨緩現象。另1986年至1990年間平均每股盈餘（Earnings Per Share，簡稱EPS）為2.67元，相較於1980年至1985年間平均3.56元衰退。雖然該公司之市場佔有率仍達80%以上，穩居米果市場之領導地位，惟前述財務表現之訊息已說明該公司所產銷之米果製品自1985年後已漸入成熟期。面對台灣有限之資源及市場，復因中國大陸實行改革開放政策，故為避免集團事業發展陷入衰退之窘境，遂於1992年赴中國大陸開闢新市場，以尋求發展契機，並將該公司所產銷之米果等相關產品，

---

[25] 根據宜蘭食品未公開財務資料計算。

導出另一創新之生命發展週期。本文以旺旺集團於中國大陸之經營實績及市場開拓策略，印證國際產品生命週期（IPLC）之理論架構與原理。

該集團為首家進入中國大陸米果市場之食品業者，故初入市場時對於消費特性尚無法充分掌握。由於初期所銷售之產品皆自台灣進口，故其成本頗高，且每包米果訂價人民幣5.5元，市場接受性低。加之尚未建立有效配銷通路，故中國大陸市場對該集團之營收及獲利貢獻有限，如表10-1所述。1992年至2004年旺旺集團之營收主要來源為台灣地區，此為該集團於中國大陸米果市場上市期所呈現之高成本、營收及獲利成長有限之現象。

表10-1　旺旺集團營收及獲利統計（1992-2004年）

（單位：新加坡幣仟元）

年份	1992	1993	1994	1995	1996	1997	1998
營業收入	58,733	77,723	122,535	220,730	282,670	408,857	447,213
稅後淨利	3,110	7,522	21,275	57,094	65,577	67,253	83,569
年份	1999	2000	2001	2002	2003	2004	
營業收入	449,493	563,988	730,357	749,192	864,250	880,320	
稅後淨利	101,810	117,889	155,962	131,178	169,680	122,119	

資料來源：筆者根據旺旺集團1996年至2004年年報整理而得。

不過，旺旺集團以稻米產品為核心事業，符合中國大陸市場之米食消費文化。其目標市場定位於兒童及青少年族群，在中國大陸一胎化政策下，該目標市場之消費潛力豐厚；另產品口味及配銷通路之設計，亦符合各區位之發展及消費特性。由於中國大陸市場需求量逐年成長，故集團自1994年起於中國大陸各主要城市開始設立生產及銷售據點，迄1996年底共設立24處生產據點。其後以平均每年增加4個工廠之速度擴增產能。此外經銷商、批發商及營業所等銷售網路亦同時增加佈建，自1995至2001年止，每年平均以增加700個營銷辦事處之速度成長。由於各銷售據點設廠供給當地市場所需，可有效降低運輸成本，加之採取集中採購之策略亦能降低原物料成本，故在積極擴增產能並降低成本之下，且中國大陸自採取改革開放政策以後，經濟成長力道頗為強勁，國民所得增加速度亦為舉世罕見。故集團所定位之高價休閒米果市場之需求浮現，在需求增加、價格不變及成本下降等有利因素激勵下，自1994年起，其營收及獲利即呈逐年明顯成長之勢。[26] 營業額之成長率每年平均約在25%至30%之間，而獲利成長率約在15%至20%，此營收及獲利明顯成長、市場佔有率逐漸擴大之現象，乃符合產品生命週期中對成長期之定義。

旺旺集團初入中國大陸時，因對當地法規及政策不甚熟悉，故初期多與當地廠商合作共同成立產銷據點，自1992至1995年共成立十二家中外合作公司（Joint-Venture）。自1995年開始，公司成長快速，且初期所投入之資金亦多有回收，其後於各城市所增設之產銷據點多採獨資方式經營。1995至1998年間計成立15家獨資公司。迄2002年止，又陸續成立二十餘家獨資公司。除了獨資及合作之外，該集團並同時採行策略聯盟、垂直整合、產品開發及市場滲透等多種並行策略，以開拓市場、提升市場佔有率。

在策略聯盟方面，為深入開發龐大的大陸休閒食品市場，集團於1996年6月與韓國主要食品製造商—農心公司成立上海農心旺旺食品有限公司，旺旺集團佔40%股份，主要生產速食麵並於同年10月上市銷售；與日本小澤酒造明和會社技術合作酒類之生產；1997年8月和馳名美國之美國通用食品公司進行策略性合作。在垂直整合方面，集團於1996年12月成立集團第一家塑料包材製造廠，且在1997年成立2家紙箱廠。另外，

[26] 旺旺集團1996年至2002年年報資料。該集團之旺旺控股公司於1996年5月在新加坡交易所第一級股市掛牌。

於當年10月成立杭州統園以製造香料及添加劑等食品原料，更於2001年成立米廠。亦即集團由米果製品為核心，往上游建立米廠、紙箱與塑膠袋包裝廠、香料添加劑工廠等，以充分掌握原料來源及品質；往下游建立行銷及零售通路，以掌握產品銷售，以發揮垂直整合（Up/Downward Integration）之規模經濟，節約相關營銷成本。[27] 在產品開發方面，自1992年集團赴中國大陸以來，從生產單一的米果製品到目前成形的八大事業部，包括米果事業部、糖果事業部、飲品事業部、休閒事業一部、休閒事業二部、休閒事業三部、酒品事業部與米事業部，足見旺旺集團近十年來皆致力於新產品之開發，且跨足酒品、牛奶等飲品市場及農牧休閒農場等事業，期能藉由多角化（diversification）經營開拓新事業以收綜效（synergy）之益。此採行上下游整合及多角化經營之事業發展策略，亦須在廣大市場利基之下才得以開展。故該集團在中國大陸廣大市場支援下，其產品開發策略頗具積極性及侵略性，有助產品創新與發展，[28] 此亦為該集團遞延產品生命週期中成長期重要因素之一。此外，集團旗下八個事業部所產銷之產品，均採用多樣化之包裝規格及產品設計，以滿足不同之消費需求。強化旺旺品牌於市場中之獨特性，並讓消費者認知只要是米果，抑或休閒食品，就應選旺旺，藉此達到市場滲透的目的及品牌代表性。

在前述國際產品生命週期理論中，策略聯盟、獨資及合資等策略為成長期企業經常運用之策略。而垂直整合、市場滲透或產品開發等策略，應屬成熟期運用之策略。不過旺旺集團將前述屬於成熟期所使用之策略提前於成長期使用，此似與國際產品生命週期理論相悖。中國大陸市場幅員遼闊，且各經濟區塊或地理區位之發展程度落差頗大，故中國市場可視為一

[27] 2003年3月15日於上海訪談旺旺集團財務長之整理資料。

[28] 2003年7月23日於台北訪談旺旺集團主席之整理資料。

多國組合之特殊市場，同時包含處於上市期、成長期及成熟期等不同產品生命週期之經濟區位。旺旺集團所採行之行銷策略，常須依各區位經濟發展現況做必要調整，故與傳統國際產品生命週期理論中所描述或建議之策略不符。因此須修正國際產品生命週期理論，以因應中國大陸特殊市場之組合。

中國大陸自改革開放以來，沿海地區因地理及政策之優勢，為經濟發展之先發區域，如福建、廣東、珠江三角洲等地，其次為南京、上海、杭州等長江三角洲區域，後為長沙、北京、瀋陽、成都等單點一級城市，及經濟發展較落後之大西北、東北地區與二級城市及鄉村。旺旺集團發展產銷據點之策略，大體上亦依循此一經濟發展順序。二級城市或鄉村地區等開發中經濟區域，屬於上市期之產品；東北地區或長沙、成都等中級經濟發展區域，則可能屬於成長期；然於珠江及長江三角洲經濟區等先進發展與沿海地區則可能已經屬於成熟期。從廣義之國際產品生命週期角度，可視為在各個不同之經濟體間開拓國際市場，亦即利用各區域間不同之經濟發展程度，充分發揮國際產品生命週期優勢，一再遞延產品生命週期中之成長期，致該集團於中國大陸市場之營收及獲利，得保有持久不墜之成長力量。此外，為因應中國大陸經濟的快速發展，同時為公司的高成長，必須同時維持高利潤及保有市場佔有率。而維持高利潤的方式是持續降低成本，使用的方法是集中採購主要原物料，及更深度地垂直整合包材之自製，並且統一配銷。為在成熟期的地區保有市場佔有率，市場滲透、市場開發及產品開發有其必要性，且同時可使在成長期的地區，甚至上市期的地區獲得超額利潤。因此，為了面對特殊的中國大陸市場，必須採取更彈性的策略，以維持高成長。

自2001年開始，為使城市以外的民眾，尤其是廣大的農村人口亦可享用旺旺產品，進一步深化市場滲透力，並藉以打擊當地小規模食品廠商所採行之低價及仿冒產品，集團乃採行差異化策略（differentiation strategy）。一方面將主產品米果的品質持續提升，並開發新口味以鞏固旺旺品牌之領導地位；另以副品牌切入鄉村市場，即以較低的價格，以及差異化的品質等策略，因應不同市場及消費層次之需求，成立十餘家次級工廠，加上成熟的技術，使生產成本更低，進而擴大市場佔有率，並且進一步打擊競爭對手及仿冒者。該種削價競爭及市場區隔，似顯示該公司產品已屆成熟期。惟該集團2001年之營業額較上年度成長29%，稅後淨利亦較上年度成長達40%，又似與國際產品生命週期理論中對成熟之定義不符。主要係因米果及休閒食品之需求價格彈性（price elasticity）高，價格降低所損失之營業額，全數為增加之銷售量所彌補且有剩餘，且在經濟發展較落後之區域所產銷之產品屬於上市期，初次食用米果之新鮮感，亦產生刺激需求之效用，因此與一般成熟期的情況不同。但2002年營業額雖有2.3%的微幅成長，淨利卻衰退16.8%，可謂真正進入第一波成熟期。主因係隨著產品事業部之成立及人員重組，於磨合期中營銷組織效率未充分發揮，致使部分主力產品較上一年度衰退，同時因應市場競爭之米果副品牌策略，亦形成銷量增加、市場佔有率擴大，而銷售額衰減所致。

為了再創事業的另一個成長期，旺旺集團也嘗試展開多角化經營。除了於2001年成立瀋陽糧旺公司生產大米及精米之外，旺旺對於零售通路具有高度興趣。除自創品牌的速食小店外，更積極切入不同的通路系統；2003年另投資500萬美元擴建湖南的醫學中心，同時以三百萬美元經營上海房地產生意。[29] 另外，集團也積極進入大陸龐大的乳品市場，期待成為中國大陸最大的農業觀光休閒畜牧養殖加工園。希望能透過多方面的佈局，擴大經營觸角，創造該集團另一個事業的高峰。

[29] 工商時報（台北），2003年5月19日，第4版。

肆、佈局中國大陸市場之策略因素

除了利用國際產品生命週期探討旺旺集團的投資及發展模式之外，本研究亦試圖從波特（Michael E. Porter）在國家競爭優勢中的鑽石理論切入，說明一個國家為何能在特定產業中獲得國際性成功，母國所塑造的環境可能會促進或妨礙競爭力的創造；這些因子會構成產業群聚（clusters），相對於競爭對手國，此產業群聚為產業所創造之價值鏈活動優勢，[30] 謂之產業國際競爭力。再者，鑽石體系是一個相互強化的系統；透過要素間之交互運用，產生自我強化的效果，使得國外競爭對手難以超越或模仿。決定因子如圖10-4，內容分述如下：

圖10-4　Porter之鑽石體系

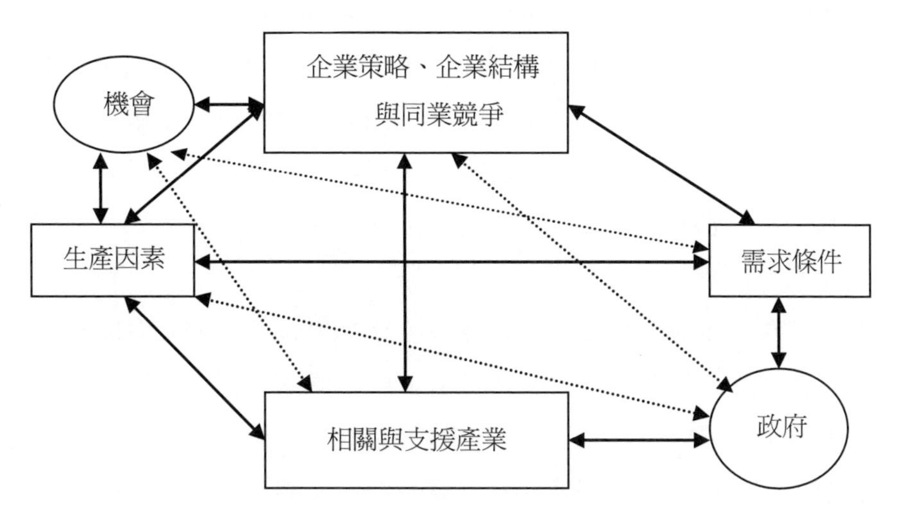

資料來源：Porter M.E.,” The Competitive Advance of Nation”,（N.Y. :The Free Press, 1990）, p.127

30 M. E. Porter, 國家競爭優勢（台北：天下文化出版社，1990年），頁193。

一、生產因素

（一）人力資源

中國大陸自1979年改革開放以來，世界知名企業陸續至中國大陸投資設廠，使中國大陸儼然成為世界工廠。其主要原因之一為中國大陸擁有全世界最豐沛的人力資源，旺旺集團由台灣進軍中國大陸亦著眼於此。實際上，任何勞力密集的產業無不思利用廉價的勞動力，以降低其生產成本。此外，廣大的人口亦意味著潛力豐厚的消費力，尤其旺旺集團屬於食品產業，在中國大陸就地設廠產銷，對成本之降低及銷售量之提升均有明顯助益。

（二）天然資源

中國大陸幅員遼闊，各區域之氣候及飲食習慣殊異，旺旺集團以產銷米果等製品為主，大米為其主要原料來源，為符合「就源生產」之管理原則。中國大陸首家工廠設立於湖南長沙，其原因即為該地區是中國大陸主要稻米生產區域，素有「魚米之鄉」之稱。大米原料之供應來源不虞匱乏且品質優良。中國大陸之氣候分佈具有朝南濕度大之特性，這在氣候較濕潤的華南地區，消費者對於食感乾燥的米果產品，其接受性較強。在開拓華南市場有成、消費者對米果產品認同度提高之後，生產工廠才逐漸往上北移。

此外，東北地區氣候寒冷，飲水及空氣品質良好，因此育成許多產銷綠色食品之企業。旺旺集團於瀋陽設立酒廠之原因，除該地區亦為中國大陸優質稻米之主要生產地之一外，寒冷溼潤之氣候亦適合高級酒類之釀造，與該公司技術合作的日本公司亦認為該區所釀製酒類品質優於日本，故而原本應為內需產品的酒品，竟有外銷日本之機會，對集團營收之增加產生助益。此為旺旺集團另一利用天然資源發展競爭優勢的例子。

（三）知識資源

中國大陸各省區皆設有知名大學，且多位於首都或一級城市，旺旺集團於大陸發展初期均由一級城市開始。主要原因在於一級大城擁有較多的知識精英，中國大陸於各地招商時，亦多會以當地的高級人才作為吸引投資的條件。例如：旺旺集團於南京地區設立農牧觀光休閒農場，南京當局即表示於農場附近設有一個大學城，並有專門農業學校，可充分供應該公司經營農場之專業人才。

（四）基礎建設

為求經濟進一步發展，中國大陸目前於各地正積極進行建造機場、道路、電力等公共工程建設及改建老舊社區，期能打造一個進步、繁榮的城市。在「要致富，先造路」的建設原則之下，各省區無不盡力在土地、廠房、道路及電力加強建設，創造相對競爭優勢以吸引外資。旺旺集團初至湖南長沙設廠時，長沙市政府特為該公司開闢名為「旺旺路」的對外聯通道路，又該集團在簽約購地之同時，當地政府即已做好下水道、污水處理、電力設備、圍牆及週邊道路等相關的基礎設施，期能滿足集團設廠之需要，使公司及中國大陸雙方皆能獲利。

二、需求條件

（一）區位優勢

旺旺集團於中國大陸之設廠計畫均依照區位優勢之考量。該公司自1992年以來，赴大陸設廠依時序分別為長沙、南京、上海、北京、廣州、杭州、瀋陽、福州及成都。前述各城市多為各省省會，居民之消費水準及對新產品之接受度較高，同時也為中國大陸米果產品之消費市場奠定穩固的基礎。此外，由於該公司於1992年即赴大陸投資，故所設立之工廠土地不僅價格低廉，且地點合適，也因此在基礎穩固之後，得以向外週邊城市設立二級工廠，使城市及鄉村消費者皆能享用該公司的產品，以及區位的競爭優勢極大化。

（二）消費者需求

旺旺集團在台灣米果市場佔有率已達百分之九十，食品業於台灣市場多屬成熟期。因此，多國籍企業永續發展的重要條件之一，為該企業在原屬國家成長至一定程度之後，必須往其它地區發展以尋求新的機會及利基。中國大陸擁有十三億人口，市場潛量相當龐大，且中國大陸人民以大米為主食，因此當旺旺集團將米果產品引進大陸市場之後頗受歡迎。該公司市場行銷策略先由城市為目標市場，待市場成熟並造成供不應求的現象之後，進而刺激大陸其他地區消費者對米果產品之需求。此外，大陸市場幅員遼闊，旺旺集團在滿足各地區不同消費習性，除生產多樣化產品外，並依各區域不同消費者習性調整產品口味。為接近市場以掌握消費者特性，旺旺集團在中國大陸各區域均設有工廠，以滿足不同區域市場之消費需求。

三、相關及支援產業

（一）農業

中國大陸為以農立國，擁有廣大的農業人口及城市，此對旺旺集團之發展頗為有利。因食品產業之主要原料概屬大米、小麥等農業產品，故集團之廠址不是在農業縣市，就是在鄰近的縣市。如此不但響應當地政府解決「三農問題」，亦因接近原料供應地可降低運輸成本，亦間接促使農村經濟得以發展並改善農民生活。此外，該集團策略除在台灣強大的競爭力之外，亦在中國大陸之農業體系支援之下使集團成長快速。

（二）旅遊業

旺旺集團雖屬食品業，以米果、休閒食品及飲料為主，似乎和旅遊業無關。事實上，旺旺集團每年獲利成長屢創新高的原因之一，在於中國大陸人民生活改善，消費水準提高，加上中國大陸政府積極開發第三產業（服務業），各地方政府無不積極利用本身的天然資源，申請世界文化遺產及世界自然遺產，以吸引旅遊人口，也因此該集團增加許多營銷點，旺旺食品銷售成績於各旅遊據點均佳。此外，為了再創事業的另一個成長期，旺旺集團嘗試多角化經營。其中，為因應中國大陸政府對第三產業的重視，集團首要建置中國大陸最大的農業觀光休閒畜牧養殖加工園。另外在台灣經營的飯店現已漸達經濟規模，目前已在上海、南京及張家界等地尋找合適地點開設飯店，為集團創造更高的附加價值。

四、企業策略、企業結構及同業競爭

食品業在台灣屬於高度競爭產業，旺旺集團能在如此競爭的環境中生存與成長，並將集團成功模式及目標遠景應用於中國大陸市場，主要原因在於中國大陸與台灣擁有相同之語言及文化，因此複製台灣的產業競爭型態及策略結構至中國大陸市場較為容易；而在組織與管理方面，該集團儘量僱用當地員工，包括財務人員，用當地的思考模式來經營企業，並且為表示對中國大陸地區的重視，集團之全球營運總部即設立於上海，盡力開拓中國大陸市場，因此成為台商在中國大陸市場獲利最高的食品業。

五、政府

「政府」雖然不是競爭優勢的主要項目，卻為影響多國籍企業決定是否發展的重要因素。中國大陸政府雖在政治上為獨裁制度，但自鄧小平於1979年主張改革開放政策以來，自中央至地方政府無不將經濟發展作為主要施政目標，各級政府為吸引外資，在租稅政策、土地、廠房價格及其它優惠政策等方面，皆給予相當大的彈性。旺旺集團及時掌握大陸開放良機，於1992年正式進軍中國大陸市場。由於湖南長沙政府對於首家赴當地投資設廠的台商企業特別禮遇，除土地、廠房、週邊道路及稅率上的優惠之外，當地政府採取彈性的政策，特別批准優先讓先進機器及設備送至長沙市，致該廠生產力十年來均領先大陸其它各廠。加之該公司於長沙市產值及獲利良好，其後其它省市政府為了吸引營運良好之台商企業，無不比照辦理甚或給予更優惠的條件，而該公司亦因當地政府之政策協助，營運成長快速。此不僅使旺旺集團成為台商獲利最佳的公司，也增加當地政府的稅收，進而雙方皆產生競爭優勢。

六、機會

各國多國籍企業咸認為赴中國大陸投資設廠，會產生影響競爭優勢之機會，尤其在各國市場競爭情勢日趨激烈，企業對於獲利及生存的要求重點已由提高價格以增加收入，轉為成本之降低，以增加獲利。中國大陸政府的改革開放政策，是各國企業進入其市場的最主要原因。此外，勞動力因人口眾多而相對便宜；土地幅員廣大，各地皆可設廠；原料充足、資金流入、消費者市場廣大、甚至人民幣緊盯著美元，顯示中國大陸的生產、消費與進出口皆創造出新的競爭優勢。旺旺集團亦利用這一難得的機會，首先於1987年在中國大陸申請註冊旺旺商標，爾後陸續在各地設廠，也是基於上述因素。該集團認為在全球多變的經濟局勢中，中國大陸地大物博、人力充沛、政治穩定之優勢，伴隨著成功申辦奧運及世界博覽會之聲勢，未來數年維持經濟快速成長應屬可期。集團掌握此一機會，適時結合國內外伙伴及資源，擴大集團之市場地位。

伍、結論

就旺旺集團所處之食品產業觀之，其主要之生產要素，包括人力知識資源、原物料來源，在中國大陸市場中均稱充足，產業支援軟硬體基礎建設近年來亦有長足發展。而豐沛的消費市場潛能，亦為吸引多國籍企業投資之重要誘因，且咸認至中國大陸市場投資設廠，可擁有資源取得與市場開發之優勢，綜觀中國大陸之經濟環境、市場情勢及政策支援等因素，形成一個生產、需求及支援要素間相互強化的系統，產生自我強化的效果，從而產生Porter鑽石體系中所稱之競爭優勢。

中國大陸幅員遼闊，各區位之經濟發展程度、地理、文化背景及消費習性偏好迥異，每一個別經濟區域均可視為單獨之經濟個體，故所處之產品生命週期階段亦各有不同。在此一混合型之廣大市場國家所採行之行銷策略，其重點在於如何因地制宜，依各區位所處之環境及產品生命週期階段，採取最適當之產品設計、通路安排、價格制定及促銷活動等策略，以滿足市場需求。故在此一特殊經濟混合體中，產品生命週期各階段所發生之經濟現象，會於各經濟區位中發生輪動及遞延，企業須採行不同階段之行銷策略以為因應，並藉此一再修正產品生命週期曲線，配合多國籍企業成長期長期策略模型，使其形成一波段往上之發展曲線。因此，傳統產品生命週期理論，並無法完全解釋該等企業於中國大陸發展軌跡及產品行銷策略，且其財務經營結果，如集團整體營業收入、獲利率、市場佔有率等計量資訊，亦未能完全與該理論所描述在各產品生命週期應有之經營結果相契合。故本研究發現傳統產品生命週期理論，並無法適切解釋一個同時存有各種產品生命週期之大市場中所發生之現象，且其形成之產品生命週期曲線亦異於傳統週期曲線，相關之理論及曲線發展模式仍待其他有識者進一步研究。

參考文獻

一、中文部分

林彩梅，**美日多國籍企業經營策略**（台北：五南圖書出版公司，1988年）。

張清溪、許嘉棟、劉鶯釧、吳聰敏，**經濟學**（台北：雙葉書廊有限公司，1991年8月）。

劉水深，**產品規劃與策略運用**（台北：劉水深自版，1981年）。

M. E. Porter, 國家競爭優勢（台北：天下文化出版社，1990年）。

Philip Kotler, 方世榮譯，**行銷管理學**（台北：東華書局，1992年）。

二、英文部分

（一）專書

Auster, E. R., “The Relation of Industry Evolution to Patterns of Technological Linkages, Joint Venture, and Direct Investment Between U.S. and Japan,” Unpublished paper（The Amas Tuck School of Business Administration, Dartmouth College）.

Daniels, Jon D., Lee H. Radebaugh, *International Business: Environments and Operations*, sixth ed.,（Addison-Wesley, Inc.）.

Gilpin, Robert, *The Political Economy of International Relations*（Princeton University Press, 1987

Hill, Charles W. L., Gareth R. *Jones, Strategic Management Theory*（New York：Houghton Mifflin Company）.

Kotler, Philip, Marketing *Management: Analysis, Planning, and Control*, Fifth ed.,（Prentice-Hall, Inc., 1984）.

Strange, Susan, *The Retreat of the State: The Diffusion of Power in the World Economy*（New York: Cambridge University Press, 1996）.

（二）期刊

Clifford, Donald K. Jr., "Leverage in the Product Life Cycle," *Dun's Review*（May 1965）, pp.62-70.

Cox, Willian E. Jr., "Product Life Cycles as Marketing Models," *Journal of Business*, vol. 40（Oct. 1967）, pp.375-384.

Enis, Ben M., Grace L. A. Reymond, "Extending the Product Life Cycle," *Business Horizon*,（1977）, p.49.

Levitt, Theodore, "Exploit the Product Life Cycle," *Journal of Harvard Business Review*,（Nov.-Dec. 1965）, pp.81-94.

Patton, Arch, "Stretch Your Product's Earning Years-Top Management's Stake in the Product Life Cycle," *Management Review,* XXXVIII（June 1959）, pp.9-14, pp.67-69.

Polli, Rolando, Victor Cook, "Validity of the Product Life Cycle," *Journal of Business,* vol. 42（1966）, pp.385-400.

Rink, David R., John E. Swan, "Product Life Cycle Research: A Literature Review," *Journal of Business Research,*（July 1979）, pp.219-242.

Smallwood, John E., The Product Life Cycle: A key to Strategic Marketing Planning," *Journal of MSU Business Topics*（Winter, 1973）, pp.29-35.

台商大陸投資的日本因素與經濟全球化意涵

朱炎
（日本富士通總研主席研究員）

摘要

台灣企業對大陸投資中，有不少與日本企業合作，結成策略聯盟的事例。其主要方式有：共同投資、授權台商在大陸設廠生產，使用日本企業的品牌和技術，以及在大陸的台商下訂單採購代工生產的產品並轉移技術。此外，在台日商與台商合力開拓大陸事業等。台、日企業之所以能建立合作關係，是因為在開拓大陸市場以及企業經營方式等方面雙方各有優勢，可以互補。台、日企業的合作和策略聯盟給雙方都帶來很多好處，提升競爭力；台灣企業可以獲得技術，擴大生產規模。對台灣的產業升級也頗有益處。而日本企業則可順利進入大陸市場，並採購低成本的產品和零組件。台、日企業的合作尚有利於雙方的經營全球化，提升參與全球化競爭的競爭力。

關鍵詞：日本企業、策略聯盟、採購、技術轉移

Japan's Influence on Taiwan's Globalization and Investment in Mainland China

Yan Zhu

Abstract

There are quite a few cases where strategic alliances have been formed between Taiwanese and Japanese companies in order to invest in mainland China. There are a number of different alliances including joint ventures, Japanese companies licensing Taiwan brands and granting the use of Japanese technology to manufacture in China, Japanese companies purchasing products from Taiwanese companies in China and transferring technology to them. There is a clear picture that shows Japanese and Taiwanese companies cooperating with each other to develop the mainland market.

The primary reason for collaboration is so companies can take advantage of management systems and market development. Japanese and Taiwanese firms get along together because they have complementary qualities. Through strategic alliances, companies obtain mutual benefits and increase their competitive strengths. Taiwanese companies obtain technology and scalability from the manufacturer, which increases Taiwan's industrialization. On the other hand, Japanese companies are able to break into the Chinese market and acquire cheaper products and parts. Furthermore, collaboration has accelerated the globalization of companies, which will lead to stronger competitiveness in the world market.

Keywords: Japanese business, strategic alliance, procurement, technology transfer

壹、前言

在台灣企業對大陸投資行為中，日本企業也以各種方式參與其中，並發揮積極作用。台灣企業和日本企業共同參與對大陸投資，是基於各自發展事業的需要，並且台商和日商在經營等方面各有可互補的優勢。在全球化的趨勢下，台、日企業之間的合作和策略聯盟，不僅可以促進各自在大陸事業的發展，而且對台灣企業提升技術水準、產業升級也有實質益處。同時，加強與日本企業合作也是台商因應全球化發展的途徑之一。本文將討論日本企業參與台灣企業之大陸投資方式，日本企業與台灣企業結成策略聯盟的原因和互惠之處，以及對台商深耕大陸市場和全球化之影響等問題。

貳、台灣企業與日本企業在大陸的策略聯盟

台灣企業對大陸投資，不僅有獨資、合資，承包經營，還有加工貿易等多種形態。就製造業而言，除大陸市場內銷，還有出口外銷。在出口外銷方面，資訊產業的台商更注重接獲國際大廠訂單在大陸代工生產後出貨。而服務業則主攻大陸市場，為消費者提供服務，也為台商在大陸的生產行銷配套。在這些台商的經營活動中，有許多得益於日本企業的參與。

根據日本交流協會的調查與日本媒體報導，日本企業和台灣企業策略聯盟在2000年和2001年為17件，在2002年則增至33件，2003年多達36件，增加的趨勢十分明顯。這些日台企業合作事例的多是在大陸，或以進入大陸市場為目標。2003年上半年報導的日、台企業在大陸的合資共有17件，而同時期日本企業對大陸投資155件，比例超過1成。[1]

---

[1] 浦野卓矢，「中国での日台ビジネスアライアンスの潮流」，交流協會日台商務站網站，2004年3月8日，<http://www.jptwbiz-j.jp>。「台日新同盟時代來臨」，遠見雜誌（台北），第213期（2004年3月），頁61。

日本企業參與台商的大陸事業，主要有以下幾種方式：第一，日本企業和台灣企業共同到大陸投資，在大陸合組合資企業，或對台商在大陸的企業出資參股；第二，授權台灣企業在大陸設廠生產，使用日本企業的品牌和技術；第三，向在大陸的台商企業下訂單，採購代工生產的產品並轉移技術；第四，日本企業讓在台灣的分公司和合資企業協助開拓在大陸的事業。這些形式的具體運作方法可由以下的事例加以說明。

食品業是台商在大陸經營得最成功的行業，成功的生產和流通業務幾乎都離不開日本企業的協助和參與。頂新集團已經發展成為大陸最大的食品廠商，在食品生產和流通零售領域執市場之牛耳。頂新在九〇年代進入大陸，成立頂益（現改名康師傅）開拓大陸市場大獲成功，1997年凱旋返台大肆收購企業擴大業務，旋即遭遇資金困難。1999年頂新接受日本三洋食品對頂益出資得以渡過難關。現在三洋食品擁有康師傅33.2%的股份，與頂新的持股比例相同。通過合資，頂新還獲得三洋食品製造方便麵的幾項關鍵技術。

頂新的中國事業中另一個策略夥伴，是日本的大商社之一的伊藤忠。頂新和伊藤忠結成全面的策略聯盟，合作領域遍及食品加工、流通和飲食等方面（參見表11-1）。2004年1月，頂新將康師傅旗下的飲料部門分割出來成立康師傅飲料，並將50%的股份作價9.5億美元售予朝日啤酒和伊藤忠合組的公司（A-I China Breweries，朝日啤酒出資80%、伊藤忠出資20%），開始合力開拓大陸飲料市場。[2] 通過這一合資，頂新不僅以超過20倍的市盈率售股套現3.8億美元，而且可以藉用朝日啤酒的商品開發能力，和伊藤忠的採購原材料等商社功能，在大陸市場開拓飲品市場，將來還可能介入啤酒的生產銷售。朝日啤酒則可利用康師傅的品牌和銷售網，

---

[2] 亞洲信息網絡資料庫，2004年1月5日、6日，＜http://nna.asia.ne.jp＞。工商時報，2004年月19日。「台日新同盟時代來臨」，遠見雜誌（台北），第213期（2004年3月），頁66。

擴大其在大陸的飲料事業。對伊藤忠而言，藉助康師傅的銷售網構築在大陸的物流系統，可以說三方各得其所。

表11-1 頂新和伊藤忠在大陸的合作關係

事業領域	合作內容	合作方式	開展事業的具體內容
流通零售	全家便利商店	頂新、伊藤忠、全家（Family Mart）的合資	從上海開始佈點，擴及全國
	物流公司頂通	頂新子公司、伊藤忠參股合資	大陸的物流
飲　食	烤肉餐廳牛樂亭	伊藤忠授權頂新使用其品牌	在北京開連鎖店，擴大至其它城市
	麵包烤房餐廳	伊藤忠授權頂新使用其品牌	先在台灣開連鎖店，再擴展至大陸
食　品	飲料的生產銷售康師傅飲料	頂新將飲料事業分割，朝日啤酒、伊藤忠參股合資	利用頂新現有工廠和通路在大陸市場擴大生產銷售
	食品加工	頂新、味全、伊藤忠的合資，伊藤忠提供技術	供應台灣和大陸的便利店

資料來源：根據**工商時報**，2004年2月23日所載資料由筆者補充整理。

另一家在大陸非常成功的食品公司則是統一企業。統一集團與日本企業的合作淵源頗深。在台灣的事業發展中，有不少領域藉助日本企業的參與得以切入，並與多家日本企業組建合資企業。統一集團在大陸的發展同樣也與許多日本企業合作。其中不僅有原來在台灣合資的夥伴，還有新的合作夥伴（參見表11-2）。統一集團透過這種合作和策略聯盟獲得技術、經營模式與品牌，有助於提升大陸事業的水準和規模。日本企業也因藉助統一企業，在大陸的經營網絡發展自身的大陸事業。

表11-2 統一集團與日本企業的合資和合作事業

在台灣事業			在大陸事業	
合資企業名	行業	出資的日本企業	行業	出資的日本企業
統一實業	製罐	東綿、川崎製鐵	飼料	三菱商事
統一工業	電池	日本電池	製罐	川崎製鐵、東綿
統健實業	健康食品	三菱商事	食用油	日清製油、三菱商事
統萬	醬油	龜甲萬	調味料	龜甲萬
捷盟行銷	行銷配送	三菱商事、菱食	啤酒	麒麟啤酒
統清	食用油	日清製油、三菱商事	飲料	麒麟啤酒
樂清服務	清掃用品	達斯金（Duskin）	物流	三菱集團（集團內多數企業）
統一東京	租賃	東京租賃	便利店	日本7-11、伊藤忠
統一武藏野	便當	武藏野	兒童食品	卡爾卑斯（Calpis）
統一高島屋百貨	百貨店	高島屋		
統一速達	配送	大和運輸		
統一雅瑪珂	食品	雅瑪珂、三菱商事		
永潤食品	食品	WARABEYA日洋		
統一安盟服務	給食配餐	三井物產		

資料來源：筆者自行整理。

汽車也是台商對大陸投資較為成功的一個行業，不僅有整車廠、零組件廠商的大陸投資和大陸生產，亦有不少日本企業以合資或提供技術的方式參與。中華汽車在福州設立的東南汽車，生產銷售三菱系列的商用車和轎車。三菱汽車不僅是中華汽車的股東，也對中華汽車在大陸的生產給予多方的支援。裕隆汽車在大陸與東風汽車合組風神汽車，生產銷售日產系列的轎車，並使用日產品牌。裕隆還與日產合組新的合資公司，參與日產在大陸的轎車銷售。裕隆不僅在日產的全球戰略，特別是大中華地區扮演重要角色，同時也保持在台灣和大陸經營事業的獨立性。此外，在汽車零組件廠商大陸投資，也有不少日本企業出資並提供技術支援。如為東南汽車配套的東南（福建）金屬工業、福州六和機械、協展（福建）機械工業等都有日本企業持股，既為東南汽車配套，也向在大陸生產的日本汽車廠商提供零組件。[3]

在資訊電子領域，台灣企業大多在大陸設廠，接受國外大廠的代工訂單，並於大陸生產後出貨。在此過程中，日本企業也以各種方式積極參與，其中包括：向台灣企業下訂單，採購電腦零組件、周邊設備和電腦主機。除半導體晶片、液晶面板和部分高階筆記型電腦主要在台灣生產外，日本企業採購的主要資訊產品，基本上是由台商設在大陸的工廠生產，從大陸出貨。儘管台灣的資訊產業主要以美國為市場，且美國廠商的代工訂單多於日本廠商數倍，但日本企業的下單採購對台灣資訊產業的發展影響明顯。日本廠商素以品質要求高著稱，所以日本企業會在保持品質、提高良率等方面對接單的台灣廠商給予技術支援。而且，同樣對台灣企業下單，日本企業和美國企業也有很大不同。美國企業大多是專業廠商，不少已經放棄製造而專注品牌經營，因此所掌握的生產技術有限；而日本企業多為電子綜合廠商，並仍然繼續自製電腦等資訊產品，因此掌握的技術較全面，並可向台灣廠商轉移較多的製造技術。以電腦為例，以日本品牌銷售的桌上型電腦，基本上都由台灣企業代工生產，自己只保留少量的裝配生產線。日本品牌的筆記型電腦中、低價的低階產品基本上委託台灣企業代工生產，高價的高階產品則以自製為主。因為低階產品較多，所以日本企業的訂單在大陸生產的比重相對較大。因此台灣資訊產業的發展，除得益於美國的市場和大陸的生產基地外，來自日本的生產技術也發揮很大的推進作用。

---

[3] 田光弘，「中国大陸での台湾の自動車産業の現状について」，交流協會日台商務站網站，2003年3月18日。

接受日本企業代工訂單在大陸生產的過程中，不少台灣企業與日本企業結成策略聯盟關係，組建合資企業，形成分工關係。如台灣生產照相機鏡片等光電產品的亞洲光學，從為日本企業代工在大陸生產開始逐漸發展，取得日本企業的信賴，被視為其開拓大陸事業的可靠夥伴，目前已經與16家日本企業在大陸成立合資公司，其中包括理光、尼康、先鋒等日本知名企業。[4]

參、台灣企業和日本企業的互補關係

日本企業為何與台灣企業結成策略聯盟，合資對大陸投資，共同開拓大陸市場？這可以從日本企業和台灣企業各自具有不同，但可互補的優勢和劣勢，以及可以相互配合的全球化戰略等方面來考察。

一、在中國市場的戰略和定位不同，優勢也不一

日本企業和台灣企業始終非常重視大陸市場和低成本生產基地的作用。儘管日本企業到大陸投資，進入大陸市場早於台灣企業，但日本企業在大陸的經營一直不盡理想。其主要原因可以歸納為：對中國大陸的國情不瞭解；對大陸的市場行銷、經商習慣、員工管理、構築政商人脈等摸不著門道。加之日本企業的經營管理較僵硬且缺乏彈性，難以適應中國快速發展與環境變遷。原來日本企業在大陸主要以生產出口及返銷日本為主，只要管好工廠就行，這種困難並不十分突出。近年來日本企業開始重視大陸廣大的市場，增加內銷，就遭遇到較大的難題。

台灣與大陸同文同種，生活習慣和行為方式也較為接近，沒有語言溝

---

[4] 江逸之，「亞洲光學，日商登陸的最佳拍檔」，遠見雜誌（台北），第213期（2004年3月），頁93-98。

通上的隔閡。所以台商在大陸如魚得水，遊刃有餘。不管是在大陸的低成本的量產出口還是內銷，台商都交出比日本企業亮麗的成績。

在日本企業看來，台商在管理大陸員工、控制成本、構築銷售和服務渠道網絡、客戶和供應商管理，與政府部門溝通等方面的優異表現和能力，正是日本企業所欠缺的。所以迫切需要求得台商協助其發展大陸事業。

此外，日本企業和台灣企業較能相互理解。日本企業早在六〇年代就已開始對台灣投資，在台灣的日資企業有不少是與當地台灣企業共同出資的合資企業。也就是說，日、台企業交往的歷史較長，相互間比較瞭解，事業合作也有基礎。相較於大陸企業，日本企業的經營方法和企業文化與台灣企業更為接近。且台灣企業在生產技術、品質保證、交貨期等方面都優於大陸企業。所以日本企業如果要在大陸設立合資企業或尋找供應商，都願意選擇台商作為合作夥伴。加之日本企業對向大陸轉移技術尚存疑慮，通過台灣企業間接轉移技術，則智慧產權較易得到保護。

二、日本企業和台灣企業在經營管理上各有優劣

在經營戰略、人才管理、技術、成本、營銷、品牌等方面，日本企業和台灣企業各有優、劣勢，能達到一定程度的互補效果，各以對方之長補己方之短，形成最大的競爭力。

日本松下電器在台分公司台灣松下，將與其有業務往來的500家協力廠商作為台灣企業的代表，將母公司日本松下等作為日本企業的代表，分析比較雙方的優、劣勢和進軍大陸的綜合競爭力（參見圖11-1）。據指出台灣企業在投資的柔軟性、人事管理制度、市場應對能力等方面有優勢；日本企業在技術能力和品牌形象等方面較強。

圖11-1 日商與台商進軍大陸競爭力綜合比較

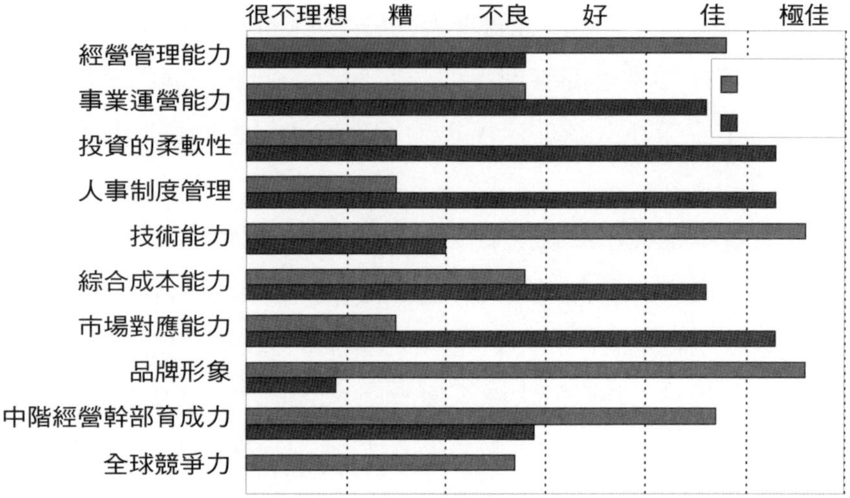

很不理想 糟 不良 好 佳 極佳

經營管理能力
事業運營能力
投資的柔軟性
人事制度管理
技術能力
綜合成本能力
市場對應能力
品牌形象
中階經營幹部育成力
全球競爭力

說　　明：台灣企業以台灣松下在台灣的500家協力企業為代表，日本企業以日本的松下電器為代表。全球競爭力指在品質相差不大的情況之下，台商價格較低，因而競爭力強。

資料來源：根據**遠見雜誌**，第213期（2004年3月），頁62。所載資料（原始資料由台灣松下提供），由筆者整理改寫。

根據日、台合資企業力晶半導體（由力捷電腦和三菱電機共同出資）董事長黃崇仁經驗指出：日本和台灣的高科技產業在不同方面各有優勢，而且完全是互補性的（參見表11-3）。只要雙方攜手合作取長補短，即可參與全球化競爭，以強勢的競爭力取勝。

表11-3 日台高科技產業的優勢互補

日本企業優勢		台灣企業優勢
基礎研究	vs	產品應用
優良的品質	vs	成本控制
嚴密的計畫	vs	對應迅速
世界性的品牌形象	vs	在中國市場捷足先登

資料來源：根據黃崇仁在交流協會演講會（2004年3月30日）上的演講資料由筆者整理。

具體而言，第一、日本企業致力於研究開發，因而掌握許多領先技術，但台灣企業將研究成果迅速產出成品的能力較強。雙方合作可將採用新技術的產品迅速推向市場。第二、日本企業的產品品質優良，但成本過高，只能面向先進國家市場，一旦產品普及導致價格下跌，就會失去競爭力。台灣企業在保持有效品質的情況下，可以低成本大量生產，在開發中國家市場較具競爭力。兩者結合即能生產低成本、高品質的產品，佔領全球市場。第三、日本企業凡事都有嚴密的計畫，做事一板一眼，但缺乏靈活性和速度。台灣企業凡事都能相機變通處理，講求速度和實效。如能取長補短，在變化無常的市場上就能掌握稍縱即逝的機會，並把機會發展成事業。第四、日本企業雖有良好的品牌形象，但進入大陸市場時間不長，也還未適應大陸經營方式，所佔市場份額不大。而台灣企業在大陸市場深耕細作，佔盡天時地利，但在全球市場缺乏知名度。雙方攜手合作不僅可搶佔大陸市場，還可進軍世界市場。

三、日本企業面臨的困難

持續十年的日本經濟不景氣，使許多日本企業面臨經營困難，無法籌措資金，喪失持續進行大規模設備投資的能力。特別是生產新一代產品和零組件所必須的投資被迫延期或放棄。即使研究開發沒有停頓，也沒有將研究成果投產。投資建設一條第五代液晶面板的生產線，一座12吋晶圓廠動輒就超過上千億日元（相當於300億台幣、8-9億美元）的資金。特別是前幾年IT泡沫破滅後，即使是綜合電子大廠也無力投資興建，但公司又不能停止生產出貨，還要繼續供應客戶，也必須跟上技術進步的潮流。在這種困難下，多數日本企業不再拘泥於自己投資建廠生產，轉而向有能力投資建廠的台灣企業採購。通過向台灣企業提供技術和生產技能，協助台灣企業投資建廠，與台灣企業簽訂優先採購產品的合同。因此，日本企業即使不投資也能確保零組件的供應。而且，只要繼續從事研究開發，即使不生產也能保持技術領先，也無須擔心在技術上被台灣企業和超越。[5] 這是面臨經營困難的日本企業所做的戰略調整，也可說是出於無奈的苦肉計。近年來台灣企業大量投資興建12吋晶圓廠和第五、第六代液晶面板廠，在一定程度上也與日本企業這一戰略調整有關。

四、在台日資企業對大陸投資和功能轉變

投資台灣的日資企業原本都把台灣作為生產基地，但隨著台灣的生產成本上升，作為零組件供應商和用戶的台灣企業多已轉移至大陸，日資企業繼續在台灣生產已無必要。結果日資企業也和台灣企業共同開始對大陸投資，將生產基地轉移到大陸。在台灣的日資與台資企業的合資企業較多，其對大陸投資與合資方的台灣企業共同投資的案例也較多。同時，到大陸後的生產，也仍然繼續保持與過去在台灣的供應商和用戶的合作關係。也就是說，在台的日資企業對大陸投資，把過去在台灣和台灣企業的協力關係發展到大陸。而且，在台的日資企業對大陸投資，往往是日本總公司對大陸投資的先遣隊，與台灣企業的協力關係也可擴展至日本總公司的大陸事業。

台、日資企業將生產工廠轉移到大陸後，在台公司的功能就從過去的生產變為採購和研發。台灣的採購中，有許多是台灣企業在大陸生產的零組件和產品，而在台灣的研究開發又有不少是為總公司的全球化戰略服務，特別是負責開拓大中華市場。

五、日本企業大中華戰略需要借助台灣企業

不少日本企業將台灣市場視為進入大陸市場的「測試市場」。[6] 台灣

---

[5] 筆者對多家日本綜合電機廠商之訪問調查。

[6] 經濟部投資業務處和野村總研台北支店聯合舉行的對在台日本企業事業內容的問卷調查，亞洲信息網絡資料庫，2003年8月28日、2004年3月16日。

和日本的消費偏好接近，在日本打響的商品和銷售方法，大多在台灣也受歡迎。在台灣賣得好的商品，與有效的銷售方法，在文化和生活習慣相近的大陸市場，和全世界的華人市場獲得成功的可能性就很大。所以有不少日本企業為進入大陸市場，在大陸生產銷售或提供服務而先來台灣投資，與台灣企業合資合作和展開共同事業，為今後的大陸事業做準備。

例如，角川書店在台灣創辦出版類似日本廣受歡迎的雜誌，把在日文雜誌上刊載的文藝和時裝等內容翻譯成中文，不僅在台灣出版，還銷往大陸、香港和新加坡。角川書店實際上把台灣當成進入世界的中文媒體市場基地。2000年後幾家日本的配送運輸企業開始到台灣展開業務。其中佐川急便運用在台灣經營的成功經驗，2002年在上海也開始配送業務。[7]

日本企業為使將於大陸銷售的商品，貼近大陸消費者的喜好，把商品開發放在台灣或交由在台灣的合資公司開發。還有把在日本開發的商品在台灣做設計上的修正。例如，日產汽車早就在大陸市場銷售Bluebird轎車，但銷售情況並不理想。1997年日產請在台的合資企業裕隆參與大陸的策略規劃，裕隆將車型的外觀和內置做了適合中國人愛好的調整，結果看似豪華的Bluebird轎車在大陸的銷售迅速增加四倍。裕隆幫助日產修改設計後在大陸銷售的「中華版」，轎車除Bluebird外還有Cefiro、TEANA、SENTRA和Altima，都成功地擴大在大陸市場的銷售率。[8] 此外，山葉發動機在台分公司山葉機車工業是日、台合資企業，在台灣構建涵蓋從研究開發到生產銷售的完整經營體系。其將在台灣開發、銷售佳的型號移到大陸生產銷售。從2004年開始，在台灣的研發中心和在上海的研發中心開始合作，共同開發在台灣和大陸銷售的車型。[9]

---

[7] 國際經濟課，「台湾を基点とした日本企業の中国市場進出動向」，中國經濟（日本貿易振興機構，JETRO），2003年9月號，頁48-50。

[8] 日經產業新聞（日本），2003年11月20日，第1版。日本經濟新聞（日本），2004年3月11日，第5版。「台日合作大逆轉：裕隆」，遠見雜誌（台北），第213期（2004年3月），頁76-92。

六、台灣企業迫切需要日本企業提供技術

從台灣企業方面看，對與日本企業合作也抱有很大期待。台灣企業的發展需要市場和技術。台灣企業將低階產品轉移到大陸後，在台灣的事業需要進一步的發展、事業轉型、提升技術水準與開發新產品。但台灣企業自身的研發能力較弱，透過與日本企業的合作和策略聯盟，就可獲得下一步發展所必須的技術。所以，很多台灣企業以協助日本企業進入大陸市場為條件，期待日本企業轉移更先進的技術。最近在日本舉行的台灣招商會，都以台灣企業在大陸的成功作宣傳，以幫助日本企業進入大陸市場為賣點。此外，台灣政府也鼓勵企業從日本引進技術。對日本高科技企業的對台灣投資，在台灣設立研發中心給予十分優惠的條件，如提供低價的土地、稅收優惠和資金補助等，若投資資金和營運資金不足尚提供貸款。

肆、日本企業參與台商對大陸投資的積極作用

台、日企業的這種合作關係和策略聯盟，對台灣企業的大陸投資，以及台灣企業本身的發展，甚至台灣經濟的發展都已發揮積極作用。我們可從增加採購有利擴大代工生產、轉移技術有助提升技術水準、促進產業升級等方面探討。

前文已提及日本企業在台採購、下訂單給台灣企業代工生產，是促進台灣企業在大陸的生產基地發展的一個重要因素，這在資訊電子行業中特別突出。根據台灣經濟部的統計估算，海外的資訊大廠在台採購的資訊產品，2002年為404億美元，2003年增至450億美元。其中前五大日本企業的採購額從2002年的73億美元，增加到2003年的100億美元，在總額中的比重也從18.1%增加到22.2%（圖11-2）。日本企業的採購額與美國企業相

---

9 「兩岸開發新車」，工商時報（台北），民國93年3月9日，第14版。

比並不算多，但對台灣企業的影響卻不小。

圖11-2 日本IT企業對台灣企業下單採購額

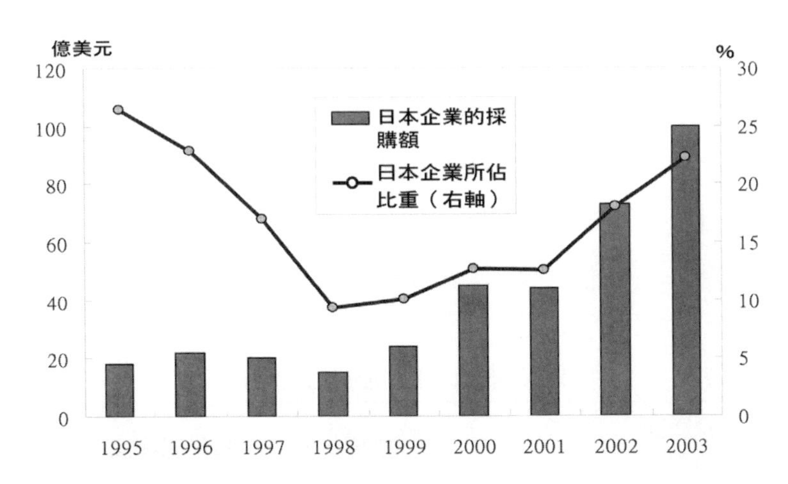

說　　明：日本企業的採購額中1995-2000年為前10家，2001年以後為前5家企業。
資料來源：根據台灣經濟部發表與新聞報導，由筆者整理。

在日本企業採購的產品中，筆記型電腦金額最多，其它還包括顯示器、主機板、半導體晶片、液晶顯示器、光盤驅動器、桌上型電腦、數位相機、行動電話等。根據台灣IT產業的出貨量中大陸生產的比例在2003年高達63.3%[10]，可以推測日本企業採購的產品中，大部分是在台灣採購，在大陸出貨的產品。

日本的IT大廠中以新力（Sony）的採購額最多。2002年新力的採購額為37億美元，在海外大廠中位居第9；2003年因大量增加筆記型電腦和遊戲機的採購，採購額增至50億美元，名次上升到僅次於惠普和戴爾的第3位。[11] 其它日本企業採購量也在增加。2002年NEC的採購額排名第10位，

[10] 資訊工業策進會資訊市場情報中心（III-MIC）發表，工商時報，民國92年11月25日，第1版。

[11] 經濟日報（台北），民國92年12月17日，第29版。工商時報，民國92年12月15日，第B1版。

東芝為第11位，富士通為第12位，日立為第13位。[12]

日本企業藉由增加從台灣企業採購，並與其建立各種多元的合作關係和策略聯盟。為使台灣企業代工生產的IT產品符合日本企業的技術規格和品質要求，日本企業向台灣企業提供生產技術，共同開發和設計產品，幫助提高製造良率，並對各自的子公司相互出資，在大陸成立合資企業。從日本的IT大企業在台採購的主要產品和主要供應廠商的情況來看，與台灣的電腦、液晶、半導體和手機的主要代工企業已建立密切的合作關係（表11-4）。

表11-4　日本IT大企業在台灣採購

	採購額（億美元）		主要採購產品和供應廠商			
	2002年	2003年	筆記本電腦	行動電話	液晶面板	半導體IC
新　力	37	50	廣達、華碩	華宇、華冠	瀚宇彩晶	力成、旺宏
NEC	20	22	大衆、華宇、廣達	華冠		日月光、台積電
東　芝			仁寶、英業達		瀚宇彩晶	日月光、南茂、台積電、華邦、中芯
富士通		8			奇美、友達	中芯、京元、南茂、台積電
日　立				光寶	瀚宇彩晶	力成
松　下		3		華寶、廣達	瀚宇彩晶	

說　　明：1. 採購產品的主要供應廠商是2004年初的狀況。

2. 富士通的採購額中不包括富士通西門子。

資料來源：筆者根據各種新聞報導歸納整理。

[12] 亞洲信息網絡資料庫，2003年2月11日。

通過採購代工和合資等合作和策略聯盟，日本企業向台灣企業轉移技術，協助台灣企業提升技術水平、品質和製造良率，在液晶方面表現最為成功。從液晶面板產業的情況看，台灣企業從2000年前後開始大規模的設備投資，2003年後，代表當今世界先進水平的第五代面板生產設備陸續投產，在世界市場中台灣企業的佔有率迅速擴大。2003年台灣液晶廠商的面板出貨量達到3,837.5萬片，超過日本居世界第二，與第一位韓國的4,353.9萬片相差無幾，[13] 2004年中有可能超過韓國奪得世界第一。2003年台灣企業開始投資興建第六代面板生產線。日本企業由於前述的原因，前幾年無力投資興建液晶面板新的生產線，電腦液晶顯示器所需面板幾乎都要從台灣企業採購。最近出現的購買薄型電視的消費熱潮中，日本企業生產大型液晶電視，雖在世界市場處領先地位，但在大尺寸的液晶面板採購方面對台灣企業的依賴更深。

台灣的液晶面板前5家企業基本上都是與日本企業合作，從日本企業獲得技術，大規模地投資最先進的生產線得以發展。合作的日本企業提供生產設備和製造技術，又通過採購其產品支持台灣企業的發展（表11-5）。日立在2003年向瀚宇彩晶在台南科學園區建設的第五代工廠派遣一百位技術人員，幫助其生產線投產並提高良率。[14]

---

[13] 亞洲信息網絡資料庫，2004年1月8日。

[14] 經濟日報，2003年8月20日，第8版。

表11-5 台灣液晶面板生產廠商和與日資合作企業

台灣企業	合作的日本企業	出貨量（萬片）	生產設備和投資情況
友達光電	富士通	1,176.4（第3）	5代生產線1條投產，1條在建，6代1條在建，7代1條生產線決定投資
奇美電子	富士通、日本IBM	1,008.7（第4）	5代生產線1條投產，5.5代1條在建，7代1條生產線計畫投資
中華映管	三菱電機	735.1（第5）	4.5代生產線1條投產，5代1條在建，6代1條在建
瀚宇彩晶	日立、東芝、新力	488.9	5代生產線1條投產，6代1條在建，7代1條生產線計畫投資
廣輝電子	夏普	428.4	5代生產線1條投產，6代1條在建

說　明：1. 貨量為2003年，括弧內是世界排名。

2. 生產設備和投資情況是2004年3月的現狀。

3. 生產設備的「代」表示生產液晶玻璃基板的面積尺寸的技術水準。各廠商的尺寸略有不同，大致上第5代是1.1×1.3m，第5.5代是1.3×1.5m，第6代是1.5×1.85m，第7代是1.8×2.2m。

資料來源：筆者根據各種新聞報導整理。

雙方合作層面還發展到資本關係。例如，富士通不僅向奇美電子提供技術並採購面板，且為確保面板的供應，尚與友達光電結成資本關係。2003年友達對富士通的液晶子公司富士通顯示技術（FDTC）出資參股20%，從富士通獲得擴大視角的技術和生產設備。[15]此外，世界最大的電漿面板生產廠商富士通日立電漿顯示（FHP），在2002年與台塑合資成立台塑光電（FPD），提供製造設備和生產技術，2003年8月已經投產，並開始量產。[16]

在日本企業的協助下，台灣形成大規模的液晶產業群聚。在液晶產業

[15] 日本經濟新聞，2003年1月28日，夕刊，第1版。日經產業新聞（東京），2003年1月29日，第3版。朝日新聞，2003年11月3日，第9版。

[16] 「台塑光電PDP第二條生產線緩建」，經濟日報（台北），民國93年2月10日，第1版。

集中的地區，日本的液晶生產相關企業也投資設廠生產，與台灣企業的液晶面板生產配套。如在台南科學園區內，凸版印刷生產彩色薄膜，[17] 松下所屬西部電器生產液晶用螢光燈，[18] 大日本印刷與台灣企業合資建立彩色濾光片生產工廠。[19] 旭硝子決定在雲林科學園區工業園，建設大尺寸液晶面板用玻璃基板的生產和研磨生產線。[20]

在半導體領域亦存在合作關係。在上海二家具台資背景之半導體晶圓代工企業中芯和宏力已經開工生產，不乏日本企業透過委託生產，也提供各種生產技術。如東芝、富士通、愛普生等與中芯，沖電氣工業株式會社與宏力半導體建立提供技術委託生產的關係。東芝和夏普的生產分別與華邦電子合作，提供技術支援。[21]

日本企業在顯示器和半導體領域，與台灣企業的技術合作關係，對台灣經濟、台灣企業以及大陸投資都有十分重要的意義。第一、促進台灣的產業提升技術水準，形成新的產業和增長點，減緩產業空洞化對台灣經濟的負面影響。第二，台灣企業從日本企業獲得新技術，使其形成新的生產能力後，現有的技術、產品和生產設備就會加速向大陸轉移，從而促進台商在大陸投資的升級換代。例如，液晶產業在台灣積極發展面板生產，原有的液晶顯示器和模組的生產就轉移到大陸。第五代液晶面板生產線投產後，原有的第三代生產設備就會加速移向大陸。12吋晶圓廠投產後，原有的8吋生產設備就會轉移到大陸生產。儘管台灣政府對液晶和半導體的大陸投資仍有很多限制，企業實際上已經開始投資。[22] 第三，支撐在大陸的

[17] 凸版印刷之網頁：＜http://www.toppan.co.jp＞，日本經濟新聞（東京），2003年12月18日，第11版。

[18] 「西虹進駐南科生產LCD螢光燈」，經濟日報（台北），民國93年2月11日，第14版。

[19] 「旭硝子在台擴廠」，工商時報（台北），民國93年3月2日，第14版。

[20] 「彩晶動土主攻電視面板」，工商時報（台北），民國93年2月25日，第14版。

[21] 「華邦電12吋廠，將與東芝夏普結盟」，經濟日報（台北），民國93年1月13日。

[22] 台商在大陸已建成及在建的8吋和12吋晶圓廠中，經政府正式批准的僅台積電松江廠一家。

台灣企業代工的發展。因為有液晶面板產業在台灣迅速發展，也使轉移到大陸的液晶顯示器和模組的生產，得到充分的面板供應，保持世界第一的出貨量。

但是2003年後日本企業對台灣轉移技術發生新變化。日本經濟開始好轉，企業的經營業績也開始恢復，很多企業又重新開始設備投資。對大尺寸的液晶面板、半導體晶圓和更精細的系統LSI晶片，以及數位家電關鍵零組件的大型投資已經呈現新的高潮。再加上日本企業對向外提供技術移轉趨慎重和保守，一部分高科技高附加價值產品，以及關鍵零組件生產呈現回流日本國內的趨勢。[23] 所以過去因無力投資而向台灣企業轉移技術，依賴台灣企業供應零組件的情況今後將有所改變。液晶和半導體領域現有的合作關係將會持續，但新的下一代的技術，如系統LSI晶片、有機EL、數位家電的關鍵零組件將更多立足於日本國內生產。

不過，日本企業的弱點和台灣企業的優勢，在短期內不可能有根本性的改變。日本企業為追求速度、降低成本和進軍大陸市場，還是要繼續借助台灣企業的力量。所以日本企業和台灣企業在技術與共同開發大陸市場的合作，今後仍會不斷發展。

伍、經濟全球化影響與意涵

台灣企業與日本企業在兩岸結成的合作和策略聯盟關係，對台灣企業面對經濟全球化的情勢變化與提升競爭力有明顯助益。可從以下的幾個方面檢視。

---

[23] 佐藤至弘，「日本IT產業發展之經驗教訓與新情勢下的對策及發展策略」，經濟部ITIS、III-MIC舉辦的研討會（2004年3月23日）上的演講。「日製造商，回歸家園，大舉投資」，經濟日報（台北），民國93年3月24日，第10版。

有利於台商佔領全球市場。台商在大陸生產有很大部分是面向出口的，其中有一些產品已經佔據全球市場的很大份額，當然這也部分受益於來自日本企業的生產技術。電腦和周邊設備、液晶面板、半導體代工等的出貨量都已是世界第一。國際IT大廠在台灣設立採購中心多數採取台灣採購、大陸生產、大陸出貨的模式，使得台商在大陸生產的產品可以走向全球市場。最近，汽車零組件產業也出現國際大廠來台採購，台商在兩岸生產的動向。2004年3月戴姆勒克萊斯勒來台舉行供應商會議，計畫透過台灣廠商整合兩岸汽車零組件供應體系，將兩岸的汽車零組件產業納入其全球採購系統。[24] 此外，台灣企業在兩岸生產和出貨如果具有足夠的規模，將具備左右全球市場的力量，成為行業的價格決定者（Price maker）。

透過與日本企業的合作和策略聯盟，台灣企業可以不斷從日本企業獲得生產專業技術，順應世界發展潮流，應對全球化的競爭。此外，通過與日本企業的合作和策略聯盟，促進台灣企業赴日投資，加速全球佈局。台灣企業對日投資主要還是希望透過收購日本企業，或向日本企業出資取得所需的技術。前述的友達光電對富士通顯示技術（FDTC）出資就是一例。聯華電子1998年從新日本製鐵株式會社手中收購日鐵半導體，（現改名為Japan Foundry）56%的股權。為NEC和沖電氣代工生產的日月光半導體於2004年3月出資收購了NEC所屬位於日本山形縣的封裝工廠。由此，日月光不僅可使其封裝生產能力擴大5成，而且與NEC簽訂四年的長期代工合同。[25] 再者，鴻海決定在日本長野縣建立研發中心。[26] 鴻海從2004年開始實施的「兩地研究發展、三區設計製造、全球組裝交貨」的全球戰略中，設在長野的研發中心是全球兩個研發中心之一，另一個研發中心則設在台北縣土城的大本營。

---

24 「兩岸汽車零組件，戴克將那採購體系」，聯合報（台北），民國93年3月3日，第C7版。

25 日經產業新聞，2004年2月4日，第3版。

26 「鴻海日不落，要的是悍將」，工商時報（台北），民國92年10月22日，第3版。

台灣企業與日本企業合作的經驗可推廣應用於全球。如在東南亞、美國、歐洲也與日本企業合作；或與美商、歐洲廠商也構築合作關係。當然，日商與台商合作對日本企業自身的全球化戰略來說也是受益良多，主要體現在以下的兩個方面：其一，利用台灣企業在大陸生產的低成本產品和零組件，日本企業得以低價向全球市場銷售日本品牌的產品；其二，以技術換速度。透過向台灣企業轉移技術，或與台灣企業共同開發，可幫助日本企業以更快的速度將新產品推向市場，佔領全球市場。

參考文獻

工商時報（台灣），民國92年12月15日，第B1版。

日本經濟新聞（東京），2003年1月28日，夕刊，第1版。

日本經濟新聞（東京），2004年3月11日，第5版。

日本經濟新聞，2003年12月18日，第11版。

日經產業新聞（東京），2003年11月20日，第1版。

日經產業新聞（東京），2003年1月29日，第3版。

日經產業新聞（東京），2004年2月4日，第3版。

田光弘，「中国大陸での台灣の自動車產業の現状について」，交流協會日台商務站網站，2003年3月18日。

江逸之，「亞洲光學，日商登陸的最佳拍檔」，**遠見雜誌**（台北），第213期（2004年3月），頁93-98。

佐藤至弘，「日本IT產業發展之經驗教訓與新情勢下的對策及發展策略」，經濟部ITIS、III-MIC研討會（2004年3月23日）。

亞洲信息網絡資料庫，2003年2月11日。

亞洲信息網絡資料庫，2004年1月5日、6日，http://nna.asia.ne.jp。**工商時報**（台北），2004年月19日。

亞洲信息網絡資料庫，2004年1月5日、6日，http://nna.asia.ne.jp。**工商時報**（台北），2004年月19日。

浦野卓矢，「中國での日台ビジネスアライアンスの潮流」，**交流協會日台商務站網站**http://www.jptwbiz-j.jp，2004年3月8日。

國際經濟課，「台灣を基点とした日本企業の中国市場進出動向」，**中國經濟**（日本貿易振興機構，JETRO），2003年9月號，頁48-50。

朝日新聞（東京），2003年11月3日，第9版。

經濟日報（台北），2003年8月20日，第8版。

經濟日報（台北），民國92年12月17日，第29版。

經濟部投資業務處和野村總研台北支店聯合舉行的對在台日本企業事業內容的問卷調查，亞洲信息網絡資料庫，2003年8月28日、2004年3月16日。

資訊工業策進會資訊市場情報中心（III-MIC）發表，**工商時報**（台北），民國92年11月25日，第1版。

「日製造商，回歸家園，大舉投資」，**經濟日報**（台北），民國93年3月24日，第10版。

「台日合作大逆轉：裕隆」，**遠見雜誌**（台北），第213期（2004年3月），頁76-92。

「台日新同盟時代來臨」，**遠見雜誌**，第213期（2004年3月），頁66。

「台塑光電PDP第二條生產線緩建」，**經濟日報**（台北），民國93年2月10日，第1版。

「旭硝子在台擴廠」，**工商時報**（台北），民國93年3月2日，第14版。

「西虹進駐南科生產LCD螢光燈」，**經濟日報**（台北），民國93年2月11日，第14版。

「兩岸汽車零組件，戴克將那採購體系」，**聯合報**（台北），民國93年3月3日，第C7版。

「兩岸開發新車」，**工商時報**（台北），民國93年3月9日，第14版。

「彩晶動土主攻電視面板」，**工商時報**（台北），民國93年2月25日，第14版。

「華邦電12吋廠，將與東芝夏普結盟」，**經濟日報**（台北），民國93年1月13日，第4版。

「鴻海日不落，要的是悍將」，**工商時報**（台北），民國92年10月22日，第3版。

論壇 03

經濟全球化與台商大陸投資：策略、佈局與比較

作者群　王信賢、王珍一、朱炎、林琮盛、高長、徐進鈺、耿曙、張弘遠、張家銘、陳添枝、陳德昇、楊景閔、羅懷家、顧瑩華
主　編　陳德昇

發行人　張書銘
出　版　INK 印刻文學生活雜誌出版有限公司
新北市中和區中正路800號13樓之3
電話：(02)2228-1626
傳真：(02)2228-1598
e-mail：ink.book@msa.hinet.net
網址：http://www.sudu.cc
法律顧問　漢廷法律事務所 劉大正律師

總經銷　成陽出版股份有限公司
電話：(03)271-7085（代表號）
傳真：(03)355-6521
郵撥帳號　1900069-1 成陽出版股份有限公司
製版印刷　海王印刷事業股份有限公司
電話：(02)8228-1290

出版日期　2008年11月
初版二刷　2011年 3 月
定　價　350元
ISBN　978-986-6650-02-4

國家圖書館出版品預行編目資料

經濟全球化與台商大陸投資：策略、佈局與比較／王信賢等著，－－台北縣中和市：印刻，2008.11
344面；17×23公分. --（論壇；3）
ISBN 978-986-6650-02-4（平裝）
1. 國外投資 2. 全球化 3. 產業發展 4. 中國
563.528　97020879

NK INK INK INK INK INK INK IN
INK INK INK INK INK INK INK I
NK INK INK INK INK INK INK IN
INK INK INK INK INK INK INK I
NK INK INK INK INK INK INK IN
INK INK INK INK INK INK INK I
NK INK INK INK INK INK INK IN
INK INK INK INK INK INK INK I
NK INK INK INK INK INK INK IN
INK INK INK INK INK INK INK I
NK INK INK INK INK INK INK IN
INK INK INK INK INK INK INK I
NK INK INK INK INK INK INK IN
INK INK INK INK INK INK INK I
NK INK INK INK INK INK INK IN
INK INK INK INK INK INK INK I
NK INK INK INK INK INK INK IN
INK INK INK INK INK INK INK I
NK INK INK INK INK INK INK IN
INK INK INK INK INK INK INK I
NK INK INK INK INK INK INK IN
INK INK INK INK INK INK INK I
NK INK INK INK INK INK INK IN
INK INK INK INK INK INK INK I
NK INK INK INK INK INK INK IN
INK INK INK INK INK INK INK I
NK INK INK INK INK INK INK IN
INK INK INK INK INK INK INK I
NK INK INK INK INK INK INK IN
INK INK INK INK INK INK INK I